本书出版受教育部人文社会科学基金项目、
校权威专著培养项目资金支持。

The Canonicalization Study of
Cao Zhi and His Works

曹植与其作品的
经典化研究

王津◎著

中国社会科学出版社

图书在版编目(CIP)数据

曹植与其作品的经典化研究/王津著. —北京：中国社会科学出版社，2023.7

ISBN 978-7-5227-1851-4

Ⅰ.①曹… Ⅱ.①王… Ⅲ.①曹植(192-232)—文学研究 Ⅳ.①I206.361

中国国家版本馆 CIP 数据核字(2023)第 076127 号

出 版 人	赵剑英
责任编辑	郭晓鸿
特约编辑	杜若佳
责任校对	师敏革
责任印制	戴 宽

出　　版	中国社会科学出版社
社　　址	北京鼓楼西大街甲 158 号
邮　　编	100720
网　　址	http://www.csspw.cn
发 行 部	010-84083685
门 市 部	010-84029450
经　　销	新华书店及其他书店

印　　刷	北京明恒达印务有限公司
装　　订	廊坊市广阳区广增装订厂
版　　次	2023 年 7 月第 1 版
印　　次	2023 年 7 月第 1 次印刷

开　　本	710×1000　1/16
印　　张	22.25
插　　页	2
字　　数	333 千字
定　　价	118.00 元

目　录

表 目 录

1

前　言

　　就中国古代文学经典作家作品的经典化研究而言，通常视作家作品的经典化为一持续不断的接受过程，探求此过程中作家作品于历朝历代的注释、批评、编选等情况及导致作家声名起伏、作品接受变化的诸多因素。这似乎是作家作品接受史的写作路径，但作家作品的经典化研究与作家作品的接受史研究还是有区别的。诚然，经典化研究仍要研究读者接受，或者说，作家作品经典化研究仍是其接受史研究的一部分，然而与作家作品接受史研究重视作品的传播史、效果史、影响史相比，经典化研究主要关注的是本文（包括原文与作家）遭遇经典化的原因（包括内部与外部因素）、途径、具体表现，及确立为经典的依据、时间、意义等。要对此进行探究，我们需提出以下问题：

　　第一，经典的形成是一无有止息的接受过程吗？

　　第二，作品进入经典化的起点是什么？

　　第三，作家作品成为经典的衡量标准是什么？

　　第四，读者接受作品促使其经典化的方式有哪些？

　　第五，作品的经典化与作家本人的经典化是同一问题吗？

　　第六，作家作品经典化的研究目的是什么？

　　现在中国古代文学界在研究作家作品的经典化问题时，多把经典化当作一种研究方法，视作家作品的经典化为一没有止息的过程，忽略了对作品经典化起点的探讨，而对作品经典化原因的分析亦主要着眼于外部力量而淡化了作家作品经典化与本文的联系，并忽略了作家本人的经典化与其作品经典化之间的关系。究其原因，还在于对经典化理论缺少进一步的思考。

本书试图对上述问题进行理论层面的探讨，并以此架构本书对曹植与其作品经典化的研究。笔者认为作家作品的经典化是一个由本文走向经典的阶段性过程，其起点不在读者接受，而在本文的经典性，此经典性融涵传统、开创、典范等多层面含义，它是读者接受的前提。作品的经典化，可以说是读者不断发现、揭示本文经典性及逐渐确立本文经典地位的过程。

读者促使本文走向经典的方式是多样的，比如学界普遍认为的注释、批评、编选、传播、政治干预等，但笔者认为，创作型读者对本文的学习化用有时是先于注、评、选等方式（这里不包括处于经典化起点的文本编辑）的更重要的经典化方式。创作型读者对本文的模仿本身即是一种隐含的批评，体现着他们对本文经典性某些层面的发现，而不同创作型读者持续不断地广泛模仿，必然促成本文开创性、典范性的发现，从而奠定作品的经典地位。事实上，以曹植作品的经典化言，在进入《文选》之前，在刘勰、钟嵘评价之前，曹植的不少作品已经因曹魏至宋齐创作型读者的广泛接受而遭遇了经典化。

作家作品的经典化实际包含作家其人的经典化与其文的经典化两个层面，这二者往往并不同步，且存在相互制约或相互促进的关系。但对于经典大家而言，对其人的经典化与对其文的经典化必然趋向统一。

当作家作品确立其于文学史的经典地位之后，其经典化过程即已结束，而作家一旦进入文学史的行列，此后无论这一文学史的时间线有多长，无论其声名起伏高低，是否进入后世主流文士视野中心，其经典地位基本是稳定的，并不会因为当代接受的边缘化而被踢出经典的行列。

基于上述思考，本书对曹植与其作品的经典化研究止于唐代读者的接受，因为正是在唐代，对曹植其人的接受与对其文的接受完成了统一，曹植经典大家的文学史地位由此确立。

　　而就曹植这一传统研究课题言，笔者梳理了古代文献中有关曹植及其作品的内容（包括传记、选文、注释、诗文评、仿作、艺术转换等），及近现代、当代的曹植研究，对比古今曹植研究，笔者有四点困惑：第一，关于曹植的身份，古人基本上没有否定其政治身份、政治能力，但今人多仅视其为一位诗人，认为他政治上幼稚，不具有较高的政治、军事素养；第二，关于曹植的人格精神，古人多肯定其忠君忧国的崇高精神，对其建功立业心志之肯定，往往与对其家国情怀之肯定紧密相连，但今人多以功名思想言其建功立业之追求，言其心志不得实现之郁闷，而较少提及这追求、郁闷背后深沉的家国之忧；第三，关于曹植创作的独特性，古人虽并称"曹、王""曹、刘"等，但这仅是其中一条接受路线，古人亦强调曹植作品于建安文人作品中的独特个性与创造，但今人多从建安文学的整体背景出发，视曹植为建安文人群体之一份子，更强调他与建安文人的共性，而较忽略其创作的独特性；第四，关于曹植的文学史地位，古人尚从整个文学史的时间长河中评定其成就、地位，甚至视其为与陶渊明、杜甫、李白、苏轼等相提并论的经典大作家，今人则仅视其为建安之杰。

　　除此之外，关于曹植文学创作的传统，虽然至黄节时已经指出了曹植创作的多个源头，今人亦多有论说，但有关曹植创作与传统的关系依然有许多研究空间。一方面，曹作是其前创作的集大成者，曹植所有的学养几乎都成为他创作的源头，除了学界常言的《诗经》、《楚辞》、汉乐府、古诗等，赋、志怪、神话、《庄子》、史传散文等也是他创作的源头，而学界对此则较少关注；另一方面，尽管学界认可曹植创作多源头说，但多泛泛而论，对曹作与传统的具体关系较少探讨，如曹作与《诗经》的联系，自钟嵘首倡以来，至今都少深入论述，而从文学史发展角度审视曹作与传统的关系，探究其文学经典性、开创性者更少。

　　而关于曹植创作的开创性，学界主要从他对乐府文人化、五言诗体发展的贡献言，但曹植在题材、体裁、主题、章法、句法、意象、词汇等许多方面都有开创性，且不少成为后世读者模仿学习的典型范式，这些学界研究尚不充分。至于曹植创作的开创性，尤其是其创作的典范性，其创作于魏至唐的具体影响仍有许多工作要做。而当我们重新审视曹植的政治身份及其身份认同时，对曹作，包括对于围绕曹作的次生层，如阐释层、仿作层等，我们可能会有一些新的认知，或许可因之在更长、更多元的接受链上去思考曹植的文学史影响、文学史地位。

本书希望借助经典化的研究视角，对曹植研究中的一些问题或研究的薄弱环节进行新的或更深入的思考，从而丰富、推动曹植这一文学史经典大家的研究。

本书的创新性，概而言之，主要有以下四点：第一，对"经典""经典化"理论的反思与新的建构；第二，首部曹植与其作品的经典化研究；第三，重新评定曹植身份，提出曹植首先是一个政治人物，并基于此，探讨曹植的文学思想、文学创作；第四，重视"人学"与"文学"的关系，探讨曹植其人其文的经典化历程及其相互关系等。

本书写作幸得山东大学李剑锋教授，北京语言大学詹福瑞教授，郑州大学刘志伟教授，河南大学王利锁教授、李金松教授点拨、指正，在此深致谢意！

第一章　经典化与经典的前身后世:以中国古代文学为对象的思考

　　20 世纪 80 年代初，接受美学理论进入中国学者和大众视野；1988
年，《上海文坛》推出了陈思和、王晓明主持的"重写文学史"讨论
专栏；1993 年荷兰学者佛克马来华报告提到中国文学的"经典化"问
题。自此，中国文学的读者接受、文学史的重构、经典与经典化等问
题持续成为近三十年学界研究的重要内容，它们在研究范畴上存在诸
多交叉重合之处，故其中每一问题的探讨均无法避开其他问题而独存。
就经典与经典化问题的研究言，童庆炳先生指出，"文学经典和经典
化是一个重要的课题，因为这个课题关系到文学史的编撰和文学教育
等一系列的重要问题的解决"①（更深一层言，它牵涉到中华民族优秀
文化的传承与国民精神的建设问题）；陈文忠亦提出经典作家接受史
至少包含经典地位确立史、经典序列形成史、艺术风格阐释史、艺术
典范影响史、人格精神传播史等五个方面②（这五个方面，均涉及经
典和经典化问题）。由此可见，经典与经典化问题不仅具有独立的学
术研究意义，而且与文学史的重构、经典作家作品的接受等问题的研
究亦密不可分。
　　国内关于文学经典与经典化问题的研究，主要集中在"文学经典

---

　　① 童庆炳：《文学经典建构诸因素及其关系》，《北京大学学报》2005 年第 5 期。
　　② 陈文忠：《走出接受史的困境——经典作家接受史研究反思》，《陕西师范大学学报》2011
年第 4 期。

的概念和特征、文学经典的形成与建构、文学经典的结构和边缘化、文学经典的教育与传播等四大方面"①。这四个方面其实可再归结为三个方面，即经典的属性、经典的形成、经典的接受传播（经典化与经典的接受传播并非同等概念，具体见下文）。不过，在研究中，多数学者把经典的接受传播纳入经典化的问题探究中。若此，学界的探讨主要集中在两个方向，即经典与经典化的问题。

对于经典属性、内涵的探讨，尽管相关学者从不同角度以不同的表述方式对"经典"进行定义，但对于经典的超越性、独特性、艺术典范性、权威性等特征则基本达成共识。不过，相关研究多属于论文性质的探讨（以外国文学研究、现当代文学研究领域为主），理论专著较少。詹福瑞先生《论经典》一书立足本土化思考，从理论视角对经典的属性、经典建构与外在因素（诸如权力、教育、传播等）的关系等进行了全面深入的探讨，可谓经典探讨的集成者。但詹书研究的经典对象比较广泛，以古今中外文学经典为主，兼及中国古代哲学文化经典。其中文学经典涉及诗歌、小说、戏剧、赋等多种文体。詹书从宏观角度探讨经典的属性，其研究体系有其合乎逻辑的建构，但从微观角度言，应该有可补充细化之处，如从文体角度看，诗歌和小说的经典性内涵可能会有不同，而经典的超越性、永恒性必须在一定的条件下才能探讨，否则其永恒性、超越性将无从谈起等。

对于"经典化"的研究，即对"文学经典的形成与建构"问题的探究，学界基本上围绕经典何以成为经典的条件因素进行探讨，多研究外在因素的影响，如政治权力、权威读者、阐释接受、编选、教育、传播及媒介等。尽管对于具体条件于经典形成的影响大小有争议之论，但整体而言，学界有关中国文学经典化途径的研究的确取得了丰硕成果。但另一方面，正如朱国华所言，"一方面，各种经典的合法化来源都是独特的，我们应对其进行语境还原；另一方面，在一个具有连续性的历史长时段中，可能存在着相对稳定的经典化规则"。② 若此，

---

① 彭书雄：《文学经典问题研究在中国》，《中州学刊》2010 年第 3 期。
② 朱国华：《文学"经典化"的可能性》，《文艺理论研究》2006 年第 2 期。

经典化研究难以避免研究思维固化的趋势。

就中国古代文学的经典化研究言，由于面对的是经过时间考验的作品，所以古代文学研究者多无当代文学研究者出于正名需要而进行经典与经典化理论探讨的压力。在古代文学研究者那里，经典化更多成为一种理所当然的研究方法，从历时的角度探讨经典在不同时代地位的起伏、阐释的变化及时代政治、思想文化、文学思潮、选本编纂等导致经典形成的诸多外在条件因素等。

近20年来，古代文学"经典"问题的探讨以"经典化"为关键，涉及单篇（单部）、作品集（选集）、文体、批评理论等诸多方面的经典化研究，取得了丰富的成果，对于认清古代一些文学现象的本来面目和本质内涵有重要作用，但由于对经典形成的外在影响条件的模式化阐述，诸多研究难免让人有似曾相识之感。而且，更让人困惑的是，在相关研究者那里，经典化似乎成了一个永久性的过程，且经典化研究与作品研究相脱离，作品的经典化与经典的接受混为一谈。

事实上，经典与经典化问题是一而非二，对其中一方的探讨不能脱离对另一方的研究。斯蒂文·托托西在《文学研究的合法化》中言："总的说来，我认为不研究经典的形成就无从充分探讨经典——在其已有经典的层面上。不研究经典如何形成，对经典是什么的探讨就不会完满。"① 其实，反之亦然，不研究经典的特性，或者说不研究作品的潜在经典性，一样无从探究经典的形成。尽管关于经典、经典化的研究成果丰硕灿烂，但作品与经典化的分裂研究、作品接受与经典接受的混淆，依然使我们对以下问题产生疑问：

作品的经典性与经典的经典性是否一样？不同文体经典的经典性内涵是否有所不同？作品、经典、经典化之间的关系是什么？经典化研究的起点是什么？经典化研究的目的是为了揭示一种不断变化的接受过程及其原因，还是为了最终回归到对经典的解读？对经典的一代

---

① ［加拿大］斯蒂文·托托西：《文学研究的合法化》，马瑞琦译，北京大学出版社1997年版，第42页。

代充满变化的阐释，是读者附加到作品中的，还是读者对作品经典性的发现？经典化是不是一个持续不断的没有终点的过程？作品何时成为经典？确定其为经典的依据是什么？经典确立后的读者接受，还是不是经典化过程的组成部分？经典化是作品的经典化，还是包含了作家的经典化？作品的经典化与作家的经典化之间是什么关系？什么样的作家才能进入经典化过程？等等。

如果经典与经典化的概念不能涵括对这些疑问的解决，那么这个经典、经典化的概念就不够完善，而基于不完善概念而来的研究就有可能产生某种研究偏差。以中国古代文学的经典化研究为例，我们更多看到的是不断变动的接受过程的呈现，似乎经典化永远都处于一种变动不居的状态，以致我们似乎掉进了一个规则化的旋涡，而我们与经典文本的距离好像也没有因此呈现而缩短，我们对经典之经典性依然较少清晰的理解。导致这种研究状况的原因恐怕主要在于理论思考的相对缺失，而由于理论思考的缺失，把经典化当作一种研究方法使用时自然会产生相应的问题。

基于以上认识，本章拟在已有研究基础上，以经典化为切入点，以中国古代文学经典，尤其是诗歌经典为例①，探讨经典与经典化的问题。具体探讨主要分为四个方面：一、经典化的两极；二、经典化的一极：作品；三、经典化的中介：读者；四、经典化的另一极：经典；五、经典的接受、传播。

第一节　经典化的两极

经典化研究的起点与终点是什么？经典化是否有终点？厘清这些问题，对经典化研究具有方向性意义。

---

① 之所以如此，是因为中国古代文学经典无须正名，作为文学传统的有机组成部分，它更有利于思考经典与经典化的内涵。中国古典诗歌在古代的接受群体与小说，尤其通俗小说的接受群体有明显差异。已有研究在探讨经典化问题时多选取小说，但由于诗歌与小说读者群的差异，其经典化渠道及其经典内涵可能不同。

一　已有经典化两极的观点

早在 2005 年，童庆炳先生在《经典的解构与重建——〈红楼梦〉、"红学"和文学经典化问题》中指出："著作的艺术品质"和"文本接受"是文学经典化的两极，艺术品质以多元的召唤结构，向各种研究视野敞开，由此形成两极的对接。他认为，"在文学经典化问题上，充分理解这两极及其连接是十分重要的"[①]。由其对《红楼梦》的分析，如艺术描写的重大突破、言情小说模式的重大突破、典型、意境和意象的同时并现、汉语白话的成熟形态等，可知其所谓的"艺术品质"，主要指写作艺术的突破性成就与内容意蕴的丰富性。童先生对《红楼梦》艺术品质的分析意味着经典化研究的起点是作品的艺术品质，而非首先或全部在读者的接受。这一观点不仅是对以权力作用、意识形态等单一视野研究文学经典化问题的纠偏，同时也是对经典化研究以读者接受为重而致作品研究与经典化过程研究脱节现象的纠偏，对中国文学的经典化研究具有重要的方向指引作用。

随后，童先生又在《文学经典建构诸因素及其关系》一文中对"经典化"的内涵进行了更进一步的理论阐发。他提出文学经典建构的六个要素，即：（1）文学作品的艺术价值；（2）文学作品的可阐释空间；（3）意识形态和文化权力变动；（4）文学理论和批评的价值取向；（5）特定时期读者的期待视野；（6）发现人（赞助人）。前两项是文学作品的内部因素，中间两项属于文学作品经典化的外部因素，后两项是内部和外部的连接者，没有这两项，任何文学经典的建构都是不可能的。

在有关经典化的两极因素与连接因素的论述方面，童先生这篇文章似与前一篇有很大不同，但细读童先生原文，发现他认为意识形态、文化权力等并不能直接对文学作品施加影响，而是借助于读者接受的折射来影响其经典化，这就意味着读者接受仍然是除了作

---

① 童庆炳：《经典的解构与重建——〈红楼梦〉、"红学"和文学经典化问题》，《中国比较文学》2005 年第 4 期。

品自身经典性因素之外的决定性因素，此正如作者所言，"意识形态和诗学必须与读者商兑成功之后，文学经典才可能靠读者的充满热情的阅读和再创造活动而流行起来"①。对于影响文学经典化的基本因素，陈定家认为教育的作用是不容忽略的，他说，"教育，也许只有教育，对经典化的作用是怎样评价也不会过高的"②。但教育对文学经典化的影响也只有通过读者的接受才能完成，因此，它仍然属于外部的他律因素。

因此，再看童先生的观点，其实（1）（2）即其前一篇所讲作品的艺术品质；（5）所指期待视野并不能独存，所以（5）（6）即前一篇所讲文本接受，只是强调了读者中的发现者；（3）（4）虽然属于外部因素，但除了特殊的意识形态、政治权力的强力干涉外，一般情况下，意识形态、文学理论和批评的价值取向等，只有内化为读者的阅读前见，才会发生作用，所以所谓的他律，很大程度上，仍是来自读者的自律。因此，艺术品质、文本接受仍是经典化的两极。由于艺术品质是内化于作品中的，因而确切地说，是作品、文本接受为经典化的两极。童先生前后两文关于经典化的观点基本一致，只是后文所论更为具体。

童先生的研究具有积极的方向性意义，但诚如詹福瑞先生所言，"当然也有从内部因素和外部因素两个方面来探讨经典建构的文章，如童庆炳先生的《文学经典建构诸因素及其关系》一文，但是响应者寥寥。可见经典的争论，主要还是受了西方后现代的影响，关注经典形成的权力因素，并且以重建经典的理论占了上风"③。

二 对已有经典化两极观的疑问

不过，童先生关于"经典化的两极"的观点还有进一步完善的空间。

---

① 童庆炳：《文学经典建构诸因素及其关系》，《北京大学学报》2005 年第 5 期。
② 陈定家：《市场与网络语境中的文学经典问题》，《文学评论》2008 年第 2 期。
③ 詹福瑞：《论经典》，人民文学出版社 2016 年版，第 11 页。

首先,作为经典化一极的"作品的艺术品质"是不是经典化研究的起点呢?一方面,作品的艺术品质是抽象的,它必须依托于作品才能存在,不能脱离作品去谈艺术品质;另一方面,据童先生所言,作品的艺术品质主要指其突破性艺术成就及思想内蕴的丰富性,而"突破"是相对于已有作品的成就言的,对作品突破性与丰富性的论定无法脱离参照作品体系的比照;再一方面,作品是作家创作出来的,但任何作家的创作都要以对传统的学习为起点,因而任何作品的创作者既是作者,又是读者,内化于作品中的作家的阅读前见亦是作品构成的有机组成部分,与作品可能的突破性成就密不可分。由此来看,仅仅言"作品的艺术品质"为经典化的一个极点,似乎有些狭隘,而笼统地说作品是经典化的一个极点,也比较模糊。笔者认为,作品是经典化的一个极点,但作为经典化研究起点的作品,应包括作者的前见、融会贯通的创造性、新传统的开创等内容,关于这一点,后文有详细的论述。

其次,"两极"的说法在学理上是否严谨?因为读者是时空变化中的存在,读者的时空延续性必然意味着与作品相对的这个极点是不断延伸变化的,但"极点"这一概念本身意味着稳定性,如南北两极的极点,而读者接受则是过程性的、充满变化的活动,因此读者接受作为极点这一说法就有了逻辑上的矛盾。而以读者为经典化之一极的观点必然导致在实际研究中,视作家作品的经典化研究为一无休止的过程,中国古代文学的经典化研究中有不少这样的研究,即是例证。

三 对经典化两极的辨析

既然变动的读者接受无法成为稳定的极点,那么,与作品这一极点相对应的极点应该是什么?这里结合童庆炳与刘象愚二先生的观点进行论证。刘先生认为经典的生成由内部因素与外部因素共同作用而成,外部因素具有经典或大师地位的学者或批评家的肯定、读者的阅读与判断,内部因素则是经典的本质特征,即经典性,如内涵的丰富性、实质上的创造性、时空的跨越性和无限的可读性等。① 刘先生的观点仍有可探讨处：由于经典性是对经典内在属性的概括，因此，在作品成为经典之前，时空的跨越性、无限的可读性尚无从谈起，因此经典生成的内部因素应该是作品内涵的丰富性、实质上的创造性，这正是童先生所言的艺术品质。艺术品质与读者的相互作用（即刘先生所言的内外因素的相互作用）促使作品走向经典，而成为经典的作品才具有永恒性与无限的开放性。当然，前文已经指出童先生所言"艺术的品质"作为经典化的一极有其狭隘性，我们把包括作者前见、融会贯通的创造性、新传统的开创等内容的作品作为经典化的起点，因此经典化的两极应是"作品—经典"。由作品走向经典的整个过程，就是经典化，连接经典化两极的则是一代代变动的读者，外在因素的影响往往通过作用于读者而发生。

经典的生成，是作品成为经典的过程，它并非经典本身。作品在成为经典之前，只能说它具备潜在的经典性，所谓时空的跨越性和无限的可读性，这是经典的属性，未必是作品的属性，而经典的读者接受与作品经典化过程中的读者接受应有一定的差异。因此，从作品到经典之间的过程才是经典化过程，是作品的读者接受过程，而经典确立之后的读者接受是对经典的接受，二者并不完全相同。

第二节　经典的前身：作为经典化起点的作品

作品是经典的对应极点，是经典化的起点，对于这一起点的研究，如果仅作艺术品质的探讨，那将极大缩小作品的内涵空间，从而使作品的经典化研究因丧失更多研究维度而可能削弱其客观性，所谓艺术品质的研究也必将遭受影响，这对于中国古典诗歌的研究言，尤其如此。对于作为经典化起点的作品，我们可以有如下追问：未经读者阅

---

① 刘象愚：《经典、经典性与关于"经典"的论争》，《中国比较文学》2006 年第 2 期。

读的作品是否无价值？同一部作品，不同时代背景下不同阅读前见的读者为何能对之不断接受？其艺术品质为什么能契合不同阅读前见的读者？不同时代读者为什么会表现出可能趋同的选择？对于这些问题，本部分将从以下几点进行探究：①作品是一种自足的存在；②作品中蕴含传统；③作品的创新可能成为传统。

一 作品是一种自足的存在

吴义勤言："对文学来说，文学经典最大的特殊性，就是只有在阅读的意义上才能实现价值，没有被阅读的作品、没有被发现的作品就没有价值，就不会发光。"① 这是经典化研究中的建构主义观点，其对读者中心的强调固有其现实意义，但对文本自身价值的否定则过于极端。读者中心的建构主义对作品价值的否定并不可取，因为作品的价值应该含有两个维度：一是对于读者言的，一是对于创作者言的。如果我们无法抹杀作者的存在，那我们即无法抹杀作品的价值，作品的价值首先在于对创作者情志的满足，中国古代"诗言志""诗缘情"等创作起源论对诗歌创作内在动机的强调足以说明此点。尽管，诗歌创作可能有其外在的功利目的，如"家父作诵，以究王讻。式讹尔心，以畜万邦"（《小雅·节南山》）②，但这一诗歌创作起于作者忧时忧国的强烈情感则无疑。屈原《离骚》，班固释其名曰："离，犹遭也。骚，忧也。明已遭忧作辞也"③。

司马迁著史有润色鸿业的自觉意识，遭遇李陵之祸后，感悟西伯、孔子、屈原、左丘明、孙子、吕不韦、韩非、《诗》三百之作，"大抵圣贤发愤之所为作也。此人皆意有所郁结，不得通其道也，故述往事，思来者"（《太史公自序》）④，显示其外向的写作目的，但其"发愤以著书"的观念，则含有困窘心灵纾解的意味，尤

---

① 吴义勤：《"经典化"是真命题还是伪命题》，《文艺报》2014 年 2 月 24 日第 1 版。
② 程俊英、蒋见元：《诗经注析》，中华书局 2017 年版，第 430 页。
③ （宋）洪兴祖撰，白化文等点校：《楚辞补注》，中华书局 1983 年版，第 2 页。
④ 《史记》（卷一百三十），中华书局 1959 年标点本，第 3300 页。

其是其"亦欲以究天人之际，通古今之变，成一家之言"（《报任少卿书》）①的沟通天人古今的宏通的思想追求，更显示出这部史书所蕴含的司马迁的精神境界。他之希望"藏诸名山，传之其人，通邑大都"（《报任少卿书》），此正如"左丘无目，孙子断足，终不可用，退而论书策，以舒其愤，思垂空文以自见"（《报任少卿书》）意。其价值固然需要透过后世契合的读者来实现，但其书写已经承载了他全部的智慧与境界、郁结与希望。从创作缘起论讲，作品的价值首先是作者内在"感动"的宣泄，它于作者自身情志的满足具有重要意义，至如陶渊明"常著文章自娱，颇示己志"（《五柳先生传》）则更可见作品并不待读者的认可方有其价值。

而唯其是作者内在情感、思想的自然宣露，它才能与具备相关视界的读者产生情感、思想的共鸣。即便以《诗经》言，尽管在《诗》的时代，"诗发挥着乐教、言教与讽喻的功用……诗三百都是乐歌，而有不同场合的应用"②，但其功能作用并不掩盖其寓言感兴，即事陈情，悲愤则长言咏叹的"感动"，所以钱穆言其为"一部伦理的歌咏集"③、扬之水言其"只是诗的时代礼乐制度与生活情趣几乎是打成一片的，并没有独独分出一个'政治教化'来，而这也正是诗之既令人爱赏又令人迷惑的特质之一"④。《诗》的功利性，并不能掩盖创作者基于感动而书写的真情。唯其有此真情，故即便它承载着社会政治与人伦道德的施行，被用于祭祀、公宴、外交等场合，但在丝竹弦乐之中依然能激发人们内心的感动。

综上，作品的价值包含两方面内容：一方面是对于作者而言的当下意义；另一方面是对于读者而言的历史意义。在现有研究中，受读者接受理论以及现实的功利主义思想影响，我们对作品价值的衡量主要依据它对于当代读者的价值而忽略了它于创作者本人的意义。从作

① 参见（清）严可均校辑《全上古三代秦汉三国六朝文》之《全汉文》，商务印书馆1999年版，第269页。
② 扬之水：《诗经名物新证》，北京古籍出版社2000年版，第7页。
③ 钱穆：《中国文化史导论》，上海三联书店1988年版，第56页。
④ 扬之水：《诗经名物新证》，北京古籍出版社2000年版，第7—8页。

10

者角度言，作品实现了与传统的对接，同时又有其开拓性与超越性。作品一旦产生，本身即是一种自足的存在，寄寓了作者的写作情怀，甚至成就经典之作的心愿。

二 作品蕴含传统

（一）传统是作家创作的前见

从传统角度言，任何作品均非凭空产生，它一定是传统的产物。从作者言，作者既是创作者，亦是读者，作者的阅读视野制约着他的创作。读者的阅读视野，即姚斯所谓"审美经验的期待视界"，朱立元认为姚斯把"期待视界"主要看作文学能力则显得狭隘，他认为文学的"审美经验的期待视界"，作为文学阅读的前结构，至少应当包括"世界观和人生观""一般文化视野""艺术文化修养""文学能力"等四个层次、要素，正是这四个层次、要素的有机结合，"才以经验形式形成每个读者现实地进行审美阅读的前结构和心理图式"①。而这种前结构的形成，基本上依赖于对传统的直接或间接的学习，即便对同代作家的学习，因同代作家与传统的关系，故在其学习中依然会有传统不可消灭的影子。可以说，每一个作家都是在前代文学文化的浸润下成长的，这种浸润形成了他的阅读前见，同时也是他的创作前见，这种前见会折射到他的作品中，从而使其作品形成与传统的对接。童庆炳先生言作品的艺术品质是经典化的一个极点，其所谓的"艺术品质"，主要指艺术的突破性成就，但"突破"是一个相对于往者的词语，它既意味着对传统的超越，也意味着与传统的关联。没有传统融入的作品，很难言其创新，因为创新一词是针对过往所言的。同样，没有传统融入的作品，也很难为同代、后代接受类似传统培养的读者所接受。即便是陶渊明，其平淡质朴的风格相较于当时声色渐开的文风似乎是一个突兀的存在，但它无论在思想上，还是文学上都与其前的传统保持着密切的联系，后人接受陶渊明诗文的一个关键恐

---

① 朱立元：《接受美学》，上海人民出版社1989年版，第137页。

怕也在于此。

艾略特在《传统与个人才能》中言："……每当我们称赞一位诗人时，我们倾向于强调他的作品中那些最不像别人的地方。我们声称在他作品中的这些地方或部分我们找到了这个人独有的特点，找到了他的特殊本质。我们津津乐道这位诗人与他的前人尤其是与他最临近的前人之间的区别。我们努力去寻找能够被孤立出来加以欣赏的东西。如果我们不抱这种先入的成见去研究某位诗人，我们反而往往会发现不仅他的作品中最好的部分，而且最具有个性的部分，很可能正是已故诗人们，也就是他的先辈们最有力地表现了他们作品之所以不朽的部分。我说的不是这个诗人易受别人影响的青春时期，而是他的完全成熟了的阶段。"① 艾略特强调了诗人与传统不可分离的联系，当然，诗人是出于传统的，但这并非言其对过去进行原封不动的继承。

（二）作家接受传统的心理及其创作多源性

作家对传统的学习接受自有其心理学依据，而其学习的源头往往是多元的。

1. 作家接受传统的心理机能。希尔斯言："对于过去事物的感受力，更深入地说，对于过去性这一范畴的感受力，是由一部有或没有记载的历史在人们心灵中培养起来的，这部历史传递给了每个在社会中成长的人。历史意识是一种心理机能"，"形成个人历史意识的这一心理机能，就像人的交际能力和理性一样，是人类精神活动的一个必然范畴。回忆和记忆是满足历史意识的活动。个人及长者的记忆，以及对那些已被遗忘或闻所未闻的事件的历史学发现，都满足了人的一种愿望，即了解过去，把现在的自我置入一个具有时间深度的境域，并且去解释自己的起源"。② 这是从人类心理学角度来讲的。"许多实质性传统都是人类原始心理倾向的表露，如敬重权威和道德规范、思念过去、依恋家乡和集体、信仰上帝、渴求家庭的温情等，都属于作

---

① ［英］艾略特：《传统与个人才能》，见《艾略特文学论文集》，李赋宁译，人民文学出版社 2019 年版，第 2 页。

② ［美］爱德华·希尔斯：《论传统》，傅铿、吕乐译，上海人民出版社 2018 年版，第 55 页。

为社会动物的人类原始心理需要"。①

　　当然,就中国古代文学而言,它自来就有一种尊古的传统。"明道、征圣、宗经三位一体的传统文学观是建立在尚古心理之上的,其本身即意味着一种尚古","自己学古人可以使后人学自己,自己法古,也要后人法古。早在先秦就有立言以不朽之说……立言以不朽的观念出于当时人的崇古心理……汉代文人当中,成一家之言以求不朽的观念已很普遍。进入文学的自觉时代,曹丕便将文学意义上的诗歌佳作也列入了不朽之列。文章必自名一家,然后可以不朽,然而'自名一家'是必须以法古为基础的"。② 钱穆在比较中西文学的不同时言:"西方文学家要求之欣赏对象,即在当前之近空,而中国文学家要求之欣赏对象,乃远在身外之久后。此一不同,影响于双方文学心理与文学方法者至深微而极广大。故西方文学尚创新,而中国文学尚传统。"③ 中国古代家国一体的社会结构、祖先崇拜的思想观念等,使得尚古成为中国古人普遍的传统心理。

　　2. 作品传统的多源性。希尔斯言:"刚起步的作家都寻求传统,直到他找到一个或几个传统,然后,他便开始培养自己的风格,但是,他必须具备勇气和毅力才能无视他的教师、同代人、朋友,以及批评家和出版者所坚持并引荐给他的传统。"④ 这一方面说明作家对传统的接受不是自由的,他无形中会受到其当代诸多因素的影响。另一方面,也说明作家对传统是主动寻求的,其个体风格的形成建立于对传统的学习继承上。"他们具备足够的知识去寻找文学传统,并且在写作事业的开端就将自己与这些传统联系在一起"⑤。因而,"传统不仅仅是沿袭物,而且是新行为的出发点,是这些新行为的组成部分"⑥。这进

---

　　① 傅铿:《传统、克里斯玛和理性化》,见爱德华·希尔斯《论传统》,傅铿、吕乐译,上海人民出版社 2018 年版,"译序"第 3 页。

　　② 庄大钧:《论〈诗经〉与中国古代诗学尚古传统》,《甘肃社会科学》2007 年第 4 期。

　　③ 钱穆:《中国文学论丛》,生活·读书·新知三联书店 2002 年版,第 17、18 页。

　　④ 〔美〕爱德华·希尔斯:《论传统》,傅铿、吕乐译,上海人民出版社 2018 年版,第 167 页。

　　⑤ 〔美〕爱德华·希尔斯:《论传统》,傅铿、吕乐译,上海人民出版社 2018 年版,第 166 页。

　　⑥ 〔美〕爱德华·希尔斯:《论传统》,傅铿、吕乐译,上海人民出版社 2018 年版,第 50 页。

一步说明对于作品而言，它必然包含已有的传统，而一个作家所汲取的传统，如思想的或文学的传统，往往不是单一的。

以曹植言，就其作品创作来说，他接受的有《诗经》传统、庄骚传统、赋体传统、史传传统、乐府传统、应用文体传统、古代神话小说传统等，传统的多样性意味着其文学创作源头的多样性，所以，曹植可以说是魏前文学传统的集大成者。曹植作品的丰富性与其创作的多源传统有重要联系，黄节所论"陈王本《国风》之变，发乐府之奇。驱屈、宋之辞，析扬、马之赋而为诗"①，最可见其多源的特点。作品的丰富性与其所含传统的多源性有很大关系，越是大作家，其作品中蕴含的传统越是多元。当然，这些源头对作家风格的形成并非有着同等的作用，作品的丰富性亦与作家对主流传统内涵表现的深度、广度等密切相关，比如杜甫诗中忠君、爱国、关心人民的现实关怀与自古以来士大夫与天下同忧的任重道远的自觉的责任感等相结合，是悠远绵长的儒家思想传统的深切表现，而杜甫高超的写诗技巧与其对汉魏以来文学传统的融会亦关系深远。

三 作品的创新与传统

作品往往包含着多源的传统，同时又在传统的基础上有超越传统的创新，这种创新有可能会成为新的传统为后代所沿袭。而在思想传统、文学传统等不断发展变迁的历史中，每一部新作品的加入可能会造成原有文学序列的失衡，而原有经典的文学史地位有可能再次重新排列。

（一）创新出于传统

传统是作家创作的起点，作品的创新往往出于传统而超越传统。这种创新有两个向度。

1. 有时有些创新可能是对某一传统的背离，但又可能是对另一传统的回归。比如在中国文学史上，唐代古文运动是对南北朝以来骈文

---

① 黄节：《曹子建诗注》，人民文学出版社1957年版，第1页。

发展的反动,但对骈文的革新却是以回归秦汉散文传统为旨归的。同样,在词的发展史上,苏轼以诗入词的写作方式未尝不是对源远流长的诗词传统思想与审美情趣的回归。

2. 有些创新是基于某一种传统或数种传统,并超越此传统或者把数种传统熔于一炉,从而自成一体的创新。这种创新,更能给读者以惊奇之感,因为它不仅能产生似是而非的陌生化效果,从而让人感到惊奇,而且,它让人看到作者于多种传统纵横驰骋的出入融会能力,此实非大才者难承。谢灵运曾言"天下才共有一石,子建独得八斗,我得一斗,自古及今同用一斗。奇才博敏,安有继之?" 谢灵运对曹植的仰慕与曹植融会多种传统自成一家的开创性有重要关系。如曹植的《美女篇》,一般认为它深受汉乐府《陌上桑》的影响,但不止如此,其传统是多源的。它在描写美女形象上深受宋玉《神女赋》影响,又汲取了屈原美人香草的寄寓手法,吸收了《诗经》、汉乐府的情节叙事手法,并把《蒹葭》以来,经屈骚、《四愁诗》、《洛神赋》等男性追求女性以寄托的手法一变而为女性盛年不遇、等待被追求的寄寓手法。尽管以夫妇或男性对女性的追求来表现君臣之情,或对理想情操的追求等自《诗经》以来已成为书写的传统,但以女性为诗歌结构主体的自比,而且由男对女的追求变为女对男的等待,则是文学史上的首创。曹植的创新是融会诸多源头而形成的独创。叶嘉莹言:"但是对古人已有的某一种成就,就算你模仿得再好,也只能做到与别人一样。你要从古人已有的成就中有自己的独创,这才是最值得注意的特色。"② 不过,这种独创并非荒漠中的披荆斩棘,而是继承融会已有传统的创造。

(二) 作品的创新可能成为新的传统

创新被众多读者接受,创新也会成为一种传统,汇入文学传统的大河之中。

---

① 《说郛》(卷六十八) 无名氏《释常谈》中引,见 (明) 陶宗仪纂《说郛》,中国书店1986 年据涵芬楼 1927 年影印。

② 叶嘉莹:《叶嘉莹说初盛唐诗》,中华书局 2008 年版,第 158 页。

仍以曹植的《美女篇》为例，曹植的创新是令人惊叹的。事实上，他融会传统创作了一种新的书写范式，创造了一个崭新的诗歌形象。两晋南北朝以至于唐多有模仿《美女篇》的作品，正是两晋南北朝文士对《美女篇》的不断学习，确立了《美女篇》的经典地位。此后对《美女篇》的学习不脱六朝模仿的影响，说明《美女篇》已经进入文学的传统中，或者说，形成了一种新的美女书写传统。也是从曹植以后，士人以女性遭遇自比的方式亦成为一种写作传统，如唐代朱庆馀的《近试上张水部》即可看作这种传统的延续。

当然，当作家的创新超越其所处时代时，需要等到能理解接受其创新的时代，其创新的特点与价值才可能被主流文化场域的人士发现、宣扬，此创新才可能由此经历而成为一种新的传统。学者们在探讨经典化问题中，论及作家作品的身世起伏时，最喜举陶渊明的例子。陶渊明所开辟的平淡诗风，从南北朝经隋唐，直至宋代方为宋人盛推，此与时代的思想传统、文学传统、审美传统的发展有很大关系。

从中国文学发展的自身规律来看，汉魏至南北朝，正是诗人们探索五言诗歌表现能力的时期，比如声韵、修辞、言辞的丰富，诗歌的节奏和结构等，没有这个时期的探索，就很难有盛唐诗歌气象的形成，而盛唐诗歌对风骨与华韵的圆融追求在诗歌语言的表现上达到了灿烂至极、难以凑泊的地步，自然也很难欣赏陶渊明平淡如水的诗风。到了宋代，由于唐诗对诗歌诸多方面的探讨已达到难以超越的程度，所以诗歌语言、表现手法的探讨必然要有一个转向。钱钟书言："宋诗还有个缺陷，爱讲道理，发议论……这种风气，韩愈、白居易以来的唐诗里已有，宋代'理学'或'道学'的兴盛使它普遍流播。"① 宋代诗歌喜欢表现日常琐事，并且表现对理趣的喜好，陶渊明融玄理于田园日常的诗歌题材及其诗风，自然会受到宋人的欣赏。

---

① 钱钟书：《宋诗选注》，人民文学出版社 1989 年版，"序"第 7 页。

从中国思想的发展看，由百家争鸣而儒学一统，变而为玄学时代，又变而为佛学时代，再变而为佛儒混合的理学时代，"其间时代与时代之相嬗，界限常不能分明，非特学术思想有然，即政治史亦莫不然也。一时代中或含有过去时代之余波，与未来时代之萌蘖"。① 以此观之，陶渊明之所以能为唐人接受而盛于宋，与唐宋禅宗的发展影响亦有密切关系。朱光潜言："渊明对于自然的默契，以及他的言语举止，处处流露着禅机。比起他来，许多谈禅的人们都是神秀，而他却是慧能。……他的胸中自有无限，所以不拘泥于一切迹象，在琴如此，在其他事物还是如此。昔人谓'不着一字，尽得风流'为诗的胜境，渊明不但在诗里，而且在生活里，处处表现出这个胜境，所以我认为他达到最高的禅境。"② 朱光潜是别具慧眼的。陶渊明其人其诗的确体现出禅的境界与情趣，这正是陶渊明超越其时代的地方。

"由于政治的长期分裂，使南北的佛教渐渐形成不同的学风，大抵来说，北方倾向于修持、实践，南方倾向于教义的思辨。这种风气的养成，除政治分裂的原因之外，北方僧人的修习禅观，是汉以来的一贯传统。晋室东迁，北方的世家大族纷纷移居南方，同时把玄学与清谈的风气也带到南方。佛教中重思辨的一派，从两晋到南北朝，始终与这种风气有关。"③ 由此看来，陶渊明融会日常于禅的生活禅，非等禅宗大兴，则难能为世人深味。

禅宗由达摩西来而至六祖慧能创立南宗，"战胜了所有佛教的宗派，创立了适合中国文人口味的禅学，彻底变印度式佛教为中国式佛教"④。"禅宗，不但不立文字，而且以无相、无门为门，换言之，禅宗也是以无境界为境界，摆脱宗教形式主义，而着重佛教修证的真正精神，升华人生的意境，而进入纯清绝点，空灵无相而无不是相的境界"⑤。《坛经》言："心平何劳持戒？行直何用修禅？恩则孝养父母，

---

① 梁启超：《论中国学术思想变迁之大势》，上海世纪出版集团 2006 年版，第 3 页。
② 朱光潜：《诗论·陶渊明》，北京出版社 2016 年版，第 336 页。
③ 韦政通：《中国思想史》，吉林出版集团有限责任公司 2009 年版，第 557 页。
④ 弘学：《佛学概论》，四川人民出版社 2012 年第 3 版，第 95 页。
⑤ 南怀瑾：《禅宗与道家》，复旦大学出版社 1991 年版，第 107 页。

义则上下相怜。让则尊卑和睦，忍则众恶无喧……听说依此修行，西方只在目前。"（《疑问品第三》）"佛法在世间，不离世间觉"（《般若品第二》）①，将佛法和现实生活密切地结合在一起，要求在日常生活中发现超越意义，实现生命的超越、精神的自由。

由此反观陶渊明的人生种种，饮酒、遨游、采菊、读书、写作、劳动、交游、弹琴（无弦琴）等，正可谓道在日用之间而无不自得的具体的生活化体现。因此，只有禅宗思想深入士人心中，深入士人生活，他们才可能真正体味陶渊明诗歌中至淡之味的禅意。这是宋代文人普遍接受陶渊明的一个思想背景。

正是在此文学、思想发展背景基础上，加之宋代文人对人格自尊与灵魂自由的追求，陶渊明及其诗文的经典地位被确立，陶渊明开创的平淡诗风方进入文学经典的行列，从而成为一种新的创作传统。

第三节　经典化的中介——读者

前文探讨了作为经典化起点的作品所包含的自足的价值、与传统的关系、基于传统的创新等内容，说明作品经典化的起点并不是一个空白点，而是一个包孕着传统与创新的存在，甚至于作者创作之始，即有造就"不朽之盛事"、成就经典的心思。但"经典"是相对于后世读者而言的字眼，所以，自足的作品必须进入读者的阅读视野，经由历代读者的审美批判、选择等而逐渐进阶为经典。季广茂言："'经典化'原来也是宗教用语，指诸如天主教等'体制化宗教'常常采用的一道程序，只有通过这套程序，某些人在死后才能被册封为圣人，其塑像被置于教堂之内，为后人瞻仰。因此，canonization 一般译为'封圣'，有时也译为'正典化'、'典范化'，译为'经典化'倒是有些不正确"，"经典化的过程是封圣、加冕、册封的过程。从这个意义上讲，经典化意味着典律化、典范化、正典化、规范化"②。作为经典

---

① 《坛经》，见《佛教十三经》，中华书局 2010 年标点本，第 104、102 页。
② 季广茂：《经典的由来与命运》，《励耘学刊》（文学卷）2005 年第 1 期。

前身的作品经过"册封"而进入经典文学的行列之中,在这一过程中,读者是根本的中介力量,是联结作品与经典这两极的中介。学界对于经典化的方式、途径,诸如评论、注释、编选、教育、传播等多有论述,但对于读者的特性、读者的创作接受等论述尚不充足,而在读者阐释方面,多言其于经典化的正面作用,对于读者接受之于经典化的负面作用较少谈及,本节欲在已有研究基础上,针对这几方面作进一步探讨。

一 读者的特性

(一)读者的变与不变

一代有一代之文学,一代亦有一代之读者。在时间的链条中,读者总是变化不居的,不仅人物在变,人物所持的文学理念、对作品的评价欣赏、对作品的接受程度等也在变。由此角度看,经典化的过程是充满了变化的过程,作品在此变化的接受中呈现出更为丰富的内涵与审美风格。但在此变中亦有不变的因素,即读者多是深为中国文学文化思想等传统所浸润的文人士子,他们是中国传统文学,尤其是中国正统文学的主流接受者。钱穆言:"中国文化环境阔而疏,故一切宗教、文学、政治、礼律,凡所以维系民族文化而推进之者,皆求能向心而上行。否则国族精神散驰不收。然而未尝不深根宁极于社会之下层,新源之汲取,新生之培养,无时不于社会下层是资是赖。文学亦莫能逃此。'文以载道',正为此发。及于交通日变,流布日广,印刷术发明,中国文学向下散播活动亦日易。"[1] 钱穆指出中国文化的推进是向心而上行的,但这个上行是不离于民间下层的,是不脱离现实、具有深切责任承担的。而"向心而上行",即指朝朝代代具有共同民族文化基因的广大文士阶层对民族文化继承推进的作用。

就中国古代文学言,作品的创作者与一代代变化的读者群体虽时空相隔,但他们却具有密切的联系,根源在其相似性。此相似性体现在如

---

① 钱穆:《中国文学论丛》,生活·读书·新知三联书店 2002 年版,第 19—20 页。

下两点。

一是二者具有根文化的联系。即使根文化在发展中应时而产生种种变体，但它们皆是根文化的分支，而非脱离根文化而生，如先秦儒学、汉代儒学、宋明理学、新儒家等，应时而变但不离其中。

二是从政治体制角度言，读书人的普遍出路主要是仕宦，在千年封建中央集权的政治体制中，他们面临的人生出入问题大致相似，等等。

所以，在文化上行的条件下，作品的创作者和作品不同时代的阅读者其实均属于文人士子这样一个文化的主流缔造者与接受者群体，一旦这个主流的群体接受了一个作品，只要维系这个群体的传统思想、文学、文化等没有中断，那么他们对这个被确认为经典的作品的接受一般而言会承传下去，此诚如以色列学者易文－左哈尔（Itamar Even-Zohar）所言："'经典化'意味着那些文学形式和作品，被一种文化的主流圈子接受而合法化，并且其引人瞩目的作品，被此共同体保存为历史传统的一部分。"①

（二）读者的类型及其于作品经典化的不同作用

读者，作为接受者而言，可以通过多渠道方式影响作品转向经典的过程，至于读者采取何种方式，此与读者的身份特点密切相关。我们暂且分为权力读者、权威读者、普通读者三种类型，当然前提是针对中国古代文学中主流文化层的文士而言。

权力读者。有的读者是依据其权力赋予的力量（权力的干涉是隐性的抽象读者，但它一定借助于外在的具象读者来执行）来促使某部作品的接受与传播的，如魏明帝在曹植去世后对其作品的搜集整理，即是以权力手段保障曹植作品的完整性，为曹植作品的后世流传奠定了基础。因为接受首先是文本的接受，没有文本，即无从谈论接受，亦无从谈论经典化问题。有时候统治阶层因为维护统治的需要及其思想的保守性指使，对有些书或禁或焚，如《金瓶梅》《红楼梦》曾经的遭遇，即是权力干涉的结果。当然，权力对作品的接受如果只是出

---

① 转引自［加拿大］斯蒂文·托托西《文学研究的合法化》，马瑞琦译，北京大学出版社1997年版，第43页。

于一种功利的目的而忽略了作品的自身品质，那它对其他读者对作品的接受可能有一时的影响，但绝不可能有绝对的持久不断的影响。

权威读者。权威读者的权威来自其学养成就，他以其造诣、能力等深孚众望。权威读者往往具有学术的或创作的独立精神、开创精神，常常对某一作品能有超越前人的发现，从而在某个作家或作品的解读或模仿中具有创新性发现；此类读者依据其文坛的权威地位，通过阐释或者创作接受来揭示作品所隐含的经典特性，如其内容意蕴、艺术造诣等，从而以其权威带动他所影响的读者群体去接受相关作品，由此促使作品的接受、流播。如苏轼对陶渊明的模仿、高评等，以其文坛宗主的地位，对有宋一代的陶渊明接受无疑具有极大影响。不过，权威读者在古代往往并非孤立于世，他常会归属于某个文化圈子，圈子中人多旗鼓相当，彼此呼应，圈子中人的共性接受很容易造成一种影响的力量。如果此圈子有足够的影响力，他们如若推崇某一部作品或某一作家，那么对此作品或作家的经典化将起到重要的推力作用。当然，权威读者也可能是权力读者，双重的身份有可能对作品经典性的解读具有正面的导向作用，但如果借助权力以达到某种政治目的，从而对某作品进行故意的曲解，那将对作品的接受产生干扰作用。

普通读者。更多读者是群体性接受读者，往往受权力或权威读者的影响而去接受某部作品或某位作家，他们的接受导致作品接受范围的扩大或者是较为广泛的传播，但由于他们阅读视野的限制，比如艺术品位、创作能力、批评能力等的局限性，他们可能为权威读者所束缚，从而其普遍性地接受一定程度上会导致作品接受的固化，当然，固化也是作品经典化的一个必然表现，它体现了经典性质的稳定性。但另一方面，普通读者由于能力、品味的限制，可能无法真正挖掘作品的潜在经典性，导致对作品的误读，从而无法真正与作品达成对话。当然，对于具有独立精神的读者言，他可能有超越权威读者的发现，但由于其所处（声名、地位等）低下，故其论一般难以产生较大影响。

二　读者创作接受对作品经典化的影响

接受史可分为阐释史、影响史、效果史。经典化以既成经典为研究对象，是溯源性的由果推因的研究，当我们追溯经典的形成过程时，不仅要关注显性的读者评论、作者声望、接受效果等，更要关注隐性的接受内容，如读者的创作模仿、借鉴等。学界常以陶渊明为例探讨古代文学的经典化，揭示其声望的起伏过程。但陶渊明只是特例，更多的经典及经典作家在其当世或其后不久的时代就产生了较大影响，此影响主要表现为众多作家对其作品的模仿、汲取、改造等。尤其是具有文坛影响力的人物的学习接受，更是借助其权威的力量，促使作品影响下移到普通读者，从而造成由上至下的广泛的学习流传。

以曹植言，建安时他就获得极高声誉，明帝曹叡对其作品多有模仿，在其去世后又对其作品进行搜集编撰，奠定其作品流播后世的文献基础。曹同仿其笔而写《六代论》，致使读者真假难辨。正始时期，阮籍、嵇康等诗人作品中亦多有曹作的影子；到了西晋，张华、傅玄、陆机、潘岳、左思、刘琨等西晋名流对曹植作品多有吸收借鉴；东晋时陶渊明作品中也时见曹作的影子。可以说，晋代尤其是西晋掀起了对曹植作品创作接受的第一次高潮；到了南朝宋、齐，谢灵运、谢朓、沈约、江淹等举足轻重的文坛人物对曹植作品亦多有学习；钟嵘《诗品》甚至把陆机、谢灵运的创作均归源于曹植。南北朝文士诗文中大量化用曹植作品的意象、词汇、写法等，其化用如此广泛，以至于出现了曹作意象、词汇借鉴的固化现象。可以说，在萧统编选《文选》、钟嵘高评曹植诗歌之前，曹植不少作品已经深入人心，广泛为人所知、所学了。这意味着曹植的一些作品经两晋南朝文士的学习已经经典化了，并不待《文选》《诗品》方才开始经典化之路①。在整个曹植接受史上，曹植及其作品接受最重要者，即是魏晋南北朝、隋唐作家对曹作的学习、规摹，其涉及曹作文体及作品数量之多、接受作家之多、接受之深入等，唐以后大多数接受者难可比拟。曹植创作影响之黄金期是在唐及唐前，唐以后的诸多接受大多可在唐及之前朝代文士接受中见其端倪。而从曹魏到南北朝，曹植作品流传了四百多年，跨越了

---

① 参见孙浩宇《经典化与萧统独撰〈文选〉论》，《长春师范大学学报》2015 年第 7 期。

多个朝代，从这样一个时间长度言，对曹植作品的创作接受，已经可以称得上形成了一种传统。

　　再以陶渊明为例，尽管陶渊明的经典地位是在宋代确立的，但陶渊明于其当代即是著名的隐士，南朝鲍照、江淹已经开启了拟陶诗的先河。"从盛唐开始，陶诗（特别是其田园诗）对诗歌创作产生了大面积而又深刻的影响。盛唐人对陶诗的学习已经不是单纯的典故运用，也不是词句的表面借鉴，而是融合陶、谢诗精神和技巧，创造了成就辉煌的山水田园诗。"① 可见，尽管在南北朝、隋唐时期，陶渊明的文名尚未彰显，但读者对陶渊明的创作接受却从未中止，宋代进入陶渊明接受的高潮期，创作接受与阐释接受并行，陶渊明其人、其文的经典地位得以确立。

　　从曹植、陶渊明的经典化过程看，就中国古代诗文的接受言，读者的创作接受是一个关键因素。中国古代诗文的读者往往是作者、阐释者、从政者等多种身份的合一，我们往往强调读者编选、评论、阐释对于作品经典化的作用，而相对忽略了读者创作接受的影响，实际上创作接受很多时候甚至都是先行的。正是经由读者的创作接受、阐释接受等，作品潜在的经典性得以从不同角度展现。"经典化"不是要简单地呈现一种结果，不是要简单地对一个时代的文学作品排座次，不是要武断地指出某部作品是"经典"、某部作品不是"经典"，不是要颁发一个"谁是经典"的"荣誉证书"，而是要进入一个发现文学价值、感受文学价值、呈现文学价值的过程。所谓"经典化"的"化"实际上就是文学价值影响人的精神生活的过程。② 这种影响，往往是通过读者对接受对象的学习、阐释与创作借鉴等方式产生的，而创作接受其实质也是一种阐释批评，读者的模仿借鉴之作是建立在对接受对象理解的基础上的，比如江淹的《杂体三十首》即隐含着他对前代作家代表性题材、创作风格及诗歌史的发展变化等方面的理解。

---

① 李剑锋：《元前陶渊明接受史》，齐鲁书社 2002 年版，第 13—14 页。

② 吴义勤：《"经典化"是真命题还是伪命题》，《文艺报》2014 年 2 月 24 日第 1 版。

三 读者阐释对作品经典化的影响

读者是作品走向经典的中介，经典所蕴含的经典性是读者赋予的，还是读者对作品潜在经典性的不断揭示呢？经典理论中的本质主义者认为经典性是作品自身具足的，而建构主义者则认为作品的经典性是读者建构出来的。前者忽略了读者的作用，后者忽略了作家作品自足的价值。但事实上，二者是不可分开的。布鲁姆可谓本质主义的信奉者，但他在《西方正典》中罗列的 14 条关于为什么阅读经典的理由中，充分展现了读者对于经典性之揭示的重要作用①。但读者不能凭空建构，诚如朱立元所言，读者阅读的本体地位不是无限的，"它要受到阅读对象（文学作品）文学性的制约，而且，作品的内在特性还暗中规定着阅读的效果，规定着潜在的文学性实现的方式"②。因此，他认为，文学本体思考的范围，应该包括作家—作品—读者三个环节，文学是这三个环节交互作用的一种活动、一个动态的流程。而读者，正如我们上面所言，他们具有多种类型，他们对作品潜在文学性的透视、挖掘与呈现的深度是不同的。所以，即便是权威读者，他是否完全领悟潜在的文学性并对之进行准确的揭示，这应该是一个未知数。不止如此，读者阐释，即便权威读者的阐释，对作品潜在经典性的揭示是否会造成一定程度的遮障？这是需要思考的。下面从读者的阐释度、阐释的次生层、阐释的完整度等角度进行论述。

（一）读者的阐释度

朱立元先生对接受美学理论的研究对于经典与经典化理论的思考是极具启发意义的。我们可以说，作品的经典性是一种有待实现的潜在可能性，这种经典性既有待于读者的发现，同时又规约着读者的揭示效果。由于读者受制于自身审美经验、期待视界的限制，因此，在对文学作品经典性内涵的认识上就会有遇合、有背离，甚至有扭曲等。在这一点上，王恩科提出的"经典度"概念是极有价值的。他指出：

---

① 参见［美］哈罗德·布鲁姆《西方正典》，江宁康译，译林出版社 2011 年版。
② 朱立元：《接受美学》，上海人民出版社 1989 年版，第 138 页。

"经典度，就是人们对作品经典性的认识，或者说是人们以各自特定的尺度对作品经典性进行度量所得出的结果。经典度虽然与经典性息息相关，但又不等同于经典性自身"，"经典度既然是人们对经典性的认识，因此在特定历史语境下，经典度对经典性过高或过低的偏离就不足为怪了"。① "经典度"的概念是以作品的经典性为标准，衡量读者对经典性的揭示状况。这个概念在经典化研究上有着积极的意义，可惜反应者寥寥。不过，王恩科的说法还需要一定的修正，因为以学界的说法，经典性具有永恒性，不同作品的经典性在性能上是平等的，不存在高低的分别，如果有分别，落在了具体的差别相上，那就难以谈永恒。因而，对潜在经典性的揭示应该是遇合或者靠近，或者是偏离，甚至是背离，不会存在高拔的情况。高拔是读者附加于作品经典性之上的内容，而并非作品经典性之所含蕴，而优秀的阐释则可能会在某个层面无限接近对作品潜在经典性的认识。因此，与其说是经典度，不如说是阐释度，阐释度只有遇合、接近、偏离与扭曲的情况。

另外，王恩科认为造成偏离的原因主要有：意识形态、社会风尚、诗学、赞助商等，而本书认为造成偏离的根本因素是读者的阅读视界，至于意识形态等因素，它们必须通过影响读者视界来影响他们对经典性的认识。因此，经典性是不变的，在文本流动的过程中，变化的是不同时代不同读者甚至同一读者不同时期的认识，这个认识或者与作品潜在的经典性有某方面的遇合，或者接近，或者偏离，甚至背离。吴义勤先生认为："经典一定会在不同的时代面对不同的读者呈现出完全不同的价值。这也是所谓文学永恒性的来源。也就是说，文学的永恒性不是指它的某一个意义、某一个价值的永恒，而是指它具有意义、价值的永恒再生性，它可以不断地延伸价值，可以不断地被创造、不断地被发现，这才是经典价值的根本。所以说，经典不但不会自动呈现，而且一定要在读者的阅读或者阐释、评价中才会呈现其价值。"② 他的观点有合理性，但过于强调读者的主体性，而忽略了文学

---

① 王恩科：《经典度：经典性与经典化之间的纽带》，《当代文坛》2014 年第 6 期。
② 吴义勤：《"经典化"是真命题还是伪命题》，《文艺报》2014 年 2 月 24 日第 1 版。

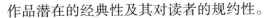

作品潜在的经典性及其对读者的规约性。

（二）读者阐释会形成传统

詹福瑞先生指出，经典具有累积性。经典往往具有漫长的传播和阅读史，在传播过程中，历代读者对经典发表了各种各样的评价，并同经典文本一同流传。因此，经典在其原生的文本层之外，又累积成了经典的次生层①，希尔斯用"附属传统"来指称解释作品的传统，詹先生的"次生层"概念与之相近。在詹先生看来，经典的"次生层"即是以经典为核心的历代读者的评论、阐释。这一概念的提出对于经典化研究具有很重要的意义，它提示我们，读者所接受的经典，并不是经典文本的个体，而是一个历史的整体。在作品经典化的过程中及成为经典后的接受、传播过程中，"原生层"与"次生层"以一个整体的面目出现，共同对读者发挥作用。

不过，就古代文学的研究言，"次生层"的概念尚有进一步细化的必要，"次生层"应该包含两个层面：一是阐释的"次生层"，一是创作模仿的"次生层"。

从阐释角度言，中国古代文学经典的"次生层"基本上存在两种样态：一是经典的整理与注释层；二是经典的评点与批评层。二者分属于文献学术研究和文学批评层面。不过，并非所有的"次生层"内容都会伴随着作品走向经典而进入传统的场域，唯有重要读者的注释、评点、批评等才有可能随着作品的经典化而经历经典化的进程，并最终成为经典而为后世读者反复接受，某种程度上成为后世读者的阅读前见，对后世读者的影响甚至超越原作经典性对读者的规约性。

从读者创作接受角度言，前代或同时读者的规模仿作，也会成为后代或同代读者的模仿对象，"次生层"与原作一起（甚至超越了原作），对后世读者创作或解读产生了影响（有时仿作超越了原作，加之原作传播局限等问题，所以后世读者有时只知仿作而不知原作了）。

重要读者对作品的接受（不管何种渠道方式）形成作品的外围

---

① 詹福瑞：《文学经典学发凡》，《铜仁学院学报》2016 年第 1 期。

圈，即"次生层"，由于重要读者的文学史或文学批评史地位的影响，他们所形成的"次生层"往往是后世读者无法避免的，甚至可以说，后世读者接受作品时，可能更多的是首先接触到这个外围圈。要超越这个"次生层"的创作、评点、阐释观念需要超高的发现能力、自主能力，所以，对于大多数读者言，"次生层"对他们接受原作的影响要超过原作经典性对他们的制约。当对"次生层"的接受形成一种稳定的态势，那么作品的读者阐释就会进入固化阶段。用希尔斯的话言："阅读过去的重要文学作品的人不但获得了作品的传统，而且获得了解释作品的附属传统。解释作品的传统渐渐地体现在作品本身中。过去本身不会向今天的人们展示自己，它必须在各种复杂的知识水平上，遵循文献学术研究和文学批评是将过去的作品延传至今的先决条件。因此，必须有一个研究、纯化和重建传统的传统"，"要成为文学传统的一部分，一部文学作品必须有读者，这意味着，传统必须通过将作品介绍给读者的机构而成为人们的注意对象"。① 不过，就中国古代文学而言，将作品介绍给读者的未必是某个机构。

（三）读者阐释的遮障

读者阐释某种程度上也会对后来者对原作的理解造成一定的遮障，主要表现在两个方面。

1. 次生层的障碍

经典的"次生层"也能成为一种阐释的传统，但"次生层"只是附着于作品的东西，它本身并不是作品，它可以为读者扫清阅读的障碍，但它对读者对原著的理解、感悟也同样会形成遮障。只有勇敢的、有识见的、通透的读者才有能力、勇气摆脱"次生层"的束缚，苏轼对风行于唐代的五臣注的否定即是极好的说明。

"次生层"的遮障主要在于其光芒可能遮盖读者对原作的探求，读者甚至可能把"次生层"当作作品的本义，这将落入指月见指、舍本逐末的境地。经典的阐释的确可以对读者阅读原作起到引导作用，

---

① 詹福瑞：《论经典》，人民文学出版社 2016 年版，第 153 页。

但阐释无法做到绝对客观，注释者或阐释者的价值判断、审美选择等均隐含于"次生层"中，如若以对"次生层"的学习代替对原文的阅读学习，那即是买椟还珠，失去了与原著对话的可能。另外，当"次生层"成为阅读前见的时候，一般人很难突破前见的影响。"次生层"对读者接近原著有积极的助力，但若读者的悟性、能力不足，他们将会执着于"次生层"，把"次生层"所言当作原作的真实义而陷入阐释的幻境。因而，对"次生层"的接受，最终要回归到对原文艺术品质、内涵内蕴的发现、体味上。

2. 阐释的不完整性

第一，阐释的隔离性。

我们往往强调读者阐释对作品经典化的作用，这个思路于小说等文体言比较合适，但对于诗体文学言则未必恰当。尤其是中国古诗，它以其独特的语言唤醒人们的生命体验，并使之与诗在当下融为一体，这是无须或无法阐释的。文字的阐释与心灵的共振相比，有时颇有隔靴搔痒之感。陶渊明的"采菊东篱下，悠然见南山"，万言解说不若刹那的悟入。王维的《鸟鸣涧》，展现的是空有合一的禅境，此超越语言的境界又如何阐释呢？李白的《静夜思》简单明净，却与自《诗经》以来的乡土之思、家园之念血脉相通，契合远离故土人的一种本能情怀，直指人心，感动千古，实可谓大道至简，牢笼万物者。

第二，阐释的不完整性。

读者阐释的积极作用是什么？其一，揭示作品的内涵，对其他读者，尤其是阐释能力不强的读者起着引导作用（但也不能忽略其负面作用）；其二，优秀的阐释形成传统，对读者的阅读选择起着很强的推荐作用。毕竟人多有从众的、权威崇拜的心理，而自古以来的作品太多，即便穷尽一生之力，也没有人可以阅尽，因此选择一流读者阅读、推荐的并为众多人所接受的经典，显然是明智之举。但读者阐释是不完整的，因为读者的接受往往是具有选择性的，这种选择性与读者的整体知识能力场等相呼应，他们无论是模仿或者是阐释，都多着眼于作品的某一点或某一部分，这就造成作品接受实际上存在"取一瓢饮"的现象，也就意味着，作品的经典化中，作品的潜在的经典性无法以完整的象为读者所接受，读者接受的永远都只是局部。（或许正是这种局部的接受，导致作品不断被接受，成为形成经典作品开放性特征的一个因素。）

第三，隐性阐释的难以把握。

读者的阐释，有显性有隐性。若文选的编撰，文献的注疏、创作模仿等，都隐含读者对作品的理解，只不过比较隐晦而已。如萧统之编撰《文选》、李善之注《文选》、江淹之《杂体诗三十首》等，皆含有他们对作品的批评，而对此批评的挖掘，也唯有阐释能力强的读者才能发现。李善注在中晚唐后不为唐人所喜，根本原因在于其注古明今的注释体例所暗含的对作品思想、艺术的理解、批评等太过隐晦，很难为一般读者所领悟。

本部分论述可总结如下。

首先，作品的历史性流动既受制于作品的经典性，又受制于读者的阅读视界。作品的经典性不是读者赋予的，而是一代代读者不断揭示出来的。由于读者阅读视界的限制，他们对作品经典性的揭示会出现遇合、接近或者偏离，甚至背离的情况，我们把这种相对于作品经典性的揭示情况称为阐释度，而正是一代代读者与作品经典性的遇合、接近、偏离、误读等，使得作品的接受形成了连绵不断的或粗或细、或发散或凝聚的接受链条，在这个超越时空的连续的接受链中，作品逐渐走向了经典的地位。

其次，一代代优秀读者的阐释会形成围绕作品的"次生层"，"次生层"会形成阐释的传统，对后代读者有引导作用，但如若把"次生层"当成对作品的完全揭示而接受的话，那么"次生层"将对读者接受作品形成遮障，而"次生层"对一般接受者的影响，一定程度上会造成作品阐释的固化。

再次，我们过分强调了读者阐释对作品经典化的作用，事实上，不同文体作品经典性的读者揭示是不同的，比如中国古代的诗歌意境，意会心得，得鱼忘筌，读者需要悟入，此相比于对小说思想、艺术的阐释言是有一定差异的。更进一步说，由于读者阐释的选择性，任何阐释都无法呈现作品经典性的全部，而经典之所以能跨越时空，恐与读者阐释的这一特点亦有密切关系。

第四节　经典化的另一极点——经典

经典是经典化的另一个极点，当作品转为经典，我们如何判定经典的确立？确立为经典的作品与确立前的作品其读者接受是否发生变化？作品的经典性与经典的经典性是否一致？经典作品与经典作家的关系如何？关于这些问题，实还有进一步探讨的必要。

一　经典确立的标准

对于经典的确立，佛马克提到三种确认方法：其一是用于教学的不同选本中作家的名字和每一个作家在其中所占的页数；其二是被各种书评提到的多少；其三是以问卷形式询问读者的阅读倾向。[①] 这几个确认方法主要是站在当代立场的确认方式，对于中国古代文学经典的确立未必合适。以中国文学史的编写为例，它很难避免编写者文学史观、文学认知，甚至阅读倾向的影响。以袁版《中国文学史》中的曹植书写言，曹植作为建安文学的代表，作为唐前集大成的作家，他在文学史中所占篇幅远低于陶渊明、李白、杜甫、李商隐等人，甚至没有庾信所占的篇幅长。所以，文学史的编写未必能反映古代文学进程中作品的经典化过程，编者的现代阅读视野未必与古人的阅读视野重合。但历代的总集、汇编、选本、评点的确是可以作为古代文学经典确认的一些实证性材料。王兆鹏先生与其学生用定量分析的方法，"对历代有代表性的唐诗、宋词选本、评点资料和当代唐诗、宋词研究论文等三个方面的数据进行统计分析，排列出唐诗、宋词百首名篇

---

① 杜卫·佛马克：《所有的经典都是平等的，但有一些比其他更平等》，见童庆炳、陶东风主编《文学经典的建构、解构和重构》，北京大学出版社 2007 年版，第 18—19 页。

的排行榜"。① 这种用可检验的具体数据确认古代文学经典的方法，尽量排除了主观意志的干扰，增强了经典确认的科学性和说服力，值得借鉴研究。但这种方法事实上仍不可避免其主观性，可质疑者有二如下。

一是当代唐诗、宋词研究论文与古代唐诗宋词选本、评点资料属于不同时空中的研究内容，今人研究是与古人不谋而合，还是对古人研究的继承？如果是继承，那当代唐诗、宋词研究所选取的对象仍然受古人评定的影响，而它们在古人那里早已成为经典。且古今文化传统虽然有绵延关系，但今与古在阅读前见上确实有很大的差异，比如意识形态、社会体制、文化思想等的巨大差异，因此古今文献资料的混融，能否准确反映作品的经典地位？而即便是古今都推崇的作品，其推崇的原因是否一致？这其实意味着经典性的呈现是否有差异。

二是受众的多少、名气的大小与经典及经典地位的确立是否一定有关？一般来说，在作品转化为经典的过程中，作品往往会有一个或多个接受高潮而逐渐确定其经典地位。但一旦经典地位确立后，经典的接受未必就会如高潮期的接受一样，具有很高的名气、很多的受众、很大的影响力。除非有外力影响，一般情况下，经典的接受很难持续其接受高潮的状态，这亦是自然规律，所谓"飘风不终朝，骤雨不终日"②，概莫能外。而有名无名，亦有很多偶然因素，即如人生遭际，而名与实的关系在现实中实在是虚实不定，难以猜度。

那么，如何确定作品成为经典了呢？经典确立的标准是什么呢？

第一，从其读者接受的时长来看，它必须经过多代（数代不同朝代）读者的接受，在时间上保证读者对它的充分挖掘、比较、挑剔与考验。第二，它必须经由不同时代权威读者的阐释、点评或模仿，权威读者影响着普通读者的接受，使得对作品的接受在主流文化圈中呈现一定的下行（下行，一是指由主流文化圈下行到一般读者；一是指突破主流文化圈，下行到一般民间阶层）状态。第三，作品经典地位

---

① 王兆鹏、孙凯云：《寻找经典——唐诗百首名篇的定量分析》，《文学遗产》2008 年第 2 期。

② 陈鼓应：《老子今注今译》（二十三章），商务印书馆 2003 年版，第 164 页。

的确立往往是在其接受的高潮时期，这个高潮是站在整个接受链条上，通过反观比较得出的判定。第四，从阐释史、影响史的角度看，对作品经典性的挖掘已经揭示出其主要意蕴，而且这种阐释进入了一个稳定的接受状态，也就是说，不同读者（包括同时代、不同时代文选家、诗评家等）对其内容、情感或艺术等达成了一个普遍共识，或者经多代读者的学习模仿，其作品中的语句、意象等成为经典语句、意象，为后世读者普遍接受，有的甚至进入超越文学的领域，比如对曹植《洛神赋》的接受，即由文学领域进入书法、绘画等艺术领域，曹植的《洛神赋》在南朝即已成为经典。简而言之，就是它已经进入了文学的传统中。第五，在读者那里，在其长长的阅读书单上，他依据新加入的作品而不断调整老作品在整个文学链条上的位置，当某部作品在这个名单的位置相对稳定时，那就意味着它已成为经典。

以这五个条件来看曹植作品的接受，分别经历了西晋、南朝、唐代三次接受高潮，经由此广泛的学习、借鉴，其经典序列形成。唐代对曹植作品的学习大多沿袭两晋南北朝，不过，由于两晋南北朝更多是从艺术角度学习曹作，对曹作的精神意旨尚少挖掘，所以曹植其人经典地位的确立，要等到唐代对其作品伦理道德精神进行充分挖掘后方能完成。

再从陶渊明经典地位的确立看，李剑锋先生在揭示陶诗经典地位的确立时这样说："两宋是陶渊明接受史的高潮期。在这一时期，陶的人品和诗文都被逐渐推到了典范地位上，成为理想人格和理想诗美相统一的作家之一"，"（苏轼）在理性上深刻地揭示了陶诗平淡美的内涵，把陶诗推到了诗美理想的典范地位和无人能及的诗史巅峰，从而牢固地奠定了陶在中国诗史上的独特地位，开辟了陶接受史的辉煌时代"，"南宋人不但把陶诗推上了诗歌美的典范地位，而且也把陶渊明的人品推上了人格美的典范地位"。① 宋代陶诗经典与陶渊明人格经

---

① 李剑锋：《元前陶渊明接受史》，齐鲁书社 2002 年版，第 15、16 页。

典的确立先后相从，后世的相关接受基本承继宋人而来，有所发展者不多。可见，经典确立往往在读者对作家作品的接受高潮期，高潮之后的接受多是对高潮期读者接受的一种延续，无论是创作模仿，还是阐释批评等，有所发展的不多，因而对作家作品的风格、内涵的理解也就趋于稳定化，或者说固化。

需要辨析的是，学界在讨论中国古典文学的经典化时，多言及选本、注释等对作品经典化的重要作用。本书认为，此探讨需有一个前提，即判定选本是在作品经典地位确立之前或之后，因为以经典的确立为界限，相关选本、注释出现的时间段不同，它们对于作品经典化的意义亦不同，因此，以入选选本来定作品或作家经典地位的确立是不严谨的。以曹植作品为例，一般认为萧统《文选》、钟嵘《诗品》中关于曹植作品的评价内容，标志着曹植作品经典地位的确立。事实上，在入选《文选》之前，曹植作品已被两晋南北朝的诸多文士多方面反复学习、模仿、借鉴了，他们对曹植作品的学习已经形成了传统，萧统《文选》只是对这种状况的呈现，而钟嵘所言也是对历史事实的总结。所以，曹植作品的经典地位并不待萧统、钟嵘赋予而确立，在他们之前，即已由其广泛的影响而确立。由于古代文献保存的不易，《文选》对于曹植已被认定为经典的作品的保存、流传有着重要的价值，唐代对《文选》的重视强化了唐人对《文选》中曹植作品的学习，《文选》实际上间接地起着权威读者、权力读者的推荐作用。而李善注、五臣注对曹植儒家思想人格的注释，对于曹植其人经典地位的确立有着决定性作用。在曹植其人其文经典地位确立之后，相关的选本、注释大多在延续阐释传统或对主阐释进行补充，它们从不同角度揭示其艺术品质，挖掘其作家精神，从而使其作品以及作品精神得以流传，或服务于当时的时代。

当然，对于在进入选本时尚未成为经典的作品言，选本对其经典化，尤其是优秀选本、权威者选本，对其经典化将起到至关重要的作用。吴子林通过对明清之际小说的经典化进程考索，指出：任何经典序列的推出，并非历史的偶然，抑或少数人的"共谋"，它必然负载着经典遴选家的现实立场与历史想象；关注本文自身内在因素与价值，在经典再生产的过程中，有着独特的功能与意义；小说话语由匿名流行到具名，乃至经典命名，是一种置身于传统、现实的理解与解放过程，标志着文化形态的结构变化；经典再生产隐藏着话语权力的争夺，是经典遴选家回应历史与现实问题，积极介入，参与特定时期文化建构的成果。①

当然，选的意义不止如此。许云和指出，"晋南北朝总集编撰担当了文学教育的责任和义务，目的是为培养文学创作人才、繁荣文学创作服务。基于这样的目的，当时为总集编撰所定立的原则和标准就自然是'选'而不是'总'……只要个人著作和作为书部的单篇作品具备了'选'的特征，它就可以被认定为总集。《隋志》总集就是按照这一观念来著录个人著作和单篇作品的。《隋志》总集显示的晋南北朝总集编撰的历史过程，究其性质，完全可以将其解读为中古时期发生的一场以文学教育为目的的文学经典化运动"②。就当时言，其文教的目的是无疑的，不过，由于《隋志》总集中许多著作、文篇早已确立了经典地位，所以，它不完全是一种经典化运动，更多的还是经典的保存、推荐。

二　经典的两个指向

"经典化"不只是作品的经典化，往往还包含作家的经典化。因此，所谓经典，其实包含两个指向：一是经典作品，一是经典作家。不过，在经典化的研究中，学界更多强调的是作品的经典化，而较少论及作家的经典化。经典作家与经典作品不是一个相等的概念。经典作家一定有经典留存后世，但能留存经典作品的作家并不一定都能成为经典作家。

中古作家接受史写作大陆始自李剑锋先生的《元前陶渊明接受

---

① 吴子林：《文化的参与：经典再生产——以明清之际小说的"经典化"进程为个案》，《文学评论》2003 年第 2 期。

② 许云和：《经典建构：〈隋书·经籍志〉总集的范式意义》，《文学遗产》2015 年第 4 期。

史》,他提出作家接受史写作应注重"为人"与"为文"对后世的双重影响,这一观点对接受史写作极具启发意义。陈文忠先生评说:"论者提出的应当顾及古代作家'为人和为文'对后世的双重影响,则非深有心得者不能言。"① 另外,经典作家又有大家与小家之分,而经典大家经典地位之形成,基本上会伴随其"为人"的经典化与其作品的经典化,即经典作家地位之确立、经典序列之形成与作家人格精神之发现是紧密结合的。陈文忠先生提出经典作家接受史写作至少要包括经典地位确立史、经典序列形成史、艺术风格阐释史、艺术典范影响史以及人格精神传播史等五个方面,把经典化理论融入接受史写作的理论架构,显示对接受史理论的进一步思考,但其核心仍是"为人"与"为文"。② 对于多源头的作家或者深入中国传统文化思想深处的作家,伴随着其作品经典化的,往往是其人的经典化。中国文论讲究"知人论世",在古人那里,往往把作品中作家自我与现实中作家自我对等,因而,经典作品越多的作家,越容易引起读者对作家本人人格精神的解读。事实上,对作品的解读与对作家人格精神的解读,其实有着相互制约的关系。

以曹植为例,从曹魏至两晋南北朝,人们对曹植深厚的儒家情怀与其高尚的人格尚少关注,其中的原因是复杂的,比如政治因素的影响、玄学思潮的影响、文士生活审美情趣的影响等,但正因对曹植道德精神关注的相对缺乏,此期对曹植诗文的解读、借鉴等更多集中于其诗文的美丽,曹作丰富深刻的内涵未得到充分挖掘,其社会层面的影响受到了局限。某种程度上可以说,对曹植作品的解读,受限于对曹植其人的解读,而曹植其人的接受,经过了漫长的过程,从陈寿始,经由裴松之、谢灵运、江淹、萧绎、王通,到唐代李善、五臣等,他们对曹植深厚的儒家情怀及其人格魅力的阐释,

---

① 陈文忠:《走出接受史的困境——经典作家接受史研究反思》,《陕西师范大学学报》2011年第4期。

② 从本书对经典化理论的思考看,陈文忠所言这五个方面,经典地位确立史与经典序列形成史往往是相伴生的,而又常常包蕴艺术风格阐释史、艺术典范影响史、人格精神传播史等内容,所以在实际写作中,很难把它们剥离进行论述。

逐渐由点滴之评而终成为曹植及其作品阐释的主流，曹植与其作品也逐渐深入民族的灵魂，而其悲剧命运亦在宫廷之争的内容外，拥有了更深厚的意义。

因此，经典作家意味着：第一，其作品成为经典的较多；第二，其人格精神具有典范意义，是某种传统思想的集中体现者，具有代表性；第三，其文学创作往往具有集大成性，同时又具有开创意义，他所开创的写作范式等多成为传统；第四，他往往经过数代读者的接受，并且往往由其作品而渐及对其人格精神的接受（或者由对其人的接受而渐及对其作品的接受，如陶渊明）。以此为标准，占据条数越多，越是经典大家气象。经典大家往往文学造诣与人格魅力（包括道德精神、人格的自然自由境界等）俱为后世所赞叹，比如屈原、曹植、陶渊明、李白、杜甫、苏轼等，而经典小家往往只能在某一方面对后世有突出的影响。而读者对经典作家其人的接受与对其文的接受间存在制约或促进的关系，比如在一定时期，对陶渊明"为人"的接受最终促进了读者对其作品的接受，从而促进了其作品的经典化，但对曹植其文辞藻丰茂的过分关注，一定程度上遮蔽了对曹植人格精神的挖掘，从而阻挡了曹植其人的经典化过程。

但不论是经典大家或经典中、小家或非经典作家，他们的作品，不管多少，一旦进入经典的序列，其经典性的艺术性、长久性、权威性等应该是一样的，不可能有高低的衡量，只不过作为作品的艺术品质的经典性言，文体不同，其内涵也不同，如《红楼梦》的经典性在于其内涵的丰富性、小说模式的创新性等，但对于诗歌而言，如温庭筠的词，并没有什么深刻的思想感情或伟大的人格精神，其经典性在其声韵语言之美，在其感发人心的力量。我们能说《红楼梦》的经典性比温庭筠词的经典性更为伟大吗？如果这样的话，那么我们就肯定了小说是更为伟大的文体，但这其实是一种偏狭的眼光，因为文体各有其存在的合理性，各有其优长，无论高下。若梁启超以小说为天下最优者，这实在是改革者的激进之言，它虽有其达成社会理想的现实功用价值，但未必是观之四海的真理。

三 潜在经典性与经典经典性

朱立元认为："文学作品的文学性，乃是作家艺术创作活动的成果，是作家审美创造主体性的对象化、语符化，是主体灵感、想象、构思等创造性的内在生命的外射和移注——外射、移注到语言符号之中。作为语言文学符号的物质载体一旦被作家审美创造的生气所灌注，它就获得了文学性的特质，具有了同其他语言文字作品根本不同的特性，虽然这种特性在未被阅读时，只是潜藏在它的物质外壳语言文字之中，只是一种有待实现的潜在可能性。"① 因此，对于文学作品而言，文学性应是其潜在经典性的重要内涵，作品在成为经典之前，它潜在的经典性与经典的本质特征或经典性并非完全相等的概念。

潜在的经典性主要指作品的传统与创新，但经典所含的经典性，既包含上述内容，同时也有学界所言的读者视角的经典的权威性与永久性。但经典的权威性指的是其崇高的不可超越的地位还是另有所指？经典的永久性是否需要条件？它是绝对的存在还是相对的存在？本部分针对经典的属性——权威性、永久性进行探讨。

（一）经典的权威性

对于文学作品而言，存在不存在一个权威的经典？或者说这个"权威"如何理解？希尔斯言："是文学作品延续至今的传统处在科学传统和神学传统之间。……不存在文学作者必须服从的、强制性的综合文学传统的权威，也不存在一部文学作者必须赞同的神圣文本和权威解释。只有大量的特定作品和各种类型的作品，以及体现在这些作品中的范型。"② 据希尔斯言，在文学作者面前，并没有他们必须服从的、强制性的权威存在。

中国古代诗评中非常关注文学的"变"，如"若无新变，不能代雄"③，表达了文学创作中追求创新、超越的精神。又如，钟嵘《诗

---

① 朱立元：《接受美学》，上海人民出版社1989年版，第137页。
② ［美］爱德华·希尔斯：《论传统》，傅铿、吕乐译，上海人民出版社2018年版，第156页。
③ （南朝梁）萧子显：《南齐书·文学传论》（卷三十三），中华书局1972年版，第908页。

品》的品评固然深受其溯源思想的影响，但诗人创作源头的多样性，意味着写作范式的多样性，亦表明没有哪部文学作品是神圣不可超越的。当然，中国古代文学有尊古崇古的传统，在革新的时候，往往到古人那里寻找革新的力量，但在复古中往往蕴含着新变，而绝非一成不变的复古。同时，由于古代文学的革新中，往往面临的是当时已经数代承继的内容，所以尤需革新者勇于突破的精神。如唐代古文运动面对由南朝而来的历经几百年的具有统治地位的骈体文，韩、柳等代表性人物可以说极具创新的精神与突破的勇气。

如果说经典含有权威性的话，也只是指其艺术品质与思想的丰富与高度。其权威性在于它更多地提供一种具有深远影响的写作范式，对其后作家具有不断的启发性，而不在于它提供了一种不可超越的权威的范式。

（二）经典的永久性

经典是否具有永恒性？希尔斯言："构成文学作品传统主要内容的是古代作品。"① 不论原因何在，在古代，文学经典没有因为出现了更多的文学作品而过时，它们始终保持着吸引力。但这是否意味着古代的文学经典在当今乃至后世异于封建时代的文化背景中亦能长久地流传下去呢？下文分别从永久性与传统、艺术品质、本体性等的关系角度对之进行探讨。

1. 经典的永久性与传统

经典的永久性不是绝对存在，而是一种相对存在。其存在有一个条件，即由作者至一代代读者的文化、思想、文学、审美等保持其延续性，即作者和读者，读者和读者之间拥有相近或共同的传统。只要文化思想的传统不断，尤其是已经渗透到中华民族文化基因中的内容还在继承发展，即便是今天对古代经典的接受不能成为一种广泛现象，但精英读者、国家权力等会通过教育、宣传等渠道使之延续下去。詹福瑞先生言："经典的确立必须经过一段历史，更确切的说，是要经

---

① ［美］爱德华·希尔斯：《论传统》，傅铿、吕乐译，上海人民出版社2018年版，第149页。

过不同的社会制度和不同的意识形态的历史。"① 但前提是，在这个社会制度与意识形态背后有着深远的文化思想的传统背景，这种传统同样成为新的社会制度与意识形态的底蕴。如果脱离了这个文化思想的传统背景，在异社会制度与意识形态中，一个民族的经典很难成为另一民族的经典。在异民族与意识形态中，会有部分的接受者，但一方面，由于语言的差异，接受者能否达到原文化传统中优秀接受者的接受水平是个疑问，而译者或传播者所翻译介绍的他民族经典是否还是他民族经典的原貌，也很难说，此正如希尔斯所言："用一个科学发达国家的语言写成的科学著作，在被译成它种文字之后，一般来说不会出现意义上的遗漏，而且它们通常能为另一个国家的科学家较为有效地阅读。而一个国家的文学著作若被外国人阅读，这种阅读无法达到理解上的准确性；文学著作的译文也很少能达到科学著作译文的那种效果。"② 另一方面，在缺少共同传统的条件下，即便文学中具有普泛的价值，除了极少数人外，异民族很难会深入接受一部他民族的文学经典，更不用说融入对方的传统中了（世界性宗教经典可能除外）。即便对中华民族自身而言，我们唯有保持与中华民族传统的联系，才能不断延续古代文学经典的生命。希尔斯言："在解释文本意义的过程中，人们必然要把作品当作文学来欣赏，并将其放到特定的文化作品和更宽泛的信仰潮流所形成的各种传统中。"③ 因此，经典能持续流传下去，根本在于一种思想文化传统的生生不息。

2. 经典的永久性与艺术品质

经典能够在一个传统中的主流文化中保持其持久的接受，有时与其内涵的丰富性相关，有时则与其感发人心的力量相关，但这些都与作品的艺术品质关系密切。没有高的超越的艺术性，很难让不同时代的读者有不断阅读探索或者品味学习的热情。叶嘉莹言："诗歌最主要的是要有一种感发的生命，有一种生命的感动，而这种生命的数量、

---

① 詹福瑞：《论经典》，人民文学出版社 2016 年版，第 37 页。

② ［美］爱德华·希尔斯：《论传统》，傅铿、吕乐译，上海人民出版社 2018 年版，第 137 页。

③ ［美］爱德华·希尔斯：《论传统》，傅铿、吕乐译，上海人民出版社 2018 年版，第 153 页。

质量、深浅、厚薄，乃至于清浊都是因人而异的"，"像陶渊明、杜甫，他们的思想人格当然是很崇高的，他们的作品也有很大的感发力量"，"诗从《诗经》开始，就常常写一种情志，所以《诗经》表现的是作者的思想与人格。词就不同了，像温庭筠的词，他的文字、声音都很美，但是你要说它有什么真正了不起的思想感情和人格，你就很难找到……这样的词一样有感发的生命。所谓感发，就是说除了你的心已经死了，只要你心中有任何一种动，这都是一种感发"①。不过，《诗经》一样有感发的力量，而且，它是一种融合了思想、人格的感发。

3. 经典的永久性与开放性

经典的永久性既表现为经典传播接受的长度跨越，亦表现为经典文本接受的开放性。这种开放性不仅表现为读者持续的各种媒介的传播、编选、注释等，亦表现为读者不断的创作性学习、规摹及批评、阐释（创作性接受本身就隐含有某种批评视角），即对作品经典性持续不断的发现。这样持续不断的批评、阐释是否意味着经典具有永久无限的可阐释性呢？有学者以为经典性是内化于作品中的具有本体意义的存在，人们对作品经典性的认识永远无法触及本体自身，故本体意义上的经典性是难以言说的。这种关于经典性的本体观念，其实是一种理想的设定，即经典的经典性是不可穷尽的。这种认识是可质疑的。首先，任何作者都是特定时代文化思想的产物，都有其限定性，而由具有限定性的作者创作的作品，如何能超越限定性而成为具有永久性的本体呢？其次，经典的确具有开放性，不同时期不同读者对经典的阐释可能是不断变化、创新的，但经典形成的其中一个因素就是经典接受有了某种稳定内涵，比如读者对陶渊明人与文"自然"特性的认识就具有普遍性。再如曹植的诗文风格，唐人发现了其"雄壮"，宋人发现了其"深婉"，明人发现了其"古"，清人发现了其"清"、"妙"，但整体而言，这些都可谓是对"骨气奇高""辞采华茂"这一主流认识的阐释或补充。

---

① 叶嘉莹：《叶嘉莹说初盛唐诗》，中华书局 2008 年版，第 171 页。

第五节　经典的后世:经典确立后的接受

前文论述,作品与经典是经典化的两极,连接两极的是读者。因而,当经典确立之后,读者对经典作品的接受还是经典化的过程吗?成为经典之后的读者接受与之前有什么区别?经典的地位还会遭受之前作品转为经典时的起伏过程吗?经典是否会由经典再成为非经典?或者说被剔除出经典作品的行列?

一　经典开放性的实质

经典确立前,读者接受以权威读者的阐释(创作模仿某种程度上讲也是一种阐释)为主,权威读者的接受影响及于普通读者,作品逐渐蔓延下行而成广泛接受之势。而一代代权威读者的阐释,重在揭示作品潜在的意蕴、艺术品质及作家人格精神,把作品潜在的经典性显化。经典确立后,由于之前读者对作品内容意蕴、艺术品质的接受已经稳定,所以经典的阐释会出现某种固化现象,但固化不意味着对经典作品经典性的挖掘已经穷其极致,经典的开放性就体现在,在核心阐释基础上,会有一些新的阐释对核心阐释进行补充或部分的调整,以逐渐形成对经典更为丰满、立体的接受图景,这个过程中甚至可能会出现某些反主流接受的声音,即可能出现一些消解经典的声音。

以曹植为例,对其文的接受高潮分别是西晋、南朝、唐代,曹植其文的经典地位在南朝即已确立,钟嵘评价曹诗"骨气奇高,辞采华茂",但唐前对曹作的接受主要在其"辞采华茂",初唐陈子昂对"汉魏风骨"的高倡,无疑引发唐人对曹植"骨气奇高"一面的重视,如杜甫"文章曹植波澜阔"(《追酬故高蜀州人日见寄》),所指应该主要在其气骨方面。之后,宋人强调其深婉,明人见其高古,清人见其集大成,等等。不同时代对曹植诗文风格特点的发现固然与读者的阅读视界有关,但亦证明曹植诗文本自熔铸多样风格,而"辞采华茂,骨气奇高"则是其核心的、具有独创性的风格,唐以后对曹植诗作风格的发现是对其主体风格的补充、丰实。至于曹植其人经典地位的确立则在唐代,李善、五臣注曹植,突出了曹植的儒家精神,基本奠定了曹植作品思想情感分析的基础,但在唐后,则因李善注《洛神赋》引曹甄之恋的志怪故事,而使曹植的形象遭受部分扭曲,尽管学者多不信诬,但此故事竟也绵绵流传,由志怪、传奇而至于戏曲,也有广泛的接受,曹植诗文中的儒家精神因之而受到部分消解。

二 经典序列的稳定性

经典序列的概念范围有大有小。小者,可指一位经典大家进入经典行列的系列作品;大者,即指进入文学史经典作品的总序列。某一经典大家的经典序列相对稳定;而文学史的经典序列,其阵势是随着新经典的融入而不断扩充的,且伴随着新经典的不断加入,旧有经典系列的位置会有不断的调整。希尔斯言:"文学传统由幸存下来的文学作品构成;每当一部新的杰作加入这些作品,文学传统就改变了。它之所以改变,不仅仅因为新成分的加入,而且还因为,人们对这一传统中已有的作品有了新的不同的理解。新成分加入这一传统后的一代人所面临的传统与其前辈的传统显然不同。这一差异不仅仅在于新增了上代人的作品,而且在于对整体作出了不同的解释。"① 艾略特言:"文学传统被每一部融入该传统的重要作品改编。'现存秩序在新作问世之前是完美的;为了在新颖事物涌现之后继续保持完美,整个现存秩序就必须加以改变(哪怕是十分微小的),因此,每部艺术作品相对于整体的关系、比重和价值都得到了重新调整,这就是新旧之间的协调'。"② 不过,对于中国古代文学来讲,这个序列更多指的是经典作家的序列。

仍以曹植为例,在钟嵘《诗品》里,曹植被誉为建安之杰,陆机被称为太康之英,谢灵运被赞为元嘉之灵,三者都是其当代的作家代

---

① 詹福瑞:《论经典》,人民文学出版社 2016 年版,第 163 页。
② [英]艾略特:《艾略特文学论文集》,李赋宁译,人民文学出版社 2019 年版,第 209 页。

表，但在判定诗人诗歌创作源头时，钟嵘认为陆机、谢灵运的诗歌创作均源出于曹植，此论可见曹植被推为魏晋南北朝第一诗人的地位；到了宋代诗评家那里，由于接受链条的拉长，新的诗人（或新发现的诗人，如陶渊明）的加入，一条新的文学史经典诗人序列出现了，如张戒言："子瞻则又专称渊明，且曰'曹、刘、鲍、谢、李、杜诸子皆不及也'。夫鲍、谢不及则有之，若子建、李、杜之诗，亦何愧于渊明？即渊明之诗，妙在有味耳。而子建诗、微婉之情、洒落之韵、抑扬顿挫之气，故不可以优劣论也。古今诗人推陈王及《古诗》第一，此乃不易之论。"[①]

不过，经典诗人的序列在后代读者那里可能有某种变化，但就诗人自身而言，一旦进入这个经典的序列，无论朝代如何变化，他们基本上没有遭遇被除名的情况，这就意味着其经典地位的稳定性。这种稳定性的原因或在于：一是中国文学传统中的崇古思想，所谓"振叶以寻根，观澜而索源"[②]，推原寻根的思想在中国传统文化、思想、文学中有着深厚的积淀；二是在相似传统熏染背景下成长的不同时代的文士有着相似的文化思想背景，因此在对经典作品经典性的判定上，他们大多持有共识，这也是经典确立后，其经典地位在主流文化群体里处于比较稳定状态的一个重要原因；三是经典作品在经典化过程中往往有读者的广泛模仿、借鉴、传播，经典作家作品经典地位的评定均有横向或纵向的比较，其经典地位的确立有其客观依据，绝非主观臆断。

三　经典接受的动态性

经典的生成是动态的，但并非无有止境。此说的前提在于，只要主流接受群体不变，经典的地位即能保持稳定性。中国古代文学经典作家作品的接受往往如此，即便经典在某时代遭遇非主流、边缘化的

　　[①]　张戒：《岁寒堂诗话》，见吴文治主编《宋诗话全编》（三），凤凰出版社2006年版，第3236页。

　　[②]　刘勰：《文心雕龙·序志》，见周振甫《文心雕龙今译》，中华书局1986年版，第454页。

处境，也不意味着其经典地位的丧失。当然，在主流接受群体不变的情况下，也会有一些变化发生，主要有以下三种情况。

一是后代接受者站在更长远的历史节点上回望，把前代作家与其前或其后时代的作家相比，从而给其新的定位，或发掘其创作的独特性。

如曹植，由"曹、王""曹、刘"并称到曹植与李白、杜甫、陶渊明等并称的变化，就是在更长的接受链中，从古代诗歌的整体经典序列言说的。当然，这种变化并没有改变曹植经典大家的地位，其经典地位依然是稳定的。

叶嘉莹言："我们看一个诗人，一定要对中国诗歌的演进有一个整体的认识，然后把他放在整个历史背景中，看他究竟占怎样的地位。"以王维为例，"魏晋六朝人写山水诗并不是纯粹地写山水，而是从山水自然过渡到哲理；唐朝人写山水往往从山水自然过渡到感情。那么王维呢？王维写山水既不需要过渡到哲理，也不需要过渡到感情，他的特色就是把本来没有生命的山水自然写出生命来。在这一点上，他既不同于谢灵运的刻画形貌，也不同于孟浩然的情景相生。如果说前面我们所讲的王维的某些五言律诗是他艺术家的手眼与俗情的结合，那么现在讲的像《辋川集》这样的小诗，则是他艺术家的手眼与禅理的妙悟相结合了"。[1] 叶嘉莹所言，即把王维山水诗的成就放在山水诗发展的历史背景中，通过比较肯定其山水诗创作的独特性。

二是后代读者在肯定经典作家作品地位的基础上，不断充实对作家作品内涵的解读。也就是说，由于新的参照不断加入经典的序列中，所以对固有经典的阐释就会融入新的视角的解读。艾略特言："现存的不朽作品联合起来形成一个完美体系。由于新的（真正新的）艺术品加入到它们的行列中，这个完美体系就会发生一些修改……尽管修改是微乎其微的。于是每件艺术品和整个体系之间的关系、比例、价值便得到了重新的调整；这就意味着旧事物和新事物之间取得了一致。"[2] 朱

---

① 叶嘉莹：《叶嘉莹说初盛唐诗》，中华书局 2008 年版，第 170 页。
② ［英］艾略特：《艾略特文学论文集》，李赋宁译，人民文学出版社 2019 年版，第 3 页。

立元解释道："文学家们的个别的作品只有放到这个有机整体中，只有与之产生紧密联系才会具有意义，才会确立自己的地位。另一方面，文学作品的有机整体并不是一种一成不变的存在物，而是处在一种生生不息的运动变化过程之中。"① 这种"运动变化"，一方面指有机整体不断吸纳新的经典作家作品进入传统的序列（不过，每种文体的写作大家从开创者到大成者都是寥若晨星的）；另一方面指对固有经典的阐释会不断发生变化。当然，就阐释的变化言，前文已经论述，它们多是围绕核心阐释而进行的证明、补充、调整或纠偏。

三是经典的生成与接受往往伴随着消解的力量。以曹植其人的接受为例，自从唐代确立其为人的经典地位后，肯定其为人的声音成为主流，但从其当代即有批评的声音，如批评其任性、饮酒不节等，但最消解曹植精神的有两个方面：一是受《感甄记》影响对《洛神赋》的世俗化解读，这既置曹植于不伦之地，又剥落其忠君忧国、建功立业的情怀，曹植沦为爱情悲剧中的主角；二是当代对曹植其人的定位，否定曹植的政治身份与政治、军事能力，仅视其为一个诗人，这对曹植及其作品内涵的理解造成极大的遮蔽。对经典作家、作品的消解可能有助于作品的传播接受，但它对普通读者对原作的接受很大程度上可能会起到误导作用，即如当代不少对经典的改编，其破坏性与其流播经典的建设性的比例关系，还不能确定。不过，整体而言，一旦经典作家作品成为古代文化传统的一部分，只要文化的主流圈子与传统保持有绵延的关系，相应的古代经典作家作品的经典地位应该有其稳定性，消解的声音多是一种陪衬，不能与主流接受相抗衡。

综上，本章主要论述了以下问题。

1. 经典化的两极。作品与经典是经典化的两极，读者是两极的联结点，经典化是作品经读者接受而不断走向经典的过程，这一过程结束于经典的确立之时。经典确立后的读者接受是经典的接受，经典的接受与作品的经典化并非同等概念。

---

① 朱立元主编：《当代西方文艺理论》，华东师范大学出版社2005年版，第101页。

2. 作品。作为经典化一极的作品，它是包含传统与突破性、典范性等内涵的概念，它既具有对读者而言的历史意义，亦具有对作者而言的当下意义。作家以传统为起点，其创新往往又有可能成为新的传统。而作家与读者在根文化及所处政治体制上的相关性又对读者的接受具有重要影响。

3. 读者。读者可分为权威读者、权力读者、一般读者等类型，他们对于作品的经典化具有不同的作用。读者的创作接受往往先行于阐释接受。读者阐释因其阅读视界的影响，对作品潜在经典性的理解有遇合、偏离或背离等情况；读者阐释亦会形成一种"次生层"，对后人的接受起着启发或制约，甚至是遮障的作用；因阐释的选择性或语言的局限性或批评的隐晦性，读者阐释也是不完整的。

4. 经典。经典的确立需要条件，如相当长度的时间；权威读者的阐释及阐释的下行；读者接受形成高潮；作品的核心经典性得到根本性揭示，阐释接受进入稳定，甚至固化状态，或遭遇其他艺术形式的转换；在历代读者接受的经典系列名单中的位置基本稳定等。

经典不仅指经典作品，也指经典作家。作品经典地位与作家经典地位的确立不一定同步进行。经典性既指经典的经典性，亦指作品潜在的经典性，二者并非同一概念。经典的永久性是一种相对说法，其前提是贯穿于作者与读者间的文化传统的延续；而经典的开放性，往往与经典确立时的核心阐释有不同层面的联系。

汇入传统经典系列中的经典，其序列位置相对稳定，不会因为在某个具体时段遭遇冷落而丧失其经典地位，但由于新经典的不断融入，当后代读者从更长的接受链上进行评定时，原有经典的序列可能会发生变化，读者对其阐释的角度也会有不断的补充或调整。而在作品经典化或经典接受的过程中，可能出现消解的声音，但它多是辅助性的，对主流读者的接受影响不大。

第二章 曹作经典化的起点：政治身份、文学思想与传统、创新

据上章所论，传统是作家创作的起点，是作家作品经典化的起点，也是作品具有创新性的参照点，因此，研究经典作家作品的经典化，必须研究被经典化的作家作品与传统的关系，把它们放到传统的时间链上，探讨它们之于传统的继承、融会与突破。

具体到曹植与其作品的经典化研究，我们也必须考察曹植创作的传统根源，唯其如此，才能于接受的时间链上揭示曹植与其作品的哪些方面进入了经典化的历程，并最终成为经典的内在要素。已有研究多以《古诗十九首》、汉乐府为曹植创作的重要来源，但曹植创作以《诗经》为根，兼法庄骚、古诗、乐府、汉赋、史传散文、小说等，其创作多源，融会贯通，可谓其前文学创作的集大成者。本部分主要以曹植的经典诗作为例，重点探讨曹植作品与《诗经》、庄骚、赋、汉乐府、古诗等的渊源关系，并由此源流的追溯，探究曹植相对于传统的创新、突破，分析曹植作品潜在的经典化因素。

当然，所有这些方面的探讨，首先基于对曹植政治身份与创作思想的考量，因为身份影响思想，思想影响甚至决定创作。

第一节 曹植的政治身份：有影响力的王子、藩王

今天，我们往往视曹植为一个诗人，探讨其文学成就、后世影响

及其文学史地位，而常常忽略其政治身份，如魏王曹操之子、魏文帝之弟、魏明帝之叔、太子之争的主角、曹魏的藩王等（这些多重身份是构成曹植之所以成为曹植的重要标签，仅仅关注其中某个标签，并以之代替其他标签是不完善的）。曹植的诗人身份与其政治身份是无法剥离的，尽管他一生没有建功立业的机会，不能以功勋名垂后世，但曹植在当时，首先是一个政治人物，然后才是一个作家，他作家的身份受制于他的政治身份，剥离曹植的政治身份而谈其文学创作，是对其创作精神、艺术独创性的削弱。

而所谓政治人物，不一定要有实际的从政经历，关键在于他处于政治的旋涡，与当时国家政治的重要活动、政策、决策等密切相关。曹植之所以是一个政治人物，可从以下几点进行分析。

一 从曹操对曹植及其兄弟的培养言

曹操是把曹植当作政治人才来培养的。汉末天下大乱，人才凋敝严重，建安十五年曹操《求贤令》、建安十九年《敕有司取士毋废偏短令》、建安二十二年《举贤勿拘品行令》等的先后发布，可见人才需求之急。而曹操在汉末因势起伏，其心志亦随其处境而逐渐开阔，终至于以周公自任，为天下而不能让，在这样的背景下，家有麒麟之子，寄以家国之望实自然之理。曹操《诸儿令》言："今寿春、汉中、长安，先欲使一儿各往督领之，欲择慈孝不违吾令，亦未知用谁也。儿虽小时见爱，而长大能善，必用之。吾非有二言也，不但不私臣吏，儿子亦不欲有所私。"① 诸儿皆能慈孝不违其令，故依此标准则无法择取合适人选，所以后言"能善，必用之"，强调以"能善"为任用诸儿的标准，举贤不必避亲，能者为上，与其选官任吏标准无二，此令可见曹操对诸子之培养自有其经世的实际目的。而曹冲死后，曹植以其才华从曹操诸子中脱颖而出，尤为曹操所重，自在情理之中。

至于曹操对曹植的培养，可通过以下史实考察：建安十六年，曹植

---

① 安徽亳县《曹操集》译注小组：《曹操集译注》，中华书局 1979 年版，第 178 页。

封为平原侯，从是年至建安十九年间，邢颙为平原侯家丞，刘桢、应场为平原侯庶子，毌丘俭为平原侯文学，司马孚为平原侯文学掾；建安十九年曹植为临淄侯时，又以郑袤、徐干为临淄侯文学。① 这些人物多为儒学或明法之士，如曹操建安十六年所作《高选诸子掾属令》言："侯家吏，宜得渊深法度如邢颙辈"②。建安十九年，曹操得邯郸淳，"（丕）亦宿闻淳名，因启淳欲使在文学官属中。会临淄侯亦求淳，太祖遣淳诣植"，"淳归，对其所知叹植之才，谓之'天人'。而于时世子未立"。③ 曹操不与丕而遣之诣植，里面甚有深意。其意一在借淳之眼考察曹植，一在借淳之口以誉曹植。就此事言，曹操属意曹植欲隆其盛誉之意图甚为明显。建安十九年，曹操南征孙权，以植守邺，行前诫之曰："吾昔为顿丘令，年二十三。思此时所行，无悔于今。今汝年亦二十三矣，可不勉欤！"④ 寄望殷殷，跃然纸上。司马门事件后，曹操《曹植私开司马门下令》言"始者谓子建，儿中最可定大事"⑤，可窥曹操对曹植的赏识与寄望。曹植《与杨德祖书》中言："我虽薄德，位为藩侯，犹庶几戮力上国，流惠下民，建永世之业，留金石之功；岂徒以翰墨为勋绩，辞赋为君子哉？"⑥ 此亦可见其人生定位。而曹植在建安十九年至曹操去世前，也的确不同程度地参与到了当时的政治生活中。除了建安十九年的留守邺城外，他还以文笔参与政治活动，如写《七启》以配合曹操的人才举征政策，写《酒赋》以响应曹操的《戒酒令》等。

二　从太子之争事件后的政派斗争言

曹操是太子之争事件中曹植的实际支持者。太子之争表面上是丕、

---

① 参见张可礼《三曹年谱》，齐鲁书社 1983 年版，第 115—116、133 页。

② 安徽亳县《曹操集》译注小组：《曹操集译注》，中华书局 1979 年版，第 162 页。

③ （晋）陈寿著，（南朝宋）裴松之注：《三国志·魏书·邯郸淳》（卷二十一），中华书局 1982 年版，第 603 页。

④ 曹操：《戒子植》，见安徽亳县《曹操集》译注小组《曹操集译注》，中华书局 1979 年版，第 156 页。

⑤ 安徽亳县《曹操集》译注小组：《曹操集译注》，中华书局 1979 年版，第 172 页。

⑥ 赵幼文：《曹植集校注》，中华书局 2016 年版。本书所引曹植作品内容主要参见该书，后不为注，仅于引文后标示篇目；如引自他书，则另加注明。

植兄弟之争，而其背后则是统治集团内部汝颍集团与谯沛集团两大势力之争。朱子彦教授指出，曹魏政权的组成人员大都来自汝南、颍川和谯县、沛国地区。随着曹操政治军事实力的不断壮大，其统治集团内部明显出现汝颍集团和谯沛集团两个以地域结合为特征的政治力量。前者是以汝南、颍川地区士大夫为首的世家大族，包括依附于他们的一些庶族地主，其集团人士大都担任卿相，代表人物为荀彧；后者是以谯沛地区人物为核心的庶族地主占主导地位的新官僚集团，亦包括依附于他们的世族、庶族地主，其集团人士大都为领兵将帅，代表人物是曹操与其宗族。汝颍人士在汉末战乱中选择了曹操，其目的欲以曹操之力来匡扶汉室，因此他们对曹操既依附又保持着独立。他们曾辅助曹操成就霸业，但当曹操篡汉之志日显时，则又成为反对、阻碍曹操代汉之力量。而谯沛集团人士多在政治、军事生涯之初即追随曹操，出生入死，忠勇果敢，是曹操以武事征伐之股肱心腹力量。①

对这两个集团的关系，孟繁治认为："曹操一生的政治活动主要体现在军事斗争上，而颍川谋士群体的一切方略，无一不是围绕这一中心并且是为这一中心服务的。因而就政治活动而言，谯沛武人集团与颍川谋士群体之间是一种主从关系。"② 朱子彦进一步指出："由于汝颍集团的人大都担任卿相，谯沛集团的人大都担任将帅，故两派实力起初不相上下，可谓平分秋色，但这种权力平衡的局面不久就被打破。两派权利的消长升降，以曹操王位继承权为转折点。两个集团矛盾的爆发，亦由此而开始。"

本书以为随着北方统一，曹魏集团的政治策略必将从军事为主逐渐转向文治为主，两个集团的力量亦必将随着政治策略的变化而变化，一旦以汝颍集团为代表的世家大族处于权力天平的上端，那么曹魏的立国基础就可能会被削弱，毕竟汝颍集团在政治理念、价值追求上与以曹操为核心的谯沛集团并不完全相同。所以，在太子之争中，曹丕深得汝颍集团的支持，而曹植的支持者则是以曹操为首的谯沛集团。

---

① 朱子彦：《曹魏政权内两大政治集团的产生与竞争》，《上海大学学报》2002 年第 4 期。

② 孟繁治：《曹氏政权两大政治集团之比较》，《平顶山学院学报》2005 年第 4 期。

太子之争虽以曹丕的胜出作结，但其太子地位并非稳固难移，原因在于曹操在立太子后并没有放弃曹植。建安二十四年当曹仁被关羽围困时，曹操又"以植为南中郎将，行征虏将军，欲救曹仁"，欲成曹植之功①。曹操临终前驰召驻守长安的曹彰，曹彰到洛阳后问玺绶之所在，并告诉曹植曹操召他正为拥立曹植，大多论者据此认为曹操欲于临终时改立太子。②

曹操在立嗣问题上的反复，或出于对曹丕可能受控于以汝颖集团为代表的世家大族的担心，而曹丕与谯沛集团的关系，或者说曹丕对谯沛集团的态度亦是他所不放心的。曹丕与谯沛集团矛盾甚深③。由于太子之争，一些卷入其中的谯沛人士为曹丕所恨。丁仪、丁廙是支持曹植的最有力人物，为了支持曹植，得罪了曹丕及一批世家大族。曹操在世时，曹丕即欲治丁仪罪，继位后，立诛二丁并其男口。而魏讽亦属于谯沛集团人士，魏讽谋反案进一步加深了曹丕与谯沛集团的矛盾。④ 另外，曹丕诸弟，亦多支持曹植。曹丕与诸弟的矛盾，在太子之争初即存在。曹操《立太子令》："告子文：汝等悉为侯，而子桓独不封，而为五官中郎将，此是太子可知矣。"⑤ 此令意味深长。子文

---

① 曹操诸子中被封为中郎将统兵者，此前只有曹彰。又当徐晃初救曹仁未果，曹操欲亲自南征，桓阶认为："今仁等处重围之中而守死无二者，诚以大王远为之势也。夫居万死之地，必有死争之心；内怀死争，外有强救，大王案六军以示余力，何忧于败而欲自往？"可见此次解救曹仁的出军是必胜无疑的，曹操欲以曹植为南中郎将救曹仁，本身即欲成曹植之功［见《三国志·魏书·桓阶传》（卷二十二），第632页］。

② 有论者以为此举不过是为叮嘱曹彰支持曹丕，此意似难成立。若果如此，有比直接召见太子嘱以后事更为有效吗？事实上，当时群臣闻知曹操去世之反应亦能说明问题。如："太祖崩洛阳，群臣拘常，以为太子即位，当须诏命。矫曰：'王薨于外，天下惶惧。太子宜割哀即位，以系远近之望。且又爱子在侧，彼此生变，则社稷危矣。'"［《三国志·魏书·陈矫传》（卷二十二），第644页］此则材料说明继承人之最终认定是以诏命为准的，但曹操并未立有诏命。而"爱子在侧，彼此生变"，此"爱子"据顾农先生考证为曹植（见顾农《曹植生前若干事迹考辨》，《郑州大学学报》1983年第3期）。若此，当时花落谁家并无定数，群臣对继承人为谁实持一种观望态度。曹彰之言语、群臣之反应，不可能空穴来风，他们必定是观察或了解到曹操最后几年对曹植的态度变化。

③ 参见王永平《曹操立嗣问题考述——从一个侧面看曹操与世族的斗争》，《扬州大学学报》2001年第3期。

④ 柳春新考证魏讽是沛国人士，"曹操宽待魏讽，当因魏讽为沛国人，属于曹操倚仗的'谯沛集团'"。参见柳春新《"魏讽谋反案"析论》，《江汉论坛》1997年第5期。

⑤ 安徽亳县《曹操集》译注小组：《曹操集译注》，中华书局1979年版，第173页。

乃曹彰字，此令专告曹彰等诸侯，强调自己属意曹丕已久，似劝诫他们接受这一事实，此亦从侧面说明，曹彰等人在立太子事上倾向曹植。据史料看，曹彰等兄弟和曹植关系相当不错。如曹衮，"凡所著文章二万余言，才不及陈思王而好与之侔"①，看似不服的情绪背后，恰意味着对曹植才华的佩服、欣赏，里面充满兄弟间学文论道的情谊。植异母弟曹彪，与曹植亦相当亲善，此可证之于《赠白马王彪》及曹彪的《答东阿王诗》。

又，曹操二十五子，除曹丕外，至建安二十四年，其余存世封侯者共十一人；除曹彰外，当时诸侯均在邺城，不赴封土，无军事实力。可以说，即使在曹操时代，诸侯们都难以起到藩卫国土的作用，而一旦诸侯们被孤立，曹魏之安全即有极大隐患，此或亦为曹操临终前所忧虑者。

曹操本就忧虑曹丕与世家大族的密切关系，当曹丕与谯沛人士的矛盾越来越深时，若曹丕执政，两大集团政治上能否保持平衡将是一个大问题，而一旦谯沛集团被压制，那么曹魏的统治基础就动摇了。曹丕即王位及登帝位后，似乎延续了曹操倚仗谯沛集团联合汝颍集团的政策，但他称帝后命陈群为中领军，继为镇军大将军，录尚书事；黄初五年，兴师伐吴，任司马懿为抚军大将军，加给事中，录尚书事，原来与军权无缘的汝颍集团由此进入军事权力的上层。尤其他去世前，遗诏司马懿、陈群、曹真辅政，确立了司马懿顾命大臣之位，奠定了司马氏势力发展的权力基础。

由此角度看，曹操之所以没有放弃曹植，正是考虑到曹丕与世家大族互相支持而与谯沛集团矛盾甚深，一旦曹丕即位，两大集团的势力均衡一定会打破，再加上他一直中意于曹植的才华、气度，故从长远的政治博弈考虑，与汝颍集团有距离的曹植才有可能驾驭两大集团。尤其是谯沛集团的曹彰，已靠军功拥有自己的威望、势力，由他辅助曹植，一文一武，相得益彰，这可能是曹操最终认为的合理安排。

---

① 《三国志·魏书·中山恭王衮》（卷二十），第583、584页。

太子之争，事实上一直持续到曹操去世，其实质是曹魏两大集团势力的矛盾斗争，斗争的结果一定会影响深远，甚至决定着曹魏的政治方向。历史已经证明，文帝、明帝时期，科禁诸侯，凋剪枝叶，轻同姓而重异姓，最终导致王权移位，鸠占鹊巢。此正如王夫之所言：

> 魏之无人，曹丕自失之也。而非但丕之失也，丕之诏曹真、陈群与懿同辅政者，甚无谓也。子叡已长，群下想望其风采，大臣各守其职司，而何用辅政者为？其命群与懿也，以防曹真而相禁制也。然则虽非曹爽之狂愚，真亦不能为魏藩卫久矣。以群、懿防真，合真与懿、群而防者，曹植兄弟也。故魏之亡，亡于孟德偏爱植而植思夺适之日。①

王夫之一针见血地指出曹丕把陈群、司马懿和曹真同作顾命之臣，目的即防备谯沛集团，最终是防备曹操支持的曹植兄弟。但曹操支持曹植并不仅因爱赏曹植的才华，而实在是看到了曹丕当政后潜在的巨大风险，曹植是曹操用来与世家大族博弈的一颗重要的棋子。而文、明二帝对曹植兄弟严防厉禁，此亦可见曹植兄弟，尤其是曹植的影响力之大。由此言之，他虽然在文、明二帝朝并未得以任用，但重异姓而轻同姓的政策因之而起，曹植所牵涉者可谓大矣。今之论者往往仅以文士视之，嘲笑、同情他在政治斗争中的单纯、幼稚，亦认为曹丕对曹植的惩罚主要根源于嫉恨之心，果真若此，曹丕何必如此大动干戈？事实上，曹植在曹魏政权中的影响，从曹叡时的一则谣言即可见其端倪。《明帝纪》裴注引《魏略》言："是时讹言，云帝已崩，从驾群臣迎立雍丘王植。京师自下太后群公尽惧。及帝还，皆私察颜色。卞太后悲喜，欲推始言者，帝曰：'天下皆言，将何所推？'"② 这则谣言很是蹊跷，但不管制造者是谁，足见曹植在曹魏上层中的影响力即便在曹叡之时仍然是不可小觑的。此亦可以解释何以终文、明二帝朝，

---

① （清）王夫之：《读通鉴论》（卷十三），中华书局 2013 年版，第 277 页。

② 《三国志·魏书·明帝纪》（卷三），第 95 页。

曹植始终被排斥在政治权力的边缘。

三 从曹植的政治素养及身份认同言

曹植具有极佳的政治素养，并有自觉的身份认同。曹植言："吾虽德薄，位为蕃侯，犹庶几戮力上国，流惠下民，建永世之业，留金石之功，岂徒以翰墨为勋绩，辞赋为君子哉!"（《与杨德祖书》）他把自己的人生理想首先定位于干大事的政治人物。不少人认为曹植政治上非常幼稚，军事上纸上谈兵，这是一个误解。以军事言，建安十九年，其与邯郸淳"评说混元造化之端，品物区别之意，然后论羲皇以来贤圣名臣烈士优劣之差，次颂古今文章赋诔及当官政事宜所先后，又论用武行兵倚伏之势"①，可见其所学涉猎文武古今。其《求自试表》言"臣昔从先武皇帝，南极赤岸，东临沧海，西望玉门，北出玄塞，伏见所以行军用兵之势，可谓神妙矣"，则又有追随其父的实际观摩。建安二十四年，曹操在曹仁被围困之时，欲"以植为南中郎将，行征虏将军，欲遣救仁"，此前只有建安二十三年，曹彰北征乌丸，被曹操委任"为北中郎将，行骁骑将军"，危急之时，委曹植以重任，此亦见曹操对曹植军事能力的肯定。曹植《求自试表》言："若使陛下出不世之诏，效臣锥刀之用，使得西属大将军，当一校之队；若东属大司马，统偏舟之任。必乘危蹈险，骋舟奋骊，突刃触锋，为士卒先。虽未能禽权馘亮，庶将虏其雄率，歼其丑类，必效须臾之捷，以灭终身之愧。"若视此为自负狂言，则未免失之偏颇，以曹操这样的军事家尚且不失眼于曹植，我们对曹植的军事才能又岂可轻易怀疑？

以政治素养言，曹植具有极高的政治素养。所谓政治素养，主要指在政治立场、政治品质和政治水平等政治素质方面的修养。以曹植言，就是立场上所有言行始终以曹魏政权的利益为根本，政治道德上对国家最高领袖、对曹魏政权始终忠贞不贰，政治水平上具

---

① 《三国志·魏书·邯郸淳》（卷二十一），第 603 页。

有透视全局的心胸、眼光，且敢于发声，希图改变、改善现存政治问题等。

当曹操临终，曹彰应诏从长安奔赴洛阳，问玺绶之所在，并对曹植言："先王召我者，欲立汝也。"植曰："不可，不见袁氏兄弟乎！"①曹植言语虽短，但所含的信息量非常大。

首先，袁氏集团的覆灭与袁绍死后二子的继承权斗争有重要关联，而二子相争，其根源在于袁氏集团内部的权力争夺、权臣怂恿，终致昆弟生变。《三国志·袁绍传》言："绍爱少子尚，貌美，欲以为后而未显。审配、逢纪与辛评、郭图争权，配、纪与尚比，评、图与谭比。众以谭长，欲立之。配等恐谭立而评等为己害，缘绍素意，乃奉尚代绍位。谭至，不得立，自号车骑将军。由是谭、尚有隙"。②此后二子矛盾在与外敌的斗争中逐渐加大，直至举兵相攻，由是分崩离析，而至于亡灭。相比袁尚、袁谭所处形势，丕、植所处与之亦有相似之处，如丕为长，植为幼，一如谭为长，尚为幼（立嗣以长是传统的规矩）；幼子受到宠爱，在继承问题上，以幼子的某种特质而欲背长立幼（如曹植以才见异；袁尚以其相貌见异）；双方背后均有羽翼支持；统治集团皆存外部忧患；长子皆心机颇深，在继承权斗争中毫不相让；等等。当然二者也有很大不同，如曹操之钟心曹植，与其对曹魏政治集团内部两派力量的均衡考虑有很大关系，而袁绍似乎更为主观，缺少宏阔的政治眼光；袁尚相比于曹植之才之德，远不能与曹植相提并论等。袁谭、袁尚兄弟的斗争直接牵涉到抗曹联盟的力量问题，对天下大势有深远影响。

刘表曾遗袁谭书以劝解："何寤青蝇飞于干旄，无极游于二垒，使股肱分为二体，背膂绝为异身！昔三王五伯，下及战国，父子相残，盖有之矣，然或欲以成王业，或欲以定霸功，或欲以显宗主，或欲以固家嗣，未有弃亲即异，扰其本根，而能崇业济功，垂祚后世者也。……且君子之违难不适仇国，岂可忘先君之怨，弃至亲之好，为

---

① 《三国志·魏书·任城陈萧王传》（卷十九），第557页。
② 《三国志·魏书·袁绍传》（卷六），第201页。

万世之戒，遗同盟之耻哉！冀州不弟之慝，既已然矣，仁君当降志辱身，以匡国为务……愿弃捐前忿，远思旧义，复为母子昆弟如初。"①

又遗尚书劝解云："知变起辛、郭，祸结同生……昔轩辕有涿鹿之战，周武有商、奄之师，皆所以剪除秽害而定王业，非强弱之（事）争，喜怒之忿也。故虽灭亲不为尤，诛兄不伤义。今二君初承洪业，纂继前轨，进有国家倾危之虑，退有先公遗恨之负，当唯义是务，唯国是康。……如其否也，则同盟永无望矣。"②

刘表着眼于天下大局，指出二袁所面临的困境，苦口婆心劝诫袁氏兄弟以大业为重，摒弃私忿，可谓是统观天下局势的明理之言，可惜谭、尚兄弟嫌隙已深，难以听从，最终皆走向覆灭的下场。

所以，当曹植以"不见袁氏兄弟乎"拒绝曹彰时，即可见其着眼于曹魏政权、天下大势的全局性政治眼光，其心胸、气度、识见绝非常人可比。而当曹植拒绝曹彰之时，也是他彻底放下太子之争，而坚决拥护曹丕之时。黄初之时，曹植备受打压，但他未有仇恨之心，且积极主动地卑躬降身以求曹丕的宽容。何者？以其所怀者大。《三国志》引《上责躬应诏诗表》，裴松之注引《魏略》言："初植未到关，自念有过，宜当谢帝。乃留其从官著关东，单将两三人微行，入见清河长公主，欲因主谢。而关吏以闻，帝使人逆之，不得见。太后以为自杀也，对帝泣。会植科头负斧锧，徒跣诣阙下，帝及太后乃喜。及见之，帝犹严颜色，不与语，又不使冠履。植伏地泣，太后为不乐。诏乃听复王服。"③ 这段皇室的痛苦，着实让人泪目。从太后的反应看，她以为曹植自杀了，可见她了解曹植刚强而宁折不弯的个性；"帝及太后乃喜"，可知即便曹丕也并不希望曹植自杀，正因如此，曹植的出现才让他们惊喜。不管曹植之过是小人诬陷，还是确有违反朝章之处，曹植"自念有过"，主动请罪，就表明了他对曹丕王者之位

---

① 《三国志·魏书·袁绍传》（卷六），第203页。李贤注《后汉书》云二表俱见《王粲集》，严可均、俞绍初皆以之为王粲作。其时，王粲依刘表，王粲所作，亦呈刘表心声，故据《三国志》裴注言。

② 《三国志·魏书·袁绍传》（卷六），第203页。

③ 《三国志·魏书·任城陈萧王传》（卷十九），第564页。

56

的尊重，以及他以臣事君、心怀大局的气度。

观其黄初、太和时作品，所言所写无不着眼于家国天下、宗族伦理，诚心恳恳，感人肺腑。自谢灵运言曹植"有忧生之嗟"，后世多有此论，但观《任城陈萧王传》，在曹植传记中，有"植常自愤怨，抱利器而无所施"之愤怨，而"忧生之嗟"并不明显。他当然有怨，但其出心是为了曹魏的安全、未来。正因为此，曹植薨后，明帝诏曰："陈思王昔虽有过失，既克己慎行，以补前阙，且自少至终，篇籍不离于手，诚难能也。……撰录植前后所著赋、颂、诗、铭、杂论凡百余篇，副藏内外。"① "克己慎行"见曹植之德，"篇籍不离于手"见曹植之学。言为心声，德文相应，对曹植著作的整理足见对曹植人生行事的肯定，对曹植"臣事君以忠"的肯定，对曹植其文的肯定。

太和五年，曹植《求通亲亲表》悲恨交集，痛斥曹魏禁诸侯往来的弊端，如其言：

> 至于臣者，人道绝绪，禁锢明时，臣窃自伤也。不敢乃望交气类，修人事，叙人伦。近且婚媾不通，兄弟永绝，吉凶之问塞，庆吊之礼废，恩纪之违，甚于路人，隔阂之异，殊于胡越。今臣以一切之制，永无朝觐之望，至于注心皇极，结情紫闼，神明知之矣。然天实为之，谓之何哉！

曹植言众人之不敢言，独自倡言曹叡"愿陛下沛然垂诏，使诸国庆问，四节得展，以叙骨肉之欢恩，全怡怡之笃义"（《求通亲亲表》）。对于曹植此表，大臣中仅杨阜有所回应。杨阜针对明帝的治宫室、充后宫上疏，末言及九族之义，曰："《书》曰：'九族既睦，协和万国。'事思厥宜，以从中道，精心计谋，省息费用。吴、蜀以定，尔乃上安下乐，九亲熙熙。如此以往，祖考心欢，尧舜其犹病诸。今宜开大信于天下，以安众庶，以示远人"②。陈寿对此说明

---

① 《三国志·魏书·任城陈萧王传》（卷十九），第576页。
② 《三国志·魏书·任城陈萧王传》（卷十九），第570页。

曰："时雍丘王植怨于不齿，藩国至亲，法禁峻密，故阜又陈九族之义焉。"① 杨阜此疏主要目的在借当时灾异进言明帝外患未息，应思齐古圣贤之善治，但其于结尾顺势把善治之结果归于"九族既睦，协和万国"上，虽看似轻描淡写，但亦是对曹植之怨的回应，这极其委婉之劝言实含有对藩国法禁过于严酷的忧虑与对曹植等诸侯的深切同情。此言虽轻，然于整个《三国文》中，在当时能针对诸侯科禁而言九族熙熙之义者，唯此一条，弥足珍贵。

而针对此表，太和五年，曹叡《诏报东阿王植》中曰：

> 夫明贵贱、崇亲亲、礼贤良、顺少长，国之纲纪，本无禁固诸国通问之诏也。矫枉过正，下吏惧谴，以至于此耳。已敕有司，如王所诉。②

尽管曹叡把禁锢诸侯通问而失人情的极端做法归罪于下吏之矫枉过正，但已经表达了对曹植此表建议之接受。曹叡太和五年八月诏曰：

> 朕惟不见诸王十有二载，悠悠之怀，能不兴思！其令诸王及宗室公侯各将适子一人朝。③

太和五年冬"诏诸王朝六年正月"④，更是把曹植的建议落到了实处。曹植《谢入觐表》曰：

> 臣得出幽屏之城，获觐百官之美，此一喜也。背茅茨之陋，

---

① 《三国志·魏书·杨阜传》，第 526 页。

② 《全三国文》（卷九），见（清）严可均校辑《全上古三代秦汉三国六朝文》之《全三国文》，商务印书馆 1999 年版，第 92 页。

③ 《全三国文》（卷九），见（清）严可均校辑《全上古三代秦汉三国六朝文》之《全三国文》，商务印书馆 1999 年版，第 92 页。

④ 《三国志·魏书·任城陈萧王传》（卷十九），第 576 页。

登阊阖之闼，此二喜也。必以有脈之容，瞻见穆穆之颜，此三喜也。将以梼杌之质，禀受崇圣之训，此四喜也。[1]

这"四喜"充分表达了他亲人团聚的欢喜以及希望借此亲近曹叡而得到效力朝廷、国家的机会。其间，曹植有《请赴元正表》，而其《元会诗》亦可见曹叡对其心愿之尽量满足，宴会上"中座腾光""欢笑尽娱"亦可见君臣相得之乐。但曹叡仅止于此，"植每欲求别见独谈，论及时政，幸冀试用，终不能得。既还，怅然绝望"[2]。

另外，太和五年，针对曹叡时期因与吴蜀战事不断，国内兵员缺乏、丁壮不足的情况，曹叡欲取诸国士息。曹植《谏取诸国士息表》真实描写了自己"名为魏东藩，使屏翰王室"，但藩国多老弱病残，"检校乘城，顾不足以自救""休候人则一事废，一日猎则众业散，不亲自经营则功不摄，常自躬亲，不委下吏"的现状，而"臣士息前后三送，兼人已竭"，所以上表希望不要再征发藩国内弱龄少年。对此表要求，曹叡"皆遂还之"[3]。

又，如果说曹植在曹叡即位之初，写有《辅臣论七首》，对曹魏重用之辅政大臣颇多赞颂之辞，表达其以周公自居，欲参与朝政之愿望，但到了太和五年，他对于曹魏疏亲戚而重异姓政策之危险则甚为忧虑。他在《陈审举表》中言：

> 夫能使天下倾耳注目者，当权者是矣。故谋能移主，威能摄下，豪右执政，不在亲戚。权之所在，虽疏必重；势之所去，虽亲必轻。盖取齐者田族，非吕宗也；分晋者赵魏，非姬姓也，惟陛下察之！苟吉专其位，凶离其患者，异姓之臣也。欲国之安，祈家之贵，存共其荣，没同其祸者，公族之臣也。今反公族疏而异姓亲，臣窃惑焉！

---

① 《全三国文》（卷十五），第153页。
② 《三国志·魏书·任城陈萧王传》（卷十九），第576页。
③ 《三国志·魏书·任城陈萧王传》（卷十九），第576页。

为证明自己见地之正确,他不胜愤懑地表示,"若有不合,乞且藏之书府,不便灭弃。臣死之后,事或可思。若有毫厘少挂圣意者,乞出之朝堂,使夫博古之士纠臣表之不合义者,如是则臣愿足矣"。

如果我们把曹植《求通亲亲表》《陈审举表》《谏取诸国士息表》等联系起来看,可以发现曹植此时之求试用、望通亲、指现状皆与其对曹魏政权将来走势之担忧密切相关。正是觉察到亲异姓疏公族政策最终可能威胁到曹魏政权的存在,所以他首倡亲亲之义,反对一再征取士息,希望能保存藩国的藩卫力量。这些表里寄寓着曹植深切的政治思考,但对其剖心沥血之辞,曹叡仅"优文答报"①,似乎并不以为意。曹植之忧虑恐怕直到高堂隆、陈矫等才能有所回应,而曹叡临终前的最初的后事安排,亦可以追溯到曹植太和五年的上表。可见,他的上表还是产生了实际的作用的。曹植的政治眼光,对时局的洞察力由此可见。

徐公持先生在其《魏晋文学史》中针对曹植的这些表文不胜感慨道:

> 曹植在这些表文中尽兴地发表自己的高议宏论,这种行为实在相当之鲁莽甚至幼稚。他这种毫不掩饰的功名心,急切希望参与政权的欲望,以及肆无忌惮的态度,不但难于得到曹叡的理解,甚至只能引起对他进一步的怀疑和警惕,至少会使曹叡强烈地感到这位叔父之难于驾驭。这无疑对曹植自身是很不利的。曹植在此再一次表现出缺乏应有的政治头脑,建安时期立嫡之争的失败,黄初时期身受种种严重的迫害,都未能使他增长多少处理实际事务的识见和聪明。他在太和时期所上的这些表文,既不考虑实际可能,亦不估量客观效果,只凭一己的愿望出发,便贸然从事,从根本上说,仍是"任性而行"的表现。真是禀性难移啊!②

---

① 《三国志·魏书·任城陈萧王传》(卷十九),第574页。
② 徐公持编著:《魏晋文学史》,人民文学出版社1999年版,第87页。

　　徐先生的观点，似乎为大多数学者所接受。在徐先生的分析里，曹植在政治上仍是如此的幼稚、自我中心。这其实是非常大的误读。曹植的功名心，并不是着眼于自我的名利之心，不是单纯的想要留名青史不朽的功名心，他关注的是时局大事，他所谓的功名与曹魏的政治、军事密切相关。"捐躯赴国难，视死忽如归"（《白马篇》），社会之我、宗族之我的大我价值的实现是与对家国的实际奉献、牺牲紧密相关的，并非一个抽象的字眼。他之所以"肆无忌惮"，是舍我其谁的自信与承当！从身份、影响上讲，从曹操而文帝、明帝，相伴而来，影响之大者，上于曹植的朝中又有几人？从能力上讲，曹操认可，朝中谯沛集团拥护的人物，能力上会有多差？从血脉上讲，朝中有几人如曹植一样与明帝有着更紧密的血脉联系？又有几人像曹植一样把大魏的兴衰视为与个体命运息息相关的责任？所谓"知我者，谓我心忧；不知我者，谓我何求"（《诗经·王风·黍离》），看屈原剖肝沥胆的倾诉，"余固知謇謇之为患兮，忍而不能舍也。指九天以为正兮，夫唯灵修之故也"（《离骚》），我们即可体会曹植深沉的爱与愤。

　　曹植又有《当欲游南山行》，该诗表达了曹植对于国家选才任才的观点：

　　　　东海广且深，由卑下百川；五岳虽高大，不逆垢与尘。良木不十围，洪条无所因。长者能博爱，天下寄其身。大匠无弃材，船车用不均。锥刀各异能，何所独却前？嘉善而矜愚，大圣亦同然。仁者必寿考，四坐咸万年。

　　吴小如先生认为，前八句的三个比喻各有侧重。"第一喻说东海既广且深，乃是由于它地处低卑，因而百川都自高而下流入其中。这就隐喻在高位的统治者应该谦恭下士，不宜妄自尊大。第二喻说五岳虽高大，却不'逆'尘垢，逆者，拒而不纳之谓。意思说尘垢虽污浊微小，渺不足道，而五岳并不排斥它们。这隐喻统治者用人不宜吹毛求疵，而应舍短取长。第三喻说大树本身如果不是十围之木，就无法使粗壮的枝条依附于它。这隐喻统治者本身必须具备足够的条件，堪为表率，否则就无以服众。"其后说到"长者"，他既指"最高统治者，也指仁厚君子。只有有德的统治者具有博爱精神，天下所有的人士才愿意在他的庇荫下寄托"，"中六句主要是说希望世无弃材，大材派大用场，小材派小用场，不应重贤轻愚"。对于此诗，吴先生认为"可见作者并非单纯歌功颂德，而是寄希望于圣帝明王之出现，其用心是光明正大而极为深远的"。①

综上言之，曹植是一位身涉曹魏政治走向的政治人物，他具有极高的政治素养，唯义是务，唯国是康，忠心耿耿，以护持曹魏的稳定、发展为心中之事，忍辱含垢而无仇恨之心，执着功业而无舍弃之念，悲怨利器不用而无恐生之叹。曹植以其行其文示范了何谓宗亲伦理、何谓忠臣、何为出心为国等。我们去解读曹植的作品，首先得把曹植放到政治人物这样的位置，而不能仅从一个文人的角度进行阐释，或者把他看作政治上极其幼稚，个性上任性而为的一个人物。吴小如言："如果让曹植做了皇帝或掌握实权，他是会干出经天纬地的事业来的。从曹植的全部诗文中，我们可以看出他有着与曹操相类似的雄才大略，并不象后人所推想的只是一位徒尚空谈的文人才子。如果真给了他执政的机会，说不定三国时代的历史就会重新写过。因此钟嵘对曹植诗歌的评价从某种意义上说就不全为溢美之辞，而是有充分依据的。"② 吴先生还主要运用知人论世法，从曹植诗文中透视曹植的雄才大略，这是很难得的。本部分则主要结合当时历史、政治等诸多因素，认定曹植在当时历史语境中的政治身份，论其政治影响、政治见地、政治心怀等，欲以此反观曹植的创作思想、创作特性及其读者接受。

---

① 吕晴飞、李观鼎、刘方成等主编：《汉魏六朝诗歌鉴赏辞典》，中国和平出版社 1990 年版，第 265—266 页。

② 吕晴飞、李观鼎、刘方成等主编：《汉魏六朝诗歌鉴赏辞典》，中国和平出版社 1990 年版，第 252—253 页。

第二节 曹植的文学思想：从《与杨德祖书》到 《前录自序》

曹植的文学思想受制于他的政治身份，他前后期的文学思想随着他政治处境的变化而有明显的差异，这可直接证之于他早期的《与杨德祖书》与晚期的《前录自序》二文。

一 曹植"辞赋小道"观念的现实性

曹植《与杨德祖书》中言及王粲等人，"当此之时，人人自谓握灵蛇之珠，家家自谓抱荆山之玉。吾王于是设天网以该之，顿八纮以掩之，今悉集兹国矣"，意谓王粲等人虽擅名于一时一地，但最终会聚曹操麾下，为曹氏集团服务，这就表现出文学服务于现世生活的意识；其后言"辞赋小道，固未足以揄扬大义，彰示来世也。昔扬子云先朝执戟之臣耳，犹称壮夫不为也。吾虽薄德，位为藩侯，犹庶几戮力上国，流惠下民，建永世之业，留金石之功；岂徒以翰墨为勋绩，辞赋为君子哉？若吾志未果，吾道不行，则将采史官之实录，辩时俗之得失，定仁义之衷，成一家之言，虽未能藏之于名山，将以传之于同好"，进一步表明他深切意识到自己作为藩侯的政治使命，其志向在"戮力上国，流惠下民，建永世之业，留金石之功"等实在的功业方面，辞赋"未足以揄扬大义"，当然既不能同金石之功相比，亦不能与史录论说相并。

对于曹植轻视辞赋的言论，鲁迅认为，"这里有两个原因，第一，子建的文章做得好，一个人大概总是不满意自己所做而羡慕他人所为的，他的文章已经做得好，于是他便敢说文章是小道；第二，子建活动的目标在于政治方面，政治方面不甚得志，遂说文章是无用了。"① 鲁迅所言只是一个角度，且《与杨德祖书》写于建安二十一年，此时也不能说曹植于政治方面不甚得志，曹植此言的确反映了他当时的辞

_____

① 鲁迅：《魏晋风度及文章与药与酒之关系》，见鲁迅《而已集》，人民文学出版社 1983 年版，第 380—381 页。

赋观念。《汉书·艺文志》大抵为刘歆的主张，其言"春秋之后，周道浸坏，聘问歌咏，不行于列国，学诗之士，逸在布衣，而贤人失志之赋作矣。大儒孙卿及楚臣屈原，离谗忧国，皆作赋以风，咸有恻隐古诗之义。其后宋玉、唐勒，汉兴，枚乘、司马相如，下及扬子云，竞为侈丽闳衍之词，没其风喻之义"①。《汉书·司马相如传赞》言："扬雄以为靡丽之赋，劝百而风一，犹骋郑卫之声，曲终而奏雅"②，又，"或问：'吾子少而好赋？'曰：'然。童子雕虫篆刻。'俄而，曰：'壮夫不为也'"③。曹植此处化用扬雄论赋之言，表明他在辞赋观念上深受扬雄影响。执戟之臣尚以为壮夫不为，更何况他这样藩卫王室的侯王！曹植之言的确是因为他是从政治角度定位自己的，以政治之眼看，一切都服务于政治，文学亦不例外。此时，他把辞赋看成外离于政治的文体，尚看不到辞赋载道的大功用，意识不到辞赋的重要价值。也就是说，曹植当时的确认为辞赋是小道，与功业无涉，这句话真实地表明了他的辞赋观，这一观念深受扬雄、刘歆等前人的影响，亦与建安时期赋的创作整体情况相关。

建安时期，五言腾跃，但赋仍是主流文体。魏宏灿认为，建安辞赋与诗歌创作数量相当，难分主次，辞赋足以和诗歌分庭抗礼；建安文人少有诗歌评论，提到诗的时候，往往与游宴娱乐相关，但在如登台、游猎、祭祀、行役等较为隆重的场所或重要的社会活动中，建安文人更多地还是使用赋体这种文学样式来表情达意。这一方面是因为建安作家多是汉魏时期人物，他们自然承袭了汉代文人对赋作的爱好；而两汉以来赋家在赋的创作上积累了非常丰富的创作与审美经验，这些可以直接为建安文人所汲取；另一方面，赋这种成熟的文体，能满足多样的情感表达需求，它需要丰富的语言积累与技巧积累，更能体现一个人的写作水平，也显得更为庄重。④

---

① （汉）班固撰，（唐）颜师古注：《汉书》（卷三十），中华书局1962年版，第1756页。
② 《汉书》（卷五十七下），中华书局1962年版，第2609页。
③ （汉）扬雄：《法言·吾子》，见汪荣宝撰，陈仲夫点校《法言义疏》（三），中华书局1987年版，第45页。
④ 魏宏灿：《建安文人创作以赋为宗论》，《安徽大学学报》2003年第6期。

但建安辞赋多是同题共作的产物,同题之作占现有赋作总数的三分之二,就建安诸子(包括七子、杨修、二丁、繁钦、邯郸淳、卞兰、傅巽、吴质等)创作而言,"因束缚于奉命唱和的政治因素而处于被动的应付,创作的个性自由受到了限制,其作品从内容到形式,显得单一平淡,缺乏新意。他们或是替主人娱乐,或是代人言情,或是应付场面,受命而赋,依题步趋,远不如他们诗歌创作中的个性形象鲜明"。① 因此,建安辞赋尽管题材较汉代有所开拓,但倾向于娱乐化,与社会现实生活较远,其思想价值远不如汉赋深广。而在写作上,构思单一,抒情格调雷同,艺术形式类型化,它在写作技巧上更多沿袭汉代小赋传统;而与汉赋作家随赋总结创作经验相比,在诸子大量的赋序中,几乎不见对写作经验的总结,此与其赋作之繁荣是不相映衬的。

在建安诸子辞赋创作总体成就不高的背景下,曹植此期赋作主要处于模拟阶段。如《蝉赋》似受班昭、蔡邕《蝉赋》影响;《橘赋》模仿屈原《橘颂》;《客咨》效仿东方朔《答客难》等设论体作品;《七启》模拟枚乘《七发》,其序云:"昔枚乘作《七发》,傅毅作《七激》,张衡作《七辩》,崔骃作《七依》,辞各美丽,余有慕之焉!遂作《七启》,并命王粲作焉";《酒赋》模拟扬雄,"余览扬雄《酒赋》,辞甚瑰玮,颇戏而不雅,聊作《酒赋》,粗究其终始"等。曹植这些赋作,在内容上多规摹仿作对象,如《七启》不离扬德抑道,《酒赋》仍言酗酒之害等。曹植之突破在于形式,一方面,他更加追求语言文采的华美超越(这在上述所引其赋序中可见一斑);另一方面,他"注重作品体式的调整"②,如其《酒赋》和扬雄《酒赋》相比,变扬雄之拟人化的"戏而不雅"为主客问答之赋作常格,改扬雄赋作之朴素语言为铺张陈词,极力写酒之体性、酒之功用、酒之华美、酒之乐及其和人情之妙趣,文采更为华美,描写更为丰富。也许正因为曹植致力于赋作语言与体式的探索,所以他在建安时期即赢得"绣

---

① 章沧授:《建安诸子辞赋创作的重新审视》,《中国文化研究》1998 年第 21 期。
② 陈恩维:《论曹植的拟赋及其创作历程》,《苏州大学学报》2004 年第 6 期。

虎"的美称，当时对其赋作之称赏亦多从其文采富丽上着眼。

综上，鉴于建安时期辞赋的创作成就、曹植建安辞赋的创作特点，及辞赋于当时的社会功用言，相比于大汉时期大赋的润色宏业、汉末动乱急需解决的时代命题等，辞赋的确可谓"小道"。不过，尽管曹植言"辞赋小道"，但他对自己的辞赋创作还是比较得意的，他整理自己的辞赋文稿送与杨修以交结即是证明。他对辞赋的喜爱，与建安时代承汉代风尚，以赋体为庄重文体写作等有重要关系，另外，亦源于他自身对赋作美丽文字的喜爱。扬雄早年爱好辞赋，欣赏司马相如赋作的"弘丽温雅"，"每作赋，常拟之以为式"①；汉宣帝言"辞赋大者与古诗同义，小者辩丽可喜。譬如女工有绮縠，音乐有郑卫，今世俗犹皆以此虞说耳目"② 等，皆可说明汉人对赋的喜爱有其特有的审美愉悦成分。曹植《七启》亦言："昔枚乘作《七发》，傅毅作《七激》，张衡作《七辩》，崔骃作《七依》，辞各美丽，余有慕之焉！"可见其对赋之丽辞与形式技巧的喜好。

二 曹植"君子之作"观念的内涵

到了《前录后序》，曹植的辞赋观念发生了根本性变化。如其言：

> 故君子之作也，俨乎若高山，勃乎若浮云。质素也如秋蓬，摛藻也如春葩。氾乎洋洋，光乎皜皜，与《雅》《颂》争流可也。余少而好赋，其所尚也，雅好慷慨，所著繁多。虽触类而作，然芜秽者众，故删定，别撰为前录七十八篇。

在《与杨德祖书》中，曹植视辞赋为小道，而在《前录后序》中他则视"君子之作"（据后文言，主要指赋作）"与雅颂争流可也"，把"君子之作"视为可与《诗经》雅、颂相并争流者。"君子之作"既然可与雅、颂相争流，自然可"揄扬大义，彰示来世"，曹植由此赋予了

---

① 《汉书·扬雄传》（卷八十七上），第3515页。
② 《汉书·王褒传》（卷六十四下），第2829页。

辞赋以诗的内涵与价值。"君子之作"，是曹植拈出的一个独特概念。

但何谓"君子之作"？若要理解其内涵，首先需理解何谓"君子"。《论语·雍也》言："质胜文则野，文胜质则史。文质彬彬，然后君子。"而欲知"君子"之内涵，则又需理解何谓文、何谓质。

余英时《儒家"君子"的理想》言：

> 此处"文"字涵义较广，大致相当于我们今天所说的"文化教养"，在当时即所谓"礼乐"，（即"宪问"篇子路问"成人"，子曰："文之以礼乐，亦可以为成人矣。"）但其中也包括了学习"诗书六艺之文"。"质"则指人的朴实本性。如果人但依其朴实的本性而行，虽然也很好，但不通过文化教养终不免会流于"粗野"。（道家的"返璞归真"，魏晋人的"率性而行"即是此一路。）相反地，如果一个人的文化雕琢掩盖了他的朴实本性，那又会流于浮华。（其极端则归于虚伪的礼法。）前者的流弊是有内容而无适当的表现形式；后者的毛病则是徒具外表而无内涵。所以孔子才认为真正的"君子"必须在"文"、"质"之间配合得恰到好处。①

余英时把"文"视作礼乐、六艺等文化教养是对的，盖为"夫子博我以文，约我以礼"（《论语·子罕》）之"文""礼"，但他把"质"当作人的内在本性，视其为与文化教养相对的概念，则尚有再剖析之处。其一，道家的返璞归真之"朴"，与儒家的"质"并非同一概念，魏晋人的率性而行亦非一定粗野；其二，质朴本性与文化教养并非完全对立，很多时候，纯朴的本性与文化教养恰为一体，如子夏曰："贤贤易色，事父母能竭其力，事君能致其身，与朋友交言而有信。虽曰未学，吾必谓之学矣。"（《论语·学而》）不学而行合乎礼乐文化的要求，即是学，即有学养。因此，把"质"理解为朴实的本

---

① 余英时：《儒家"君子"的理想》，见余英时《中国知识分子论》，河南人民出版社1997年版，第21—22页。

性，似乎还不准确。

刘宝楠《论语正义》言："正义曰：'礼有质有文。质者，本也。礼无本不立，无文不行，能立能行，斯谓之中。失其中则偏，偏则争，争则相胜。君子者，所以用中而达之天下者也。古称天子、诸侯、卿大夫、士，皆曰君子。君者，群也，言群下之所归心也。子者，男子之称也。非有位而称君子者，以其人有道德，可任在位也。此文'君子'，专指卿大夫、士。……曰'文质彬彬，然后君子'，言非文质备，无以为君子矣。其无以为君子者，以君子必用中于民。若文质偏胜，无以示民，民无所效法，而何以为称其位哉？……《仲尼燕居》：敬而不中礼谓之野。"①

他认为"礼"本身含有"质""文"的含义，"质"为本，"礼无本不立，无文不行"，他把"质""文"都统一到"礼"这个概念里，并认为"君子"文质兼备，能以礼而行中庸之道，由是成为人民效法的对象，但他尚未明指所谓礼之质为何，即礼之本为何。

按照这个思路，要弄清"质"，就要弄清礼之本。《论语·八佾》："林放问礼之本。子曰：大哉问！礼，与其奢也，宁俭；丧，与其易也，宁戚。""礼之本"何谓？钱穆《论语新解》解"礼与其奢也宁俭"句曰："礼本于人心之仁，而求所以表达之，始有礼。奢者过于文饰，流为浮华。俭者不及于程节，嫌于质朴。然奢则外有余而内不足，俭者内有余而外不足，同嫌于非礼。外不足，其本尚在。内不足，其本将失。故与其奢宁俭"，"礼有内心，有外物，有文有质。内心为质为本，外物为文为末"②。钱穆指出礼之本在"人心之仁"，礼是"人心之仁"的外在表达。《八佾》："子曰：人而不仁，如礼何？人而不仁，如乐何？"《论语注疏》："正义曰：此章言礼乐资仁而行也。"③ 钱穆《论语新解》："礼乐必依凭于器与动作，此皆表达在外者。人心之仁，则蕴藏在内。

---

① 刘宝楠：《论语正义》，中华书局1990年版，第233页。

② 钱穆：《论语新解》，生活·读书·新知三联书店2002年版，第55页。

③ （魏）何晏注，（宋）刑昺疏，朱汉民整理，张岂之审定：《论语注疏》，北京大学出版社2000年版，第32页。

若无内心之仁，礼乐都将失其意义。但无礼乐以为之表达，则吾心之仁亦无落实畅遂之所。故仁与礼，一内一外，若相反而相成。"①

可见，"仁"乃质，而礼乐乃表达于外者，可谓"文"。那么，何谓"仁"？徐复观言：由孔子开辟了内在的人格世界，以开启人类无限融合及向上之机……所谓内在的人格世界，即是人在生命中所开辟出来的世界……而人格内在的世界，却是质的世界，是层层向上的立体的世界。此一人格内在的世界，可以用一个"仁"字作代表。由孔子所开辟的内在的人格世界，是从血肉、欲望中沉浸下去，发现生命的根源，本是无限深、无限广的一片道德理性，这在孔子，即是仁。此一世界的开启，须要高度的反省、自觉；而此种反省、自觉，须要切实的内外的实践功夫，才能在自己的生命中（不仅是在自己的观念中）开发出来，并且在现实的生活中，始可以经验得到的。孔子所说的仁，正指的是此一内在的人格世界。即仁是经反省、自觉，落实于身心实践而达到的道德理性的境界。②

综上，孔子所言"文质彬彬"，文，即礼乐文化教养；而质，则是道德理性，即仁。子曰："人而不仁，如礼何？人而不仁，如乐何？"即强调仁与礼乐的统一。而君子，正是此"文""质"的统一体。

曹植诗中多有涉及"君子"一词的诗句，如"谦谦君子德，磬折欲何求"（《置酒高殿上》）、"大国多良材，譬海出明珠。君子义休庽，小人德无储。……滔荡固大节，时俗多所拘。君子通大道，无愿为世儒"（《赠丁廙》）、"王旅旋兮背故乡，彼君子兮笃人纲"（《离友诗》）、"君子在末位，不能歌德声。丁生怨在朝，王子欢自营。欢怨非贞则，中和诚可经"（《赠丁廙王粲》）③ 等。可见，曹植笔下的君子，多指具有才德的人，君子才德与"谦谦""大道""人纲""中和""贞则"等词关系密切。

①　钱穆：《论语新解》，生活·读书·新知三联书店 2002 年版，第 54 页。
②　徐复观：《中国人性史论》，上海三联书店 2001 年版，第 61—62 页。
③　注：《文选》中两篇题目分别为《赠丁仪》《赠丁仪王粲》。李善注认为丁仪应为丁廙。赵幼文《曹植集校注》改诗题为《赠丁廙》《赠丁廙王粲》。本书行文中涉及这两篇者，均依赵幼文版，但引《文选》或其他古人书，则保留古人原文。

再看君子之作的内涵。"君子之作也,俨乎若高山,勃乎若浮云。质素也如秋蓬,摛藻也如春葩。汜乎洋洋,光乎皜皜",这句话可谓对孔子"文质彬彬"句的文学批评转换。"俨乎若高山","俨",庄重;"高山","高山仰止,景行行止"(《孔子世家》),庄重如高山,让人仰望而起肃然之心;"勃乎若浮云","勃",盛,旺盛,《孟子·梁惠王上》言:"天油然作云,沛然下雨,则苗勃然兴之矣"[1],生机勃勃,若浮云油然而生,沛然而雨,这里的"勃"可能指文章言词的丰富,也可能指文章情感的充沛、感染力的强烈。

"质素也如秋蓬,摛藻也如春葩",赵幼文注:"质谓内容。素,朴素。秋蓬,秋蓬开白花,故以喻文章内容之素朴"[2]。什么是内容的素朴?这句注让人颇为困惑。"素",白色生绢,引为本色;白色,再引为洁净。"质素",实即《诗经》"思无邪"之意。"质素也如秋蓬,摛藻也如春葩",前句言文章内容之质,后句言文采书写之表现。"汜乎洋洋,光乎皜皜",赵幼文注:"汜,广大。洋洋,美盛之貌,谓内容。光,明也。……谓形式"[3]。笔者以为"汜乎洋洋",固然指内容的丰富充实,但也指文章的行文气势、力量;而"光乎皜皜",与"勃乎若浮云"相类,虽含有形式的意义,但也包含文章基于内容、形式及作者气质而来的表达效果。

总而言之,曹植所谓"君子之作",即有德之君子,其作品应该文、质相称。质者,内容导人以正,厚重、庄严,具有弘丽的气势、强烈的生命情感等;文者,包括辞藻在内的所有表现质、承载质的因素,并非只是指言辞的华美。而文质相辉映,则言作品"汜乎洋洋,光乎皜皜",波澜壮阔、光明亮洁,具有感发、感动人心的力量,起到政治教化的作用。曹植言:"君子通大道,无愿为世儒。"(《赠丁廙》)《论语·雍也》:"子谓子夏曰:女为君子儒! 无为小人儒。"《论语集解》:"孔曰:

---

① 杨伯峻:《孟子译注》,中华书局1960年版,第13页。
② 赵幼文:《曹植集注》,中华书局2016年版,第647页。
③ 赵幼文:《曹植集注》,中华书局2016年版,第647页。

君子为儒，将以明道；小人为儒，则矜其名。"① 故 "君子通大道"，
"君子之作" 自然是明道之作。"君子之作" 与 "君子" 一词的内涵是
完全一致的。有君子之人，方有君子之作。权德舆《唐银青光禄大夫
守中书侍郎同中书门下平章事赠太傅常山文贞公崔祐甫文集序》："四
十年间，作为文章，以修人纪，以达王事。……是惟无作，作则有补
于时。以至于修事功，断国论，导志通理，昭明易直。施于名命为雅
诰，刻于金石无愧辞。康庄逸辙，卓荦濬发，九流六艺，鼓舞奔走。
陈思王所谓 '俨乎若崇山，勃乎若浮云'。惟公信然！"② 此足以揭示
"君子之作" 的内涵及其 "以修人纪，以达王事" 的功用。

三　曹植 "君子之作" 的批评史意义

当然，曹植这里所言的 "君子之作"，据其《前录自序》看，是
包含赋作的，故而 "与雅颂争流" 句所表达的赋文学批评理念就值得
注意，而相比于他在《与杨德祖书》中视辞赋为小道，此 "与雅颂争
流可也" 的言论亦表明他文学思想的转变。曹植这一思想，可以追溯
到杨修的《答临淄侯笺》："诵读反覆，虽讽《雅》《颂》，不复过
此"，"今之赋颂，古诗之流，不更孔公，风雅无别耳"，"修家子云，
老不晓事，强著一书，悔其少作。若此，仲山、周旦之俦，为皆有惩
邪！君侯忘圣贤之显迹，述鄙宗之过言，窃以为未之思也。若乃不忘
经国之大美，流千载之英声，铭功景钟，书名竹帛，斯自雅量，素所
畜也，岂与文章相妨害哉"③。而杨修的观点又可以追溯到东汉的班
固。班固言："或曰：'赋者，古诗之流也。'……或以抒下情而通讽
喻，或以宣上德而尽忠孝。雍容揄扬，著于后嗣，抑亦雅颂之亚
也。"④ 与刘歆仅肯定屈原作品有古诗之义，而否定汉代枚乘等大赋作

① （魏）何晏：《论语集解》（元盱郡覆宋本），故宫博物院 1931 年影印。
② （唐）权德舆撰，郭广伟校点：《权德舆诗文集》（卷三十三），上海古籍出版社 2008 年
版，第 498 页。
③ 《全后汉文》，第 528、529 页。
④ 班固：《两都赋序》，见（南朝梁）萧统编，（唐）李善注《文选》，岳麓书社 2002 年
版，第 1 页。

家，指其丧失讽喻之义相比，班固则认为汉代的诗、汉代的大赋等都是仅次于雅、颂的创作。当然，班固对赋的评价亦可追溯至刘安、司马迁，如刘安言："《国风》好色而不淫，《小雅》怨诽而不乱，若《离骚》者，可谓兼之矣"①，他认为《离骚》兼有风雅之长，司马迁也持类似的观点。不过，《离骚》是诗体，与《诗经》仍保持着诗体发展的联系，但汉赋，尤其大赋，已是另外一种体裁。司马迁对大赋持肯定态度，如其言"相如虽多虚辞滥说，然其要归引之节俭，此与《诗》之风谏何异"②。不过，司马迁还只是强调大赋与《诗》具有同样的讽谏作用；班固则进一步言赋乃"古诗之流"，指出大赋与"诗"的渊源关系，赋予赋以"诗"的内涵，提升了赋体的地位。杨修的观点显然承自班固，承认赋具有揄扬大义的作用，但他更进一步，认为赋颂与风、雅无别，等同风、雅。而曹植则言"君子之作"，"与雅颂争流可也"，"争流"一词，可见其视赋与雅、颂同等地位的思想，同时表明赋是独立于雅、颂的具有自身独特个性的文体，说明曹植对赋这种文体的独特性具有清醒的认知。

"余少而好赋，其所尚也，雅好慷慨，所著繁多。虽触类而作"，此句可注意者有二。

一是"雅好慷慨"。王运熙、顾易生主编的《中国文学批评史新编》言："'雅好慷慨'之语，是在批评史上第一次明确地表达了对强烈情感的爱好，很值得注意。所谓'慷慨'，乃是直抒胸臆、意气激荡之意。不论是感念世乱、抒发壮志，还是伤节序、叹衰老、嗟离别，凡情感鲜明动人，都可谓之'慷慨'。'雅好慷慨'不仅是曹植个人的文学趣味，而且代表了整个时代的审美趋向。"③

此论若能结合曹植所针对的"赋"文体，将更能看出曹植这一观念的批评史意义。相比前人对赋的评价主要着眼于其美丽文辞、社会政治功用等，曹植这里则强调了赋的个体情感特征，这在赋文体批评

---

① 《史记·屈原贾生列传》（卷八十四），第 2482 页。
② 《史记·司马相如列传》（卷一百一十七），第 3073 页。
③ 王运熙、顾易生：《中国文学批评史新编》，复旦大学出版社 2001 年版，第 75 页。

史上是前所未有的。司马迁言"屈平之作《离骚》，盖自怨生也"①，班固言"屈原以忠信见疑，忧愁幽思而作《离骚》"②，他们均注意到《离骚》个体抒情的特征，但对于赋体之赋，曹植之前的评者尚无关注到其个体抒情的问题，因为对于大赋而言，所写基本是外在于自我的客体，个体泯灭其间，很难借此进行个性化抒情。若此，曹植"雅好慷慨"之说，实牵涉到对赋体功用的开拓问题。

二是"触类而作"。这牵涉作家创作缘起的问题，其实质是诗歌缘起论之物感说的迁移。《礼记·乐记》："凡音之起，由人心生也。人心之动，物使之然也。感于物而动，故形于声；声相应，故生变；变成方，谓之音"；"乐者，音之所由生也。其本在人心之感于物也"。③所谓"触类而作"，即触于物有感而作。就大赋创作言，司马相如"为《上林》《子虚》赋，意思萧散，不复与外事相关，控引天地，错综古今，忽然如睡，焕然而兴，几百日而后成"④；扬雄写《甘泉赋》，"始成，梦肠出，收而内之，明日遂（卒）〔病〕"⑤，可见大赋的创作"苞括宇宙，总览人物"（《西京杂记》卷二），耗神耗力，非物感而行于心，行于笔者。"触类而作"，表明其赋作均有所感于外物而作，突出了赋作对于作者个体情志的表达作用，突出了赋的抒情色彩。但既然是"触类而作"，所谓"雅好慷慨"之"慷慨"，就不一定只是"直抒胸臆"，它也可能是回环曲折的。且观曹植赋作，并不见多少抒发激昂慷慨之情者，"慷慨"未必即为激烈昂然的情感。《古汉语词典》释"慷慨"意有三：情绪激昂、奋发；感慨，叹息；胸怀大志，刚直不阿。就曹作所言"慷慨"者，应包含这三方面的内涵，方与曹作内容情感的丰富性较为相应。而"慷慨"一词亦应兼有情、义、声三个方面，于情

---

① 《史记·屈原贾生列传》（卷八十四），第2482页。
② （宋）洪兴祖撰，白化文等点校：《楚辞补注》，中华书局1983年版，第2页。
③ （清）朱彬：《礼记训纂》，中华书局1996年版，第559页。
④ 《西京杂记》（卷二），见无名氏撰，（晋）葛洪撰《燕丹子·西京杂记》，中华书局1985年版，第12页。
⑤ 李善注《甘泉赋》引桓谭《新论》，见（南朝梁）萧统编，（唐）李善注《文选》，岳麓书社2002年版，第219页。

言，表达浓郁的情绪；于义言，思想归于正；于声言，声音琅然如乐。

总之，在《前录自序》中，曹植从"君子之作"的角度，言文质相辉映的作品可与雅、颂争流。他由此肯定君子之赋可"与雅颂争流"的政治教化价值及其独立于雅、颂的艺术特征；从物感说角度，谈赋作的"触类而作"的强烈的个体情志表达，实以评诗之语来评赋，赋予赋体以诗体的地位、价值。曹植此论，亦可见当时诗赋文体的互动互渗状况。虽然曹植之论与汉代刘安、司马迁、班固而来的赋论一脉相承，但曹植明显有了自己的新的理解与发挥：其一，即"君子之作"概念的提出，对创作主体的道德特质加以强调；其二，强调文质相应，而且首次提出赋作情感感发的问题；其三，《诗》之赋，与汉赋之赋，并非一个概念，扬雄"诗人之赋丽以则，辞人之赋丽以淫"① 评句中的"赋"文体概念比较模糊，曹植抛弃了他诗人、辞人的区分，而提出"君子之作"这样的概念，从而取消文体的对立，而具有涵盖包容性。

比较《与杨德祖书》《前录自序》中的辞赋观念，曹植何以有如此大的转变？这应与其政治身份及其政治处境的变化密切相关。曹植《前录自序》中的辞赋观，与杨修《答临淄侯笺》中的辞赋观念，所来有自，曹植对此应该是比较熟悉的，但其政治身份，曹魏当时的政治、军事处境等，都决定着他以事功为尚的想法，故《与杨德祖书》中其"辞赋小道"的观念的确应是其真实想法。而其《前录自序》的文学思想之所以转变与其政治处境亦密切相关。曹植在丕、叡两朝，多次表达杀身报国的追求，如上曹丕《责躬诗》言"愿蒙矢石，建旗东岳。庶立毫氂，微功自赎。微躯授命，知足免戾。甘赴江湘，奋戈吴越"；如上曹叡《求自试表》中言"忧国忘家，捐躯济难，忠臣之志也"；等等，但由于文、明二帝对曹植兄弟的防备，故终丕、叡二朝，曹植抱利器而无所施。尽管如此，他始终没有放弃忠君为国之建功立业的理想抱负，当现实不能打开容纳之门，他则通过辞赋观念的

———————————

① （汉）扬雄：《法言·吾子》，见汪荣宝撰，陈仲夫点校《法言义疏》（三），中华书局1987年版，第49页。

转变来重新定位人生理想，即通过立言以用世、立言以传世来实现人生的价值，甚至不朽。所以，其写作就不仅是爱好，更多的则是文以明道，文以明心，文以预政，其"君子之作""与雅颂争流可也"的言论正是此种思想的体现。所以，他很看重著述，这不只是爱好的问题。如《魏略》言："陈思王精意著作，食饮损减，得反胃病。"① 他不仅耗费心力于写作著述之上，还多次整理自己的文稿，如《前录自序》可见其自编前录，推之应有后录；又，《晋书·曹志传》言："帝尝阅《六代论》，问志曰：'是卿先王所作邪？'志对曰：'先王有手所作目录，请归寻按。'还奏曰：'按录无此。'帝曰：'谁作？'志曰：'以臣所闻，是臣族父冏所作。以先王文高名著，欲令书传于后，是以假托。'帝曰：'古来亦多有是。'顾谓公卿曰：'父子证明，足以为审。自今已后，可无复疑'。"② 此亦可见他对自己所作均有目录整理。而曹植薨后，明帝下诏撰录曹植生前所述，副藏内外，来自统治者对曹植诗文的重视，此亦足见曹植诗文的现实存在意义。

因此，曹植的诗文不只是一个才子的诗文，更是一个心怀家国、志存忠节的与曹魏有血亲之深缘的政治人物的诗文。"昔之称陈思王者，大抵目为才人。陈寿称其文才富艳，鱼豢称其华采，思若有神。惟先生此书，发明忠孝大节，独具精鉴，度越前贤，匪独《曹集》之功臣，抑亦思王之知己也。"③ 此论诚然！

《三国志·任城陈萧王传》评曰："陈思文才富艳，足以自通后叶，然不能克让远防，终致携隙。"④ 说"不能克让远防，终至携隙"，亦仅从个人品格角度言，并没有考虑曹魏实际的政治形势，亦不明曹植在太子之争中的被动处境；王通则进一步言"陈思王可谓达理者也，以天下让"⑤，方揭示曹植的仁者心胸、气度。鱼豢言："余每览

---

① （宋）李昉等撰：《太平御览》（卷三百七十六），中华书局1995年版，第2册，第1738页。

② （唐）房玄龄等撰：《晋书》（卷五十），中华书局1974年版，第1390页。

③ 丁晏：《曹集铨评》（序），文学古籍刊行社1957年版，第1页。

④ 《三国志·任城陈萧王传》（卷十九），第577页。

⑤ 郑春颖：《文中子〈中说〉译注》（卷三《事君篇》），黑龙江人民出版社2004年版，第54页。

植之华采，思若有神。以此推之，太祖之动心，亦良有以也。"① 曹植作品能自通后世，不只因其文学才华的卓绝，更因其灿烂文辞后为臣为人为宗为国的超越个体小我的伦理衷肠。

第三节　曹植作品的传统：曹作源出《诗经》论的内涵

当理解了曹植的政治身份、抱负，及其文学思想以后，我们就能比较清晰地看到其作品与传统的联系，这一联系最为深远也最为根本的即是与《诗经》的联系，这不是简单地言其"风、雅""比、兴"的现实精神与写作手法的联系，而是讲它们在根本性上的一致性。

关于曹植作品与《诗经》的关系，古人多有论说。南朝钟嵘《诗品》较早提出"其源出于《国风》"之论。针对钟嵘的评论，后世多有回应。因钟嵘品评属直判而少论说，故后世对其论多有阐释或者补充、纠正者。张戒《岁寒堂诗话》言："观子建'明月照高楼'、'高台多悲风'、'南国有佳人'、'惊风飘白日'、'谒帝承明庐'等篇，铿锵音节，抑扬态度，温润清和，金声而玉振之，辞不迫切而意已独至，与'三百五篇'异世同律，此所谓韵不可及也。"② 从音节、情感、辞义等角度，以具体作品为证，认为曹植作品与《诗经》是"异世同律"，从而把曹作与《国风》的关系扩展为与整个《诗经》的关系了。何焯《义门读书记》谓曹子建《赠王粲》"缱绻。得风人之旨"，《赠白马王彪》"《小雅》嗣音③，则又强调了曹植作品与《诗经·小雅》的关系。此或从钟嵘"情兼雅怨"之论而来，陈延杰注《诗品》曹植条云："《史记·屈原传》曰：'小雅怨诽而不乱。'按子建有忧生之嗟，故乐府赠送杂诗诸什，皆《小雅》怨诽之致"④。由钟嵘之评而至今人注疏，对曹植作品与《诗经》的关系，似乎为不疑之

---

① 《三国志·任城陈萧王传》（卷十九），第 578 页。
② 吴文治主编：《宋诗话全编》（第三册），凤凰出版社 2006 年版，第 3237 页。
③ （清）何焯撰，崔高维点校：《义门读书记》（第四十六卷），中华书局 1987 年版，第 905、906 页。
④ 陈延杰：《诗品注》，人民文学出版社 1961 年版，第 21 页。

论，但由于评、注均为简练之语，曹作与《诗经》关系的具体内涵依然缺少充分探究。至于学者所指曹植作品中化用、引用《诗经》语句的创作情况，此固然可见曹作之于《诗经》的关系，但此显性之学习，不只存在于曹植作品中，亦存在于建安其他诗人作品中，如曹操、曹丕、王粲等。何以曹作被钟嵘认为是"源出于《国风》"呢？何以曹植对《诗经》的学习能成为一种代表性的现象呢？为方便探讨，首先需要明确《诗经》的本质特点。

一　《诗经》的本质特点

20 世纪以来，《诗经》主要被视为一部抒情诗集，其文学意义得到了极大的彰显，但其经学意义则遭受淡化。而"诗"在其产生当代，即有其实际的社会作用，并不待"诗三百"的经学化而致之。周代礼乐是维护宗法制、分封制的文化制度，《诗经》作为当时礼乐制度的重要载体，在当时具有实在的社会功用。尽管在《诗经》文本集结的过程中，礼乐制度虽一度遭受破坏，但它不断得到纠正、修复，① 故礼乐仍然是社会的支撑性制度之一，《诗经》作为礼乐的载体依然发挥着它的政教作用。

马银琴认为，平王时代、齐桓公时代的《诗经》集结，是在讽谏美刺的政教理论下指导的，但平王时代，诗歌的仪式功能并未丧失，但齐桓公时代，《颂》由之前的独立进入《诗》，意味着以乐教为主导的周代礼乐制度的仪式化走向终结，"中国文学萌芽于宣王时代、奠基于平王时代的以美刺为核心的政教传统至此确立，中国文化史进入了以德义之教为主导的历史阶段"。② 这个结论是令人质疑的，因为它显然把礼乐制度的仪式化与德义之教断然分离了。事实上，《诗》的仪式化、礼乐化，本就是德义之教潜移默化的表现。扬之水言："诗

---

① 杨华指出："礼乐崩坏是一个过程，它主要集中在公元前 6 世纪，经过近一个世纪的违反—纠正—再违反，打破—修复—再打破的反复斗争，在历史的惯性下，直到公元前 6 世纪与公元前 5 世纪之交（即春秋战国之交），礼乐制度才基本上崩溃了。"见杨华《先秦礼乐文化》，湖北教育出版社 1997 年版，第 228—229 页。

② 马银琴：《齐桓公时代〈诗〉的结集》，《文学遗产》2004 年第 3 期。

发挥着乐教、言教与讽喻的功用。诗言志的观念的确产生得很早，寓言感兴，即事陈情，悲愤则长言咏叹……诗三百都是乐歌，而有不同场合的应用。……《诗》以其美的音乐、文辞不离周人的生活情趣，它表现周人的丰富多彩的心灵世界，这是最高级的教化。"①

钱穆更是从《诗经》产生时代的制度、文化以及中国文化的大格局中去看待《诗经》的真实义。他说："'家族'是中国文化一个最主要的柱石，我们几乎可以说，中国文化，全部都从家族观念上筑起，先有家族观念乃有人道观念，先有人道观念乃有其他的一切。"② 这种家族观念集中体现于"君令、臣共、父慈、子孝、兄爱、弟敬、夫和、妻柔、姑慈、妇听"③ "父慈子孝，兄良弟弟，夫义妇听，长惠幼顺，君仁臣忠"④ 等宗法伦理方面。"这些规范体现了宗法关系的基本性质，强调以和、顺、服从为手段来维护宗法社会的稳定，因此一向被视为宗法伦理最基本的元素"，"这些规范在周公手里并不是作为狭隘的宗族内部原则，而是一开始就把它当作政治统治的手段，将它们融汇于'国家法典'中"，"周公很懂得家是国的基础，没有稳固的'家'，国命就将殒坠……因此，他要人们和睦地生活、相处……充分利用宗族内部的行为准则，以和谐、平衡来消除矛盾和冲突"。⑤

而"要考察中国到中国古代人的家族道德与家族情感，最好亦最详而最可信的史料，莫如一部《诗经》和一部《左传》。……《诗经》三百首里，极多关涉到家族情感与家族道德方面的，无论父子、兄弟、夫妇，一切家族哀、乐、变、常之情，莫不忠诚恻怛，温柔敦厚。惟有此类内心情感与真实道德，始可以维系中国古代的家族生命，乃至数百年以及一千数百年以上之久"。⑥

"我们可以说，《诗经》是中国一部伦理的歌咏集。中国古代人对

---

① 扬之水：《诗经名物新证》，北京古籍出版社 2000 年版，第 7—8 页。
② 钱穆：《中国文化史导论》，上海三联书店 1988 年版，第 42 页。
③ 杨伯峻：《春秋左传注》（昭公二十六年），中华书局 1990 年版，第 1480 页。
④ （清）朱彬：《礼记训纂》（礼运），中华书局 1996 年版，第 345 页。
⑤ 钱杭：《周代宗法制度史研究》，学林出版社 1991 年版，第 114 页。
⑥ 钱穆：《中国文化史导论》，上海三联书店 1988 年版，第 45 页。

于人生伦理的观念，自然而然的由他们最恳挚最和平的一种内部心情上歌咏出来了。……在这里我们见到文学与伦理之凝合一致，不仅为中国全部文学史的渊泉，即将来完成中国伦理教训最大系统的儒家思想，亦大体由此演生。"

据上可言，《诗经》产生于家国一体的时代，是礼乐制度的载体，服务于维护宗法制、分封制的落实，具有明确的政治目的与实际的政治功用。但《诗经》的独特处在于，它不是板着脸的严肃的命令、教化，而是把宗法思想（宗法伦理、祖先崇拜、宗法政治、宗亲观念等）融会于歌诗舞乐之中，其诗乐舞的合一使其以一种美的音声、仪式来沟通人心人情，把宗族情感、伦理教化、政治导向等融贯其中，从而达到移风易俗的效果。所以，《诗经》就其本质属性言，它是生活、伦理、政教、文学的合一。它对于之后文学的写作具有深远的导引、规定作用，后世自然有不少具有明确政治讽喻的诗歌，但大多诗歌都是文学、生活情趣与伦理的结合，进一步与哲理的结合，它对人心的启发、感动是如春风化雨一般的富有生机而不强硬的。

我们在讲《诗经》时往往提其"风雅精神"，学界似乎普遍把"风雅精神"界定为针对现实的批判精神、强烈的政治意识和道德意识、真诚积极的人生态度等。但像《国风》中的大部分作品、《小雅》中的部分作品，主要抒发个体的情感，尤其是抒写男女婚恋之情，这些作品，如何看出它们与政治、道德的关系？这样的理解，其实更多注意的是《诗经》中变风变雅之情感强烈的具有家国忧思的作品，更多强调了《诗经》政治教化的严肃与板正性，这种认识把《诗经》与周人的生活、情感、心灵世界等剥离开了。本书以为，"风雅精神"，应是礼乐制度、宗法伦理观念与生活情趣相融合的文质彬彬的精神，表达家国忧思之情、批判讽谏之义依然在此精神范畴。刘毓庆等认为，从文学的角度研究《诗经》至少要关注三个层面，即语言的层面、生

---

① 钱穆：《中国文化史导论》，上海三联书店1988年版，第56页。

活的层面、心灵的层面。而心灵的层面是《诗经》作为文学最重要的一个方面。"在《诗经》所描述的'生活世界'背后，隐存着一个无限深广的心灵世界，这个时代人的情感、思想、意识、精神、思维、性格、心理、良知等诸多方面，都在这个世界中展开。"① 这个心灵世界自然是丰富的，但大而言之，不离钱穆所言"伦理的歌咏"。至于歌功颂德之《颂》，同样是伦理的歌唱，包含对祖先的缅怀、感恩，以及对他们作范后人的成就、为人、思想等的仰慕、赞美。孔颖达言："夫诗者，论功颂德之歌，止僻防邪之训。"② 通过对祖先人生的追思，也就是在与一种高尚的人格精神进行沟通，当然能起到"止僻防邪"的作用，从而达到"思无邪"，而使自己的言行规范于宗法思想的范围之内。刘毓庆的观点虽是从文学研究的角度言，但其观点可以反观《诗经》的本质特点，那就是《诗经》的确是周人生活、伦理、政教、文学的合一。

《诗经》温柔敦厚的风格与《诗经》的这种本质特点是相通的。"温柔敦厚"，见《礼记·经解》篇，"孔子曰：'入其国，其教可知也。其为人也温柔敦厚，《诗》教也。……故《诗》之失愚'"。《礼记正义》言："《诗》依违讽谏，不指切事情，故云温柔敦厚是《诗》教也。"③ 对此，徐复观质疑道："但《国风》中有许多憔悴愁苦的面孔；许多只是劳人思妇自写其悲欢，与讽谏并无关系；大小雅中凡是讽谏的诗，又多指切事情。《正义》的解释，乃由长期专制淫威下形成的苟全心理所逼出的无可奈何的解释。"④。

徐复观认为，"温柔敦厚"应指诗人流注于诗中的感情。"温"，是不远不近的适当时间距离的感情，是不太热不太冷的温的感情，这正是创作诗的基本感情。此时可把太热的感情，加以有意识地或无意

① 刘毓庆、张晨妍：《百年来〈诗经〉研究的偏失》，《名作欣赏》2015 年第 1 期。

② （唐）孔颖达：《毛诗正义》（序），见李学勤主编《十三经注疏·毛诗正义》，北京大学出版社 1980 年标点本，第 3 页。

③ （汉）郑玄注，（唐）孔颖达正义：《礼记正义》，上海古籍出版社 2008 年版，第 1903、1904 页。

④ 徐复观：《中国文学精神》，上海书店出版社 1984 年版，第 35 页。

识地反省，在反省中把握、条理着自己的感情。稍稍退后到适当的时间距离而发生反省作用时，理智之光常从感情中冒出来，给感情以照察，可由此中和一往直前的感情，使其由热而温，由温而厚，这在关涉到个人的人伦之际时，尤其如此。但也有在反省中，把先前未曾触发到的感愤或感奋触发出来了，那便不知不觉地作出辛辣痛烈的表现，这一定是关涉到政治、社会上共同的大利大害问题。①

太热与太冷的感情，不管多么强硬，常常只有一个层次，突破了这一层次，便空无所有。而温而柔的感情，其所以会由热与硬转化过来，是因为在反省中发现了无数难以解脱的牵连，乃至含有人伦中难言的隐痛。感情在牵连与隐痛中挣扎，在挣扎中融合凝集，使它热不得、冷不掉，而自然归于温柔。由此可知，温柔的感情是千层万叠起来的敦厚的感情，它含有永恒的感染力。②

徐复观的解说是通达切实的。我们还可以进一步理解，温柔是性情，是表现于外的方式，而敦厚则是品性，是内敛于心的厚重，二者相互影响作用。正是因为它的内容是宗法伦理、礼乐文化的再现，因此，即便是指切事情的诗歌，在其激愤的背后则是深沉的伦理关怀（包括臣之于君），而并非是来自个人恩怨的诅咒、仇恨。如果我们把《诗经》视作一个整体去观看的时候，此点感受尤其明显。《诗经》虽分风、雅、颂，但三部分文本间存在互文的关系，每一文本在主情感基调下，或隐或显具有多重情感复调，风、雅、颂所反映的生活、心灵彼此融合渗透。若此，所谓的变风变雅之作，放在《诗经》文本的互文关系中去观照，我们更能体会其中的敦厚情怀。一方面，其情感经过反复沉淀，富有很多层次，尽管激切，但并非狼牙豹齿，棱角刺人，更关键者，所谓爱之深，恨之切，在指切之中，依然是浓厚诚恳的家国之情；另一方面，诗是合乐的，旋律会把激荡的甚至粗暴的情感雅化，对激烈的情感起着中和作用。因此，虽然《诗经》指切事情的愤激似乎与温柔的精神不相契合，但其本仍不离于温柔

---

① 徐复观：《中国文学精神》，上海书店出版社 1984 年版，第 36 页。
② 徐复观：《中国文学精神》，上海书店出版社 1984 年版，第 37 页。

敦厚的伦理心肠。

二 曹作源出《诗经》论的思考

《诗经》是中国古典诗作的源头，古人对曹植作品与《诗经》关系的强调，其实表达了古人对曹植诗歌创作特点的认识及对曹植诗歌成就的认定。

（一）曹作与《诗经》内容的相关性

就作品内容的丰富性而言，《诗经》之后，曹植之前，还没有哪位诗人像曹植一样，能如《诗经》那样有如此广泛的书写。家国、君臣、父子、兄弟、朋友、婚恋（喻体式）、独处、离别、征战、游戏、游仙、讽谏、历史、失意失志、歌功颂德等，曹植的诗作几乎涉及了古典诗歌中许多重要的主题。从陆侃如、冯沅君到刘大杰、林庚等都指出曹植对五言诗题材的开拓几乎到了无所不写的地步①，可见曹植五言诗创作内容的丰富性，所表现情感的丰富性。在他的诗作里，我们可以看到他作为儿子、弟兄、父亲、朋友、臣子、侯王、游侠、才士等多种身份的展现，在不同身份下，其诗作表现出不同的伦理情怀。由曹植多种身份书写的特点，可以反观《诗经》的创作。我们历来把《诗经》看成是一部总集，往往视风、雅、颂为各自独立的作品，即使风、雅、颂各部，也很难强调其间作品的联系，忽略了若雅、颂作者中公卿列士身份的多重性，这对于《诗经》的解读实在有一种分离的障碍。

（二）曹作亦是温柔敦厚的伦理歌咏

张可礼先生言："对立德的重视和实践，是曹植思想和生活的重要支柱，这自然会渗透到他的文学创作中。从今存曹植诗文的思想内容来看，伦理道德确是其中的一个重要组成部分。"② 他认为主要表现

---

① 陆侃如、冯沅君：《中国诗史》，山东大学出版社2000年版；刘大杰：《中国文学发展史》，复旦大学出版社2006年版；林庚：《中国文学简史》，北京大学出版社1995年版。参见上述文学史中的曹植部分。

② 张可礼：《曹植诗文蕴含的道德内容》，《齐鲁学刊》2002年第5期。

在以下方面：立德与立功相融合，念念不忘事君兴国（他认为曹植是屈原之后两汉三国时期的又一人）；德性与人性的合一；浓重的宗亲伦理情思；重信义轻利害。张先生分析得非常深入全面，但他没有把曹植诗歌的伦理内涵与《诗经》伦理歌唱的性质联系起来，也没有从曹植的政治身份与文学思想等角度把其创作渊源与《诗经》联系起来。

钟嵘指出曹作源出于《国风》，而且指出"陈思之于文章也，譬人伦之有周、孔，鳞羽之有龙凤，音乐之有琴笙，女工之有黼黻"（《诗品》上品"陈思王植"条）。这几句不只是盛赞曹植作品的文学史地位，其实也隐含着对曹植诗作特点的不同角度的评价。陈延杰《诗品注》引刘熙载《艺概》言："子建隐有'仁义之人其言蔼如'之意，钟氏谓人伦周、孔，可谓知言。"①"其言蔼如"，即温柔敦厚。

黄节《曹子建诗注序》言："陈王本《国风》之变、发乐府之奇、驱屈、宋之辞、析扬、马之赋而为诗、六代以前莫大乎陈王矣。至其闵风俗之薄、哀民生之艰、树人伦之式、极情于神仙而义深于朋友、则又见乎辞之表者、虽百世可思也。钟记室品其诗、譬以人伦之有周孔、至矣哉。"②王叔岷注"人伦之有周、孔"时，以曹作解证，引曹植《薤露行》"孔氏删诗书，王业粲已分。骋我径寸翰，流藻垂华芬"与《豫章行》"不见鲁孔丘，穷困陈蔡间。周公下白屋，天下称其贤"③等句以见钟嵘此评之内涵。

自钟嵘以周、孔比曹植文章，萧绎言曹植通儒者之义，王通称其"达理""君子"，李善、五臣注挖掘出其作品的伦理道德精神，自此而至清代，古代文士对曹植的仁人之风、文章的敦厚之意已经基本上形成了一种稳定的评价。（具体见后文）曹作源出《诗经》之论也建立在对曹植及其作品如此认识的基础上。但当代对曹植的批评，多以为他只是一个才子文士，恃宠任性，并无实际的政治才能，太子之争

① 陈延杰：《诗品注》，人民文学出版社 1961 年版，第 21 页。
② 黄节：《曹子建诗注》，人民文学出版社 1957 年版，第 1 页。
③ 王叔岷：《钟嵘诗品笺证稿》，中华书局 2007 年版，第 152 页。

失败后，面对曹丕的压制表现出犬儒的苟且偷生等。此与古人对曹植的评价相差不只千里，对曹植的误解之深，让人感叹。当我们研究曹植时，不能忘记他的真实身份，尽管是受打击受排挤者，但他仍然是曹操曾寄寓厚望的王子，是曹魏的藩王，是王室的重要成员。无论如何，其宗族身份与政治身份深深烙印在了他的血脉中，只要他不背叛自己的身份，他的人生将与曹魏紧密相连。我们只有从此角度看他的作品，才能体会其作品的深刻性与独特性。

还需说明的是，《诗经》中的作品的确是发自内心的情感、心灵的再现，不管作者有没有政治功用的目的，当《诗经》纳入礼乐制度之中时，它就不可避免地起到影响人心的实际效应。当我们提及魏晋六朝诗歌时，我们往往说它体现了人的觉醒，是文的觉醒。就曹植作品言，他的确在抒发自我情感，但在其政治身份、宗族身份及其文学思想的影响下，其创作就不是简单的触物而作，而是有其干预现实的、影响来者的目的。在这一方面，它与《诗经》是相通的，即是文学、生活、心灵、伦理与政治的融合。

三　曹作对《诗经》诗法的学习借鉴

对于曹植作品与《诗经》的联系，考虑到黄初后曹植被打压的命运，这时期曹植的作品更能反映他久经考验的内心，所以下文以其《责躬诗》《应诏诗》为例进行分析。

首先看他的《上责躬应诏诗表》。《文选》把《上责躬应诏诗表》放在了献诗类的首章，献诗类只选了曹植与潘岳的作品，代表了两种献诗类型。献诗创作可追溯至先秦的献诗制度。《国语·周语上》言"故天子听政，使公卿至于列士献诗，瞽献曲，史献书……而后王斟酌焉"。[①] 公卿列士的献诗，是《诗经》作品的一个重要来源，此可证之于《大雅》之《嵩高》《烝民》"吉甫作诵"句、《大雅·民劳》之"王欲玉女，是用大谏"句、《小雅·巷伯》之"寺人孟子，作为此

---

① 　徐元诰撰，王树民、沈长云点校：《国语集解》，中华书局2002年版，第11、12页。

诗。凡百君子，敬而听之"句等。曹植《责躬诗》《应诏诗》，与周代的献诗目的不同，但这两首诗深受《诗经》影响则是显而易见的。

（一）对《诗经》语句多有化用

抛开四言的形式不讲，据《文选》李善注二诗引《诗经》看，其中《应诏诗》引注 18 处，《责躬诗》引注 17 处，共 35 处。而《应诏诗》所引注，均出自大雅、颂，个别出自小雅。《应诏诗》中引注只有"宅殷土茫茫"出自《商颂·玄鸟》，其他则基本出自风、小雅。详见表 1。

表 1 　　　　　李善注《责躬诗》《应诏诗》引《诗经》

曹作	李善作注句	李善引注《诗经》句	李善引注出处
《责躬诗》	於穆显考，时惟武皇。	《毛诗》：於穆清庙。	《周颂·清庙》
		《毛诗》：时惟鹰扬。	《大雅·大明》
	笃生我皇，奕世载聪。	《毛诗》：笃生武王。	《大雅·大明》
	武则肃烈，文则时雍。	《毛诗》：相土烈烈。	《商颂·长发》
	万邦既化，率由旧则。	《毛诗》：不愆不忘，率由旧章。	《大雅·假乐》
	广命懿亲，以藩王国。	《毛诗》：生此王国。	《大雅·文王》
	奄有海滨，方周于鲁。	《毛诗》：奄有龟蒙。	《鲁颂·閟宫》
		《毛诗》：建尔元子，俾侯于鲁。	《鲁颂·閟宫》
	车服有辉，旗章有叙。	《毛诗》：庭燎有辉。	《小雅·庭燎》
	济济俊义，我弼我辅。	《毛诗》：济济多士。	《大雅·文王》
	伊余小子，恃宠骄盈。	《毛诗》：闵予小子。	《周颂·闵予小子》
	明明天子，时惟笃类。	《毛诗》：明明天子，令问不已。	《大雅·江汉》
		《毛诗》：孝子不匮，永锡尔类。	《大雅·既醉》
	赫赫天子，恩不遗物。	《毛诗》：赫赫在上。	《大雅·大明》
	冠我玄冕，要我朱绂。	《毛诗》：朱芾斯皇。	《小雅·斯干》
	昊天罔极，生命不图。	《毛诗》：欲报之德，昊天罔极。	《小雅·蓼莪》
	迟奉圣颜，如渴如饥。	《毛诗》：忧心烈烈，载饥载渴。	《小雅·采薇》
《应诏诗》	星陈凤驾，秣马脂车。	《毛诗》：星言凤驾。	《鄘风·定之方中》
		又曰：言秣其马。 又曰：既脂尔车。	《周南·汉广》 《小雅·何人斯》
	芒芒原隰，祁祁士女。	《毛诗》：宅殷土芒芒。	《商颂·玄鸟》
		又曰：采蘩祁祁。	《小雅·出车》

续表

曹作	李善作注句	李善引注《诗经》句	李善引注出处
《应诏诗》	经彼公田,乐我稷黍。	《毛诗》:雨我公田。	《小雅·大田》
		又曰:我黍与与,我稷翼翼。	《小雅·楚茨》
	爰有樛木,重阴匪息。	《毛诗》:爰有寒泉。	《邶风·凯风》
		又曰:南有樛木。	《周南·樛木》
		又曰:南有乔木,不可休息。	《周南·汉广》
	虽有糇粮,饥不遑食。	《毛诗》:乃裹糇粮。	《大雅·公刘》
	遵彼河浒,黄坂是阶。	《毛诗》:在河之浒。	《王风·葛藟》
	骈骖倦路,再寝再兴。	《韩诗》:两骖雁行。	《郑风·大叔于田》
		《毛诗》:言念君子,再寝再兴。	《秦风·小戎》
	前驱举燧,后乘抗旌。	《毛诗》:伯也执殳,为王前驱。	《卫风·伯兮》
	轮不辍运,銮无废声。	《毛诗》:銮声锵锵。	《小雅·庭燎》
	爰暨帝室,税此西墉。	《毛诗》:召伯所税。	《召南·甘棠》
	长怀永慕,忧心如酲。	《毛诗》:忧心如酲,谁秉国成。	《小雅·节南山》

据上表,大量化用《诗经》中语句既增添了曹诗的典雅厚重感,又以此化用沟通了与《诗经》相关篇章的关系,产生了秘响旁通的效果,使得曹诗的情感意蕴表达更为深厚。

(二)对《诗经》写作思路的借鉴

1. 就《责躬诗》而言,诗主要内容在于忏悔己过,表达立功自赎之情。但诗开篇则荡开笔墨,前十句追怀赞叹武王(曹操)安济四方的功德;其下八句赞美当今圣上兼备文武、承汉君临、万邦归风的王业气象;再其下十句追叙圣上分封诸侯以卫王国及对自己的恩宠与期望;最后以二十八句追叙自己罹罪经过,回应题目,叙中含情。由叙其父之功德而至当今皇兄、圣上,再而及魏之封侯,再而及自己两次罪过,用笔由远而近。这种荡开笔墨曲折而至的写法早在《诗经》中即有体现,比如《周南·葛覃》,其重心本在女子归宁一事,但却从中谷景物写起,写中谷葛藤蔓延、黄鸟喈喈;写收割煮葛、织布制衣;写告归师氏、浣洗衣服,于结句处点出"归宁父母"。吴闓生谓之"文家用逆之至奇者"①。又如

---

① 程俊英、蒋见元:《诗经注析》,中华书局 2017 年版,第 5 页。

《鲁颂·閟宫》，本歌颂鲁僖公能兴祖业、复疆土、建新庙，但诗开篇追叙周的始祖姜嫄和后稷，次叙周的兴起由于太王、文王、武王，再言伯禽受封为鲁公及僖公祭祀祖先，之后的四、五、六、七、九章则重点写僖公的成就。此亦由远而近的写法。

　　曹植本诗亦是用逆之法，由对先王的缅怀赞颂、对今皇及今朝的赞美、封侯的盛事等引出对其罪错的叙述、反思、自责等，把忏悔主体的多元身份置于先王、圣王、藩王这样的宗族、家国背景下。唯其认识到自己的身份在宗族、国家体系中的位置，他方能认识到自己上负先王、圣王的期待之心，下污先王、今圣的圣明功德，亦违自己藩卫王朝的身份与使命，所以其自责"举挂时网、动乱国经。作蕃作屏，先轨是隳"的反省方为深刻、恰切，而其后的忏悔方显深刻，感恩方显真诚，立功请愿方显壮气担当。据史，曹植所谓罪行不免于小人的希旨诬陷（具体见后文有关李善注的分析），但面对希旨小人、有司与圣上所导演的打压惩治曹植的剧，曹植《责躬诗》从家国大局角度、从政治角度、从臣子角度，诚心反省自己对国家法规、仪礼的触犯，感恩皇上的开恩，并希望建功赎罪，而其"甘赴江湘，奋戈吴越"之愿，实关曹魏的边防大事。或以为曹植《责躬诗》是皇权打压下自我保全的懦弱表现，这种理解是不恰当的。这首诗虽是自责忏悔，但并非卑躬屈膝之作，因其所着眼者大，所以不见其忧生之嗟，反见其于国于君于父之赤诚、之担当，故而骨气铮铮。曹植此诗，可谓罹罪忠臣自我反思、表白的最好示范。

　　另外，曹植此诗熔铸《诗经》祭祖诗、告诫诗、自警诗等而独出。开篇对先王、今圣的赞颂之辞，多有学习《诗经》颂诗之歌功颂德者。如《诗经·周颂·武》："於皇武王，无竞维烈。允文文王，克开厥后。嗣武受之，胜殷遏刘，耆定尔功。"此诗本歌颂武王武功，却插入文王文德开启后代武功之内容，表不忘本之意，写作上由此产生曲折之趣，是所谓"夹入文王，曲折有致"①。植诗由曹操之功德而

---

① 程俊英、蒋见元：《诗经注析》，中华书局 2017 年版，第 732 页。

及曹丕,亦呈现今之成绩之所由。而"超商越周,与唐比踪"的思路,与"胜殷遏刘"之语隐有关联。再如"如受命于天,宁济四方",合乎"桓桓武王,保有厥土,于以四方,克定厥家。於昭于天,皇以间之"(《周颂·桓》)之意。如"武则肃列,文则时雍"则合"穆穆鲁侯,敬明其德。敬慎威仪,维民之则。允文允武,昭假烈祖"(《鲁颂·泮水》)之意。而"广命懿亲,以藩王国。帝曰尔侯,君兹青土。奄有海滨,方周于鲁。车服有辉,旗章有叙。济济隽义,我弼我辅",亦由"王曰叔父,建尔元子,俾侯于鲁。大启尔宇,为周室辅。乃命鲁公,俾侯于东。锡之山川,土田附庸"(《鲁颂·閟宫》)化出。

而三、四、五节的叙罪自责,则有告诫诗、自警诗的影子。如"伊余小子""嗟予小子""咨我小子"的再三出现,很容易让人联想到《周颂·闵予小子》"闵予小子,遭家不造,嬛嬛在疚","维予小子,夙夜敬之";《周颂·访落》"维予小子,未堪家多难";《周颂·敬之》"维予小子,不聪敬止?";等等诗篇诗句,这几首诗是成王警诫自己的诗。另外,《大雅·抑》是周王朝一位老臣不满君主的昏庸骄蛮、沉湎酒色,劝告他修德慎行的诗,如其批评周王"其在于今,兴迷乱于政。颠覆厥德,荒湛于酒。女虽湛乐从,弗念厥绍。罔敷求先王,克共明刑",结尾更是心痛隐忍、苦口婆心劝诫"於乎小子,未知臧否!匪手携之,言示之事。匪面命之,言提其耳","视尔梦梦,我心惨惨。诲尔谆谆,听我藐藐","於乎小子,告尔旧止,听用我谋,庶无大悔"。不过,曹植变《诗经》中的责他为自责。曹诗融会《诗经》祭祖、自警、告诫责他之诗而创责躬自省的为臣之诗。

2. 就《应诏诗》而言,相比于《责躬诗》庄重严肃与顿挫的表达,它显得清丽流畅,时露欢愉之情。该诗起笔两句写应诏之事,此后由准备车马、出发、路途所见及赶路情形,直至至于帝京,重点写自己应诏的急切心情。该诗写诸侯应诏朝见,此主题写作是曹植的首创。《诗经》中似仅《小雅·采菽》写诸侯来朝,周王赏赐诸侯,但其重点在写"君子来朝""天子所予"的庄重华贵的场面,与曹作重在写应诏行程以凸显自己的心情不同。但曹作似乎依然有《小雅·采菽》的影子，原因在于《小雅·采菽》一、二、三、五章的兴句，皆由山野之物起兴，所咏清新淡雅，类乎《国风》，与其后庄重典雅的场面描写不类，曹植此诗的清新流丽与《小雅·采菽》的野景起兴似乎隐然有关。而"前驱举燧，后乘抗旌。轮不辍运，鸾无废声"亦似乎从"君子来朝，言观其旗。其旗淠淠，鸾声嘒嘒"（《小雅·采菽》）化出。另，《诗经》中牵涉写行程的内容，如《召南·小星》"肃肃宵征，夙夜在公"，《齐风·东方未明》"东方未明，颠倒衣裳。颠之倒之，自公召之""不能辰夜，不夙则莫"，重在写行臣的辛苦哀怨；而《定之方中》"灵雨既零，命彼倌人。星言夙驾，说于桑田"，则写王者的勤于劝农桑之事；有些写行程的内容，牵涉写行程中的马、旗等，如《卫风·硕人》"四牡有骄，朱幩镳镳"，《小雅·出车》"设此旐矣，建彼旄矣。彼旟旐斯，胡不旆旆"；有时涉及写行程所见景物，如《卫风·硕人》"河水洋洋，北流活活。施罛濊濊，鱣鲔发发，葭菼揭揭"。曹植此诗也点缀了景象，如"芒芒原隰，祁祁士女。经彼公田，乐我稷黍"；也有马，如"玄驷蔼蔼，扬镳漂沫"；也有旗子、鸾声等。但曹植此诗则自出机杼，与其《责躬诗》相应成辉，一典重一清丽。"将朝圣皇，匪敢晏宁"，不仅表现了对盼见圣皇的急切之情，也表达了唯圣皇之趋鹜之心。

综观《上责躬应诏诗表》，可以理解，为何《文选》献诗首选曹作？其一，它基于《诗经》开创了新的诗歌形式、体裁，即责躬与应诏，而《责躬诗》熔铸祭祖、自警与告诫等题材而自出，《应诏诗》化出于《小雅·采菽》，间用《诗经》行程诗中意象，以应诏行程为重而独成佳篇。其二，《责躬诗》与《应诏诗》从不同角度表达了对圣皇、朝廷的归依与维护。《责躬诗》以臣之反躬自省为主，赞美君主、感恩君主、忏悔君主、立愿君主，表现了对君主威严、尊荣的真切维护，在一诗中表现出歌颂、自责、请愿等多种情调，使得诗歌具有丰富的情感层次、结构层次。

根据上文分析，可以说，《责躬诗》是融合雅、颂的作品，《应诏诗》则是融合风、雅的作品，二者所表现出的宗族、君臣伦理之理、情与《诗经》之本质是相通的。刘熙载《诗概》云："曹子建《赠丁仪王粲》，有云：'欢怨非贞则，中和诚可经。'此意足推风雅正宗。"又云："子建则隐有'仁义之人，其言蔼如'之意。钟嵘品诗，不以'古直悲凉'加于'人伦周、孔'之上，岂无见乎!"① 可谓知音者。《文选》编选二诗于"诗甲"类中"补亡""述德""劝励"类后，其间关系隐然相承。本部分以二诗为例，探析曹作与《诗经》的关系，不过，曹植的其他诗作，如女性诗、友情诗、杂诗、咏史诗，甚至游仙诗等无不与《诗经》的精神息息相关，此处略。

在汉末大乱的背景下，曹氏唯才是举，不重德义，不尚名节的用人政策，对两汉建立的纲常教化，确是一大破坏，其与玄学中的一派"指礼法为流俗，目纵诞以清高"②，有直接的历史因果关系，但曹植诗文却呈现出与《诗经》一致的伦理的歌唱，表现出对传统儒家伦理精神的回归，这在汉末魏晋时期，颇为难得。而他对《诗经》创作艺术的学习，也超出了一般所论的比兴手法，对《诗经》赋法颇有继承与发扬，再加之他对汉乐府、汉大赋、散文等叙事的学习，由此形成其独特的赋写风格（具体见下节）。

第四节　曹植作品的传统与创新：一种综合的视角

由于《诗经》的源头意义，所以上节论述曹植作品的传统时，单独探讨曹作与《诗经》的关系，探讨曹作源出《诗经》论的内涵。但曹植诗歌的源头是多样的，曹植作品的创新性与其对诸多源头的融会贯通密不可分，古人所谓曹作的"集大成"特点亦与之相关。下从综合视角，以曹植女性诗作的传统与创新、曹诗赋写方法（铺展方式、复沓、开端、辞采）等为对象，进一步探讨曹植作品的传统与创新。

---

① 刘熙载：《诗概》，见郭绍虞编选，富寿荪校点《清诗话续编》（四），上海古籍出版社2016年版，第2287页。

② 《晋书·儒林》（卷九十一），第2346页。

一　以《美女篇》《七哀》为例的分析

曹植知名的女性诗作有《美女篇》《七哀》《浮萍篇》《种葛篇》《弃妇篇》《杂诗六首》之"西北有织妇""南国有佳人"等。其中《美女篇》与"南国有佳人"相类，皆感慨盛时不遇，荣华将逝；《七哀》与"西北有织妇"相类，写客子、征夫不归，闺人的孤独思念；《浮萍篇》《种葛篇》《弃妇篇》则写弃妇情怀，虽遭遗弃，但缠绵悱恻，虽哀怨而无怨恨，或归之于天命，或难忘旧情，盼望"君恩倘中还"，温柔敦厚，令人感怀。此处以《美女篇》《七哀》为例，探求曹植诗作与传统的关联及其创新。

（一）《美女篇》中的传统与创新

《美女篇》对汉乐府《陌上桑》的借鉴是最为明显的。

一是采桑女性的身份。高门贵族之女而又勤于蚕桑之事，罗敷"秦氏楼"之居处、"耳中明月珠"之装扮、"东方千余骑，夫婿居上头"之夸语显示其官宦达贵的身份，而美女之"金爵钗""翠琅玕""珊瑚""木难"等饰物，"青楼临大路，高门接重关"之居地，亦见其身份之华贵。

二是侧面衬托的写法及相关语句的化用。曹诗"行徒用息驾，休者以忘餐"句是对"行者见罗敷，下担捋髭须。少年见罗敷，脱帽着帩头。耕者忘其犁，锄者忘其锄。来归相怨怒，但坐观罗敷"等句的高度凝练，且抛弃了其中幽默滑稽的成分。

不过，相比于《陌上桑》对罗敷佩饰、着装的静态白描，《美女篇》则调用了复杂的刻画手法。诗开篇直言"美女妖且闲，采桑歧路间"，但接下去并不直接写美女，而是写柔条颤动、落叶翩翩，然后写手、手腕上的金环，然后继续上写美女的头饰，下写美女的腰中佩饰，再整体写其身上明珠辉映，这么多笔墨，还只是美女的背影，而"罗衣何飘飘，轻裾随风还"则变静为动，并进而转向对美女正面的描写，"顾盼遗光采，长啸气若兰"，写出了美女的神、光采、气质与操守，美女神韵毕现。这种由静而动，由远而近，由上而下，由整体而局部的变换视角，以及由形而及神的描写，是曹植的开创。

当然，这种创作依然有其传统的轨迹可以追寻。如《诗经·卫风·硕人》"手如柔荑，肤如凝脂，领如蝤蛴，齿如瓠犀，螓首蛾眉。巧笑倩兮，美目盼兮"句，尽管钱锺书从写人之色彩烘托角度看，认为若《卫风·硕人》的女性描写如"水墨白描"，不如《招魂》《大招》《好色赋》等所写美人鲜明①，但就传神而言，姚际恒"千古颂美人者无出其右，是为绝唱"②之论，则更为忠恳。曹植《美女篇》在刻画美女的外在形象后，接以"顾盼遗光采，长啸气若兰"句，由形而及神，此法定出自《卫风·硕人》；而"柔条纷冉冉，叶落何翩翩。攘袖见素手，皓腕约金环"，由美女所处背景而特写女性的手，再由手而及头上身上的装扮，亦可见融合多种传统。一是写女性"手"以见其美者，可追溯到《卫风·硕人》，再而可见于《古诗十九首》，如"青青河畔草"言"娥娥红粉妆，纤纤出素手"，如"迢迢牵牛星"言"纤纤擢素手，札札弄机杼"等；二是写女性由环境而及人，写人又有整体与特写的视角变化，此点曹诗学习"青青河畔草"处亦清晰明了，如"青青河畔草，郁郁园中柳。盈盈楼上女，皎皎当窗牖。娥娥红粉妆，纤纤出素手"，即由环境而及人，由远而近，由整体而局部特写，曹作临摹痕迹比较明显。而"罗衣何飘飘，轻裾随风还"这样充满舞动感的动作则化自汉赋中对舞女动作的描写。

以上尚属显性化用。而从内在精神上言，"佳人慕高义，求贤良独难"，曹诗写美人期待"贤良"却盛年不遇的孤独苦闷，以此写自我的期待与不遇之苦。此比法固然学自屈原《离骚》之"香草美人"手法，但在写法上却有很大变化。从其主题的实质而言，仍然是表"追求"的主题，而这一主题的书写在《诗经·秦风·蒹葭》中即已表露。不过由于作者身份的不明、"在水一方"之空间位置、"伊人"身份性别的模糊性，使得《蒹葭》意境朦胧，并无准确的追求对象，

---

① 钱锺书：《管锥编》（第一册），中华书局 1979 年版，第 93 页。
② （清）姚际恒：《诗经通论》，中华书局 1958 年版，第 83 页。

故钱锺书言："抑世出世间法，莫不可以'在水一方'寓慕悦之情，示向往之境。"① 屈原《离骚》中的求女情节，写其周游天地，"求宓妃之所在""有娀之佚女""有虞之二姚"，或以所求品性不佳而放弃，或以理弱媒拙而不行，求女的失败情节，比屈原对理想政治或志同道合贤才之追求的失败。张衡《四愁诗》继承诗骚传统，以"我所思兮在太山""在桂林""在汉阳""在雁门"等方位的重叠与置换，表达自己上下求索的追求，不过与《蒹葭》《离骚》中追求者与所求对象的无互动看，《四愁诗》中美人则有所回应，如"美人赠我琴琅玕，何以报之双玉盘"等，故张诗虽然仍表追求主题，但在精神上已经与前有所变化。

到了曹植的《美女篇》，一变《离骚》《四愁诗》男性对女性的追求，而为未婚女性对贤良男性的追求与期待，以女性的处境来比自我的处境与心情，同时，之前女性形象的表现非常模糊，或仅是历史人物的名称，或仅有美人的赠予行为，曹诗汲取了之前女性的刻画手法，赋予了美人以具体可感的形象、灵魂，"顾盼遗光采，长啸气若兰"，在美女流光溢彩的外表中包裹着高洁、刚强的灵魂；而"众人徒嗷嗷，安知彼所观"则隐含着她与世俗的隔阂、孤独与坚守。如果说之前几首诗中的女性都是比较抽象的，依附于追求者的行为而存在的话，曹诗中的美女则成为独立的具体的形象，而且这一形象成为作者的自寓形象。所以，无论从美女外在形象的刻画言，还是从美女精神的层面讲，抑或从借美女以言己志说，《美女篇》在诗歌史上都是一个开创，这不仅指其女性形象、女性形象刻画手法，且指以女性婚恋以寄寓的创作手法，这对之后女性题材诗歌的创作言具有重要影响。

（二）《七哀》中的传统与创新

《文选》选入了曹植与王粲、张载的同题"七哀"诗作，曹作在前。对此，李善注曰："赠答，子建在仲宣之后，而此在前，误也。"李善的判断应该是有问题的。《文选》公宴诗类，也是曹作在前，但

---

① 钱锺书：《管锥编》（第一册），中华书局 1979 年版，第 124 页。

咏史、赠答类诗，则王作在前，曹作在后。本书认为，当曹作在前时，往往意味着曹植创作与其后选诗创作之间有很大的不同。如"七哀"同题作，张载与王粲的创作融合了时代的黑暗与创伤，是站在社会大背景上（不管是现实还是历史）来抒写哀伤之感的，但曹植的则是一首女性婚恋诗，写客子不归，女子的思念、孤独、哀怨与彷徨不安。所以，从内容上看，曹作与王、张之作是不同的，王、张之作可以归为一类。

学者多以此诗受《古诗十九首》之"明月照高楼"一诗的影响。诚然，如"明月照高楼"出于"明月何皎皎，照我罗床帏"，"借问叹者谁？言是宕子妻。君行逾十年，孤妾常独栖。君若清路尘，妾若浊水泥。浮沉各异势，会合何时谐？"即是对"客行虽云乐，不如早旋归"的展开。不过，这首诗亦融合了《古诗十九首》之"西北有高楼"一诗的成分。"明月何皎皎"为月夜之愁思，"西北有高楼"则为高楼之悲情，曹诗把"月"与"高楼"联系起来，实际上融合了两种意境。"明月何皎皎"，"明月"的皎洁是引起愁绪的重要环境因素，诗重点写思情；而"西北有高楼，上与浮云齐。交疏结绮窗，阿阁三重阶"，突写高楼之高、之华美、之偏远，以写楼中人身份的华贵与其高蹈世俗的高洁、孤独，而"上与浮云齐"又虚化了人、事。所以，"明月照高楼，流光正徘徊"，既显示女子的身份，亦衬托其美丽、高洁与孤独，亦含有皎月引人愁思的内蕴，"流光正徘徊"，赋予月以情感，更是别出心裁。而"上有愁思妇，悲叹有余哀"，则又与"上有弦歌声，音响一何悲"何其相似。

"借问叹者谁，言是宕子妻"，这一句式，较早见于阮瑀《驾出北郭门行》，如"借问啼者出，何为乃如斯"，其下则言"亲母舍我殁，后母憎孤儿"，可见该句式具有上下句的转换功能，即引出场景转换或叙述人称转换等，曹诗此处"借问叹者谁，言是宕子妻"后是女子第一人称的自叙，此写作叙述方式与阮瑀诗类。不过，曹植其他诗中亦有这种句式的使用，但又有变化，如"借问女何居，乃在城南端"（《美女篇》）、"借问谁家子，幽并游侠儿"（《白马篇》）等，二诗后并不接第一人称自叙，而是第三人称叙述或模糊人称的叙述，这就是曹植的独创了。由于曹植诗中多处运用这种句式，这种句式引起后世的注意与学习。如陆机"借问邦族间，恻怆论存亡"（《门有车马客行》）、"借问叹何为，佳人眇天末"（《为顾彦先赠妇诗二首》其二）、"借问子何之，世网婴我身"（《赴洛道中作诗二首》其一）等。"愿为西南风，长逝入君怀！君怀良不开，贱妾当何依？"化于《古诗十九首》之"思为双飞燕，衔泥巢君屋"（"东城高且长"）、"愿为双鸿鹄，奋翅起高飞"（"西北有高楼"）、古诗"愿为双黄鹄，高飞还故乡"（"步出城东门"）等句，而愿化为风之比拟，或由《与苏武诗》"欲因晨风发，送子以贱躯"句演变而生，但风味自是不同。曹诗念念不忘，温柔敦厚，唯君为依归，所以尤见彷徨、孤单与不安。

二　曹植女性诗作的文化传统及其变化

从女性婚恋诗言，《诗经·国风》中有不少女性婚恋的内容，有些是单纯的婚恋诗，有些婚恋内容则夹杂于征役、祭祖、祝贺等诗的写作中，如《豳风·东山》是行役诗，但叙述了室家离合之情；《桃夭》是祝福新娘新婚的诗，却写出了女子婚姻幸福的一个关键命题，即"宜其家室"。这些诗歌与政治讽喻诗在内容、风格等方面有显著的差异，但其感发人心的爱情、婚姻、家庭伦理情怀等却在那重章复沓的歌咏中得以淋漓尽致地表达。《诗经》的编者对于婚姻爱情诗歌的编辑整理，可见他们对婚恋、家庭的重视。

司马迁《史记·外戚世家》言："《诗》始《关雎》，……夫妇之际，人道之大伦也。"[1] 朱熹言："有天地然后有万物，有万物然后有男女，有男女然后有夫妇，有夫妇然后有父子，有父子然后有君臣，有君臣然后有上下，有上下然后礼义有所错。男女者，三纲之本，万事之先也。"[2] 古代家国同构，家族伦理立基于夫妇之道，"宜家"是"宜国"的基础，或者说"宜家"与"宜国"本就是一体之两面，故

---

① 《史记·外戚世家》（卷四十九），第1967页。

② （宋）朱熹集撰，赵长征点校：《诗集传》（卷七），中华书局2018年版，第131页。

婚恋家庭问题为当时所重，亦是情理中事。

《诗经》婚恋诗之编纂，不仅因为宜家与宜国的一体关系，亦因为它对于沟通上下之情、示范婚姻伦理等一样具有作用。如《卫风·伯兮》写丈夫远征，女子的思念之情。对于这篇诗，朱熹于《伯兮》篇下引范氏言："居而相离则思，期而不至则忧，此人之情也。文王之遣戍役，周公之劳归士，皆叙其室家之情、男女之思以闵之，故其民悦而忘死。圣人能通天下之志，是以能成天下之务。兵者，毒民于死地者也，孤人之子，寡人之妻，伤天地之和，召水旱之灾，故圣王重之，如不得已而行，则告以归期，念其勤劳，哀伤惨怛，不啻在己。是以治世之诗，则言其君上闵恤之情；乱世之诗，则录其室家怨思之苦，以为人情不出乎此也。"①《诗经》录入室家之怨，表达上位者对下情的理解体恤，对于沟通上下的情感具有重要作用。

另外，就这首诗言，"伯兮朅兮，邦之杰兮。伯也执殳，为王前驱"，透过女子对丈夫的赞美，对其"为王前驱"的自豪，可见她对这场战争的支持、理解。但尽管支持、理解，可想到战争的无情，如期而不至，心中的担忧思念与盼望丈夫归来等则是人情之本能。这样的诗歌，不仅沟通上下之情，其间表现的理解与支持，也是对王朝正义之战的支持，虽是婚恋主题，但蕴含有政治的伦理的示范意义。且女子在丈夫征役之时，"自伯之东，首如飞蓬"，不仅写其思念之深，用情之深，而且写其对爱情的坚守。此与"闺中少妇不知愁，春日凝妆上翠楼。忽见陌头杨柳色，悔教夫婿觅封侯"（王昌龄《闺怨》）之女性形象是完全不同的。

曹植的《七哀》《美女篇》在题材上与《诗经》中的婚恋诗有血脉关联，尤其《七哀》写思妇的孤独、哀伤、不安与痴情，其中所体现的温柔敦厚之情感、夫妇之伦理等与《诗经》《古诗十九首》紧相承应。不过，曹诗在政治功用上，并非如《诗经》婚恋诗于潜移默化中传达礼法大义，或者沟通上下之情，维护家国伦理秩序的和谐发展。

---

① （宋）朱熹集撰，赵长征点校：《诗集传》（卷三），中华书局 2018 年版，第 62 页。

《七哀》实借思妇于客子的离而不忘，深情而不舍之夫妇伦理情感以自喻，表明自己之于君主、理想的忠诚不变之心，是屈原"香草美人"手法的发展。当然，这种借夫妇伦理以自喻之法，亦未尝不是一种臣之于君的宗法伦理的示现。《美女篇》以美女的期待贤良而坚守孤独寂寞来借喻自己对理想的追求、不甘苟合世俗的情怀，这种高洁自守实亦是曹植忠诚之心的表白。屈原"及荣华之未落兮，相下女之可诒"句，王逸注曰："言己既修行仁义，冀得同志，愿及年德盛时，颜貌未老，视天下贤人，将持玉帛而聘遗之，与俱事君也。" 即求女是象征对志同道合者的寻觅。

以此参照，《美女篇》美女之待贤而不随意苟合，宁可盛年孤守而绝不随意下嫁的内容，在黄初这样政治敏感的年间，曹植此诗无疑在表明自己的政治立场、态度，即绝不会有任何苟且之事，绝不会背叛朝廷、宗族。以曹植特殊的政治身份，此诗所含有的态度、立场，对于为臣者而言，无疑同样具有示范作用。之前，我们更多研究的是其中的孤独寂寞，是有才而不得施展的苦恼，而忽略了这首诗隐含的政治意义。因此，从诗歌的功用上言，它们仍是对《诗经》的继承，同时又融合了《离骚》的手法。

而就《七哀》言，它既化用、融合了《古诗十九首》中诗的用词、意境，使其中思妇的精神形象更为立体，同时"君行逾十年"至结尾的语句，则化用了汉乐府第一人称叙事手法，语言质朴，由此思妇自道见其朴实敦厚的品格。

综上，在这两首诗里，曹植融会了《诗经》《离骚》《古诗十九首》以及汉乐府的主题或意象或词语或赋法等，我们由此可见曹植诗歌与多重传统的联系，和他对传统的融会贯通。

三　曹植诗歌赋法的传统与创新

"赋"是中国诗学的一个重要概念，对其研究主要有起源、本义、

---

① （宋）洪兴祖撰，白化文等点校：《楚辞补注》，中华书局 1983 年版，第 31 页。

创作思维、后世影响等向度。其本义研究，又包括周代本义、文体义、表现手法义等多种。① 赋法，是以创作实践为中心的文本的赋写方法（含赋写思维、赋写效果），主要与"赋"研究中的表现手法、创作思维、后世影响等相关。曹植诗歌的一个重要特点是其诗歌赋写手法的灵活多变而富有层次与顿挫，这对其"骨气奇高"风格之形成有重要影响。学界对此论述较少，下针对曹作的人、事、物的赋写、复沓手法、开端、辞采等分析其中赋写方法的传统与创新。

（一）曹作人、事、物赋写的传统与创新

曹作中的人、事、物赋写与《诗经》赋写方法之间有紧密关联。《诗经》中的赋写方法常以关联性事件、事态、人物等为中心，运用诸种联想、想象方式，在同一时空或不同时空进行平面或立体的铺展。其主要内涵是"铺陈其事"。"事"，即"事象"（借用"意象"一词），包含事件、事态、人物等，是赋写的内核，是抒情的载体。"事"不同，铺展方式不同，所含主题元素亦不同。就赋事类型言，大致分为四类。第一，事件赋写。指具有一定的情节过程，常通过时空转移显示事件进程，多存在核心主题兼容其他主题或多元主题共融的情况，表达更为复杂的情感，如《东山》。第二，事态赋写。常直言其事，一般无时空条件下的发展变化，其重章叠句的方式虽隐含某种时空变化，但主要为敷染、强化情感的抒发，如《蒹葭》。第三，人物赋写。以人物为中心，铺展人物行动、外貌、精神、品格、价值等，如《兔罝》。三种类型常以某种为主而兼容其他。第四，对话赋写。此为特殊形态赋写，常通过对话呈现事件、事态、人物。

赋事类型不同，其事象铺展的方法亦不同。如事件铺写，主要是时空叙述法，包括各种时序、时长、频率等叙述时间问题及相应的空间场景的转移。再如人物铺写，有直接亮相法、背景引入法、事件呈现法、关联事物侧写法等。这些类型与方法在具体诗作中多有融合，从而使赋写呈现出比较多变的形态。

---

① 参见鲁洪生《赋比兴研究史》，人民文学出版社 2017 年版。

曹植对《诗经》赋写方式多有吸收，其事件赋写、人物赋写在魏晋南北朝都具有典型意义。以《白马篇》为例，《白马篇》以白马少年为中心，是写人之作，兼融写事。开篇"白马饰金羁，连翩西北驰"破空而来，俊逸华贵高洁的白马，疾驰在西北方向，画面极美，马蹄的嘚嘚疾驰中隐含紧张的气氛，让人在冲击、赞叹之中，不禁追问，骑马者何人？为何如此疾驰？为何往西北而驰？所以这既是由写关联事物而见人物的侧写法，同时，从事件的叙写方式来讲，又是一种倒叙的手法。其下由马而及人，以"借问谁家子？幽并游侠儿"一句问答过渡，引出其下对游侠儿身世、投身边防，不畏艰苦、武功高强等的叙述（当然，由于叙述人称的模糊性，故而这一部分内容可以是第三人称的叙述，亦可为游侠儿的第一人称自叙），而"边城多警急，胡虏数迁移。羽檄从北来，厉马登高堤"，则回应"白马饰金羁，连翩西北驰"，揭示了开篇场景所隐含的紧急的战争背景，同时，亦反衬白马少年甘赴国难、从容无畏、洁净美好而华贵的形象。而"长驱蹈匈奴，左顾凌鲜卑"则正是"连翩西北驰"的去往之地。故而，结尾"弃身锋刃端，性命安可怀？父母且不顾，何言子与妻！名编壮士籍，不得中顾私。捐躯赴国难，视死忽如归"就不只是结尾才有的议论，而是这样的精神、心灵活动融合在"白马饰金羁，连翩西北驰"直至"长驱蹈匈奴，左顾凌鲜卑"的全部诗句中。反过来，其"白马饰金羁，连翩西北驰""长驱蹈匈奴，左顾凌鲜卑"的意气、自信、从容又得于他高强的武功与戍卫边防的爱国之心。

诗篇运用倒叙、插叙、顺序多种时间叙述方式，叙事的三个部分无不相互映衬生发，白马少年的精神融贯于诗的每一文字中。其人物铺写，既有人物形象的直接刻画，亦有在事件环境中的刻画；结尾的议论，由于人称的模糊，且上下语义绵密，故而既可以看作叙述者的议论，亦可看作白马少年的内心活动。而就事件叙述而言，倒叙、插叙、顺序相结合，时空场景进行多层次的转换。

不过，相比于《诗经》的事件、人物铺写，《白马篇》结构层次更为复杂，可以说，像这样叙述层次多而又浑融无间的，已然是历史散文叙事手法于诗歌中的化用，但比史传散文中的处理更为集中、紧凑。

至于"少小去乡邑，扬声沙漠陲"至"矫捷过猿猴，勇剽若豹螭"对于白马游侠儿的装束、武艺的描写，则汲取大赋铺陈赋写的方式，一是密集表现，一是对偶使用，但连用动词的方式则是曹植的独创，写出了白马少年的快、灵活、有力、精准等武功技能水平。对于曹植的化赋入诗，吴小如先生言："《盘石篇》，虽为拟乐府'杂曲歌词'之作，实则渊源于汉赋。自'岸岩'句以下铺叙海上景物，很有创造性，俨然是一篇大赋的缩目。这种以赋为诗的手段应当是魏晋南北朝诗歌的特色之一，而首发轫者实惟曹植，后来的鲍照、谢灵运、谢朓、江淹等，皆从此受到启发。但曹植写此诗并未为铺叙而铺叙，乃是借孔子所说的'道不行，乘桴浮于海'（《论语·公冶长》）的一番话引申开去以抒己志，所以这一段景物描写便非闲笔，而成为全篇的有机组成部分。这正是曹植艺术手段高明之处。"① 至于《美女篇》中对美女的多手段刻画、《名都篇》中对名都少年的描写、游仙诗中对仙境的铺陈等，都可以看到大赋叙写方式的影响。

（二）曹作赋写中复沓手法的传统与创新

重章叠句是《诗经》艺术特色的一个重要标志，其反复咏唱所构织的旋律可强化某种情感、画面的呈现，或使情感的抒发更为缠绵悱恻。以《蒹葭》为例，"蒹葭苍苍，白露为霜""蒹葭萋萋，白露未晞""蒹葭采采，白露未已"，开头的兴句，经过反复，强化了清冷凄迷怅惘的气氛；同时，时间的流逝强化了追求不得的失望、痛苦，亦强化了追寻者对所向往人事执着不舍的坚忍，而"所谓伊人，在水一方""在水之湄""在水之涘""宛在水中央""宛在水中坻""宛在水中沚"的飘忽不定，也在反复中更增加了朦胧迷离的色彩，以及追寻者对如影般虚幻人事追求的凄苦。而重章复沓在表时间流逝中，又表现了时间的轮回，意味着追求的无止境，追求的迷惘与痛苦之

---

① 吕晴飞、李观鼎、刘方成等主编：《汉魏六朝诗歌鉴赏辞典》，中国和平出版社1990年版，第253页。

无止境。

《诗经》重章叠句的结构方式对于表情达意具有重要作用。《诗经》之后，这种外显的重章叠沓的方式，由于诗体五言、七言、杂言的变化，它在后世诗歌中已然没有存身之处。但这并不意味着它的消失，它以一种内化的方式，内化为后世诗歌中反复的旋律，这种旋律的突出表现即是诗篇中各种形式的反复。《离骚》是这种内化的一个重要代表，比如《离骚》再三陈说自己高洁的品格；一再批判楚王与时小；上下求索，反复求女；再三陈说徘徊不忍离去的心绪；对历史事实多次引述；等等，这些尽管在具体文本中的上下语境中，都有其用意，但就全篇诗歌言，则构成了反复的旋律，对于淋漓尽致地表现屈原复杂的爱恨愁怨等情感具有重要作用。之后，《古诗十九首》继承了诗、骚这一复沓的诗歌表现手法，在短章之中通过语意不同角度的反复来构成复沓的旋律，增强诗的情感表现力。

曹植诗歌亦学习化用了这一写法。《白马篇》自"弃身锋刃端"至"视死忽如归"，由个体而及父母妻子而及壮士籍，虽然层层递进，但其意则一，由此产生重叠复沓的效果，更具有一种壮烈的激动人心的旋律效果。这是《诗经》复沓手法的一种内化。

《赠白马王彪》，除了其顶针连环的方式学自《诗经》外，诗以"顾瞻恋城阙，引领情内伤"为纲，以"伤"为核心词，写伤景、伤小人、伤曹彰之死、伤人生苦短、伤生离死别等，所伤之具体内容俱有变化，但"伤"为底色，而正因为诸多之伤，所以"顾瞻恋城阙"更显得曹植的忠厚恳切，更显得其心情的复杂。这样曲折起伏的情感变化层次，上应《离骚》，整首诗既有《诗经》之敦厚庄雅，又有《楚辞》之窈窕深邃。而且，曹植在反复中还有顿挫，如以"伤"为主，但"丈夫志四海，万里犹比邻。恩爱苟不亏，在远分日亲。何必同衾帱，然后展殷勤"之语又突然振起，表现开阔的气度；而"忧思成疾疢，无乃儿女仁。仓卒骨肉情，能不怀苦辛？"又陡然下落。方东树评价曹植《赠白马王彪》言："此诗气体高峻雄深，直书见事，直书目前，直书胸臆，沉郁顿挫，淋漓悲壮，与以上诸篇空论泛咏者不同，遂开杜公之宗。"① 曹植作品的抑扬顿挫、复沓变化，虽有得之于《诗经》之处，但更多的是来自《离骚》。屈原反复的抒怀、历史回顾、愤激小人、痛苦楚王的复沓变化，其情感大起大落、周转反复之淋漓尽致的表现，实启抑扬顿挫之诗歌写作格局，对曹植的写作启发尤大。《赠白马王彪》很好地体现了"骚"与"诗"的结合。

（三）曹诗发端的传统与创新

学者多言曹植善于发端。沈德潜《说诗晬语》言："陈思极工起调，如'惊风飘白日，忽然归西山'，如'明月照高楼，流光正徘徊'，如'高台多悲风，朝日照北林'，皆高唱也。后谢玄晖'大江流日夜，客心悲未央'，极苍苍莽莽之致。"② 周振甫先生《诗词例话》言："诗歌的开头，怎样的才算好？这里指出一种是'高唱'，调子高，不平庸；一种是'极苍苍莽莽之致'，即意境深远阔大；一种是'突兀'，像'高山坠石，不知其来'，即出人意外。说'高唱'是从声调说的，说'苍苍莽莽'，是从境界说的，这是从不同的角度来讲的。"③ 周先生这几方面的概括非常凝练，不过，就沈德潜所举陈思、谢朓的诗句看，二者并无"声调"与"境界"的区别，安见"高台多悲风，朝日照北林"不是笼括全篇，极满目苍凉之意呢？沈德潜所举陈、谢诗句，都是既见声调，亦见境界的。此类发端受《诗经》兴法的影响较深，如"蒹葭苍苍，白露为霜""桃之夭夭，灼灼其华"等。学者讲曹植工于起调，也主要讲他这类以景起兴或兴中带比的诗句，且多举"高台多悲风，朝日照北林"（《杂诗六首》④ 其一）、"明月照高楼，流光正徘徊"（《七哀》）等诗句。

但曹植诗歌的善于发端，不止如此。曹植还有一些开端，突兀而来，具有极强的视觉冲击与隐含的叙事、抒情的张力，比如《白马篇》开端"白马饰金羁，连翩西北驰"句，那种华美俊逸的画面感，

---

① （清）方东树：《昭昧詹言》（卷二），人民文学出版社 1961 年版，第 73 页。
② （清）沈德潜：《说诗晬语》（卷上），见丁福保辑《清诗话》，上海古籍出版社 2015 年版，第 545 页。
③ 周振甫：《诗词例话》，西北大学出版社 2019 年版，第 169 页。
④ 赵幼文版《曹植集校注》把《杂诗六首》打乱了，本书所引《杂诗六首》依《文选》。

那种由近及远的镜头推动感，那种嘚嘚疾驰的声响、紧急感，就隐含了诸多叙事线的内容。这种发端特点之形成与曹植对《诗经》、汉乐府叙事的学习借鉴分不开。比如《诗经·周南·兔罝》："肃肃兔罝，椓之丁丁。赳赳武夫，公侯干城。肃肃兔罝，施于中逵。赳赳武夫，公侯好仇。肃肃兔罝，施于中林。赳赳武夫，公侯腹心。"三章开篇即由事件而及人，写猎人打桩张网，敲打系网木桩，叮叮作响，见出猎人娴熟的动作、紧张有序的谨慎的工作态度、步骤，镜头再慢慢推进，用"赳赳武夫"，见猎人之威武有力的形象，由事件而及其精神气质，而结局之"公侯好仇"，则进一步指其才力可为保家卫国的武士。叙写由具体事象，而及人物精神，再而及人物价值，层层推来，皆由开头两句生发而出。再如汉乐府《东门行》开篇："出东门，不顾归。来入门，怅欲悲"，开头突兀而来，起句即激昂慷慨，而一出一入的情感的陡然变化，更见出其中的心灵冲突、斗争。十二字中动作密集，基调紧张而悲愤，富含叙事空间，引人欲读究竟。曹植这类诗歌的发端，学界尚无关注。当然，至于"高台多悲风，朝日照北林""惊风飘白日，忽然归西山"因其情绪的强烈而内敛，让人莫知其所以发，故也有突兀之感。

另外，曹植还有一类发端，看似平平叙出，但因其融化典故于其中，故而诗句叠加有典故之情或意义，使得平平之句产生了一种更为丰富的内蕴。如《杂诗六首》其四"南国有佳人"，这一句很容易让人联想到李延年的"北方有佳人"、屈原《橘颂》"受命不迁，生南国兮。深固难徙，更壹志兮"句，以及《离骚》香草美人的比兴手法。所以，此一句而化用三处典故，使得"南国有佳人"句既有"北方有佳人"之遗世独立的美貌，亦拥有一种凝志高洁的坚守品格，同时又暗示以佳人而自比的象征格调。而把佳人形象放在南国这样的一个广阔的空间背景中，如"北方有佳人"之手法，若天地间即此一佳人，在视觉上给人极大的冲击力，极见佳人之孤独、之坚强。

（四）曹植"辞采华茂"的传统与创新

学者亦多言曹植"辞采华茂"。对于曹植诗之辞采，徐公持言：

"曹植诗歌的'辞采华茂',表现在诗歌艺术手段的几乎所有领域。包括多种诗体的写作尝试;比兴的广泛运用和多变;诗歌意境的营造建构;诗歌语言的世俗化与典雅化的结合;章法句法的变化创新;还有辞语运用的丰富多采等等。"① 徐先生对"辞采华茂"的理解是灵活而丰富的。当然,关于比兴的问题,是不是广泛运用比兴就会有辞采华茂之感呢? 比兴是《诗经》重要的表现手法,但人们并不认为《诗经》"辞采华茂"。亦有人言曹植的对偶、发端等,但对偶的运用,是不是就造成华茂之感呢? 南朝不少对偶,但并未得"辞采华茂"之评。所以,只言藻饰、言对偶、言比兴,似乎还不能真切地解释"华茂"的特征。

华茂,华美繁盛。这不只是指诗文中对偶、比兴等的运用,更关键的是其诗其语具有丰富的层次,语词间有多层皴染的内容,如色彩感、动态感、时空感、场景感、生命感等。曹植诗作意蕴层次很多,如情感抒发层次,包括情感的隐与显、实与虚、直与曲等;表达方式层次,如《赠白马王彪》之情景事理的融合;文体层次,若其融合诗赋,化乐府入诗等;语词层次,如一句间多个典故的化入,使诗句旁通多种声音;风格层次,如其婉约中不失宏阔,浪漫中常蕴现实②;等等。且辞采华茂不能离开"骨气奇高",因为没有这样的骨气、大才,很难周转那么多的诗歌层次,也很难使其华辞丽句具有丰茂的感人的生命能量。"骨气奇高"是内在的精神,"辞采华茂"正是这一精神的外在显现,二者实为一体之两面。

徐公持认为,曹植最大的功绩是对乐府文人化的作用及对五言诗的贡献。笔者以为不止如此,曹植的功绩还在于对诗骚精神、艺术的继承与开拓;提升赋体、乐府的诗性功能;诸体皆备,融会贯通,于语言、体式、风格、意境、意象、题材等多方面的开拓。也就是说,

---

① 徐公持:《魏晋文学史》,人民文学出版社1999年版,第92页。
② 现有文学史往往把曹植的诗歌分为前后期,认为前期多是歌唱理想抱负,后期则多忧生之嗟。但需注意的是,曹植诗歌虽有前后分期,写法有变化,但不可因此误认为前后期风格截然不同。他诗中有一贯的气质,后期虽打上了哀怨的色彩,但前期的大气、刚气、华美并未消失,而是融会其中,这就使其诗歌含有更多的层次,更有品味处。

曹植是一个集大成的作者。关于曹植作品与传统的关系，及其于题材、体裁、语言、章法、意象、意境、风格等方面的开创，应该是一个可以进行专门研究的话题，本书因篇幅与主要论题的限制，仅从以上方面来窥测他之于传统的继承与创新，便于研究后人究竟在何种层面上对其人其文的经典化产生了作用，这种探究对于经典化的研究是必要的。

从钟嵘始，已留意曹植作品与《诗经》《楚辞》的关系，但是他对曹植诗歌与《楚辞》关系的批评，直到宋以后才为读者所接受呼应，其诗歌源流的另一方面才得以揭示。此后历代评者，又不断发现曹作与乐府、古诗等的关系，曹植诗作集大成之特点方得以逐渐揭示。其实，曹植不只是诗歌的集大成，他本身诸体皆备，赋作、书表、颂赞等在文学史上都有浓重的一笔，且其诗赋文等在写作中亦有互融互渗之显现。中国文学史上集大成的诗人并不多，集大成的作家更少，如果说杜甫是唐前诗歌的集大成者，那么曹植就是魏之前的文学集大成者，而且不只是诗歌的集成，也是诸多文学体式的集成。

现代以来，学界对曹植创作的源头，更多关注的是汉乐府与《古诗十九首》，强调他与民间文学的关系，对于曹植与诗骚的联系，虽有个别论及，但多言其显性化用，而少深层探讨。我们对曹植创作依然需要在接受史、源流史观照下进行反思，并由其人其文的整个经典化过程去审视其文学史地位与影响。

第三章　魏晋南北朝曹植经典序列的形成与
其经典地位的确立

作家作品与传统的关系是此传统中读者对其接受的重要前提，作家作品唯有经过读者的持续发现、接受，经历漫长时间的考验，才可能完成经典化过程，从而进入传统的行列。而在经典化过程中，读者接受的方式是多元的，如读者的模仿创作、批评、注释、编选（或引入）、艺术转换等。魏晋南北朝时期曹植作品接受的方式首要是读者的模仿借鉴，正是经由此期，尤其是西晋、南朝宋、齐读者的深入广泛的学习，曹植作品的经典序列基本形成；而东晋起艺术家们对曹作进行的书法绘画的再现也开启了曹作的艺术转换之路；《文选》对曹植诗歌的编选、《文心雕龙》《诗品》对曹植文学的批评等使曹作经典系列显性化、明确化，他们的批评、阐释经后代读者的不断接受又成为经典的"次生层"，影响深远。

当然，宋、齐之后，曹作接受出现泛化、固化、世俗化倾向，这既促成了曹作经典意象、语句等的形成，某种程度上又对曹作的经典性有一定的消解作用，这与此期读者对曹植其人的接受密切相关，此期读者大多未注意曹植其人的人格精神，故而他们对曹植其人的接受制约着他们对曹植其文的理解。尽管如此，陈寿、裴松之、江淹、钟嵘、萧绎等对曹植人格精神的发现，这些漫长时间之流中星星点点的闪光，终为隋唐对曹植道德的高推、确立曹植经典大家的地位奠定了基础，指引了方向。

第一节　此期曹植作品的传播、整理与艺术转换

曹魏时期，曹植作品主要在曹魏内部流传。曹叡下诏整理曹植诗文，客观上为曹植作品的后世传播奠定了基础，而在当时则有其特有的政治背景与意图，它表明曹魏统治者对曹植人品、创作的认可，亦隐然为后世曹植其人其文的接受规定了方向。而两晋对曹植诗文在音乐、绘画、书法等领域的转换对曹植作品的经典化亦有重要意义。

一　曹魏时期曹植作品的传播、整理

作品是作家作品经典化的起点，作品的整理、传播是其进入经典化的必要条件。建安时期，曹植作品主要在建安文人或王族亲友等内部流传，也有作品流传于外者，如诸葛亮在其《论光武》一文中，引用曹植《汉二祖优劣论》的内容进行驳难。 黄初、太和时，建安文人大多凋零，加之科禁诸侯，监国使者监禁严密，曹植"每四节之会，块然独处，左右惟仆隶，所对惟妻子，高谈无所与陈，发义无所与展"（《求通亲亲表》），其处境相当封闭而孤独，因此，其作品的传播接受应该比较少，或主要通过上书、朝廷节会时皇族成员交流、监国使者报告等形式进入传播之途。

不过，建安、黄初、太和时曹植作品的流传多是单篇性质，而曹植作品能流传后世，并为后世广泛接受，其前提首要在曹植文集的流传。早在建安时期，曹植对自己的文集可能即有整理，如其《与杨德祖书》中言"仆少小好为文章，迄至于今，二十有五年矣"，"今往仆少小所著辞赋一通相与"，据此，他送与杨修的辞赋文章是其少小以来的写作积聚，未始没有经过一番梳理。其后，其《前录自序》言"余少而好赋，其所尚也，雅好慷慨，所著繁多，虽触类而作，然污秽者众，故删定别撰，为前录七十八篇"，更是"删定别撰"而成。

---

① 　参见李伯勋《诸葛亮集笺论》，陕西人民出版社 1997 年版。

又，《晋书·曹志传》云："帝尝阅《六代论》，问志曰：'是卿先王所作邪？'志对曰：'先王有手所作目录，请归寻按。'还奏曰：'按录无此。'"① 综上，曹植生前对自己的著述应有多次编撰整理。太和六年，曹植薨，景初年间，明帝下诏"撰录植前后所著赋颂诗铭杂论凡百余篇，副藏内外"②，此次撰录，曹植的自录估计是重要的参考蓝本。

曹叡下诏撰录曹植所著作品这一举措在曹植及其作品的经典化过程中具有重要意义。曹叡对曹植文集的整理，当然不免含有其个人情感。根据他给曹植的9次诏书看③，他对曹植是体贴的、关心的，对曹植的文学才华是欣赏赞叹的。曹叡幼年失母，而"母不以道终"④更是在其幼小的心灵上留下了不可磨灭的阴影；同时，自己的悲惨遭遇让他对他人所遭遇的无能为力之悲苦充满了同情，"陛下已杀其母，臣不忍复杀其子"⑤，《魏末传》所记这则不忍射杀小鹿之事可以充分展示他这一性格特征。另外，曹叡幼时深得曹操喜爱，"生而太祖爱之，常令在左右"⑥，曹叡"好学多识，特留意于法理"⑦，可见曹操对他的深刻影响，而在他现存极少的诗里亦有多处流露出对曹操的向往与追思。这种对曹操的敬爱、向往与追念之情与曹植对曹操的感情颇有相近之处，再加上曹植本为曹操爱子，以才见异，"任性而行"，与曹叡的"任心而行"⑧，在性格上都有一种刚烈之气，所以曹叡对曹植能有一份独特的感情是可以理解的。而且，黄初、太和以来，曹植深受打压，谨躬慎守，亦得到了曹叡的肯定。如曹植《黄初六年令》自言："反旋在国，捷门退扫，形影相守，出入二载。机等吹毛求瑕，千端万绪，然终无可言者。及到雍，又为监官所举，亦以纷若，于今

---

① （唐）房玄龄等撰：《晋书》（卷五十），中华书局1974年版，第1390页。
② 《三国志·魏书·任城陈萧王传》（卷十九），第576页。
③ 《全三国文》收入曹叡太和二年至太和六年间近三十条诏书，其中有九条都是直接诏告曹植的。
④ 《三国志·魏书·明帝纪》（卷三），第91页。
⑤ 《三国志·魏书·明帝纪》（卷三），第91页。
⑥ 《三国志·魏书·明帝纪》（卷三），第91页。
⑦ 《三国志·魏书·明帝纪》（卷三），第91页。
⑧ 《三国志·魏书·明帝纪》（卷三），第115页。

复三年矣。然卒归不能有病于孤者，信心足以贯于神明也。"明帝下诏撰录曹植所作言"陈思王昔虽有过失，既克己慎行，以补前阙，且自少至终，篇籍不离于手，诚难能也"①，亦可见对曹植道德的认可。不过，如果我们考虑到曹叡下诏的时间，及其时曹魏的政治背景，那么曹叡关于撰录曹植文集的下诏就更有深意了。

二　曹叡撰录曹植文集的政治背景、意图与影响

曹叡于景初三年正月初一驾崩，史书言其"景初中"下令撰录曹植生平所著，故"景初中"，估计应是景初元年或二年。让人觉得意味深长的是，曹植薨于太和六年十一月，第二年二月改年青龙，从青龙元年至景初元年，中间间隔四年。而对曹植文集的撰录，不是在曹植薨后的青龙年间，而是曹叡驾崩前的景初中，中间相隔有五年左右的时间。曹叡为何没有在曹植去世之后就下诏整理曹植的文集呢？本书认为这与景初时曹魏的政治局势有一定的关系，而下诏对曹植文集的整理，本身就有政治意图在内。揭示这一意图，可以更好地看出曹叡整理曹植文集的意义。

（一）曹叡撰录曹植文集的政治背景

曹叡景初年间的政治问题，太和五年曹植上表中早已指出，只不过景初时这一问题逐渐显性化而已。

其一，皇室子嗣不茂。曹叡黄初七年即位后，"立皇子冏为清河王"，但未几，七年冬十月清河王冏薨。太和二年"立皇子穆为繁阳王"，太和三年繁阳王穆薨。太和三年秋下诏："礼，王后无嗣，择建支子以继大宗，则当纂正统而奉公义，何得复顾私亲哉！……后嗣万一有由诸侯入奉大统，则当明为人后之义；敢为佞邪导谀时君，妄建非正之号以干正统，谓考为皇，称妣为后，则股肱大臣，诛之无赦。其书之金策，藏之宗庙，著于令典。"② 此诏可见曹叡心中对皇嗣大统

---

① 《三国志·魏书·任城陈萧王传》（卷十九），第576页。
② 《三国志·魏书·明帝纪》（卷三），第96页。

的忧虑。太和五年八月诏"其令诸王及宗室公侯各将适子一人朝"①，意味深长，似有从诸王中择继承者之意。太和六年五月，皇子殷薨。青龙三年，立皇子芳为齐王，询为秦王。据《魏氏春秋》，景初三年，曹叡崩前，"时太子芳年八岁，秦王九岁"②。《三国志·三少帝纪》言："明帝无子，养王及秦王询；宫省事秘，莫有知其所由来者。"裴松之引《魏氏春秋》曰："或云任城王楷子。"③

其二，朝中权力制衡关系不复存在。魏文帝崩前，"召中军大将军曹真、镇军大将军陈群、征东大将军曹休、抚军大将军司马宣王，并受遗诏辅嗣主"④。但太和二年，大司马曹休薨；太和三年，夏四月元城王礼薨；太和五年三月，大司马曹真薨；太和六年，陈思王植薨；青龙三年，中山王衮薨；青龙四年五月司徒董昭薨；十二月司空陈群薨；景初元年秋司徒陈矫薨。到景初年间时，宗室中的老人若曹植辈多已凋零，而当年曹丕临终托付的四位顾命大臣仅存司马宣王。王夫之曾指出："其命群与懿也，以防曹真而相禁制也。然则虽非曹爽之狂愚，真亦不能为魏藩卫久矣。以群、懿防真，合真与懿、群而防者，曹植兄弟也。"⑤曹丕的目的本是出于互相牵制的考虑，但当曹植兄弟多亡故，四个顾命大臣唯存司马宣王时，文帝临终设计的相互制衡的关系已不复存在。而且，在多年对外作战中，司马宣王建立了赫赫功业，在四个顾命大臣中，威望最大，权势最大。

其三，朝中大臣进言。继承人幼小及其王室血统不正；诸侯缺少藩卫王室的权力与能力；朝中重臣缺少权力制衡；等等，的确宜引有觊觎之心的强权者对皇权的垂涎。早在太和五年，曹植连上《求通亲亲表》《陈审举表》《谏取诸国士息表》三表，太和六年十二月，曹植薨，这三表可谓其死前的泣血进言。

曹植于太和五年所提出的问题直到景初年间方得到朝中大臣的回

---

① 《三国志·魏书·明帝纪》（卷三），第98页。
② 《三国志·魏书·明帝纪》（卷三），第114页。
③ 《三国志·魏书·三少帝纪》（卷四），第117页。
④ 《三国志·魏书·文帝纪》（卷二），第86页。
⑤ （清）王夫之：《读通鉴论》（卷十三），中华书局2013年版，第277页。

应。如高堂隆，明帝为平原王时，为平原王傅。他曾两次借助天象婉言曹魏将来异姓篡权的命运。一是陵霄阙始构，有鹊巢其上，帝以问隆，对曰："《诗》云'维鹊有巢，维鸠居之'。今兴宫室，起陵霄阙，而鹊巢之，此宫室未成身不得居之象也。天意若曰，宫室未成，将有他姓制御之，斯乃上天之戒也"①。据《高堂隆传》，此内容写于复崇华殿后，而崇华殿灾在青龙三年，可推知凌霄阙约建构于青龙三年。二是景初元年，高堂隆病笃，口占上书向明帝直言："臣观黄初之际，天兆其戒，异类之鸟，育长燕巢，口爪胸赤，此魏室之大异也，宜防鹰扬之臣于萧墙之内。可选诸王，使君国典兵，往往棋峙，镇抚皇畿，翼亮帝室。"②

另外，任城栈潜针对曹叡时"众役并兴，戚属疏斥"，他上疏中提到："昔秦……而二世颠覆，愿为黔首，由枝干既扤，本实先拔也。盖圣王之御世也，克明俊德，庸勋亲亲；俊乂在官，则功业可隆，亲亲显用，则安危同忧；深根固本，并为干翼，虽历盛衰，内外有辅。"③ 他也看出了当时的问题，但所言仍不直切。

曹叡之时，朝臣中只有高堂隆、栈潜进谏明帝要"深根固本"，其谏言可谓对曹植太和五年上表之回应，不过和曹植之坦率直言相比，高堂隆以天象预示为言则过于婉约。王夫之言："高堂隆因鹊巢之变，陈他姓制御之说；问陈矫以司马公为社稷之臣，而矫答以未知。然则魏之且移于司马氏，祸在旦夕，魏廷之士或不知也，知而或不言也。隆与矫知之而不深也，言之而不力也。"④ 他感叹"得直谏之士易，得忧国之臣难"，"青龙、景初之际，祸胎已伏，盖岌岌焉，无有虑此为叡言者"，"无他，心不存乎社稷，浮沉之识因之不定，未能剖心刻骨为曹氏徘徊四顾而求奠其宗祐也"。⑤

从曹植到高堂隆、栈潜的进言及陈矫的答复对曹叡应该是有影

---

① 《三国志·魏书·高堂隆》（卷二十五），第710页。
② 《三国志·魏书·高堂隆》（卷二十五），第716页。
③ 《三国志·魏书·栈潜》（卷二十五），第719页。
④ （清）王夫之：《读通鉴论》（卷十三），中华书局2013年版，第287—288页。
⑤ （清）王夫之：《读通鉴论》（卷十三），中华书局2013年版，第287、287、288页。

响的。

其一，曹植上表后曹叡的反应。曹植的上表对明帝应有一定的触动。如明帝回复《求通亲亲表》言："夫明贵贱，崇亲亲，礼贤良，顺少长，国之纲纪，本无禁固诸国通问之诏也……已敕有司，如王所诉。"① 大臣杨阜亦上书陈九族之义，明帝也下诏予以赞同。

太和六年春二月明帝下诏："古之帝王，封建诸侯，所以藩屏王室也。诗不云乎，'怀德维宁，宗子维城'。秦汉继周，或强或弱，俱失厥中。大魏创业，诸王开国，随时之宜，未有定制，非所以永为后法也。其改封诸侯王，皆以郡为国。"② 明帝让诸王于太和六年春进京朝拜，并把诸王封地由县改为郡。据《任城陈萧王传》："其年冬，诏诸王朝六年正月。其二月，以陈四县封植为陈王，邑三千五百户。"③ 这个食邑数当然无法与曹植建安期间被封为侯时的食邑数相比。建安二十二年，曹植已经"增置邑五千，并前万户"④ 了，这一方面可见曹操对曹植的恩宠，另一方面，也是曹操于汉权力独大，布局未来的反映。黄初后，曹植的食邑数急剧削减。黄初二年，曹植因监国使者诬告被罪，"贬爵安乡侯"，这次治罪处罚曹植直接由万户郡侯连降两级，变为乡侯⑤。不久后，改封"鄄城侯"，三年"立为鄄城王，邑二千五百户"。四年，徙封雍丘王。六年，曹丕东征"还过雍丘，幸植宫，增户五百"，加前共三千户。与建安时期的万户相比，削减力度之大，让人看到曹丕打击曹植、削弱曹植影响的意图。进入曹叡时期，太和元年，曹植徙封浚仪；二年，复还雍丘；三年，徙封东阿。曹植食邑大约就是三千户。

比较来看，太和六年曹叡以四县封陈王，相比于以前的鄄城县、雍丘县，以四县封，似乎封地领域有所扩大，但改郡为国后，曹植封

① 见（清）严可均校辑《全上古三代秦汉三国六朝文》之《全三国文》（卷九），商务印书馆 1999 年版，第 92 页。
② 《三国志·魏书·明帝纪》（卷三），第 98 页。
③ 《三国志·魏书·任城陈萧王传》（卷十九），第 576 页。
④ 《三国志·魏书·任城陈萧王传》（卷十九），第 557 页。
⑤ 徐公持：《曹植年谱考证》（中册），社会科学文献出版社 2016 年版，第 86 页。

地有"三千五百户"，较之前的"三千户"有所增长，不过增长甚微，说明四县应是较为贫瘠之地或地域并不为大。即在实质上，"以郡为国"后诸王的政治处境并无根本改变，但这些措施是一个开端，透露出曹叡适当改善诸王经济待遇，对宗室政策欲有调整的想法，也可以说是对曹丕黄初五年诸侯政策的一个变化。黄初五年，曹丕诏曰："先王建国，随时而制。汉祖增秦所置郡，至光武以天下损耗，并省郡县。以今比之，益不及焉。其改封诸王，皆为县王。"① 曹丕明显削减了诸王的地盘与食邑数。因此，相比于曹丕"皆为县王"的政策，曹叡"皆以郡为王"，对诸王的政策显然要宽厚一些。曹叡亦言："大魏创业，诸王开国，随时之宜，未有定制，非所以永为后法也。"他的"以郡为国"也是因时而制。

曹冏《六代论》比较详细地论述了秦、汉时期宗室政策变化对国家兴衰的影响，他的论述更为辩证，如他强调尊尊亲亲并用，方能保存社稷历纪长久；他亦指出汉代封建，"地过古制，大者跨州兼郡，小者连城数十，上下无别，权侔京室，故有吴楚七国之患"② 等。曹叡也认为"秦汉继周，或强或弱，俱失厥中"，所以，如何发挥诸侯藩卫王室的作用，同时又对其权力进行监督限制，以免威胁中央政权的稳定，这的确需要深思熟虑。曹叡"以郡为王"应是对曹丕"皆为县王"过度削弱诸侯的某种纠偏。

综上，曹叡的举措的确表明他对曹植上书的思考、回应，也暗示他对曹植、对诸侯政治作用认知的转变。不过，由于曹叡"沉毅断识，任心而行，盖有君人之至概焉"，"初，诸公受遗辅导，帝皆以方任处之，政自己出"③，对曹植所担忧的问题，他虽有触动，但或以为自己可以驾驭群臣，故不能有深切体会。

其二，曹叡景初元年至景初三年驾崩前的反应。景初年间，曹丕临终前所设计的权力制约关系不复存在，权力结构已经失衡。高

---

① 《三国志·魏书·武文世王公传》（卷二十），第581页。
② 《全三国文》（卷二十），第196—199页。
③ 《三国志·魏书·明帝纪》（卷二），第115页。

堂隆、栈潜相继进言，回应曹植太和五年上表所陈问题。对此，曹叡的反应是比较明显的。如《三国志·陈矫传》裴注亦引《世语》曰："帝忧社稷，问矫：'司马公忠正，可谓社稷之臣乎？'矫曰：'朝廷之望；社稷，未知也。'"① 曹叡此问，可见其对异姓重权已有疑虑。陈矫死于景初元年秋，这段帝臣问答应该在其去世前的景初元年。而景初末，曹叡《欲得亲人为射声校尉问孙资诏》云："吾年稍长，又历观书传，中皆叹息，无所不念。图万年后计，莫过使亲人广据职势，兵任又重。今射声校尉缺久，欲得亲人，谁可用者？"② 但孙资却言"亲臣贵戚，虽当据势握兵，宜使轻重素定。若诸侯典兵，力均衡平，宠齐爱等，则不相为服；不相为服，则意有异同"，从而打消曹叡欲用诸侯的心思，仍强调"至于重大之任，能有所维纲者，宜以圣恩简择，如平、勃、金、霍、刘章等一二人，渐殊其威重，使相镇固，于事为善"，其意不过仍是重用异姓大臣。但当曹叡问及如他所言之异姓大臣时，他又以"诚非愚臣之所能识别"敷衍了事。③

另外则是曹叡临终前举措，据《燕王宇传》：

> 明帝疾笃，拜宇为大将军，属以后事。受署四日，宇深固让；帝意亦变，遂免宇官。④

又据《刘放传》：

> 其年，帝寝疾，欲以燕王宇为大将军，及领军将军夏侯献、武卫将军曹爽、屯骑校尉曹肇、骁骑将军秦朗共辅政。宇性恭良，陈诚固辞。⑤

---

① 《三国志·魏书·陈矫》，第 644 页。
② 《全三国文》（卷十），第 102 页。
③ 《对明帝诏问万年后计》《又对》，见《全三国文》（卷三十二），第 332、333 页。
④ 《三国志·魏书·燕王宇传》（卷二十），第 582 页。
⑤ 《三国志·魏书·刘放传》（卷十四），第 459 页。

又据《明帝纪》注引《汉晋春秋》：

> 帝以燕王宇为大将军，使与领军将军夏侯献、武卫将军曹爽、屯骑校尉曹肇、骁骑将军秦朗等对辅政。①

尽管曹叡所欲用宗室人物多与其个人关系较好，如燕王宇"明帝少与宇同止，常爱异之。及即位，宠赐与诸王殊"②；如曹爽"少以宗室谨重，明帝在东宫，甚亲爱之。及即位，为散骑侍郎，累迁城门校尉，加散骑常侍，转武卫将军，宠待有殊"③；秦朗乃曹操养子，时人视为明帝佞幸，《魏略》把他归入《佞幸传》④；等等，可见曹叡临终前所指派辅政大臣均为曹氏集团人物，此与曹丕临终时命曹真、陈群、司马懿等共同辅政相比，曹叡对宗室与政之态度相比于曹丕显然有很大变化。但由于燕王宇等人缺少政治经验，难孚众望，加之他笃病在床，其临终所组建之宗室顾命集团仅运转四天，就被权臣刘放、孙资给瓦解了。⑤

在景初的政治形势背景下，曹叡对于异姓干政、宗室藩卫王室的问题开始有所顾虑，并进而采取了一些措施，惜其大限忽至，未能改变大局。由曹植首倡的对曹魏"重异姓而轻同姓"诸侯政策的反思、担忧、进言，具有重要的政治策略价值，显现出曹植深邃的政治眼光，敢于直言的衷肠。可惜学者对此多不重视，或轻描淡写，并不以此为曹植实乃政治人物的证据。《晋书·曹志传》载司马炎问曹志《六代论》是否为曹植所作事，他们的对话可见曹植的才名，但更可见《六代论》有关宗族问题的论述对司马炎的冲击。孙盛批评曹叡："然不思建德垂风，不固维城之基，至使大权偏据，社稷无卫，悲夫！"⑥ 司

---

① 《三国志·魏书·明帝纪》（卷三），第 113 页。
② 《三国志·魏书·燕王宇传》（卷二十），第 582 页。
③ 《三国志·魏书·诸夏侯曹传》（卷九），第 282 页。
④ 《三国志·魏书·明帝纪》（卷三），第 100 页。
⑤ 王永平：《世族势力之复兴与曹叡顾命大臣之变易》，《扬州大学学报》1998 年第 2 期。
⑥ 《三国志·魏书·明帝纪》（卷三），第 115 页。

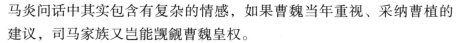

马炎问话中其实包含有复杂的情感，如果曹魏当年重视、采纳曹植的建议，司马家族又岂能觊觎曹魏皇权。

（二）曹叡撰录曹植文集的意图与影响

据上对曹叡时期政治背景的分析，可知曹叡于景初年间下诏撰录曹植诗文的举措具有深意。

第一，诏告还曹植以清白，肯定曹植的立德修身。"陈思王昔虽有过失，既克己慎行，以补前阙，且自少至终，篇籍不离于手，诚难能也"。"克己慎行"，见《论语·颜渊》："颜渊问仁。子曰：'克己复礼为仁。一日克己复礼，天下归仁焉。为仁由己，而由人乎哉？'颜渊曰：'请问其目。'子曰：'非礼勿视，非礼勿听，非礼勿言，非礼勿动。'"①"克己慎行"，含有儒门克己四勿之践行，即对"礼"的践行。而礼的主要内容即亲亲、尊尊，"主与恭敬辞让。心存恭敬，斯无傲慢。心存辞让，斯无伤害"②。所以，来自曹魏最上层统治者的评语，前者见曹植之德，后者见曹植之学。"其收黄初中诸奏植罪状，公卿已下议尚书、秘书、中书三府、大鸿胪者皆削除之"，即是削除曹植所有的污点（不管这是莫须有，还是实存），实际即为曹植翻案，还曹植以清白。

第二，诏告表明了对曹植文学价值的高度认可。官方既然肯定曹植的立身行事，肯定其"臣事君以忠"，自然肯定其文，因为言为心声，德文相应。"撰录植前后所著赋颂诗铭杂论凡百余篇，副藏内外"，对曹植文集进行整理的官方命令，这一行为本身既肯定了曹植创作的成就，亦为曹植的著作打上了政治功用的色彩。很难想象，这种整理只是出于亲人的情怀或个人的喜爱。

对作家文集的官方搜集，来自最高统治者命令者，可上溯至司马相如。"相如既病免，家居茂陵。天子曰：'司马相如病甚，可往从悉取其书；若不然，后失之矣。'"③ 不过，相如并无著述留存。东汉章帝在刘苍逝世后，"诏告中傅，封上苍自建武以来章奏及所作书、记、

① 钱穆：《论语新解》，生活·读书·新知三联书店 2002 年版，第 302 页。
② 钱穆：《论语新解》，生活·读书·新知三联书店 2002 年版，第 303 页。
③ 《史记·司马相如列传》（卷一百一十七），第 3063 页。

赋、颂、七言、别字、歌诗，并集览焉"①。但这主要在于章帝便于集览，并无副藏内外以留存后世之念。曹丕曾"募天下有上融文章者，辄赏以金帛。所著诗、颂、碑文、论议、六言、策文、表、檄、教令、书记凡二十五篇"②，将孔融的作品结集成书。文帝《又与吴质书》中言："徐、陈、应、刘，一时俱逝……何图数年之间，零落略尽，言之伤心。顷撰其遗文，都为一集。"③ 对此，章学诚《文史通义》言："魏文撰徐、陈、应、刘文为一集，此文集之始，挚虞《流别集》，犹其后也。"④

曹叡对曹植文集的整理可能受到曹丕的影响，但支持这种行为的动机根本在于对文章功用的认识。曹丕《论文》言："盖文章，经国之大业，不朽之盛事。"曹叡太和四年"诏太傅三公：以文帝《典论》刻石，立于庙门之外"⑤。青龙四年，"置崇文观，征善属文者以充之"⑥。崇文观的设立意义重大，这一官方文士管理机构的设置，使文学服务政治得到制度化的保障，充分显示了曹叡对文学之士社会价值的重视。

从曹叡刻石曹丕《典论》、设置崇文观，可见曹叡对文学政治功用的重视。且曹叡能诗能文，在文学史上与曹操、曹丕并称为"魏之三祖"，具备较高的文学素养。所以，下诏撰录曹植文集，可见曹叡对曹植文学成就、文学价值的认识与肯定。这来自官方的撰录与肯定，为曹植作品的流传不朽提供了保障，也为曹植作品的内涵解读提供了方向。不过，在随后的两晋南北朝，由于思想、文学趣味的影响，对曹植作品政治内涵、伦理情感、精神人格等的理解、欣赏，除别具只眼者偶一赞评外，直到唐代李善、五臣注方广而大之，突出其道德内涵。

---

① 范晔：《后汉书》（卷四十二），中华书局 1965 年版，第 1441 页。
② 《后汉书·孔融传》（卷七十），第 2279 页。
③ 魏宏灿校注：《曹丕集校注》，安徽大学出版社 2009 年版，第 258 页。
④ 章学诚著，叶瑛校注：《文史通义》（诗教下），中华书局 1985 年版，第 80 页。
⑤ 《三国志·魏书·明帝纪》（卷三），第 97 页。
⑥ 《三国志·魏书·明帝纪》（卷三），第 107 页。

第三，诏告释放了曹叡对宗室态度转变的信号。在诸王中，曹植是最特殊、最具有代表性的一位。他最有才华，最有影响，最为忠诚，也最受打压。他接受处罚，认真认罪，表达忠诚，"克己慎行""篇籍不离于手"，他在黄初以后对皇帝及皇室的行为在整个宗室甚至大臣中皆有示范作用。由皇帝亲自下诏评定其人生，并指示撰录其所著，除了表达对曹植自身的肯定外，也表达了对以曹植为代表的诸侯的肯定。

曹叡下诏对曹植作品的整理收藏，对于曹植作品进入经典化的旅程具有重要意义，同时也隐约规定了曹植作品政治阐释的一个路向。其后，陈寿《三国志》曹植本传主要着眼于其政治遭遇与其人格、心志，而此又同曹魏继承人选择、科禁诸侯政策及由此产生的国家宗族个人悲剧联系在一起。《任城陈萧王列传》中完整引用了曹植《上责躬应诏诗表》及《责躬诗》《应诏诗》《求自试表》《求通亲亲表》《陈审举表》等作品，它对曹植表之引用或又影响到李充对曹植表的评价，"表宜以远大为本，不以华藻为先。若曹子建之表，可谓成文矣"①，南朝梁时这六篇诗文又皆为萧统《文选》所选，所以，陈寿对于曹植这几篇文章的经典化具有重要的开启作用。在陈寿所作曹植传中，这几篇诗文从黄初四年、太和二年、太和五年连贯引出，时间的连续性让这几篇诗文具有了内在的联系。由深切自省悔过到求为国立功到求破除王室苛禁坚冰再到直言曹魏宗室政策毁家灭国之危险，若一气呵成，让人看到他身遭谤议、极被打压之下，出于宗国之爱的真诚认罪、悔罪，以及抱利器无所施之痛、为国为宗立心之诚、洞察危机眼光之深、心忧国事之沉重等，曹植之崇高人格、政治才华由此彰显。

伴随着《三国志》的传播，之后南朝宋裴松之注《三国志》，裴注与原著成为互文本，故而在流传中，注所引曹植诗文在后世也通过史书这一渠道有了广泛传播，我们由此可以看到史书对于作家作品的传播、流传及阐释的影响作用。另外，据两晋时读者对曹植作品广泛

---

① 《全晋文》（卷五十三），第560页。

的学习借鉴状况看，他们几乎涉及曹植创作的各类文体作品，这说明曹植文集在文士间应该有流传。

三 两晋时期曹植作品的艺术转换

两晋时期曹植作品出现了跨界转换，如音乐转换、书法转换、绘画转换等，多种艺术形式的转换对曹植作品的经典化、传播等具有重要意义。

《文心雕龙·乐府》言："子建士衡，咸有佳篇，并无诏伶人，故事谢丝管。"不过，晋代乐府则演奏了曹植的几首乐府诗，如《怨诗行》歌"明月照高楼"篇（《七哀》），《野田黄雀行》《门有车马客行》歌"置酒高殿上"篇（《箜篌引》），《怨歌行》歌"为君既不易"篇。① 《怨歌行》作于曹叡时期，实以诗歌形式述写《金滕篇》，通篇以周公作比，张玉穀谓"此忧谗之诗"②；"明月照高楼"篇作于黄初，刘履曰："子建与文帝同母骨肉，今乃浮沉异势，不相亲与，故特以孤妾自喻，而切切哀虑之也"③；"置酒高殿上"前写宴会之乐，而后则生发人生无常之深沉感慨等。这三篇乐府伴随着晋代乐府音乐的演奏而进入晋人的生活，引发他们的人生共鸣。如孝武时，桓伊抚筝而歌《怨诗》，谢安"泣下沾襟"；羊昙醉后，诵"生存华屋处，零落归山丘"，恸哭不已等④，可见羊、谢对曹作基于自身人生切实体验的情

---

① 参见（宋）郭茂倩《乐府诗集》（第2册），中华书局1979年版，第610、570、585、617页。

② （清）张玉穀著，许逸民点校：《古诗赏析》（卷九），上海古籍出版社2000年版，第204页。

③ 河北师范学院中文系古典文学教研组编：《三曹资料汇编》，中华书局1980年版，第126页。

④ （孝武）帝召（桓）伊饮宴，（谢）安侍坐。帝命伊吹笛。伊神色无迕，即吹为一弄，乃放笛云……伊便抚筝而歌《怨诗》曰："为君既不易，为臣良独难。忠信事不显，乃有见疑患。周旦佐文武，《金滕》功不刊。推心辅王政，二叔反流言。"声节慷慨，俯仰可观。安泣下沾衿，乃越席而就之，捋其髭曰："使君如此不凡！"帝甚有愧色［见《晋书·桓伊传》（卷八十一）］。谢安死后，羊昙"辍乐弥年，行不由西州路。尝因石头大醉，扶路唱乐，不觉至州门。左右白曰：'此西州门。'昙悲感不已，以马策扣扉，诵曹子建诗曰：'生存华屋处，零落归山丘，'恸哭而去"［见《晋书·谢安传》（卷七十九）］。

感共振，亦见曹植作品之深动人心。

而东晋艺术家，尤其是王羲之、王献之父子、顾恺之等对曹作的艺术转换，使曹作与其书法、绘画融为一体，成为中国艺术史上的经典，而在当时，他们的书、画，亦进一步增加了曹作名篇的知名度，推动了曹作名篇文学史经典化的进程。王羲之书写曹植《洛神赋》的记载最早见于梁陶弘景《与梁武帝启》，如其中言"逸少有名之迹，不过数首，《黄庭》、《劝进》、《像赞》、《洛神》，此等不审犹得存不?"① 陶弘景之后上武帝启中云："前《乐毅论》书，乃极劲利，而非甚用意，故颇有坏字。《太师箴》《大雅吟》用意甚至，而更成小拘束，乃是书扇头屏风好体"。② 据其言可知，武帝没送他所询问的逸少名迹，但揣摩其语义，似乎《黄庭》《劝进》《像赞》《洛神》等书更在《乐毅论》之上。但遗憾的是，王书《洛神赋》萧齐时即已零落不存，如陶弘景在另一上武帝启中言："臣昔于冯澄处，见逸少正书目录一卷，澄云：右军《劝进》、《洛神》赋诸书十余首，皆作今体，惟《急就章》二篇，古法紧细。近脱忆此语，当时零落，已不复存。"③ 陈隋之际，王羲之后世孙智永以《乐毅论》为"正书第一"，唐代褚遂良《右军书目》录王羲之楷书十四帖，《乐毅论》《黄庭经》《东方朔赞》单独为卷，分别为第一、第二、第三卷。若《洛神》《劝进》亦存世，不知排名如何。不过，比较陶弘景启中所提，与褚遂良《右军书目》所列，《洛神》在王羲之楷体书法作品中之地位亦颇为重要。

《历代名画记》言晋明帝有《洛神赋图》，此乃最早以曹植《洛神赋》为题材的画作。张彦远摘引谢赫评论明帝画云："虽略于形色，颇得神气，笔迹超越。"④ 言其作画不拘束于人物之轮廓与着色，但很能再现人物的神情气质。晋明帝《洛神赋图》于唐末张彦远时尚存，其后不知湮没于何时，今虽不见其图，但明帝于洛神神气之表现应相

① 《全梁文》（卷四十六），第489页。
② 《全梁文》（卷四十六），第489页。
③ 《全梁文》（卷四十六），第488页。
④ （唐）张彦远著，俞剑华注：《历代名画记》，上海人民美术出版社1964年版，第92页。

当不错。晋明帝亦有《息徒兰圃图》。他以曹植、嵇康诗赋为作画题材，在当时颇具开拓意义，其后谢稚《轻车迅迈图》、戴逵《嵇阮十九首诗图》之取材均受其影响；顾恺之取材曹植、嵇康诗赋的画作与之关系尤为密切，如顾恺之"每重嵇康四言诗，因为之图，恒云：'手挥五弦易，目送归鸿难'"①，"手挥五弦易，目送归鸿难"，正出自嵇康"息徒兰圃"一诗。《历代名画记》尚记顾恺之有《陈思王诗图》，唐李绰《尚书故实》言："清夜游西园图，顾长康画，有梁朝诸王跋尾处云，图上若干人，并食天厨。贞观中，褚河南诸贤，题处俱在。"②《清夜游西园图》取材自曹植《公宴》，诗中有"清夜游西园"句，不知张彦远所言《陈思王诗图》与李绰所记《清夜游西园图》是否为同幅作品。元汤垕《画鉴》首次提及顾恺之画有《洛神赋》图，如其言："顾恺之画如春蚕吐丝，初见甚平易……曾见'初平起石图'、'夏禹治水图'、'洛神赋'、'小身天王'。"③由上论可窥顾恺之取材曹植诗赋之画法与晋明帝的关系，而顾恺之对曹植诗赋之重视，亦可见一斑。

顾恺之创作《洛神赋图》，除受明帝影响外，与王羲之、王献之书《洛神赋》恐亦有关系。王羲之以楷体抄写《洛神赋》，王献之秉承家法，借书《洛神赋》寄托其婚姻哀思④，写有多本《洛神赋》书。王献之与顾恺之为同时代人，虽然现存史料不见二者交往之记录，但顾恺之所交当世名人，与王献之亦颇有关联。如张彦远引《世说新语》言："桓大司马每请长康与羊欣论书画，竟夕忘疲。"⑤羊欣是王献之外甥，乃承王氏书法衣钵。顾恺之与桓玄亦颇有交往，桓玄喜爱二王书，史载其"雅爱其父子书，各为一帙，置左右以玩之"。⑥谢安

---

① 《晋书·文苑·顾恺之》（卷九十二），第2405页。

② 见（清）陈世熙《唐人说荟》（卷二），扫叶山房1913年版。

③ （元）汤垕：《画鉴》，马采标点注译，邓以蛰校阅，人民美术出版社1959年版，第3页。

④ 参见阮忠勇、陈晟《为赋新愁写洛神——论王献之对〈洛神赋〉的接受》，《浙江海洋学院学报》2013年第2期。

⑤ （唐）张彦远著，俞剑华注：《历代名画记》（卷五），上海人民美术出版社1964年版，第99页。

⑥ 《晋书·王献之传》（卷八十），第2106页。

深赏顾恺之画，"顾长康画，有苍生来所无"。① 谢安乃王羲之好友，与王献之交往亦深。考虑到二人与桓玄、谢安、羊欣等的关系，顾恺之受王羲之、王献之书写《洛神赋》影响，采取绘画形式对之进行艺术转换之可能性也是有的。

晋宋之时，曹植的《洛神赋》最为文人所关注，晋末孙壑为之作注，南朝宋刘铄、谢灵运、江淹等规摹《洛神赋》，与《洛神赋》之极高声誉、影响未始没有关系。尤其是谢灵运，虞龢言："谢灵运母刘氏，子敬之甥，故灵运能书，而特多王法"②；王献之好书《洛神赋》，谢灵运《江妃赋》乃模仿《洛神赋》之作，灵运或受"二王"影响，亦未可知。

东晋开辟的曹植作品书法、绘画艺术转换的路径对后世艺术型读者的接受影响很大，此后以曹诗入书法，以及以洛神、美女等为题的画作可以说代代皆有，而从宋代始，对《洛神赋》的接受进入戏曲领域，一直延续到今天。

第二节　此期读者借鉴创作与曹植作品经典序列的形成

读者创作对原作学习借鉴的广度、深度及参与学习读者的数量、读者的文坛影响力等，对于作家作品的经典化具有重要意义。魏晋南北朝时期是曹植经典序列的形成期，此期读者对曹植作品有广泛深入的学习，其中曹魏是读者学习曹作的开端、渐进阶段，两晋（主要是西晋）是读者学习曹作的第一个高潮期，南朝宋齐是读者学习的第二个高潮期，梁陈及北朝对曹作的学习已经进入固化、泛化阶段。此期读者的学习借鉴，对于曹植作品经典篇目、经典语句、经典意象、经典题材等的形成具有重要作用。而伴随着曹植经典系列的形成，曹植于魏晋南北朝经典作家的地位也已经确立，当然，这主要从文学影响

---

① 余嘉锡：《世说新语笺疏》，中华书局1983年版，第719页。
② 《全宋文》（卷五十五），第536页。

的角度言之，至于曹植要成为中国文学史上为数不多的经典大家，还要等到唐人充分理解其儒家人格精神后方有可能。

一　此期读者学习曹作篇目梳理及其学习特点分析

下据此期文士创作与曹植作品关系比较列表（附表 1、附表 2、附表 3、附表 4 见书后附录），分析曹植作品于此期经读者创作模仿而经典化的过程。

据曹魏读者学习曹作的比较列表看，曹魏对曹植作品的学习起于魏明帝曹叡，他学习化用曹植作品不多，涉及曹植《杂诗六首》（其一、其六）《野田黄雀行》《鰕鳝篇》《送应氏》《种葛篇》《浮萍篇》等语句的学习，其中对"高树多悲风""高台多悲风""浮萍寄清水，随风东西流"句的学习，对后世学习曹植这两句有开启之功。此后何晏对曹植《吁嗟篇》《杂诗六首》之"转蓬离本根"的学习，也是曹植"转蓬"经典意象形成的开端。嵇康、阮籍，尤其是阮籍，把对曹植作品的学习推到了一个高度，其所学涉及《送应氏》《吁嗟篇》《浮萍篇》《杂诗六首》《洛神赋》《美女篇》《赠白马王彪》《闺情》《名都篇》《箜篌引》《升天行》《豫章行》《白马篇》《言志》《赠徐干》《蝙蝠赋》、失题"双鹤俱遨游"等。

两晋文士对曹植作品的学习涉及《洛神赋》《美女篇》《浮萍篇》《种葛篇》《吁嗟篇》《送应氏》《鰕鳝篇》《赠白马王彪》《杂诗六首》、《杂诗》之"离思一何深"、《离友》《朔风》《应诏诗》《赠丁廙》《游仙诗》《赠王粲》《公宴》《七哀》《五游咏》《当车以驾行》《门有万里客》《妾薄命》《盘石篇》《精微篇》《苦短篇》《孟冬篇》《飞龙篇》《结客篇》《圣皇篇》《仙人篇》《苦思行》《豫章行》《卞太后诔》《王仲宣诔》《金瓠哀辞》《大暑赋》《七启》。又，据李善注两晋作家作品所引曹植诗文，尚有《大魏篇》《魏德论》《斗鸡》《鼙出行》《责躬诗》《任城王诔》《文帝诔》《曹喈诔》《责躬表》《罢朝表》《求通亲亲表》、曹植表"身轻蝉翼，恩重丘山"、《求自试表》、曹植令"相者文德昭，将者武功烈"、《与杨德祖书》《辨问》《感节赋》《娱宾赋》《蝉赋》《橘赋》《闲居赋》《鹦鹉赋》《述征赋》《九咏》等。

再依据李善注①看南朝宋齐文士对曹作的学习化用，南朝宋齐作家所学涉及《浮萍篇》《吁嗟篇》《名都篇》《美女篇》《送应氏》《洛神赋》《杂诗六首》《赠白马王彪》《箜篌引》《赠徐干》《离友》《七哀》《亟出行》《公宴》《赠王粲》《赠丁廙诗》《应诏诗》《圣皇篇》《结客篇》《七启》《九咏》《与杨德祖书》《闲居赋》《求通亲亲表》《任城王诔》《文帝诔》《赠丁廙》《赠丁廙王粲诗》《情诗》《四言诗》、《乐府诗》"金樽玉杯，不能使薄酒更厚"、杂诗"妾身守空闺"、《逸诗》"一顾千金重，何必珠玉钱"、《天地篇》《苦热行》《武帝诔》《曹仲雍诔》《荀侯诔》《行女哀辞》《寡妇赋》《感时赋》《酒赋》《芙蓉赋》《悲命赋》《与陈琳书》、曹植令"今皇帝损乘车至副，竭中黄之府"、《求审举表》《与吴季重书》《学宫颂》《露盘颂》等。

据上，从曹魏到南朝宋齐，文士创作学习所涉曹植作品已约有百篇之多。涉及文体包括诗、乐府、赋、诔、书、表、哀辞等多类。而从曹魏开始至于宋齐，《送应氏》《吁嗟篇》《浮萍篇》《杂诗六首》《洛神赋》《美女篇》《赠白马王彪》《闺情》《名都篇》《箜篌引》《白马篇》《赠徐干》等得到持续不断的学习规摹；从两晋开始至宋齐，《杂诗》"离思一何深"、《离友》《朔风》《应诏诗》《赠丁廙》《游仙诗》《赠王粲》《公宴》《七哀》《门有万里客》《结客篇》《圣皇篇》《七启》《任城王诔》《文帝诔》《与杨德祖书》《闲居赋》《九咏》等也得到了不断的学习化用。

综合来看，曹魏、两晋、宋齐对曹植作品的学习有以下六个特点。

第一，涉及作品数量多，文体多，学习人数多，学习者多为有身份之士。曹魏、两晋、宋齐文士所学曹植作品累计100篇左右，涉及文体包括诗、赋、书、表、哀辞、诔文、颂等，涉及学习人数有四十多人（仅就统计表言），且多数学习者都具有较高的政治地位或学术

---

① 由于李善注具有追源溯流的意义，因此，李善注引曹植作品实际暗示了读者创作在语源上与曹植作品的关系。

地位，如傅玄，社会地位较高，为一代文宗；张华位至司空，性好人物，潘岳、陆机等人皆其引荐；陆机，名门之后，为南方文士代表，他们各自形成了以自我为核心的文人圈子，这些圈子又彼此交错，在文学创作上相互影响。两晋（尤其是西晋）时期，曹植作品为读者广泛接受，从而掀起曹植作品经典化的第一个高潮，与之有重要关联。

第二，借鉴方式多变。他们或借用曹作中的字词、语句，或改动其语句中的某个或某几个词，或对曹作语段进行凝练概括，或对曹作语句进行拓展，或借用曹作句式，或据曹作语句进行反用，或摘取曹作多篇诗文中的词、句、意象等变化而成己句，或学习曹作思路、写法等，但不管如何变化，其关键词语、意象、句式、语意等仍与曹作保持较为紧密的关联，能比较清晰地看出它们与曹作之间的血脉联系。

第三，杂采融会而成己句。他们对曹作的学习化用打破了曹作本有的文体限制，把曹植的赋、表、诔、书等其他文体中的语句化用到自己的诗句中，甚至于一句之中都可能融合了曹作多篇作品中的词语、意象等，如傅玄"抚剑安所趋？蛮方未顺流"① 就融合了曹植"远游欲何之？吴国为我仇"（《杂诗六首》其五）、"抚剑而雷音"（《鰕鳝篇》）句。

第四，反复接受同一作品。魏晋时期，出现了同一时代同一人或多人或不同时代诸多读者对曹植同一作品的反复接受，比如对《送应氏》《吁嗟篇》《浮萍篇》《杂诗六首》《洛神赋》《美女篇》《赠白马王彪》《闺情》《名都篇》《箜篌引》《白马篇》《赠徐干》的学习是贯穿于曹魏、两晋、宋齐的。这种反复、持续的接受，一方面使得曹作的名篇、名句得以凸显；另一方面表明曹植相关作品的接受已经表现出了稳定性，而稳定性是作品成为经典的一个重要指标，这就意味着曹植系列作品经典化的初步形成。

第五，经典语句、意象形成。此期读者持续、反复的学习，不仅促成了曹作经典系列的形成，而且促成了曹作经典题材、经典意象、经典语句、经典词语等的形成。

---

① 《长歌行》，见逯钦立辑校《先秦汉魏晋南北朝诗》（晋诗卷一），中华书局1983年版，第555页。

以题材而论，曹作《美女篇》《七哀》《浮萍篇》《种葛篇》《洛神赋》及《杂诗六首》之"西北有织妇""南国有佳人"等女性题材作品；《白马篇》《名都篇》《结客篇》等游侠、贵游题材作品；《杂诗六首》之"转蓬离本根"、《吁嗟篇》等漂泊题材，为此期文士所反复学习规摹，有些篇目直接以拟曹植某作为名，如袁阳源的《拟曹子建白马篇》。

以意象而论，美女、洛神、南国佳人、西北织妇、白马少年、名都少年、转蓬、抚剑、高楼思妇、浮萍、万里客、网罗等，已经成为属于曹植的独特意象，后世诗词中诸多白马少年的意象等基本上都可以追溯到曹植这里。

以词句而论，比如《洛神赋》"攘皓腕""丹唇外朗，皓齿内鲜""翩若惊鸿""回清扬""翠羽""金翠""柔情""流芳"等；《美女篇》"柔条""攘袖""素手""皓腕约金环""罗衣""顾盼遗光采""长啸""借问女何居""青楼""中夜起长叹""容华耀朝日"；《浮萍篇》"浮萍寄清水，随风东西流"；《送应氏》"别促会日长""置酒此河阳""念我平常居"；《杂诗六首》其二"转蓬离本根，飘飘随长风""去去莫复道"；《吁嗟篇》"长去本根逝，宿夜无休闲"；《名都篇》"名都多妖女，京洛出少年""斗鸡东郊道"；《赠白马王彪》"原野何萧条""谗巧令亲疏""丈夫志四海，万里犹比邻""人生处一世，忽若朝露晞""怨彼东路长""苍蝇间白黑""年在桑榆间，景响不能追""孤魂翔故城""王其爱玉体""清晨发皇邑""谒帝承明庐""太谷何寥廓，山树郁苍苍""太息将何为"等；《杂诗六首》其五"仆夫早严驾，吾将远行游"；《杂诗六首》其四"南国有佳人，容华若桃李，俯仰岁将暮，荣耀难久恃"；《七哀》"明月照高楼""上有愁思妇""借问叹者谁""浮沉各异势"；《公宴》"朱华冒绿池"的"冒"，"公子敬爱客，终宴不知疲""神飙""秋兰被长坂""飞盖相追随"；《赠丁廙王粲》"佳丽殊百城"；《赠徐干》"圆景光未满""顾念蓬室士"；《矤出行》"蒙雾犯风尘"；等等。这些词、句（或句式）在反复学习借鉴的过程中，已经成为经典词句、意象。

第六，重点作家对曹作经典特质的发现。重点作家，一方面指最早发现曹作某些作品，并对之学习化用的作家；另一方面指对曹植作品进行深入学习的作家，这种深入学习，不只是字句的学习化用，更关键的是对隐含于作品内部的写法、格调的模仿，这是隐性的规摹，难度更大。重点读者对曹植作品的学习对其经典序列的形成具有重要影响。（此需展开论述，见下文）

二　此期重点读者对曹作的学习借鉴

曹叡在曹植作品的经典化方面具有导夫先路的意义。曹叡以帝王之尊，在曹魏率先学习借鉴曹植的诗歌作品，相对于建安、黄初时期文士们对曹植诗歌创作的沉默言，曹叡对曹植诗歌的学习意味着他对曹植诗歌价值的发现，此与后代对曹植诗歌的推崇遥相呼应，从而开启了后来者对曹植诗歌学习的借鉴之路。而曹叡对《浮萍篇》《种葛篇》的学习化用，亦为曹植这两篇女性诗作的经典化奠定了基础。尤其是《浮萍篇》，据范子烨考证，是曹植学习甄后《塘上行》的模拟之作，果真如此的话，《浮萍篇》就更能引起读者的注意。

而何晏则首次学习了曹植"双鹤俱遨游"（失题）、《吁嗟篇》、《杂诗六首》之"转蓬离本根"，他有意化用曹植诗歌中与自己处境相似的语句，借此表达一己人生的忧思，一定程度上从侧面表达了对曹植作品与人生遭际的理解、同情，亦引发后世对曹植"转蓬"题材的关注。

此后阮籍对曹植作品首次进行了广泛深入的学习。阮籍诗文中有很多曹植语句的痕迹，他对曹植游侠、贵游题材、游仙题材、《杂诗六首》的经典化具有重要的奠基作用，尤其对曹植《杂诗六首》的学习，表现了他对曹植化骚入诗写法的深切领悟，也意味着他对曹植开创的几个重要题材及其独特的写法都有发现之功，此于曹植作品的经典化言极具意义。明代胡应麟言："'南国有佳人'等篇，嗣宗诸作之祖。"[1] 钱志熙说，"曹植的《杂诗》七首，从体制上看，正是阮诗的

_____

[1]　（明）胡应麟：《诗薮》（内编卷二），上海古籍出版社1979年版，第31页。

先导"，又言，"曹植《杂诗》中那种洁净精微的结构、深闳广大的意境，以及运思幽复、章法多变的特点，都被阮籍所吸收"。① 二人都强调《杂诗六首》之于阮籍创作的重要性。

阮籍对曹植《杂诗六首》化骚入诗的写法感悟尤深。吴淇首次点出曹植《杂诗六首》与屈骚的关系，如其言："杂诗六首，似皆原本于《离骚》，吾不知其有意摹之欤，抑无心偶合欤？"② 钱志熙则言："一编《咏怀诗八十二首》，可说是五言诗中的《离骚》。"③ 结合二人所评，可见在化骚入诗这一点上阮籍创作与曹植《杂诗六首》的关系。另外，阮籍的"少年学击剑""壮士何慷慨"等诗是对曹植《白马篇》之侠客题材、侠客精神的首次接受，阮籍亦继承了曹作的贵游题材，此后晋张华承而广大之，使侠客题材、贵游题材成为一个突出的题材形式，而阮籍对曹植《洛神赋》、游仙诗等的学习，也为其后西晋文士所继承、强化。

入晋后，曹植创作进入主流作家视野，他们对曹作有比较深入的研究、模拟。傅玄较早把曹植乐府中的赋法吸收过来，只是他规摹的痕迹非常重，有些甚至是套用；到了张华，进一步把赋法与俳偶结合，化用曹植乐府题材，或者思路、写法等，常常能化人为己，自抒心意，颇有创造性。张华对曹植乐府的学习对陆机影响很大，比如陆机《日出东南隅行》实际上承张华《轻薄篇》而来，而《轻薄篇》又是规摹曹植《名都篇》而来。从傅玄、张华到陆机，他们对曹植作品的学习从直接引用、套用、模仿到借鉴其主题、思路、意象，从外于自我感情到学习曹植借乐府以寄托情志，从单纯写人写事的赋法引入到变化赋法以写抽象的思维情绪，从乐府的文人化到诗歌的乐府化，诗歌与乐府的界限渐趋泯灭。西晋诗"缛旨星稠"之特点由傅玄扬其波，张华助其澜，至陆机而大成，又由波心荡漾，辐射其余，从而成了

① 钱志熙：《魏晋诗歌艺术原论》，北京大学出版社 2005 年版，第 124、152 页。
② （清）吴淇撰，汪俊、黄进德点校：《六朝选诗定论》（卷五），江苏广陵书社有限公司 2009 年版，第 113 页。
③ 钱志熙：《魏晋南北朝诗歌史述》，北京大学出版社 2005 年版，第 54 页。

一个时代的特色，追溯源流，此与他们对曹植诗歌之学习变化亦有一定关系。

傅玄现存作品多数都有曹植作品的痕迹，他对曹作的学习借鉴涉及诗、赋、赞等多种文体，其作品中引用、化用、模仿曹植诗、文句之多令人惊讶。从经典化的角度看，他对曹作接受之意义主要在于：第一，在晋人对曹植相对失言的背景下，傅玄对曹作的多方面学习无疑说明曹作在晋人心中的分量；第二，傅玄对曹作的化用更倾向于辞藻与刻画方式，此对晋诗"缛旨星稠"风格之形成有发端作用；第三，他承曹植对文"丽"之追求对晋人追求"丽"之风气应有导向作用。可以说，傅玄发现了曹植的赋法及其"丽"的特点，他对曹植《美女篇》《洛神赋》等女性诗作的反复学习，对于曹植女性题材、女性书写的经典化具有开拓作用。

与傅玄对曹植多种文体的学习模拟比，张华学习借鉴曹植作品主要在诗歌方面。不过，与傅玄多模拟曹作女性题材不同，张华对曹植乐府的学习偏于男性题材，此又表现为两方面：一是贵游题材，一是游侠题材。张华《游猎篇》《轻薄篇》《游侠篇》《博陵王宫侠曲二首》《壮士篇》是上承阮籍，对曹植贵游题材和游侠题材诗歌的模仿与发展。张华的学习对于曹植《白马篇》《名都篇》《结客篇》等的经典化具有重要作用。另外，张华《情诗》舍弃了曹植《杂诗六首》深闳的心灵境界而专写儿女之情，成为文学史上最早的"情诗"组篇。尽管其《情诗》除规摹曹植诗外，更多规摹古诗，但这种以线索贯穿，组几篇于一主题之下的写法，应受曹植《杂诗六首》的影响。这种方式对陆机《拟古十二首》之组篇，甚至对萧统编选《古诗十九首》等均有一定的影响。

陆机是两晋中最为深入学习曹作者。钟嵘言其源出于曹植，许学夷言："士衡乐府五言，体制声调与子建相类"①，他们都看到了二者之间深切的渊源关系。这主要表现在如下两个方面。

────────

① （明）许学夷著，杜维沫校点：《诗源辩体》（卷五），人民文学出版社1987年版，第90页。

一是假题乐府，抒自怀抱。萧涤非言："汉乐府变于魏，而子建实为之枢纽……汉乐府采之里巷，质朴鄙俚，情趣天然，子建则多所寄托，而使乐府带有浓厚之贵族色彩，完全变为文人一己之咏怀诗！"① 此可谓曹植乐府诗创作重要特点之一。陆机乐府中有一部分正是继承了曹植乐府创作抒写内心的特点，此于西晋诗人中确实较为突出。如《豫章行》，吴淇言："再三把玩，字字有亡国破家之感"，"此诗乃士衡兄弟送别之诗，言特恳切，故假题于乐府，使人不觉"。《猛虎行》，吴淇言："此所以眷眷昔怀，退不能为伯夷之采薇，是仰而有愧于古；进不能为太公之鹰扬，是俯而有愧于今。士衡此诗，其作于受知成都王之后乎？"② 等。一般认为陆诗深，陆诗之深应表现在多个方面，其中他对人生人世的感受体悟之深切亦包含在内。吴淇把他与屈原相提，甚至认为他比屈原之忧思更深："故每篇中，非家破国亡之感，则忧谗畏讥之意。但屈子之忧谗畏讥在破国亡家前，而士衡之忧谗畏讥在家破国亡后，其骚思更深。"③

二是乐府与诗的互化。许学夷言："乐府与诗，汉人虽有不同，然自子建、士衡已甚失之，玄晖、元长、简文而下，乐府与诗略无少异。"④ 乐府与诗界限的渐趋泯灭，不仅意味着乐府的文人化，亦意味着文人诗对乐府精髓的吸纳，即诗歌的乐府化。如曹植"西北有织妇"诗与其《种葛篇》《浮萍篇》《七哀》等乐府诗并无区别，而陆机乐府《班婕妤》直逼唐人风神，王夫之评曰："净。单举出辞宠一日写起，托笔早高，云胡不净"⑤，完全是评诗用语。再如，曹植乐府在赋写某一对象时，往往先从他处写起，然后层层引入，多于后文点

---

① 萧涤非：《汉魏六朝乐府文学史》，人民文学出版社 1984 年版，第 153 页。
② （清）吴淇撰，汪俊、黄进德点校：《六朝选诗定论》，江苏广陵书社有限公司 2009 年版，第 256—257、255 页。
③ （清）吴淇撰，汪俊、黄进德点校：《六朝选诗定论》，江苏广陵书社有限公司 2009 年版，第 229 页。
④ （明）许学夷著，杜维沫校点：《诗源辩体》（卷三十六），人民文学出版社 1987 年版，第 369 页。
⑤ （清）王夫之评选，张国星点校：《古诗评选》（卷一），河北大学出版社 2008 年版，第 36 页。

出写作对象或写作意图,如《美女篇》《弃妇篇》《灵芝篇》等。此写法在其非乐府诗中亦有体现,如《应诏诗》,其旨意全在结尾几句,"嘉诏未赐,朝觐莫从。仰瞻城阙,俯惟阙庭。长怀永慕,忧心如酲",但全诗主体则写应诏赶路之紧急,待诏城阙之忧心于结尾轻轻挽结。曹植赠诗,亦多用此法,如《送应氏二首》《赠徐干》《赠丁廙》《赠丁廙王粲》等。

陆机乐府中也有类似曹诗的写法,如《从军行》,吴淇曰:"本要从远征人心处写起,他开口时却不急说,姑借旁人口中,先唤一句'苦哉远征人'便住,却又口中南一句、北一句,冬一句、夏一句,絮絮叨叨,一连十六句,只从他身边说去,曾无一字痛痛说到心里。"[1] 这种写法在其诗歌中亦有体现。如陆机《赴洛二首》其一,直到最后四句"伫立慨我叹,寤寐涕盈衿。惜无怀归志,辛苦谁为心!"方知前文送别以及自己别后路上所见皆是回忆。《赠尚书郎顾彦先二首》《赠冯文罴》也是此类写法。另,曹植乐府吸收了民间乐府的对话体,曹植把这样的问答句式移植到诗歌写作中,如《杂诗六首》其五"远游欲何之,吴国为我仇"。此亦为陆机所学,陆机乐府《饮马长城窟行》《长安有狭邪行》《门有车马客行》都隐含对话体。这一点,陆机诗中有更多体现,比如"借问叹何为,佳人眇天末"(《为顾彦先赠妇诗二首》其二)等。可以说,陆机对曹植乐府诗经典特性的凸显与其深入学习曹作密切相关。

潘岳对曹植诔文有细致的揣摩,对其写法、取材、结构方式、意象等很有领悟。尽管其后学习曹植诔文者不多,但潘岳悼亡诗、诔文的成就,也凸显了曹植诔文的艺术特点与独创性。郭璞对曹植游仙题材的学习化用上承阮籍、傅玄等,对曹植游仙题材及其写作方式的经典化亦有重要贡献。陶渊明作为中国田园诗歌的鼻祖,其平淡的风格、任真的人格等似与曹植相距甚远,但事实上他作品中有不少明显化自曹植作品的语句。(具体可见附表2)

---

① (清)吴淇撰,汪俊、黄进德点校:《六朝选诗定论》,江苏广陵书社有限公司2009年版,第256页。

南朝宋谢灵运，钟嵘认为其创作源出曹植。他对建安文人的作品颇有研究，其《拟魏太子邺中集诗》充分说明了这一点。有趣的是他在模拟曹丕、王粲、刘桢、徐干、陈琳等人的诗时，还经常融入曹植的诗句、曹植作品的写法。如拟王粲诗："伊洛既燎烟，函崤没无像"，李善注前句时引用曹植《送应氏》诗曰："洛阳何寂寞，宫室尽焚烧"。拟陈琳诗言："爱客不告疲"，浓缩了曹植"公子敬爱客，终宴不知疲"（《侍太子坐》）句。拟徐干诗曰："华屋非蓬居，时髦岂余匹？"化用了曹植"生存华屋下"（《箜篌引》）句，以及曹植"顾念蓬室士，贫贱诚足怜。薇藿弗充虚，皮褐犹不全"（《赠徐干》）句。拟阮瑀中言："金羁相驰逐，联翩何穷已！"则直接化自曹植"白马饰金羁，连翩西北驰"（《白马篇》）句。等等。

至于模仿曹作写法，如下。

模仿曹植作品开篇。若比兴发端。拟曹丕诗开篇言："百川赴巨海，众星环北辰。照灼烂霄汉，遥裔起长津。"明代胡应麟把它与曹植"高台多悲风""明月照高楼"句相提并论，作为千古发端之妙者。黄节引陈胤倩言曰："前半不类建安。澄觞以下，极意模仿。"[1] 此诗开篇以比兴手法，形象地铺写出曹操光亮天下的功德、胸怀与感召之力，与"天地中横溃，家王拯生民。区宇既涤荡，群英必来臻"意思一致，只是前者是隐喻，后者是显说。这种开篇，把时代特征与个人命运、情志等糅合一起，极富气势。此具足骨气之起调，正源自曹植。

若辟空开篇。拟阮瑀诗言："河州多沙尘，风悲黄云起。金羁相驰逐，联翩何穷已！庆云惠优渥，微薄攀多士。念昔渤海时，南皮戏清沚。今复河曲游，鸣笳泛兰汜。"其写作思路仿自曹植《白马篇》，劈空而来，上来即是一幅特写般的雄阔画面，风悲云起，沙扬尘飞，佩戴金羁的群马相互驰逐飞奔，一股英雄之气激荡其中，让人不禁疑问，此何人哉？然后由昔而及今，点出曹丕与诸人的河曲之游，至此方知开篇风起云涌、英雄驰逐的镜头正是曹丕与诸子的豪放之游，此

---

① 黄节：《谢康乐诗注》，人民文学出版社1958年版，第100页。

与《白马篇》开篇即给人以白马金羁健捷奔驰的视觉冲击，然后引出人物身份介绍的思路结构非常一致。

拟曹植诗之深婉风格。有学者认为灵运拟曹植诗由于整组诗主题的限制，并没有涉及曹植黄初后的坎坷命运，这种误读恰恰说明灵运此诗对曹植黄初后诗歌手法与风格的真切模仿。"朝游登凤阁，日暮集华沼。倾柯引弱枝，攀条摘蕙草。……平衢修且直，白杨信袅袅"，拟句融骚入诗，看似闲淡的游玩背后则颇具象征意味。主人公高洁自恃，又不免清寂孤独，此写法与曹植"南国有佳人"一诗对楚辞的化用颇为相像。下由独游之乐转为宴集之娱，而以"饮德""养生"作结，这一愿思似与前文脱节，致使不少人以为此感叹与曹植个性不符，但它确实显示出灵运对曹植及其诗作技巧的深刻理解。首先，"愿以黄发期"化自曹作"王其爱玉体，俱享黄发期"（《赠白马王彪》）句，而"养生念将老"之养生念头在曹植中后期诸多作品中亦有充分体现。其次，这种结尾的突然转折正是曹植作品的一个突出特点，如黄节言："余观子建诗，其结语独高，往往出人意表。大有'山穷水尽疑无路，柳暗花明又一村'之奇胜。盖其诗多用进一步写法，层出不穷，愈转愈高，至结意遂登峰造极矣。"[1] 另外，最后的突转使得前面的遨游之愉成为一种发泄苦闷的无奈之举，作品中具有隐显两种情绪，从而使作品呈现委婉幽深的风格特征，深得曹植后期作品之神韵。

江淹《杂体三十首》里有不少化用曹植诗作语句的地方，其模拟曹作，选择了曹植赠友类诗，《陈思王赠友》既在文学上对曹植作品有所研习承继，同时又深入曹植人生，从新的角度重塑曹植形象，与谢灵运突出曹植之"忧生之嗟"不同，江淹着力刻画了重视人才、珍视友情、关心国事、心胸开阔、雍容儒雅，虽遭不遇但终不颓废的曹植形象，这更接近于曹作的自我形象。他这一选择突出了他对曹植赠友类题材的认识，并通过他的化用，进一步凸显了曹作这一题材，为曹作此题材的经典化奠定了基础。

---

① 萧涤非：《读诗三札记》，见萧涤非《乐府诗词论数》，齐鲁书社 1985 年版，第 350 页。

沈约凸显了曹植《名都篇》"斗鸡"的贵游情节，此多为梁陈读者所借用。而沈约《丽人赋》对《洛神赋》女性刻画手法的学习，是对洛神形象的初步世俗化。

综上，从曹魏至宋齐，重点读者对曹植作品经典特性的挖掘使得曹植作品的经典系列得以逐渐呈现。曹叡的开拓之功，阮籍对曹植《杂诗六首》的学习，傅玄对曹植女性诗篇的模拟，张华对曹植游侠、贵游诗篇的化用，潘岳对曹植诔文的借鉴，陆机对曹植乐府的规摹，谢灵运对曹植诗歌风格写法的承继，谢灵运、江淹对《洛神赋》的模拟，江淹对曹植赠友诗的仿写，沈约对《洛神赋》的世俗化，等等，都分别着重突出了曹植作品中诸如主题、题材、意象、语言、写作方式、风格等的某一方面或某些方面的特质。这些以曹植作品为对象的模仿化用，表明此期文士对曹植作品独特性的认识，这一认识是基于曹植当代，及其前的文学史的整体创作做出的选择。因而，模拟之作，具有文学批评的意义，其实质也是一种阐释，不过是一种隐性阐释，与显性的诗评不同。

三　梁陈以及北朝对曹植作品的学习借鉴①

南朝宋齐以后，梁陈以及北朝对曹植作品的学习，一是学习范围窄化，不再像其前的文士那样对曹作进行广泛学习，也不再像阮籍、陆机、谢灵运那样能对曹作进行深度接受。其时，《洛神赋》《美女篇》《七哀》《白马篇》《名都篇》《斗鸡篇》《箜篌引》《吁嗟篇》中的语句、意象、主题等接受已经泛化、固化，甚至俗化，曹植原作的精气神几乎荡然无存。下以《七哀》《美女篇》《名都篇》《白马篇》等接受较为集中的几篇诗作为例论述如下。

对《七哀》的学习

两晋对曹植《七哀》的学习主要集中于"明月照高楼""上有愁思妇""借问叹者谁""浮沉各异世"数句。南北朝时期对曹植《七

---

① 本部分所引诗文，除特别注明外，据逯钦立《先秦汉魏晋南北朝诗》，中华书局1983年版。因引用较多，为阅读方便，仅注明篇目，不再注页码。

哀》从全篇角度接受者仅有两篇，即宋汤惠休的《怨诗行》和梁武帝萧衍的《拟明月照高楼》。汤诗内容实是规摹曹植的《七哀》，它沿袭曹作思路，由"明月照高楼"这一自然物事引发思妇之内在情绪。但与曹诗之温柔敦厚、表情婉约相比，汤诗充满了激切的相思与悲愤之情。如"含君千里光""巷中情思满""妾心依天末，思与浮云长"等句，把相思之情与表现空间的词语结合起来，无形之情思充满整个空间给人以巨大的压迫感。而"啸歌视秋草，幽叶岂再扬。暮兰不待岁，离叶能几芳"，"啸歌"而视，连用反问，以秋草、暮兰之芳华难留，具体凸显青春之无情流逝，激愤之情溢于言表。结尾"愿作张女引，流悲绕君堂。君堂严且秘，绝调徒飞扬"句，模仿曹作，比喻巧妙，但远比曹作有冲击力。曹作只是柔柔的西南风，而它则是张女的高曲；曹作"君怀良不开，贱妾当何依"是无奈的低徊，而汤诗则是"绝调徒飞扬"的戛然而止、愤然而终！曹作中的相思之情是内敛的，需要从看似平淡的叙述中品味，而汤作则把相思之情充分具体化、外露化、可感化。汤诗在继承中又有自己的创新。

相比于汤诗，梁武帝的《拟明月照高楼》对曹作基本上是亦步亦趋。如把"明月照高楼"置换成"圆魄当虚闼"，把"流光正徘徊"变成"清光流思延"；后半部分"君如东扶景，妾似西柳烟。相去既路迥，明晦亦殊悬。愿为铜铁辔，以感长乐前"等句，模拟曹作"君若清路尘，妾若浊水泥。浮沉各异势，会合何时谐？愿为西南风，长逝入君怀"句，不过以其他比喻置换而已。其以"台镜早生尘，匣琴又无弦"侧面衬托百无聊赖的思情，尚有味道，但整体言之，模仿痕迹太重，过于直白，缺少厚韵，了然不见作者情意。汤惠休、梁武帝对曹作模拟之差异亦反映出南朝宋、梁文学风尚之差异。

除以上两篇外，南北朝时对《七哀》化用最多者主要表现在以下四点。

第一，学习化用"明月照高楼，流光正徘徊"二句。对此二句化用之着眼点又集中在两个方面。

（1）化用"流光"一词。如宋南平王刘铄即有"白露下微津，明月流素光"(《歌诗》)句,梁刘孝绰有"流光照淋潆,波动映沦涟"(《望月诗》)句,二者均化自曹诗"明月照高楼,流光正徘徊"句,然只取其动感,而舍其比拟手法。

(2)学习"月徘徊"之拟人手法。如鲍照"夜移衡汉落,徘徊帷户中"(《玩月城西门廨中》),江淹"露采方泛艳,月华始徘徊"(《休上人》)等均化出于曹诗。庾肩吾"楼上徘徊月,窗中愁思人"(《和徐主簿望月诗》)句,采用意象并置方式,保持了原诗中月人相映以写愁思之写法,但在情韵深度、密度以及构思之巧上与原作相比依然显得单薄。以上模仿直接变自原句,化用痕迹比较明显,还有只是师法这两句比拟手法者,其规摹即比较隐晦。如胡应麟言:"'明月''流光',虽神韵迥出,实灵运、玄晖造端","曹植'明月照高楼,流光正徘徊',谢灵运'清辉能娱人,游子澹忘归'祖之"①,其评论即着眼于二谢对曹诗诗法的借鉴。

第二,提取曹诗中意象进行组合。如萧纲《伤美人诗》:"昔闻倡女别,荡子无归期。今似陈王叹,流风难重思。"即浓缩曹诗中"叹"与"风"两个主要意象,前者承自"上有愁思妇,悲叹有余哀。借问叹者谁?言是宕子妻",后者承自"愿为西南风,长逝入君怀。君怀良不开,贱妾当何依!"此用典之高度概括与提取,颇为精心。

第三,专就"借问叹者谁?言是宕子妻"二句铺展。如萧绎《荡妇秋思赋》言"荡子之别十年,倡妇之居自怜。登楼一望,唯见远树含烟"即化自"借问叹者谁?言是宕子妻。君行逾十年,孤妾常独栖"②;下文之铺写想象均据此而敷演,而其高楼月下之视角仍基根于曹作。庾信亦有《荡子赋》,其序云:"陈思王诗曰:'借问叹者谁?云是荡子妻。君行十余年,孤妾常独栖。'故作《荡子赋》,乃离别之辞也。"③ 不过他由荡子征行入手,引出倡妇离思,着眼于其百无聊赖

---

① (明)胡应麟:《诗薮》(内编卷二),上海古籍出版社 1979 年版,第 32 页。

② 《全梁文》(卷十五),第 167 页。

③ (北周)庾信撰,(清)倪璠注,许逸民点校:《庾子山集注》,中华书局 1980 年版,第 91 页。

的生活，又间以对离别前之回忆作映衬，写独栖之苦思，此与萧绎从高楼月下远望山水阻隔，着重表现思妇心理不同，相比较言，萧绎之作在情思气韵上更接近曹作。

第四，把曹作之高楼思妇定型化。胡应麟云："'明月照高楼，想见余光辉'，李陵逸诗也。子建'明月照高楼，流光正徘徊'，全用此句，而不用其意，遂为建安绝唱。"① 曹植首先把明月高楼与思妇联系起来，创造了"月夜高楼思妇"的意象，沈约"高楼切思妇"（《应王中丞思远咏月诗》）句则把曹植关于高楼、思妇的关系凝练化了。后来的"高楼思妇"意象基本上出于曹作，如汤惠休、梁武帝之拟作，萧绎《荡妇秋思赋》等均沿袭了这一思路。又如徐陵"思妇高楼上，当窗应未眠"②、庾肩吾"楼上徘徊月，窗中愁思人"等亦本于此。曹植创造的这一意象具有原型意义。

对《美女篇》的学习

两晋对《美女篇》的学习主要是借用或模仿其词句，学习刻画美女的方法。宋齐也主要借鉴其句词，如"中夜起长叹""青楼"等。梁代陈仿《美女篇》、萧子显《代美女篇》，萧纲、卢思道、魏收等同题《美女篇》，只是以美女为对象，除在描写美女上间或所用赋写手法承自曹作外，其主题、意象、诗境等与曹作相距甚远。③ 此期对《美女篇》的学习，更多是从曹作"借问女何居，乃在城南端。青楼临大路，高门结重关"两句中提取词语以作典故指代，其提取词语一是"城南"，一是"青楼"。如刘遵："含羞隐年少，何因问妾家。青楼临上路，相期竟路赊。"（《相逢狭路间》）其中"何因问妾家，青楼临上路"化自曹诗，用以指称美女所在地，但转曹作第三人称叙述问

---

① （明）胡应麟：《诗薮》（内编卷二），上海古籍出版社1979年版，第31页。

② 徐陵《关山月二首》其一，见许逸民《徐陵集校笺》，中华书局2008年版，第20页。

③ 萧子显《代美女篇》、萧纲《美女篇》、魏收《美女篇二首》、卢思道《美女篇》等，作家主要是梁代和北齐、隋朝的。就上述美女诗篇而言，它们主要继承了曹作写美女这一题材，而在主旨、意象，甚至写法上，与曹作并无太大关联。曹作借美女之失时的孤独来写自己失志不遇之情怀，此寄寓之精神于上述仿作中了无痕迹，仿作着眼于声色之辞，抛弃了美人身上所承负"高义"之类的价值观念。

答为第一人称问答，女子之性情形象则完全不同。而刘孝仪"一乖西北丽，宁复城南期"（《闺怨诗》），即以"城南"来指称美女。

与之相应的是，像曹植"西北有织妇""南国有佳人"二诗中之织妇、佳人都成为美女的代称。如萧诠《赋得婀娜当轩织诗》："东南初日照秦楼，西北织妇正娇羞"；庾肩吾《奉和春夜应令诗》："天禽下北阁，织女入西楼"；鲍照《芜城赋》："东都妙姬，南国丽人"；刘孝仪《闺怨诗》："本无金屋宠，长作玉阶悲。一乖西北丽，宁复城南期"；等等。而卢思道《后园宴诗》："可怜白水神，可念青楼女。欲知姜心无剧已，明月流光满帐中"，更是把曹作不同作品中之美人形象组合到一篇之中了。

对《名都篇》的学习

再如《名都篇》，多数相关仿作都化用了"名都多妖女，京洛出少年"句，如简文帝萧纲《妾薄命篇十韵》"名都多丽质，本自恃容姿"。或者提取"归来宴平乐，美酒斗十千"句中意象，如陈叔宝《独酌谣四首》"忘情且十斗"；张正见《帝王所居篇》"薄暮归平乐，歌钟满玉除"；庾信《咏画屏风诗二十四首》其六"定须催十酒，将来宴五侯"，《和灵法师游昆明池二首》"落花催斗酒，栖乌送一弦"；庾肩吾《侍宴宣猷堂应令诗》"副君德将圣，陈王才掞天。归来宴平乐，置酒对林泉"；刘孝威《行行且游猎篇》"归来宴平乐，宁肯滞禽荒"；等等。或者化用"斗鸡东郊道，走马长楸间"句，如王褒"京洛出名讴，豪侠竞交游""斗鸡横大道，走马出长楸"（《游侠篇》）、"驰轮洛城巷，斗鸡南陌头"（《古曲》）；费昶《思公子》："公子才气饶，凌云自飘飘。东出斗鸡道，西登饮马桥"；等等。甚至褚玠有《斗鸡东郊道诗》，直接抽取"斗鸡东郊道"句敷衍成篇。当然，梁陈还有不少专写斗鸡的诗作，多受曹植《斗鸡》影响，如徐陵《斗鸡诗》、周弘正《咏老败斗鸡诗》、王褒《看斗鸡诗》、萧纲《斗鸡篇》、刘孝威《鸡鸣篇》《斗鸡篇》等。

对《洛神赋》的学习

南朝宋、齐作家不论整体规摹曹作，或是零星化用曹作语句，大多比较接近曹作精神或气韵，但梁、陈、北朝对曹作之接受多属游戏笔墨，与作家本人之内在情志已关系不大。可以说，宋、齐作家多学曹作抒情言志，而梁、陈、北朝作家则更看重曹作之形式表达，因此，曹植作品中被反复借用的形象在当时呈现被世俗化的倾向。以《洛神赋》的接受言，南朝宋谢灵运、江淹等模仿《洛神赋》的作品，基本上走的是曹植所开创的借神女以寄寓的道路，作者的用笔都是严肃的。自沈约《丽人赋》借鉴《洛神赋》的写法以写铜街丽人，从而打破了先前以神女寄寓的传统，由赋而及艳诗，成为宫体艳情之先导，此后"洛神"成为凡间美女、妓女的代名词。笔者搜列齐、梁、陈、北朝诗赋，约有四十条诗赋文句对《洛神赋》有所投射，其特点可以归结为下。

　　第一，基本上以洛神为美女之代名词。除以洛神、洛妃、洛川神、洛川神女等直接称代称，尚借曹植作品中与洛神相关的描写词语来指代美女，如拾羽、拾翠（此在《洛神赋》指众神之行为，而非洛神之行为，但此时都借指洛神了）、拾翠羽、洛川拾翠；凌波、洛浦凌波、鸣佩凌波；回雪、回风雪、回风之雪、洛浦疑回雪、洛浦流风；罗尘、洛渚罗尘步；惊鸿出洛水；等等。此从齐谢朓肇端，至梁代则已成流行词语，其流风随着梁人入陈、入北，而影响及于陈、北朝，这些词语由于被广泛借用，逐渐经典化，成为后代具有原型意义的词汇。可以说，梁代文人对《洛神赋》的借用方式对陈、北朝文人的化用有根源性影响。以庾信为例，史书虽归其为北周，但像《望美人山铭》《后堂望美人山铭》《行雨山铭》《和春日晚景宴昆明池》《春赋》等作品，据清水凯夫先生考证，均为庾信于梁时之早期作品①，《拟连珠》《周赵国公夫人纥豆陵氏墓志铭》虽属入北之作，但其用语依然是梁朝习惯。庾信入北后仍有不少艳情作品，此对北方文士应有一定影响，因此，说北人诗赋之化用《洛神赋》主要受梁代文人影响，亦可成立。

　　第二，不仅以美女比附洛神，尚以妓女比附洛神。如《同武陵王看妓诗》《和平凉公观赵郡王妓诗》《衡阳王斋阁奏妓诗》《和许给事

---

　　① ［日］清水凯夫：《庾信文学》，见［日］清水凯夫《六朝文学论文集》，韩基国译，重庆出版社1989年版。

善心戏场转韵诗》等，均是如此。在曹植之前，洛神均以"宓妃"出现在赋中，亦多为人世美女之代名词，如司马相如《天子游猎赋》言"若夫青琴、宓妃之徒，绝殊离俗，妖冶闲都"①等，但多以之比贵人或宫廷丽人；至边让《章华台赋》始言"于是招宓妃，命湘娥，齐倡列，郑女罗"②，方把仙子与齐倡郑女相列；沈约《丽人赋》又把洛神隐乎不定的飘飘仙姿转变为人间狎邪之女欲进还羞的忸怩作态；而到了梁、陈、北朝，洛神更是走下了神圣之坛，成为文人娱乐文笔的戏词。

第三，洛神亦成为文人形容自然物色之代名词，此确为创造性之化用。如隋辛德源诗："洛神挺凝素，文君拂艳红。丽质徒相比，鲜彩两难同。"（《芙蓉花》）以洛神比芙蓉花；释慧净诗："回飘洛神赋，皎映齐纨篇。萦阶如鹤舞，拂树似花鲜。"（《冬日普光寺卧疾，值雪简诸旧游》）以洛神比飞扬的雪花；等等。

总体言之，梁陈北朝对《洛神赋》的化用主要着眼于洛神之美，至于洛神明诗知礼之高贵、人神阻隔之哀怨失落、陈思借洛神以寄寓等基本上被舍弃了，洛神成为世俗美女之代名词，洛神走下了神坛，被世俗化，甚至被庸俗化了。

对《白马篇》的学习

对《白马篇》的模拟亦分为两路。

一是继承曹作中的爱国主义精神，规摹曹作游侠儿的勇武雄健的形象，诗作尚有刚健之气。除了几篇标明仿《白马篇》的作品外，像吴均《雉子班》："幽并游侠子，直心亦如箭。生死报君恩，谁能孤恩呣"，《赠别新林诗》："仆本幽并儿，抱剑事边陲。风乱青丝络，雾染黄金羁"；徐悱《古意酬到长史溉登琅邪城诗》："少年负壮气，耿介立冲冠。怀纪燕山石，思开函谷丸"；卢思道《从军行》："犀渠玉剑良家子，白马金羁侠少年"；等等，虽未标明学《白马篇》，但诗中的确有曹植幽并少年的投影，不过，这类与曹作人物形象保持一定联系的模拟学习在南北朝尚属少数。

---

① 龚克昌等评注：《全汉赋评注》（前汉），华山文艺出版社 2003 年版，第 141 页。

② 龚克昌等评注：《全汉赋评注》（后汉下），华山文艺出版社 2003 年版，第 798 页。

二是借用《白马篇》中少年的装束描写。此又有如下写法：

第一，仍然沿袭曹作的边塞题材，但突出少年装束的华贵，借用"白马""金羁"意象，或把"金羁"改为"金鞍""金络"等，这在沈约、辛德源等人的拟作即已显然可见，其他如何逊《学古三首》"长安美少年，羽骑暮连翩。玉羁玛瑙勒，金络珊瑚鞭"；萧纲《和武帝宴诗二首》："常从良家子，命中幽并儿。金鞍饰紫佩，玉燕帖青骊"等，亦着重于少年侠客美丽富贵的形象。

第二，把《白马篇》中游侠儿的装束与《名都篇》中京都少年的形象融合起来，写其风流肆意的生活。如何逊《拟轻薄篇》："城东美少年，重身轻万亿。柘弹隋珠丸，白马黄金饰。长安九逵上，青槐荫道植……走狗通西望，牵牛亘南直。相期百戏旁，去来三市侧。"刘苞《九日侍宴乐游苑正阳堂诗》："六郡良家子，幽并游侠儿。立乘争饮羽，侧骑竞纷驰。鸣珂饰华眊，金鞍映玉霁。膳羞殚海陆，和齐视秋宜。"另外，若萧纲《艳歌篇十八韵》、萧绎《紫骝马》《后园看骑马诗》、徐陵《紫骝马》等都是这类写法。

第三，从女性角度，多用白马金鞍等指代夫君形象。如魏收："春风宛转入曲房，兼送小苑百花香。白马金鞍去未返，红妆玉箸下成行。"（《挟琴歌》）沈约《日出东南隅行》："幸有同匡好，西仕服秦官。宝剑垂玉贝，汗马饰金鞍。"另，萧绎《和刘上黄春日诗》、张正见《艳歌行》等亦为此类手法之运用。另外，亦有从男性角度，以"金鞍"指代男性者，如萧子晖《应教使君春游诗》："上林看草色，河桥望日晖。洛阳城闭晚，金鞍横路归。"

陶春林、马晶认为，曹植《白马篇》把"洁""华"之外美与"勇""志"之内美融合为一，其游侠儿是"崇高道德、杰出才能和高华审美趣味的完美结合"，"体现了贵族阶层健康的审美理想。因此，此游侠儿的装饰并非有意炫耀，而是内外统一的"，"魏晋南北朝后来的游侠诗则多是接受了这种审美理想的某一部分，其中最多的是继承了其华丽的描写且踵事增华"，"与曹植《白马篇》相比，后来的描写多属于炫耀，他们更多的是向别人展示自己的华丽装饰，目的更多地在于获得羡慕的目光，满足自己的虚荣心"。① 这种分析是有道理的，但当这种描写成为一种风气，这就不只是虚荣心的问题了。曹植诗中光彩夺目的游侠少年到了梁、陈与北朝诗人手中，却基本上成为轻浮浪子，白马少年的精神已经萎靡，徒留下被世俗化的外壳，此与当时形式主义诗风与审美风尚密切相关。

综上，曹植作品经典序列在西晋时已经基本确立，经由南朝宋的巩固，齐梁以后，曹植经典作品的接受更为细致零碎，多是对曹作名句名词的摘取、化用，曹作接受出现了泛化、俗化现象，这种现象使得曹植作品的经典意象（如飞蓬、美女、南国佳人、洛神、白马少年、名都少年、高楼思妇等）、词汇、语句、句式、题材（美女、游侠、贵游、漂泊等题材）等得以提炼凝固，成为后世诗中的语典或事典。这也是作品经典化的一个表现，为经典的流传提供了条件，但另一方面，它对经典丰富的生命力则是一种潜在的削弱力量，经典的生命力有待后世读者对其作品进行创新性的挖掘方能生生不息。

学界一般认为文本的编选，对于作家作品的经典化具有重要作用，但依据本书分析看，以《文选》为例，《文选》所选曹植作品，已经是经过魏晋、南朝宋齐诸多作家广泛而深入的接受，被确认是经典的作品。② 所以，《文选》对于曹植作品而言，不是使其在后代成为经典，而是要把已经确定的经典通过选集的方式使之进入历史的接受之流中，使后人在接受《文选》的过程中，不断地注意到曹植的这些作品，注意到曹植作品在南朝梁以前的地位、影响及其在与其他作家比较中所展现的独特个性。

另外，徐陵《玉台新咏》，选取了曹植的女性题材作品，包括曹作"明月照高楼""西北有织妇""微荫翳阳景""揽衣出中闺""南国有佳人"，以及《美女篇》《种葛篇》《浮萍篇》《弃妇诗》等，其

---

① 陶春林、马晶：《曹植〈白马篇〉对魏晋南北朝游侠及游侠诗的导向作用》，《江淮论坛》2007年第4期。

② 当然，《文选》并没有全部选入，至于《文选》不选已经公认的曹植的其他一些经典作品，这是另外一个研究课题。

中"明月照高楼""西北有织妇""南国有佳人"及《美女篇》《种葛篇》《浮萍篇》等与《文选》所选一致，这也说明曹植的这些女性诗作在入选前已经经典化了。

第三节　此期读者阐释与曹植作品的经典化

读者阐释对于作家作品的经典化具有重要意义，有时甚至可能是具有决定意义的因素。读者阐释有隐有显，就隐而言，如编选、文本注释、作家传记、创作型读者对作家原作的学习、规摹等，都含有隐性的文学批评意义。尤其是创作型读者的模拟，通过借用原作词句或意象（包括正用与反用）、整体模拟原作内容、写作方式、主题等，表现了读者对原作独特性的把握，尽管这种把握可能不具有整体的意义，但它凸显了原作某些独特性则是毋庸置疑的。

本章第二节主要是从创作型读者的学习接受来看曹植经典语句、经典系列的形成过程，这些以曹作为对象的模仿化用，表明此期文士对曹植作品独特性的认识，而作品的经典化，首先是作品的某些独特性被首发者开掘，然后为更多人注意。作品的这种独特性在广泛的接受或某个权威读者的深入接受后逐渐稳定，为大多数读者所认可，而承载这种特性的作品的经典地位也由此确立，从而进入文学史的记忆。

本节在上节探讨基础上，主要探讨此期读者对曹植作品的显性评论，兼及对《文选》所隐含的曹植文学批评的阐发。

下以时为序，梳理曹魏、两晋、南朝三个时期曹植文学评论的整体情况。

一　曹魏时期的曹植文学评价

（一）曹操对曹植文学的评价

曹操最早发现、肯定了曹植的文学才华。曹植十余岁，"太祖尝视其文，谓植曰：'汝倩人邪？'植跪曰：'言出为论，下笔成章，顾当面试，奈何倩人？'"① 此"倩人邪"之问，表现了曹操的不敢置信，暗示了曹植超越其年龄的非常的文学禀赋、积累。而建安十五年，"时邺铜爵台新成，太祖悉将诸子登台，使各为赋。植援笔立成，可观，太祖甚异之"②。曹植此作让曹操甚为惊异处有两点：一是援笔立成，一是可观。前者见其才思敏捷，反应迅速；后者则是包括遣词、构思、内容、情志等在内的综合效果。此赋以铜雀台为立足点，由高而下，由远而近，由实而虚，从远望之广田沃野、高处之高殿飞阁、俯视之清川果园等，夸张与实际相结合，衬托出铜雀台之雄伟壮观，后以"仰春风之和穆兮，听百鸟之悲鸣"之虚喻笔法过渡，转入对曹操武功、德业之赞美。前部分写景与后部分歌颂相辅相成，铜雀台之高大雄壮与曹操治国平天下之丰功伟绩相得益彰，而赋作行文本身笔势开阔刚健，生机盎然，亦见作者对建功立业之广阔人生的向往、对曹操乱世雄业的理解。此赋并非简单的歌功颂德之作，它淋漓尽致地展现了曹植对曹操的崇拜、赞美、祝福，亦展现了他安定天下、建功立业的大志。所以，此赋之所以让曹操对曹植刮目相看，不只是其敏锐之才思，赋作之才华，亦与赋所隐含的心胸格局、文学赋写服务政治的思想意识等密切相关。曹植由此作从曹操诸子中脱颖而出，成为曹操着重培养的对象。

（二）当时文士对曹植文学的评价

尽管曹植当时的创作已涉及多样文体，但在建安集团内部，对其作品的接受主要集中于赋作，至于后世对其诗歌成就之赞赏，此时则并无言论评及。当时陈琳、吴质、杨修等人对曹植赋作颇有赞美之词。这些称赏主要有以下四个方面。

第一，对其禀赋和写作速捷的赞叹。陈琳言其"高世之才""天然异禀"③；杨修谓其"非夫体通性达，受之自然，其孰能至于此乎？又尝亲见执事握牍持笔，有所造作，若成诵在心，借书于手，曾不斯

---

① 《三国志·魏书·任城陈萧王传》，第557页。
② 《三国志·魏书·任城陈萧王传》，第557页。
③ 《答东阿王笺》，俞绍初辑较：《建安七子集》，中华书局1989年版，第50页。

须，少留思虑"①。

第二，对其赋作华采的赞叹。如陈琳夸其《龟赋》"披览粲然""音义既远，清辞妙句，焱绝焕炳，譬犹飞兔流星，超山越海，龙骥所不敢追，况于驽马可得齐足！"（《答东阿王笺》）

第三，对其赋作成就的赞叹。一是把他与诸子相比，如吴质说他"赋颂之宗，作者之师"②；杨修言其"含王超陈，度越数子"，而杨修本人更是"是以对鹗而辞，作《暑赋》弥日而不献，见西施之容，归增其貌者也"，充分肯定了曹植在建安诸子中的突出地位。二是把曹植所作与雅、颂相比。如杨修对曹植所送亲自整理之赋作集"诵读反覆，虽讽《雅》《颂》，不复过此"（《答临淄侯笺》）。

第四，对其赋作观点的评议。如针对曹植"辞赋小道，固未足以揄扬大义，彰示来世也"之论，杨修言"君侯忘圣贤之显迹，述鄙宗之过言，窃以为未之思也。若乃不忘经国之大美，流千载之英声，铭功景钟，书名竹帛，斯自雅量，素所畜也，岂与文章相妨碍哉？"（《答临淄侯笺》）。

以上陈琳、吴质、杨修等三人的评论，均写于太子之争时，如陈琳死于建安二十二年，信中称曹植君侯，所以陈琳书信应该在十七年至二十二年间；吴质《与东阿王书》据李善注，写于曹植为临淄侯时，而曹植建安十九年封临淄侯；另外，曹植《与杨德祖书》据文中言可推知写于建安二十一年。因此，考虑到曹植的身份以及这些书信的背景，他们对曹植赋作的赞叹不一定反映出曹植赋作的真实水平。

另外，吴质《答东阿王书》称赏曹植书信"是何文采之巨丽，而慰喻之绸缪乎！"对曹植书信从文采、内容方面给予评价，此乃曹植文学接受史上对其书信体的首次评价。

诸葛亮对曹植的《汉二祖优劣论》③则有批评，认为子建关于光武时"将则难比于韩、周，谋臣则不敌良、平，时人谈者，亦以为

---

① 《答东阿王书》，《全后汉文》（卷五十一），第528页。
② 《答临淄侯笺》，《全三国文》（卷三十），第309页。
③ 曹植的《汉二祖优劣论》据赵幼文考证约作于建安中期，此时荆州内附，诸葛亮业已离开荆州，追随刘备，投入政治、军事活动中了。

然"之论有失公允，"诚欲美大光武之德，而有诬一代之俊异"，指出"光武上将非减于韩、周，谋臣非劣于良、平，原其光武策虑深远，有杜渐曲突之明；高帝能疏，故陈、张、韩、周有焦烂之功耳"。① 这是曹植接受史上首次对其论体的批评。而诸葛亮特以曹植的作品作为立论靶子，亦可见曹植之论或代表建安诸多人士之观点，影响深远。不过，诸葛亮只是批评曹植关于光武上将谋臣的议论，对于曹植所论汉二祖之优劣并无异议。曹植此文充分体现了他对明君德性的认识，正在其德能和合来远，卒成大业，他对君主德性的强调与诸葛亮之服膺刘备并无二致。

当时史家对曹植文学亦有评价。如鱼豢曰："余每览植之华采，思若有神。以此推之，太祖之动心，亦良有以也。"② 关于曹植之华采，曹植当代似有公论，"曹植七步成章，号绣虎"③。绣，谓其词华隽美；虎，谓其才气雄杰。"绣虎"一词已经隐然指出曹植诗文文采华美而风骨遒劲兼具的特点。

（三）曹叡对曹植文学的肯定

黄初时期，曹植可说是当时最重要的作者，此期曹植创作了大量优秀的诗歌，其《洛神赋》成为《文选》中与王粲《登楼赋》相并的佳作，但除了极少数创作，曹植作品并没有广泛流传。由于政治因素的作用，他在读者那里几乎是失声的。打破这一接受失声的是曹叡，曹叡对曹植的文学才华有着由衷的赞叹与企慕。如太和六年正二月，《与陈王植诏》言：

> 昔先帝时，甘露屡降于仁寿殿前，灵芝生芳林园中。自吾建承露盘已来，甘露复降芳林园仁寿殿前。④

① 李伯勋：《诸葛亮集笺论》，陕西人民出版社1997年版，第307页。
② 《三国志·魏书·任城陈萧王传》（卷十九），第577—578页。
③ （宋）曾慥：《类说》卷4引《玉箱杂记》，见王汝涛校注《类说校注》，福建人民出版社1996年版，第107页。
④ 见（清）严可均校辑《全上古三代秦汉三国六朝文》之《全三国文》（卷九），商务印书馆1999年版，第93页。

此诏似有残缺，曹植《承露盘铭》序言：

> 夫形能见者莫如高，物不朽者莫如金，气之清者莫如露，盛之安者莫如盘。皇帝乃诏有司铸铜建承露盘，……自立于芳林园，甘露仍降。使臣为颂（铭）。

据序可知，曹植此铭正是奉曹叡之诏命而写。曹叡仿汉武帝建承露盘，实有显圣颜、扬朝威之意。"铭题于器"，"故铭者，名也，观器必也正名，审用贵乎盛德"（《文心雕龙·铭箴》），让曹植写这样关涉王朝功德尊严的铭文，可见曹叡对曹植才华的信任与欣赏。

又，明帝平原公主亡，太和六年，明帝《诏陈王植》云：

> 吾既薄才，至于赋诔特不闲，从儿陵上还，哀怀未散，作儿诔，为田家公语耳。

曹植《答明帝诏表》言：

> 奉诏并见圣思所作故平原公主诔。文义相扶，章章殊兴，句句感切，哀动神明，痛贯天地。楚王臣彪等闻臣为读，莫不挥涕。

由曹植此表可见，曹叡自谦自己不善赋诔，自己为平原公主所作诔，如田家公语，粗鄙不堪，亦不能尽己哀思之情。他的《诏陈王植》应该是让曹植为平原公主写诔文，曹植的确有《平原公主诔》，此亦见曹叡对曹植诔文创作的肯定。同时，他在诏书中又附上自己所作诔文，实际上是同曹植交流，希望得到曹植的认可，而曹植亦从文义、情感等角度给予了充分赞赏。

曹叡又是最先学习曹植诗歌的人，对于曹植《浮萍篇》《种葛篇》

---

① 见（清）严可均校辑《全上古三代秦汉三国六朝文》之《全三国文》（卷九），商务印书馆 1999 年版，第 93 页。

《杂诗》的经典化具有开启之功，而他对曹植诸多文体作品的收集整理，最早表现了对曹植"诸体皆备"的初步认识。

综上，建安黄初太和之时，曹植当代对曹植的评价多在其赋作成就，赞赏其华采、神思，注意到其文章华丽的风格特点。曹操以其文学家、政治家的眼光对曹作的精神意旨理解最深，而曹叡则对曹植诸体皆备的特点有所揭示，并为曹植作品的流传不朽提供了硬核条件。可以说，曹植作品在其当代就获得了普遍赞誉，甚至流传到曹魏以外的地方。

曹植文学于其当世的知名度，对其作品进入经典化有积极意义。就中国古典文学的接受情况言，能进入接受史、进入经典化历程的，一般于其当世都有较高的知名度。这个知名度可以是其人，也可以是其文，也可以人文兼具，曹植即属后者，而若陶渊明，虽然其文在南朝并无赵宋时期的盛誉，但其人作为隐士在当时则颇有名望。无论如何，一个能进入正史的人在当时一般有一定知名度，具有为时人所认可的独特的或超越一般的能力或特点，这一点似乎概莫能外。

二 两晋时期的曹植文学评论

两晋时期关于曹植文学评论的材料不多。陈寿在《任城陈萧王传》后盛评曹植文学成就言："陈思文才富艳，足以自通后叶。"① 此隔代史家之论远比杨修、陈琳等应景的夸赞有分量，其意义在于他首次指出曹植文学的传世价值。所谓"自通"，正是曹丕所谓"不假良史之辞，不托飞驰之势，而声名自传于后"（《典论·论文》），而曹植也正以其文成就"不朽之盛事"。陈寿评曹丕"天资文藻，下笔成章，博闻强识，才艺兼该"②；评价王粲等人曰："昔文帝、陈王以公子之尊，博好文采，同声相应，才士并出，惟粲等六人最见名目。而粲特处常伯之官，兴一代之制，然其冲虚德宇，未若徐干之粹也。卫觊亦

---

① 《三国志·魏书·任城陈萧王传》（卷十九），第577页。
② 《三国志·魏书·文帝纪》（卷二），第89页。

以多识典故，相时王之式。刘劭该览学籍，文质周洽。刘廙以清鉴著，傅嘏用才达显云。"① 此与曹植能"自通后世"之评相比言，似乎暗示曹植实为当时文学成就最高之人，即在陈寿眼中，曹植的文才是曹魏第一人，超出曹丕所盛赞的"七子"的文学成就。曹植传中所引曹植作品，除《陈审举表》外，皆入《文选》，成为后世公认的经典之作，此亦可见陈寿择取曹植作品对萧统的影响。而陈寿并不取曹植诗赋以入曹植传，独引其表（《应诏责躬诗》是附于《责躬表》后的），足见他对曹植实用文体社会价值的认识。如果联系陈寿《表上诸葛氏集》中言："亮所与言，尽众人凡士，故其文指不得及远也。然其声教遗言，皆经事综物，公诚之心，形于文墨，足以知其人之意理，而有补于当世"②，可见他选取曹植表文而非诗赋，充分表明他对曹植表的政治含义及其中曹植人格精神的理解，他并不是把曹植看作一个无足轻重的文士，而是从曹魏政治结构的角度来理解曹植其人其文的。

　　陈寿曹植传中对曹植表的引用，或又影响到李充对曹植表的评价。李充《翰林论》③ 是文体论在东晋发展的重要表现，对后世文学批评和总集编撰有重大影响。李充曰："表宜以远大为本，不以华藻为先。若曹子建之表，可谓成文矣"，"在朝辨政而议奏出，宜以远大为本，陆机议晋断，亦名其美矣"。④ 可见所谓"远大"，指着眼大局，考虑长远，立心纯正，为君为国而不局于个人私利。又言："研核名理，而论难生焉，论贵于允理，不求支离，若嵇康之论，成文美矣。"⑤ 可见所谓"成文"，指的是符合文体要求。表"以远大为本，不以华藻为先"，他对曹植表的评价并不是从后世普遍认为的曹植作品的华美角度讲的，而是从文体角度指出曹植"表"中的精神，但其论相对客

---

①　《三国志·魏书·王卫二刘傅传》（卷二十一），第 629 页。

②　《全晋文》（卷七十一），第 749 页。

③　《隋书·经籍志·总集类》载："《翰林论》三卷，李充撰，梁五十四卷。"五十四卷本可能本名《翰林》，是一部规模相当大的文学作品集，《翰林论》三卷则专录评论文，它们二者有似挚虞的《文章流别集》与《文章流别志论》的区别。《翰林论》后亦亡佚。

④　《全晋文》（卷五十三），第 560 页。

⑤　《全晋文》（卷五十三），第 560 页。

观，似不掺杂对曹植个体情感的评论。又，晋苏彦《女贞颂序》言："昔东阿王作《杨柳颂》，辞义慷慨，旨在其中。余今为《女贞颂》，虽事异于往作，盖亦以厉冶容之风也。"① "冶容"指"艳丽的打扮"，所谓"厉冶容"，可能是对当时浮华奢侈之风进行讽刺批判。苏彦以为自己所作虽事不同于曹植，但讽刺批判之目则一。曹植有《柳颂序》，或即此篇，其中言："遂因辞势，以讥当世之士。"可见苏彦主要着眼于其讽刺手法，而"旨在其中"，则指出曹植借物寄寓的写作手法。"辞义慷慨"，似语出于曹植《前录自序》"雅好慷慨"，较早注意到曹植文"慷慨"的特质，为南北朝注意其情感特质之发端，至刘勰则以"慷慨"来概括建安文学的整体风格。

晋人对曹作有限的阐释亦主要集中于表、颂等实用性文体，涉及其文学性作品的阐释仅见于傅玄对其《七启》的评价。傅玄《七谟序》言"《七启》之奔逸壮丽"②。傅玄《七谟序》承曹植《七启》序而来，但相比于曹植的简要追溯，傅玄对七体探源溯流，详列自枚乘以至大魏诸家代表性七体作品，归要七体之主旨功能，并对其中几篇作风格学的批评，从源头、支流、功能、具体作品风格等诸方面对七体作以系统介绍。两序之别，陈恩维在《傅玄拟作与魏晋之际文学变迁》③中有详细论述，但本书不同意陈文所说"文学观的差异，是二人最根本的差异"，他认为曹植追求辞丽，而傅玄则重七体创作之政教功能，本书以为，二人对七体政教功能的认识是一致的。曹植强调了所举七体作家作品之"辞各美丽"，但其《七启》主旨则上承傅毅《七激》之归宗儒道，与傅玄序中所言"或以恢大道而导幽滞，或以黜瑰多而托讽咏"并不矛盾。《七启》的政治导向非常明确，如其言"世有圣哲，翼帝霸世"，"俊乂来仕，观国之光，举不遗材，进各异方。赞典礼于辟雍，讲文德于明堂，正流俗之华说，综孔氏之旧章"，"采英奇于仄陋，宣皇明于岩穴"，等等，文章显然是配合曹操"唯才

---

① 《全晋文》（卷一百三十八），第 1493 页。
② 《全晋文》（卷四十六），第 473 页。
③ 陈恩维：《傅玄拟作与魏晋之际文学变迁》，《宁夏大学学报》2005 年第 4 期。

是举"之政策，"热烈歌颂求贤措施的必要性，而且极力阐述国家对此的决心。并借献帝刘协的号召，期求鼓舞在野士族参加政治之积极情绪，从而创建国富民康的理想社会"、"配合曹操政治意图作了有力的宣传，显示文学与政治有着密切的联系"。① 且"七体由'戒奢'变成'招隐'"（《七激》《七辩》），"两篇中的主人都已有隐士风范，至曹植《七启》则云：'玄微子隐居大荒之庭'，而'镜机子闻而将往说焉'……这就彻底变成了'招隐'主题。其后，张协《七命》、萧统《七契》等，都变成了官方代表与隐士的对话，皆最终说服隐士入世"。② 这一主题与傅玄崇儒抑道的思想应该是相应的。正因为此，所以傅玄对曹植《七启》的评价是基于七体发展史背景、七体的基本政治导向等为前提的，在这一前提下，他强调了曹植《七启》的独特性，即"奔逸壮丽"。"奔逸"是其文笔的挥洒自如，"壮"是其气势风力，"丽"是其辞藻笔法。"奔逸壮丽"之评包含了多样的批评指向。

傅玄对曹植《七启》"丽"的发现，与他本身对"丽"的追求有关。《傅子》云："夫文采之在人，犹荣华之在草"③；傅咸《芸香赋序》云："先君作《芸香赋》，辞美高丽"④，由此可见一斑。另外，傅玄《连珠序》言："辞丽而言约，不指说事情，必假喻以达其旨，而贤者微悟，合于古诗劝兴之义"，他称赞班固"喻美辞壮，文章弘丽，最得其体"，认为"蔡邕似论，言质而辞碎，然其旨笃矣。贾逵儒而不艳，傅毅文而不典"⑤，由此亦见他对壮丽之欣赏。傅玄《七谟序》中所评七体作品，唯曹植《七启》被许为"奔逸壮丽"，他对曹植《七启》"奔逸壮丽"特点的发现，是现存文献关于《七启》接受的首次评价，对于《七启》的经典化具有重要意义。

但整体言，晋人对曹植文学的发声较少，若陆云、陆机兄弟，在二人关于前代文学讨论的书信中，绝少涉及曹植。他们在信中提到陈

---

① 赵幼文：《曹植集校注》，中华书局 2016 年版，第 29 页。
② 李士彪：《魏晋南北朝文体学》，上海古籍出版社 2004 年版，第 72 页。
③ 《全晋文》（卷四十九），第 506 页。
④ 《全晋文》（卷五十一），第 534 页。
⑤ 《全晋文》（卷四十六），第 474 页。

琳、王粲，言："陈琳大荒甚极，自云作必过之"，"仲宣文，如兄言，实得张公力。如子桓书，亦自不乃重之。兄诗多胜其《思亲》耳。《登楼赋》无乃烦《感丘》。其《吊夷齐》，辞不为伟。兄二吊自美之"①，言下颇有一决高低的自负之态。甚至对曹魏时颇受推崇的蔡邕，亦言"蔡氏所长，唯铭颂耳。铭之善者，亦复数篇，其余平平耳。兄诗赋自与绝域，不当稍与比较"②。他们的谈论，基本上是欲与前人较高低的心态，他们对曹植文学的失语，可能的解释是曹植确为其仰望之坐标，此从其对丕、植称谓之不同上亦可见一斑，如书信中称曹丕直呼"子桓"，而于他处称曹植时则言"东阿王""陈思"等。

晋人普遍对曹植文学保持了批评的沉默，这虽受制于文学批评理论的发展，但从晋人对曹植作品普遍而深入的学习可见晋人对曹植文学成就的推崇，他们对曹植诗文颇具开拓性的深入学习，足以说明他们对曹植诸多文体创作之独特性及其艺术成就的高度认可。所以，批评的沉默并不代表对曹植作品的漠视，而由政治、文学领袖相率对曹植诸多文体作品的学习足以表达他们对曹植诸体成就的赞叹。而正是他们广泛深入的学习，造就了曹植文学接受史上的第一个高潮，他们对南北朝对曹植文学的规摹对象选择、仿拟方式等有深远影响，对曹植经典序列的形成具有根本性作用。

可以说，曹魏、两晋时期曹植文学批评以隐性的曹植文学模拟学习为主，零散的一些文学批评对于曹植文学成就的声誉有锦上添花之功，此期曹植文学的经典系列基本形成。

三　南朝时期的曹植文学批评

伴随着南朝文学批评理论的发达，南朝可谓曹植文学批评的黄金期。这一时期的曹植文学批评，对后世诗评家言，很多都具有原发性意义。一方面，这一时期的阐释在曹植经典的后世流传中，作为经典的"次生层"，也逐渐成为经典点评，为后世诗评者不断地引征、阐

---

① （晋）陆云撰，黄葵点校：《陆云集》，中华书局 1988 年版，第 136、138 页。
② （晋）陆云撰，黄葵点校：《陆云集》，中华书局 1988 年版，第 141 页。

释或补充、纠正、批评；另一方面，此期曹植文学批评对后世读者对曹作的理解具有重要的导引作用。

（一）谢灵运对曹植文学情感的阐释

从曹作经典地位的确立言，宋齐对曹作的批评与梁陈的批评，其意义是有所不同的。宋齐文士对曹作的学习多承曹魏、两晋而来，尤其是谢灵运、江淹等大家对曹植作品的深入学习，进一步巩固确立了曹作经典系列。其中谢灵运《拟魏太子邺中集诗八首》之"平原侯植"小序言："公子不及世事，但美遨游，然颇有忧生之嗟"，此评论对曹作的发现体现在两个方面。

第一，灵运发现了曹作中"游"的内容。曹植作品中有不少有"游"字出现，如"亲友从我游"（《箜篌引》）；"驱风游四海"（《仙人篇》）；"揽衣起西游"（《赠王粲》）；"远游临四海"（《远游篇》）；"晨游泰山"（《飞龙篇》）；"聊且夜行游"（《赠徐干》）；"骋辔远行游"（《游仙诗》）；等等。但曹作的"游"主要是心游以及园游、城游、郊游，"心游"是基于庄子心灵解放、屈原"远游"精神的仙游；园游、城游、郊游，是局限于平常空间具有日常气息的游。灵运拟曹植诗言：

> 朝游登凤阁，日暮集华沼。倾柯引弱枝，攀条摘蕙草。徙倚穷骋望，目极尽所讨。西顾太行山，北眺邯郸道。平衢修且直，白杨信袅袅。副君命饮宴，欢娱写怀抱。良游匪昼夜，岂云晚与早。众宾悉精妙，清辞洒兰藻。哀音下回鹄，余哇彻清昊。中山不知醉，饮德方觉饱。愿以黄发期，养生念将老。①

上半部分写曹植宫中、园中独游，是对曹作涉及日常之游语句内容的熔铸，下半部分则主要拟曹植《公宴》《侍太子座》，写交游宴乐。前半部分是独乐乐，后半部分是与众乐乐。这些内容统归于拟诗

---

① 黄节：《谢康乐诗注》，人民文学出版社1958年版，第695页。下引谢灵运诗俱见黄书。

小序中"公子不及世事，但美遨游"句。

第二，灵运对曹作"忧生之嗟"的阐释。"公子不及世事，但美遨游，然颇有忧生之嗟"，此论不像李充称其表"远大""成文"，傅玄称《七启》"奔逸壮丽"，苏彦称其《柳树颂》"辞义慷慨，旨在其中"，那些评论都凸显了曹植积极用世的阔大一面，但灵运此论首次从曹植的个体人生入手揭示其诗作的忧生情绪，这对后世解读曹植黄初时期的作品有重要影响。"忧生之嗟"，"忧生"，对生命感到忧虑。江淹《自序》言："而宋末多阻，宗室有忧生之难。"① 江淹"忧生之难"之语或受"忧生之嗟"的影响。后世基于曹植的宗室身份，及曹魏科禁诸侯的严厉政策下曹植动辄得咎的遭际，对"忧生之嗟"的理解多为曹植高压在顶，有生命朝不保夕之忧，故多以此语分析曹植黄初时期的作品。

但就拟诗言，前半部分用笔平稳，塑造了一个不及世事、情怀散淡的王子形象，后半部分则凸显曹植与宴的欢乐，整体展现了曹植随遇而安，无所与争的心境。因而"忧生之嗟"与结尾"愿以黄发期，养生念将老"相应，似在慨叹人生无常之苦，而非言其黄初期的忧谗畏死。曹植诗中有不少对生命倏忽的感受，如"人生处一世，去若朝露晞。年在桑榆间，影响不能追。自顾非金石，咄唶令心悲""变故在斯须，百年谁能持？"（《赠白马王彪》）、"惊风飘白日，光景驰西流。盛时不再来，百年忽我遒。生存华屋处，零落归山丘。先民谁不死，知命复何忧？"（《箜篌引》）、"日月不恒处，人生忽若寓"（《浮萍篇》）等。而所谓"养生念将老"，非养气存精之养生法，而是强调顺应于道，自然无为的人生行事。如曹作言："教尔服食日精，要道甚省不烦。淡泊无为自然。"（《桂之树行》）而谢灵运"荣悴迭去来，穷通成休戚。未若长疏散，万事恒抱朴"（《过白岸亭》），"始信安期术，得尽养生年"（《登江中孤屿》），"虑澹物自轻，意惬理无违。寄言摄生客，试用此道推"（《石壁精舍还湖中作》），等等，其抱朴怀中

① （明）胡之骥注，李长路、赵威点校：《江文通集汇注》，中华书局1984年版，第379页。

的养生思想与曹植所言相应。

灵运"拟平原侯植"诗的确提炼出了曹植诗中独特的意象，凸显出曹植单纯、散淡的一面，但这若与曹植的整体人生、作品相参映看，就显得失真了。明代张溥言："谢客儿《拟魏太子邺中集诗八首》，评者谓其气象不类，下逊文通。"① 但这种有意的曲读，可能表达了灵运对曹植政治上"无争"的认识，这对隋代曹植碑文的写作应有开启之功，但灵运"然颇有忧生之嗟"的评论在后世接受中不断出现误读，导致后世对曹植黄初作品的解读出现了某种偏向。

（二）南朝梁对曹植文学的专题评论

宋齐之后的梁陈、北朝，曹作学习进入狭窄化、零碎化、固化、泛化、世俗化阶段，这种学习很大程度上对于曹作的经典性言其实是一种削弱。这与今天对经典的戏说类似，戏说看似变通了经典的传播方式，扩大了经典的传播范围，促进了经典的流传，但其世俗化的指向对经典精神内涵的展现、挖掘言，则又不啻于是对经典的解构。但尽管曹作学习已经回落，但曹作批评接受则掀起了一个高潮，尤其是出现了萧统、刘勰、钟嵘等专门的评者（《文选》作为选本隐含有编选者的批评视角），奠定了后世曹作阐释接受的基础，一些评论成为曹作接受批评史中的经典评论。就曹植文学的经典化言，它们起着总结的作用，并且以隐性或显性的评论方式把曹作中已广为人借鉴学习的遭遇经典化的作品显性化、系列化，并通过文体史、源流史、比较史等角度，揭示其经典性内涵，开启曹植经典作品的接受路程。

1. 《文心雕龙》对曹作的批评

（1）对曹作的否定性批评

第一，对曹植诸体皆备的否定。从曹叡诏令收集曹植"赋、颂、诗、铭、杂论"看，即隐约注意到曹植诸体皆备的特点。西晋傅玄对曹植诗、赋、颂、画赞等的学习，也表明对曹作多体成就的肯定。再加之零星之论，如傅玄赞其《七启》，李充称其表，苏彦褒其颂，沈

---

① （明）张溥著，殷孟伦注：《汉魏六朝百三家集题辞注·江醴陵集题辞》，人民文学出版社1963年版，第218页。

约赞其《洛神赋》，颜延之言"至于五言流靡，则刘桢、张华；四言侧密，则张衡、王粲。若夫陈思王，可谓兼之矣"①，等等，从对其各体创作的称扬看，充分说明人们对曹植兼有诸体之能的认识。

《文心雕龙》作为"究文体之源流而评其工拙"②的一部书，它对曹植的接受，正是从多种文体角度来批评阐释的，刘勰之前，没有谁对曹植作品有如此全面的评价。由于刘勰的批评原则是"原始以表末""选文以定篇"（《文心雕龙·序志》），他对各体代表作家作品的评论是放在该体历史的发展演变当中去看的，由此，刘勰之评曹植，往往置其于整体时代背景之下，或者是作家群体之中，有时则把他与另一作家相提并论，单独论及他的情况非常少。《文心雕龙》共有二十三篇内容涉及曹植，除《乐府》《定势》《炼字》篇引用曹植语以论证外，其他基本上是对曹植作品的评价。综观这些条目，我们发现，与时人对曹植的高推不同，尽管刘勰也曾两次称赞曹植为"群才之英"③（《事类》）、"群才之俊"（《指瑕》），但他事实上并不认为曹植在很多文体上均有突出之能。比如：

> 陈思叨名，而体实繁缓，文皇诔末，百言自陈，其乖甚矣。（《诔碑》）
> 至于陈思《客问》，辞高而理疏。（《杂文》）
> 曹植《辨道》，体同书抄；言不持正，论如其已。（《论说》）
> 陈思《魏德》，假论客主，问答迂缓，且已千言，劳深绩寡，飙焰缺焉。（《封禅》）
> 陈《书》辩而无当。（《序志》）

"辞高理疏""言不持正""辩而无当"等评语，表明他认为曹植

---

① 颜延之：《清者人之正路》，见《全宋文》（卷三十六），第 359 页。

② （清）永瑢等撰，王云五主编：《四库全书总目提要》（卷一百九十五），商务印书馆 1935 年版，第 39 册，第 912 页。

③ 本部分所引《文心雕龙》中内容俱依周振甫《文心雕龙今译》，中华书局 1986 年版。为方便阅读，仅标明篇目，不再注页码。

行文缺少理思，此正如曹丕评孔融一样，"然不能持论，理不胜辞"（《典论·论文》）。他对曹植《七启》的评价，亦与之类似，如他虽称赞曹作"取美于宏壮"，但其后归结言十余家此类作品，"或文丽而义暌，或理粹而辞驳。观其大抵所归，莫不高谈宫馆，壮语畋猎，穷瑰奇之服馔，极蛊媚之声色；甘意摇骨体，艳词动魂识，虽始之以淫侈，而终之以居正。然讽一劝百，势不自反"，又言，"唯《七厉》叙贤，归以儒道，虽文非拔群，而意实卓尔矣"，实际上归曹作为"文丽而义暌"类。这些评价说明，在刘勰看来，曹作乃以辞胜，而非以义理胜。而《谐隐》篇言"至魏文、陈思，约而密之。高贵乡公，博举品物，虽有小巧，用乖远大"，那更不以其为意义之作了。除此之外，至于《文王诔》"体实繁缓"、《魏德》"问答迁缓"等论，则言陈思之作乖背文体。《颂赞》篇言"陈思所缀，以《皇子》为标；陆机积篇，惟《功臣》最显"，应该说是称赞之辞，但其后言"其褒贬杂居，固末代之讹体也"，又以其为变体之作，认为它不符合赞体的写作规范。

　　第二，创作论角度的指瑕。其实文体论批评实际上亦是创作论批评，前已言之，这里看其对曹植创作的具体指瑕。如《事类》篇言："陈思，群才之英也，《报孔璋书》云：'葛天氏之乐，千人唱，万人和，听者因以蔑《韶》、《夏》矣。'此引事之实谬也。……夫以子建明练，士衡沉密，而不免于谬。"《指瑕》篇言："陈思之文，群才之俊也，而《武帝诔》云'尊灵永蛰'，《明帝颂》云'圣体浮轻'。'浮轻'有似于胡蝶，'永蛰'颇疑于昆虫，施之尊极，岂其当乎？"从用典、用辞角度指出曹植写作之误。

　　第三，作家为人指瑕。《知音》篇言："及陈思论才，亦深排孔璋；敬礼请润色，叹以为美谈，季绪好诋诃，方之于田巴；意亦见矣。故魏文称'文人相轻'，非虚谈也……才实鸿懿，而崇己抑人者，班、曹是也"。就曹植《与杨德祖书》一文，连引其中三事，以曹植之轻陈琳、丁廙、刘季绪，证明曹植"崇己抑人"的写作态度，对其素养实际上很有批评之意。南北朝文人引用《与杨德祖书》，一般引曹植好人讥弹其文章事，或者引曹植以辞赋为小道、欲建金石之功事，前者见其开阔包容之心胸，后者见其雄心壮志，对曹植所论，一般持积极态度，但刘勰的批评视角，则完全异于众人。再如六朝人对曹植津津乐道者还有其敏捷的才思，但《文心雕龙·神思》篇言："淮南崇朝而赋《骚》，枚皋应诏而成赋，子建援牍如口诵，仲宣举笔似宿构，阮瑀据鞍而制书，祢衡当食而草奏，虽有短篇，亦思之速也。"可见才思敏捷亦并非曹植所独有，即便在建安时代，尚有祢衡、王粲、阮瑀等人可与之相提并论。

（2）对曹植与其当代作家的并提

第一，丕、植相当论。与时人之抑丕扬植不同，刘勰虽不至于高推曹丕，却以为丕、植相当，各有优劣。《才略》篇言：

> 魏文之才，洋洋清绮。旧谈抑之，谓去植千里；然子建思捷而才俊，诗丽而表逸；子桓虑详而力缓，故不竞于先鸣；而乐府清越，《典论》辩要，迭用短长，亦无懵焉。但俗情抑扬，雷同一响，遂令文帝以位尊减才，思王以势窘益价，未为笃论也。

在他看来，子建思捷，曹丕虑缓，这只是运思方式不同而已；子建长于诗、表，而曹丕则善乐府、论说，二人各有长短，但时俗以植为优，此实大众对曹植之坎坷命运深有同情所致。除《才略》篇明显表达丕、植相当的看法外，《明诗》篇言"暨建安之初，五言腾踊。文帝、陈思，纵辔以骋节"，《时序》篇谓"魏武以相王之尊，雅爱诗章；文帝以副君之重，妙善辞赋；陈思以公子之豪，下笔琳琅。并体貌英逸，故俊才云蒸"等，这种丕、植并提的写法，均表达了刘勰关于丕、植高低的看法。又《序志》篇言："详观近代之论文者多矣。至于魏文述《典》，陈思序《书》，……魏《典》密而不周，陈《书》辩而无当"，虽然他认为《典论》同样没有寻根索源，但与曹植《与杨德祖书》之"辩而无当"相比，《典论》虽不完备，但其论述还是比较细密的。与此相应的是，他对曹植的《客问》《辨道》之持论不密则进行了批判。刘勰的丕、植相当论，实际上埋下了后世读者关于丕、植高低之争的伏笔。

第二，曹植与王粲、陆机高低之隐含评价。

南北朝时期，多曹、王并提。如沈约《谢灵运传论》首言："子建、仲宣以气质为体，并标能擅美，独映当时"。此评与钟嵘所言王粲"文秀而质羸"相比较，让人颇为困惑。但若联系下文，如"降及元康，潘、陆特秀，律异班、贾，体变曹、王，缛旨星稠，繁文绮合"，"子建'函京'之作，仲宣'灞岸'之篇，子荆'零雨'之章，正长'朔风'之句，并直举胸情，非傍诗史"等句①，可知"以气质为体"，并非说二人以"气骨"为体，而是相比于元康"缛旨星稠，繁文绮合"之变体，他们是"直举胸情，非傍诗史"，此与刘勰所谓"慷慨以任气，磊落以使怀"（《文心雕龙·时序》）有相似之处。

又，梁代刘峻《广绝交论》言："近世有乐安任昉，海内髦杰，早缩银黄，夙昭民誉，遒文丽藻，方驾曹、王。"② 此处并提着眼于曹、王之"遒文丽藻"。又，萧子显言："若陈思《代马》群章，王粲《飞鸾》诸制，四言之美，前超后绝。"③ 此并提着眼于二者的四言体。又，萧纲言："但以当世之作，历方古之才人，远则扬、马、曹、王，近者潘、陆、颜、谢，而观其遣辞用心，了不相似。"④ 此并提乃为与"当世之作"相对照。这些并提，角度虽有不同，但都意味着两点：一是二者有相似性，二是二者成就不相上下，均为建安时期代表性诗人。

而在《文心雕龙》中，只有《明诗》篇言"兼善则子建、仲宣"，其他如《杂文》《神思》篇，则把子建、仲宣与其他作家并列一处。刘勰说陈思"诗丽而表逸"（《文心雕龙·才略》），但说王粲则是"文多兼善，辞少瑕累，摘其诗赋，则七子之冠冕乎？"（《文心雕龙·才略》）而就《文心雕龙》评王粲条看，如《明诗》言其兼四言、五

---

① 《宋书》（卷六十七），第 1779 页。
② 《全梁文》（卷五十七），第 426 页。
③ 《南齐书·文学传论》，第 907 页。
④ 《全梁文》（卷十一），第 115 页。

言之善；《诠赋》言"仲宣靡密，发端必遒"，称其为魏晋时期辞赋家代表之一；《哀吊》谓"仲宣所制，讥呵实工"；《杂文》说"仲宣《七释》，致辨于事理"；《论说》称"详观兰石之《才性》，仲宣之《去伐》……并师心独见，锋颖精密，盖论之英也"；等等，在诗、赋、吊、七、论等文体论中对王粲之作皆有较高评价。因此，从"文多兼善"角度看，刘勰认为曹植不如王粲。另外，《文心雕龙》评价陆机作品的条目也比较多，如《乐府》篇子建、士衡并提；《诠赋》言"士衡、子安，底绩于流制"；《哀吊》谓"陆机之吊魏武，序巧而文繁"；《论说》称"陆机《辨亡》，效《过秦》而不及，然亦其美矣"；《议对》赞"及陆机《断议》，亦有锋颖"；《书记》叹"陆机自理，情周而巧，笺之为善者也"；等等，刘勰在七种文体批评中都列陆机之相应作品为优秀代表，由此来看，曹植亦不如陆机。

第三，曹、刘并提的批评内涵。

有人以为，至钟嵘《诗品》，方有曹、刘并称之说，这一说法并不确切。南北朝时期，最早以曹、刘并提者，是《文心雕龙》。除《时序》篇对建安诗人进行整体观评外，《文心雕龙》中并提曹、刘者尚有两处：

> 陈思之黄雀、公干之青松，格高才劲，而并长于讽谕。（《隐秀》）
>
> 至于扬、班之伦，曹、刘以下，图状山川，影写云物，莫不织综比义，以敷其华，惊听回视，资此效绩。（《比兴》）

这两条内容显示出如下信息：一是曹、刘都善用比兴，此应为其诗"并长于讽喻"的重要原因；二是其诗皆有"格高才劲"的特点。"格高才劲"之评，是包含品格、气骨、禀性、天赋等多种内涵的评论，或类似于刘勰的"风骨"含义。刘桢诗有气，曹丕早就言"公干有逸气"（《又与吴质书》），谢灵运言其"卓荦偏人，而文最有气"（"拟刘桢诗"），《文心雕龙·定势》篇引刘桢言，"文之体势实有强弱，使其辞已尽而势有余，天下一人耳，不可得也"，对此，刘勰评道，"公干所谈，颇亦兼气"，他应受曹丕、谢灵运所论影响。若此看来，刘桢诗之有骨气，已是公论，但在刘勰之前，尚未有论者以此评价曹植诗作，更不用说曹、刘并提了。刘勰指出曹植"格高才劲"，这在曹植接受史上亦为首次。此说对钟嵘之评曹、刘应有启发作用。另外，裴子野言："其五言为家，则苏、李自出，曹、刘伟其风力，潘、陆固其枝叶。"① 据上下句来看，"风力"乃骨力之意，此论或受刘勰影响。又，萧统言："曹、刘异代，并号知音。"② 恐亦不免于刘勰的影响。

另外，《明诗》篇言："若夫四言正体，则雅润为本；五言流调，则清丽居宗……兼善则子建、仲宣，偏美则太冲、公干。"刘勰以"清丽"为五言正宗，他所谓太冲、公干之偏美，一则应指他们偏于五言之作，二则就五言"清""丽"两种风格言，他们的创作偏于其中一种。若此，则说明曹、刘诗歌既有骨气之作，亦有清丽之创，二者风格上均有多样性。当然，以兼善四言、五言体诗来讲，曹植成就要高于刘桢。

（3）对曹植作品的肯定性评价

下面再看刘勰对曹植的肯定之语：

> 若夫四言正体，则雅润为本；五言流调，则清丽居宗；华实异用，唯才所安。故平子得其雅，叔夜含其润，茂先凝其清，景阳振其丽；兼善则子建仲宣，偏美则太冲、公干。（《明诗》）
> 子建、士衡，咸有佳篇，并无诏伶人，故事谢丝管，俗称乖调，盖未思也。（《乐府》）
> 惟陈思《诰咎》，裁以正义矣。（《祝盟》）
> 陈思之表，独冠群才。观其体赡而律调，辞清而志显，应物制巧，随变生趣，执辔有余，故能缓急应节矣。（《章表》）
> 陈思、潘岳，吹籁之调也；陆机、左思，瑟柱之和也（《声律》）

---

① 《全梁文》（卷五十三），第576页。
② 《全梁文》（卷二十），第215页。

陈思之《黄雀》,《公干》之青松,格高才劲,而并长于讽谕。(《隐秀》)

刘勰认为曹植成就主要在诗体和表体方面,《才略》篇言其"诗丽而表逸",可谓对其成就的综合概括。相比于李充从文体角度笼统概括曹植表体的特点,刘勰对曹植表体的批评可谓非常全面,如体制、声律、辞采、情志、节奏、行文等,正是从诸多角度评判,刘勰才以其为"独冠群才",这一评价应该是基于同历代此体代表性作品相比较而得出的结论。

至于诗歌创作,刘勰以为"然诗有恒裁,思无定位,随性适分,鲜能通圆"(《文心雕龙·明诗》),他认为曹植能兼善四言、五言,若此,他这一评价还是相当高的。但他评子建四言、五言时,并提王粲;提子建乐府,亦提陆机,可见他并不许子建诗为群雄之冠。

要注意的是,他对时人以子建乐府为乖调的观点进行了纠正,其言"凡乐辞曰诗,诗声曰歌;声来被辞,辞繁难节。故陈思称"左延年闲于增损古辞,多者则宜减之",明贵约也。观高祖之咏'大风',孝武之叹'来迟';歌童被声,莫敢不协"(《文心雕龙·乐府》),即是说,声律是配合辞句的,如果辞繁,即需乐者依声律剪裁,从而使"诗""歌"达到和谐。魏代只有"三祖"的乐府方入乐歌唱,因此,曹植的"诗"虽然写得很好,但并没有经过乐工的协声处理,所以有些人就以为他的乐府是乖调的,这种言论忽略了乐辞、诗声"固表里而相资"的事实,故曹植乐府乖调之论是未经思考的。不过,他虽然称赏曹植乐府有佳篇,批评"三祖"乐府"志不出于慆荡,辞不离于哀思,虽三调之正声,实韶夏之郑曲"(《文心雕龙·乐府》),但并不以为曹植乐府成就高于"三祖",比如在《才略》篇他同样称赏曹丕"乐府清越",尤其是这一称赏恰是与对曹植的批评相对而言的。

刘勰对曹植多体写作的否定性批评,对曹植作家素养的批评,似乎与魏晋以来的读者看法相左,亦多不为古代接受者所接受。刘勰对曹植作品批评的意义在于，他的确肯定了曹植诗体与表体写作的成就，他在《时序》中对建安文士的整体点评，他关于曹植与刘桢、曹植与王粲、曹植与曹丕并提的议论等，某种程度上否定了曹植创作的独特性，而突出了曹植与其同时代诗人间的共性。他从建安文学整体着眼，强调它"慷慨任气""梗概多气"的特征，他把曹植的"雅好慷慨"（《前录自序》）的个体体验提升为整个建安文学的特质，为后来陈子昂提出汉魏风骨，把建安文学看作一个整体的师法对象奠定了基础。而他在谢灵运并提曹、王的基础上，进一步并称曹、刘，这在唐代多有影响，而他丕、植相当之论亦开启后世丕植高低之争的话题。

2.《文选》对曹作的批评

萧统编《文选》，选有曹植多种文体创作计33篇，见表2。

表2　　　　　　　　　《文选》选入曹植作品统计

文体	作品	数量
卷第十　九情	《洛神赋》一首（并序）	1
卷第二十　献诗	《上责躬应诏诗表》　《责躬诗》一首　《应诏诗》一首	3
卷第二十　公宴	《公宴诗》一首	1
卷第二十　祖饯	《送应氏》二首	2
卷第二十一　咏史	《三良诗》一首	1
卷第二十三　哀伤	《七哀诗》一首	1
卷第二十四　赠答二	《赠徐干》一首　《赠丁仪》一首　《赠王粲》一首　《又赠丁仪王粲》一首　《赠白马王彪》一首　《赠丁廙》一首	6
卷第二十七　乐府上	乐府四首（《箜篌引》　《美女篇》　《白马篇》　《名都篇》）	4
卷第二十九　杂诗上	《朔风诗》一首　《杂诗》六首　《情诗》一首	8
卷第三十四　七上	《七启》一首（并序）	1
卷第三十七　表上	《求自试表》　《求通亲亲表》	2
卷第四十二　书中	《与杨德祖书》一首　《与吴季重书》一首	2
卷第五十六　诔上	《王仲宣诔》一首（并序）	1
合计	文：6；诗：25；赋：2	33

文本编选隐含编者的文学批评理念，《文选》编选曹植作品的批

评意义在于以下四点。

第一，使曹植作品的经典篇目系列化。《文选》所选曹作，在萧统之前，事实上已经广泛为人接受了，也就是说，对于萧统时代的人而言，这些作品已经是经典作品了。不过，读者的接受是散乱的，而萧统的编选则清晰地展现了曹作遭遇经典化的具体篇目，并通过文体的安排，使其得以系列化呈现，为之后读者的接受提供了更为直观的参照。

第二，肯定曹植诸体兼备的成就。从曹叡编选曹植的"赋、颂、诗、铭、杂论"，到裴松之注引的"赋、诗、书、表、诔、乐府"，到萧统《文选》所选曹植的"赋、诗、表、七、书、诔"等，可见曹植在这几种文体方面的造诣是为此期人们所赞赏的，亦可见曹植诸体皆通的成就。此与《文心雕龙》仅称赞其诗与表，而对他其余文体创作多有否定相比，有很大差别。

第三，肯定曹植建安之杰的地位。从选文数量言，曹植作品入选的数量仅次于陆机、谢灵运。《文心雕龙》盛称王粲、徐干赋作，又言曹丕"妙善辞赋"，而独于曹植赋作不置一词，而《文选》于曹魏赋只选了王粲和曹植的赋作；《文心雕龙》以《七厉》为最优，但《文选》七类只选了枚乘、曹植、张协三人的作品；《文心雕龙》批评曹植的《文王诔》《武皇诔》，但《文选》诔体以曹植《王仲宣诔》为此类之首，而不选刘勰所称赏的傅毅、苏顺、崔瑗等人的作品；《文心雕龙》不提曹植的书信，但《文选》则选录了曹植两篇书体文；等等。如此看来，《文选》之于曹植与《文心雕龙》之于曹植，在认识、态度上有很大不同，此从《文选》选录王粲、曹丕之作亦可看出。如《文心雕龙》以为丕、植相当，各有所长，但《文选》只于论体录曹丕《论文》、书体录其书信三篇、乐府录其诗二首（曹植四首）、杂诗录二首（曹植八首）、游览录一首（曹植无），可以说，不管从所选文体种类，还是作品数量看，曹丕均无法与曹植相比，植优于丕显然可见。而王粲的作品，只于游览类选录其《登楼赋》、诗体中公宴类一首、咏史类一首、哀伤类二首、赠答类三首、军戎类五首、杂诗类一首共十三首，是曹植选作的一半，与刘勰所谓王粲"文多兼善"相比，在《文选》看来，王粲主要是诗赋方面的成就，从多种文体成就看，王粲显然不如曹植。另外，钟嵘盛赞刘桢，《诗品》许刘桢诗为建安三体之一，可《文选》于刘诗只选其公宴类一首、赠答类三首、杂诗类一首，共五首；江淹《杂体诗三十首》序言"公干、仲宣，家有曲直"，但依《文选》看，王、刘之较，高下立见。

第四，肯定曹植创作的文学史意义。《文选》在选文的编排上具有文学史的视野，这种编排大体以时间为序，但偶尔作者时间会有舛乱现象，如有时曹植作品排在了王粲作品前面。李善对此颇为不解，认为是萧统搞错了。其实，曹植作品在前，往往表明曹植作品的开创性或独特性，下以《王仲宣诔》为例分析。

《文选》诔体首选曹植《王仲宣诔》，之后选有潘岳诔文四篇，南朝宋诔文三篇，而于刘勰所谓汉人诔文，则弃而不用。原因何在？诔文在两汉时代，已经是非常成熟的文体。"诔者，累也；累其德行，旌之不朽也"（《文心雕龙·诔碑》）。观刘勰对几位作家诔体创作的褒赞与批评，如说扬雄《元后诔》"文实烦秽"；言杜笃"《吴诔》虽工，而他篇颇疏"；称傅毅、苏顺、崔瑗所作，"观其序事如传，辞靡律调，固诔之才也"；论崔骃、刘陶之诔"并得宪章，工在简要"；谓陈思"叨名而体实繁缓，《文皇诔》末，旨言自陈，其乖甚矣"；又言"至于序述哀情，则触类而长。傅毅之诔北海，云'白日幽光，雾雾杳冥'，始序致感，遂为后式，景而效者，弥取于工矣"；等等，可见他认为优秀诔作要有以下特点：一是简要明白，但不能粗疏；二是叙事如传，若曹丕所言"铭诔尚实"（《论文》）；三是文辞细密，而又音律协和；四是借助外物营造哀情。

曹植《文皇诔》受其批评，关键就是文繁势缓，尤其结尾又有百言自陈之辞，与诔文的文体要求很不相符。但事实上，曹作这一特点早在《王仲宣诔》中即有鲜明体现。在该诔文中，曹植追踪王氏祖先之功名伟业，以显其高贵出身与品性，继而写王粲遭乱流离，寄寓荆蛮，而后归身于魏王之一生出处、功业美德等。若依刘勰的观点看，的确入题阐缓，非简要之旨，而且在诔文结尾，曹植于两次"呜呼哀哉"的悲呼之后，笔锋借势转入回忆，"吾与夫子……感昔宴会……又论死生……"等往事的插入，使悲情转趋高涨，这些充满感情的自陈之辞，与《文皇诔》后之自陈一样。此乖体之处，有力地增强了诔文自我哀情抒发的力度，这恰恰是曹植诔文的创新之处。另外，《王仲宣诔》正文为四言韵文，而每章以"呜呼哀哉"收尾的文体形式，亦为曹植首创。《文选》所选潘岳《杨荆州诔》《夏侯常侍诔》《马督诔》《杨仲武诔》等深受曹植诔文影响，也就是说，曹植诔文是潘岳诔文学习模仿的重要对象。由此可见，《文选》以曹植《王仲宣诔》为诔体之首文，正是看到了曹作的开创之功，及其对两晋南北朝诔文的影响，而其不取两汉如传似的颂德的诔文，正体现了萧统重情、采的文学观念。

再看七体类选文。按《文心雕龙·杂文》篇所论，七体之作，自枚乘首唱，其后有十几家代表之作，但《文选》七类在选录枚乘文后，只选了曹植《七启》和张协《七命》，这是什么原因呢？曹植《七启》序言："昔枚乘作《七发》，傅毅作《七激》，张衡作《七辩》，崔骃作《七依》，辞各美丽，余有慕之焉。"这说明曹植《七启》在辞采美丽方面承继前人传统，但曹植《七启》之前，"七体"主题不离"戒奢"，自曹作开始，"戒奢"主题变而为"招隐"主题，如李士彪言："至曹植《七启》则云：'玄微子隐居大荒之庭'，而'镜机子闻而将往说焉'……这就彻底变成了'招隐'主题。其后，张协《七命》、萧统《七契》等，都变成了官方代表与隐士的对话，皆最终说服隐士入世。"[①] 曹植《七启》虽亦铺陈种种声色游玩之乐，但借客方之口进行否定，结尾归于有为之世，俊乂来仕，号召岩穴之隐，于君清政明之时，共创国富民安之盛世，这一主题为萧统《七契》所效，可见萧统不仅重其辞美骨壮，亦站在统治者立场，对其为国揽才的思想颇为肯定，而《文选》对张协《七命》的选录，恐亦与其主题

① 李士彪：《魏晋南北朝文体学》，上海古籍出版社 2004 年版，第 72 页。

颇有关系。

综上所述，萧统选文在编撰上是有深思的：一是注重每一文体中具有开创性质的美文；二是选文间一般都有渊源关系，后继者在承继基础上又有新变，此新变又对其后作品多有影响。也就是说，其编撰体现出文体发展演变的情况，每一类文体选文，事实上均暗示出该体的文学史脉络，此与《文心雕龙》"原始以表末"、"选文以定篇"（《文心雕龙·序志》）颇为相似，但比《文心雕龙》更直观，阐释空间也更有弹性。由于《文选》选文的写作典范性，《文选》之于曹植经典作品的后世接受之影响要远大于《文心雕龙》。

3. 《诗品》对曹植诗歌批评的意义

《诗品》对曹植诗歌的批评在曹植接受史上影响深远，其用语之深，时至今日，仍是学者探讨不尽的话题。其中关键有几处文字，如下：

魏陈思王植诗

其源出于国风。骨气奇高，辞采华茂。情兼雅怨，体被文质，粲溢今古，卓尔不群。嗟乎！陈思之于文章也，譬人伦之有周孔，鳞羽之有龙凤，音乐之有琴笙，女工之有黼黻。俾尔怀铅吮墨者，抱篇章而景慕，映余晖以自烛。故孔氏之门如用诗，则公干升堂，思王入室，景阳潘陆，自可坐于廊庑之间矣。

晋平原相陆机

其源出于陈思。才高词赡，举体华美。……张公叹其大才，信矣。

宋临川太守谢灵运诗

其源出于陈思，杂有景阳之体。……嵘谓若人兴多才高，寓目辄书，内无乏思，外无遗物，其繁富宜哉！

钟嵘对曹植诗歌的评价意义在于如下七点。

（1）引发后世对曹植诗歌源头的探讨

《诗品》言曹作"其源出于《国风》"，首言曹植创作的源头问题，引发后世对曹植创作源头的探讨。张戒《岁寒堂诗话》："观子建'明月照高楼'、'高台多悲风'、'南国有佳人'、'惊风飘白日'、'谒帝承明庐'等篇，铿锵音节，抑扬态度，温润清和，金声而玉振之，辞不迫切而意已独至，与'三百五篇'异世同律，此所谓韵不可及也。"① 何焯《义门读书记》谓曹子建"缱绻有风人之旨"，"《小雅》嗣音"。② 吴淇言其《杂诗六首》皆本于《离骚》。黄节《曹子建诗注·序》："陈王本《国风》之变、发乐府之奇、驱屈宋之辞、析扬马之赋而为诗、六代以前莫大乎陈王矣。"③ 曹作源头的探讨，牵涉曹作与传统关系的探讨，牵涉对曹作写作特点、风格等方面的理解。

（2）引发后世对"骨气""雅怨"等诸多诗学概念的探讨

钟嵘评价曹植的五言诗作是"骨气奇高，辞采华茂；情兼雅怨，体被文质"。首言曹植诗作的"骨气"与"雅怨"。此论多为古人所接受，但今人则多有议论：一是"骨气""风力""风骨""建安风骨"等诗学概念的内涵；二是"雅怨"的内涵；三是"骨气"与"辞采华茂"的关系。

对于"骨气"，诸家笺注多据《文心雕龙》之《风骨》《时序》篇论风骨、建安文学等语段，以及魏文帝《论文》《与吴质书》篇中论"气"的语段，以为钟嵘所谓"骨气"，即《诗品序》中所言"风力"，等同于刘勰所谓"风骨"。而对"风骨"之理解，又大致为两类。

一是以其为与词采相对之属于文章质的方面的内容。如吕德申认为，"骨气：即风骨，属于诗的'质'的方面，与'辞采'相对"④，钟嵘所谓"骨气"，即建安风骨。徐达言："此处所言骨气，《诗品》序所谓风力，即风骨之意。骨气奇高，是指文辞、文意皆出类超群。"⑤ 曹旭道："骨气奇高，此指曹植诗内容充实，文词刚劲而奇警

① 吴文治主编：《全宋诗话》（第三册），第 3237 页。
② 何焯著，崔高维点校：《义门读书记》（卷四十六），中华书局 1987 年版，第 905、906 页。
③ 黄节：《曹子建诗注》，人民文学出版社 1957 年版，第 1 页。
④ 吕德申：《钟嵘〈诗品〉校释》，北京大学出版社 1986 年版，第 71 页。
⑤ 徐达：《诗品译注》，贵州人民出版社 1992 年版，第 40 页。

高绝。案：'骨气'为汉魏以来品评人物用语。……后用为书论、诗论之术语。与'风力'、'风骨'义同。"①

　　二是以其为一种来自先天的精神气质。如张怀瑾言："骨气，亦称'风骨'，当指诗人先天禀赋表现在诗吟本体上之一种独特精神气质，或云精神。"又言，"《诗品》论曹植诗'骨气'奇高，以'气'取胜，此谓曹诗饱含慷慨劲健，超脱清新之精神气质，史称'建安风骨'，或云'汉、魏风骨'"。② 王叔岷道："骨谓骨架，即结构，亦即形体或形式。气谓气势，即字句间流动之生机。仲伟所谓'骨气，盖即魏文帝所谓'体气'。'骨气奇高'与'体气高妙'盖同义。"③ 也是从精神气质角度言之。

　　而张可礼先生则认为，"建安风骨"是一个历史的、具体的概念。刘勰首次把"风骨"应用于文学理论，但他并没有直接把"风骨"同他有关建安文学的论述联系起来，更没有明确提出这一概念。刘勰所谓"风骨"与后来的"建安风骨"含义不同；而钟嵘的"风力"和"气"字异义同，"风力"就是"气"，"建安风力"，"主要是指建安诗歌在内容上的独创性和挺拔有力的表现"。钟嵘之后，陈子昂首倡"建安风骨"，唐代之后，仍有不少文人从不同角度谈到"建安风骨"，但因他们所处时代、文学背景等不同，其所谓"建安风骨"亦有各自的含义。④ 张先生从历史发展的观点辨析"建安风骨"概念的来源、演变及其原因，眼光独到，已经探索幽微、颇触玄机了，可惜又绕到了以"内容"释"风骨"的套子里。

　　（3）引发后世对曹植诗歌风格特点的探讨

　　钟嵘的评论，若从整体观看，其实已经点出了曹作风格的丰富复杂性，若"骨气"与"辞采"与"雅怨"这些不同内蕴、不同层面的内容汇融到同一个作家笔下，那其创作一定呈现出立体多元的特点。

---

①　曹旭：《诗品集注》，上海古籍出版社1994年版，第102页。

②　张怀瑾：《钟嵘诗品评注》，天津古籍出版社1997年版，第176、177页。

③　王叔岷：《钟嵘诗品笺证稿》，中华书局2007年版，第150页。

④　张可礼：《如何理解"建安风骨"》，见张可礼《建安文学论稿》，山东教育出版社1986年版。

不过，后世在解读钟嵘此论时，多注意他的"骨气"之说，由此强调曹植诗作刚气的一面，但至宋以后，对曹植诗歌的风格特点则有更为多样的发现、解读。如宋人强调曹植诗歌深远、委婉、有韵味的特点，有子建诗与十九首并提之说，如吕本中言："读《古诗十九首》及曹子建诗……诗皆思深远而有余意，言有尽而意无穷也"①；元明时代，文人们在前人所论风格之外，又拈出一个"古"字，如谢榛言："曹子建曰：'游鱼潜绿水，翔鸟薄天飞。'……以上虽为律句，全篇高古"②；至清代，又特拈出一"浑"字，认为曹诗浑然、浑厚、深厚、浑雄，但清人中亦有以统合眼光论诗者，如沈德潜言："子建诗五色相宣，八音朗畅……"③，陈祚明言："陈思诗如大成和乐，八音繁会"④，强调曹诗诗作风格的多元特点。

（4）引发后世对曹植诗歌思想意义的挖掘

钟嵘言曹植诗"其源出于国风。骨气奇高，辞采华茂。情兼雅怨，体被文质，粲溢今古，卓尔不群。嗟乎！陈思之于文章也，譬人伦之有周孔"，他对曹植诗歌源头的指定、对曹植文章"人伦之有周孔"的评价，使得"骨气奇高，辞采华茂。情兼雅怨，体被文质"之论，就不是纯粹的风格论，而更兼具对曹植诗歌植根于儒的思想及其社会意义、价值的肯定。若此，那么较早发现曹植诗歌儒者之义者是钟嵘，这对萧绎、王通等后来者对曹植道德精神的挖掘有开启之功。

（5）引发后世对曹植诗歌史地位的探讨

《诗品》分上中下三品。曹植是上品，上品中陆机、谢灵运都源出于曹植。王粲、刘桢亦上品。但《陈思王植条》言"刘桢入室，

---

① （宋）吕本中：《童蒙诗训》，见吴文治主编《宋诗话全编》（第三册），凤凰出版社 2006 年版，第 2893 页。

② （明）谢榛：《四溟诗话》卷一，见周维德集校《全明诗话》（第二册），齐鲁书社 2005 年版，第 1317 页。

③ （清）沈德潜：《古诗源》卷五，中华书局 1963 年版，第 111 页。

④ （清）陈祚明评选，李金松点校：《采菽堂古诗选》（卷六），上海古籍出版社 2008 年版，第 155 页。

思王登堂"；《魏侍中王粲》条言"方陈思不足，比魏文有余"，而同入上品的潘岳"其源出于仲宣"，张协"其源出于王粲"，左思"其源出于公干"。尽管《诗品序》言"故知陈思为建安之杰，公干、仲宣为辅。陆机为太康之英，安仁、景阳为辅。谢客为元嘉之雄，颜延年为辅。斯皆五言之冠冕，文词之命世也"，又言"昔曹、刘殆文章之圣，陆、谢为体贰之才"，但钟嵘以曹植为魏晋宋齐五言诗歌的标杆则毋庸置疑。此对曹植于魏晋宋齐时文学史地位之论后世多有承应。

（6）引发后世对陆机、谢灵运源出曹植之论的阐释

钟嵘关于陆机源出曹植之论，古人少有论者，有少数论者亦沿袭钟嵘所论，且语焉不详。现代学者有的直接否定二者间有承继关系，如张怀瑾先生直言："按陆机之于陈思，南北异辙，世代相接，似无必然之渊源关系，是强别源流一例。"① 有的承认二者的渊源关系，但解释则缺少说服力，如吕德申先生从辞采角度言："齐梁时多有曹、陆连举的，即是认为二人诗的风格有共同之处。"② 二人风格有共同处，并不意味着二者具有渊源关系。曹旭先生认为，"然仲伟谓陆机源出曹植，非唯辞采华美，事语坚明，声调相类，亦仲伟诗学史观及全书之结构使之然也。陆机源出曹植，曹植源出《国风》，则陆机亦出《国风》。《诗品序》谓'陈思为建安之杰，公干、仲宣为辅……'可知，由曹植—陆机—谢灵运构建之汉魏晋宋诗史，当以《国风》为主，《楚辞》为辅也"。③ 曹先生认为钟嵘之陆出于曹之论，不仅因二者写作特征上的相似性，亦与钟嵘的全书架构有关，这似乎也未从根本上解释二者何以有渊源关系。

对于钟嵘所谓灵运源出曹植，后世评者多有异议。如方东树言："每篇百遍烂熟，谢从陶出，而加琢句工矣"，"读《庄子》熟，则知康乐所

---

① 张怀瑾：《钟嵘诗品评注》，天津古籍出版社 1997 年版，第 201 页。
② 吕德申：《钟嵘诗品校释》，北京大学出版社 1986 年版，第 80 页。
③ 曹旭：《诗品集注》，上海古籍出版社 1994 年版，第 136 页。

发，全是《庄》理"①。吴淇言："人知灵运用《易》语造诗词，不知灵运用《易》义立诗格。"② 他们并不认可钟嵘之论，而认为灵运诗歌与陶渊明、《庄子》、《周易》具有渊源关系。黄节言："康乐之诗，含诗、易、耽、庄、骚、辩、仙、释，其所寄怀，每富本事，说山水，则包名理。康乐诗不易识也。徒赏其富艳，唐宋以后浅涉者知之。"③ 此论可谓对古人以灵运诗出多源说之综合。又，王世贞言："谢灵运天质奇丽，运思精凿，虽格体创变，是潘、陆之馀法也，其雅缛乃过之。"④ 胡应麟言："灵运之词，渊源潘、陆。"⑤ 则又多言灵运源出陆机。古人对钟嵘所论之困惑，于此可见一斑。

（7）暗示出曹植文学于齐梁接受的没落

《诗品》王粲条言其"发愀怆之词，文秀而质羸。在曹、刘间别构一体"，指出曹植、刘桢、王粲各为一体，曹植是骨气与辞采相备之体，刘桢是气过其文体，王粲则是质羸而文秀体。由于汉代"诗人之风，顿已缺丧"，而建安则"彬彬之盛，大备于时矣"（《诗品》序），相比于前代，建安诗人众多，作品众多，在五言诗创作方面有诸多开创之功，对晋宋齐梁诗歌有着深远影响，因此，虽然钟嵘品评以《国风》《小雅》《楚辞》为本源，但从其建构的魏晋宋齐梁诗歌史来看，建安诗人作品自然成为后世诗人的创作之源，而曹植、刘桢、王粲三体，实际上就成为之后"文质兼备""气过其文""文秀质羸"三类文体之源头，建安之后的诗歌，大体是沿着这三个文体方向发展的。图示如下：

曹旭言，钟嵘自汉迄梁的诗歌史框架是以曹植—陆机—谢灵运为轴心的，但这个图示所显示的信息则是让人惊讶的。首先看刘桢体的诗歌，由左思而陶潜之后，可谓后无来者。

---

① （清）方东树：《昭昧詹言》（卷五），人民文学出版社 1961 年版，第 131、138 页。

② （清）吴淇著，汪俊、黄进德点校：《六朝选诗定论》，江苏广陵书社有限公司 2009 年版，第 353 页。

③ 黄节：《谢康乐诗注》（序），人民文学出版社 1958 年版，第 2 页。

④ （明）王世贞：《艺苑卮言》（卷三），见丁福保《历代诗话续编》，中华书局 2002 年第 2 版，第 994 页。

⑤ （明）胡应麟：《诗薮》（内编卷二），上海古籍出版社 1979 年版，第 23 页。

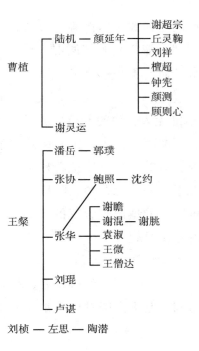

再看王粲体的诗歌。晋宋齐梁的很多诗人，尤其是宋齐梁的诗人，大凡钟嵘提到有渊源关系者，多可追溯至建安王粲一体，其干支虽有区别，但都保持了王粲体文秀的特点。可以说，以建安三体来讲，真正广泛影响宋齐梁时代诗人的是王粲体诗歌，也就是说，在钟嵘看来，宋齐梁诗歌多属"文秀而质赢"一类，华美有余，却缺乏来自人格、激情、才气、天赋之气骨。

最后看曹植一脉的诗歌。据前图示，颜延年一支实际上承继的是陆机"尚规矩"之一路，而与曹植气骨与词采兼备之体并不相同，这实际上表明，尽管曹植是钟嵘的最高诗美典范，但除了陆机、谢灵运对其有所承继外，宋以后至梁，可谓后无来者。萧子显分当时诗体为三，其中一体即追踪灵运（《南齐书·文学传论》）；萧纲《与湘东王书》言"时有效谢康乐裴鸿胪文者，亦颇有惑焉"①，批评当时的京都文体，其中就包括学谢灵运派；又，就具体人物言之，南齐武陵昭王

———————————

① 《全梁文》（卷十一），第115页。

眺学谢灵运体，梁代伏挺善效康乐体等。今人研究亦多以谢朓深受灵运影响，但钟嵘致流别，却归其源于谢混。逯钦立先生道："齐梁文士，宪章谢体者极众，而此不著一人，盖以谢体'富艳难踪，巧不可阶'（简文帝语），学之者无一人肖之，亦无一人以之成家，故不及之也。"① 而谢灵运之承继无人，说明曹植体亦后继无人，曹植这一源之主干，到了齐梁间，可谓薪断火灭。这一结论与前文论梁陈对曹植诗歌学习的状况是颇为相应的，可以佐证曹植文学学习在梁陈时即已开始衰落。其原因或在于：一是像曹植、陆机、谢灵运这样的大才少有来者；一是其时声色审美的偏向与骨气的狭弱，使其难于欣赏、继承曹植一派波澜壮阔的写作风貌。

《诗品》对曹植诗的评价，凝练精深，骨气、辞藻、情感、风格、声韵、大义等皆有含蕴，其后历代论曹诗者，尽管不可避免受其时代文学风尚、批评之影响，但不少阐发似乎都在从不同角度对钟嵘之言进行阐释或丰实、补充。

第四节　此期读者接受与曹植其人的经典化

追溯经典大家的经典化研究，既包含对其经典作品系列经典化过程的探讨，亦包含对其"为人"经典化的研究。作家"为人"的经典化，主要指其人格精神于后世经历普遍的持续的发现与认定的过程。作家"为人"的经典性一旦成为读者的共识，他就具有启发，或激励，或共情的作用，由此成为进入民族文化心灵的人物，对民族精神的塑造贡献持续的力量。

作家其人的经典化制约着读者对作家作品经典性的挖掘、阐释水平。两晋南北朝，曹植其人的接受呈现多元化。一是历史学家对曹植的接受，主要把曹植当作政治人物，以陈寿、裴松之为代表；一是两晋对曹植形象的故事化、神秘化接受，主要存于志怪故事与道教、佛

---

① 逯钦立遗著，李思清、刘孝严整理：《〈诗品〉考实》，《古籍整理研究学刊》2010 年第 5 期。

教的相关故事；一是南北朝曹植形象的文学化，把曹植自身形象与其诗文中的人物形象联系或混同；一是南朝梁开始对曹植儒家人格精神的初步发现。

一　晋宋历史学家笔下的曹植形象

晋人对曹植其人评说不多，但基于对曹魏科禁诸侯政策的反思、批判，他们对曹植理应抱持一定的同情态度。陈寿为曹植作传，则于同情之外，对曹植的人格、理想及命运有更深刻的认识。《三国志》曹植本传主要着眼于其政治遭遇与其人格、心志，而此又同曹魏继承人选择、科禁诸侯政策及由此产生的国家宗族个人悲剧联系在一起。传中引曹植《责躬诗》《应诏诗》《求自试表》《求通亲亲表》《陈审举表》等作品，陈寿无一句评语，但曹植抱利器无所施之痛、为国为宗立心之诚、洞察危机眼光之深、心忧国事之沉重，淋然纸上，曹植之崇高人格、政治才华由此彰显。"任城武艺壮猛，有将领之气。陈思文才富艳，足以自通后叶"①，此武功文德之论，实际上暗示了曹操临终诏曹彰之深意，而又以此曹魏两俊杰之废弃命运，感叹曹魏宗室政策不仅给个人带来悲剧，亦因此而最终导致曹魏的覆灭。陈寿所作曹植传对于曹植其人的经典化具有决定性作用，是后世解读曹植诗文人格精神的重要依据。

南朝宋裴松之注《三国志》曹植传时，以曹植传为重点，辅以曹彰传、文帝纪、明帝纪及荀彧传、杨俊传、邯郸淳传、吴质传、贾诩传等文中注释，各传中相关注释相互补充生发，较立体地展现了太子之争的具体过程及其后果、影响，为解读《三国志》中简略而时又矛盾的记叙提供了充分的材料。综合这些注释，可以看到太子之争，并未随着太子的确立而终结，它一直持续到曹丕即位诛杀二丁等曹植党羽，两兄弟之争实际牵涉到曹魏内部不同政治力量的斗争与平衡，这一斗争的最坏影响还不是对曹植的无情压制，而是它加剧了曹丕与宗

---

① 《三国志·魏书·任城陈萧王传》（卷十九），第577页。

室的心灵隔膜，很大程度上促使他采取了疏公族而亲异姓的政治策略，这一策略最终导致了曹魏的覆灭。裴松之引孙盛言："汉初之封，或权侔人主，虽云不度，时势然也。魏氏诸侯，陋同匹夫，虽惩七国，矫枉过也。且魏之代汉，非积德之由，风泽既微，六合未一，而凋剪枝干，委权异族，势同瘣木，危若巢幕，不嗣忽诸，非天丧也"①，指出曹魏科禁诸侯的政策虽有鉴于前史，但世易时移，曹魏的政治形势与汉初迥然有别，而当时三国鼎立的情势与汉初的大一统亦有根本不同。对曹魏之不顾形势的凋剪枝干，孙盛并没有指出原因何在，但若联系裴注关于丕、植之争的诸多内容，即可知此与曹丕基于太子之争而产生的心灵阴影颇有关系。裴松之《上三国志注表》中言"臣闻智周则万理自宾，鉴远则物无遗照"，"将以总括前踪，贻诲来世"②，可见其以史为鉴的史学批评观点，因此他对丕、植之争的注释着眼点不是在这一王室操戈的悲剧，而在于曹魏继承人问题及对待宗室的问题对后世统治者的启发借鉴意义，体现出一位史家的宏阔视野与理性判断。而他在注中对曹植的态度即基于此视野与判断，如《武宣卞皇后传》注引《魏书》曰：

后以国用不足，减损御食，诸金银器物皆去之。东阿王植，太后少子，最爱之。后植犯法，为有司所奏，文帝令太后弟子奉车都尉兰持公卿议白太后，太后曰："不意此儿所作如是，汝还语帝，不可以我故坏国法。"及自见帝，不以为言。臣松之案："文帝梦磨钱，欲使文灭而更愈明，以问周宣。宣答曰：'此陛下家事，虽意欲尔，而太后不听。'则太后用意，不得如此书所言也。"③

裴松之引《三国志·周宣传》中相关事例驳斥《魏书》的观点，

① 《三国志·魏书·任城陈萧王传》（卷十九），第576—577页。
② 《全宋文》（卷十七），第153、154页。
③ 《三国志·魏书·武宣卞皇后传》（卷五），第157页。

实以指文帝有杀弟之心，但正因太后阻挡，曹植方免于难。

再如《三国志》记：

> 黄初二年，监国谒者灌均希指，奏"植醉酒悖慢，劫胁使者"。有司请治罪，帝以太后故，贬爵安乡侯。[①]

陈寿所记前因后果比较明确，似乎无须再注，但裴松之却于此引《魏书》注曰：

> 植，朕之同母弟。朕于天下无所不容，而况植乎？骨肉之亲，舍而不诛，其改封植。

陈寿所记，一是"灌均希指"，可见对曹植应有诬陷之意；一是"帝以太后故，贬爵安乡侯"，可见太后庇护曹植对曹丕之影响。但注中却是曹丕自称自己无所不容，他包容了曹植的罪过，只对他贬爵而已。两相对照，即可看出曹丕实以诬陷为实而坐曹植之罪，实乃欲加之罪，何患无辞！而"改封植"已经是贬爵之惩处了，他却称自己念骨肉之情，曹丕之虚伪冷苛之性油然而出，而裴松之对曹植之同情与对曹丕之批判则隐然其中了。

不过，裴注曹植最可注意者是他注引曹植的诗文。裴注全文引注曹植诗文如下：引阴澹《魏纪》载植赋（《登台赋》）；《典略》载曹植《与杨德祖书》；《魏氏春秋》载《赠白马王彪》；《魏略》载《谏止士息表》；曹植琴瑟调歌"吁嗟此转蓬"；曹植《文帝诔》；等等，包括赋、诗、书、表、诔、乐府等文体。其中，除"吁嗟此转蓬"与《文帝诔》属裴松之直接注，似引自曹植集，其他篇目均转引他书。让人深思的是，根据曹植集之整理流传情况看，上书所转引作品在流传的曹植集中应该也有，它们不可能是单篇流传的，比如晋代傅玄、

---

① 《三国志·魏书·任城陈萧王传》（卷十九），第561页。

陆机、陶渊明等，都有化用《赠白马王彪》中的诗句，王微《报何偃书》言"尚独愧笑扬子之褒赡，犹耻辞赋为君子"①亦化自《与杨德祖书》，但裴注却从《魏纪》《典略》《魏氏春秋》《魏略》中转引全文，这是为什么呢？或许因为上述著作基本上是魏晋人士的历史专著，从这些史书中转载，一方面表现了与前人相承一致的观点，另一方面把曹植作品置于特定的历史语境中，可以看出曹植作品的政治背景或者是政治意图，这其实也是一种对曹植及其作品的解读角度。

比如裴注全文引用了《登台赋》，这应该是有深意的。《三国志》对此的记录是"植援笔立成，可观，太祖甚异之"。阴澹《魏纪》亦言："太祖深异之。"②裴松之之所以注引此文，就是看到了此文在曹植人生转变上所起的作用，它是曹植在曹冲死后，从曹操诸子中脱颖而出的一个关键因素。

又如裴注曹植传"太祖既虑终始之变，以杨修颇有才策，而又袁氏之甥也，于是以罪诛修。植益内不自安"句，全文注引鱼豢《典略》所引曹植《与杨德祖书》。《典略》曰："是时，军国多事，修总知外内，事皆称意。自魏太子已下，并争与交好。又是时临淄侯植以才捷爱幸，来意投修，数与修书，书曰云云。"③《与杨德祖书》写于建安二十一年，正是太子之争的白热化阶段。据《典略》之叙述背景看，《与杨德祖书》绝非一平常交流文学观念的书信，它带有明确的政治目的。裴注引《典略》来注太祖之杀杨修，也就意味着他对《与杨德祖书》的理解是从政治角度着眼，而非学界历来多从文学评论角度的解说。事实上，从裴注所引角度看，曹植、杨修的来往信、曹丕《论文》的写作，包括曹丕与吴质的来往信，其实都不能纯粹论之，而必须考虑其写作的政治背景与政治目的。

就《与杨德祖书》言，若联系曹丕《论文》，即可知这不过是对曹丕只称"七子"之隽而对曹植才华保持沉默的反击。他送赋作

① 《全宋文》（卷十九），第177页。
② 《三国志·魏书·任城陈萧王传》（卷十九），第557、558页。
③ 《三国志·魏书·任城陈萧王传》（卷十九），第560页。

与杨修的目的一方面是亲近、信任，要获取杨修的支持；另一方面亦以此证明自我之才华能力。此点亦可从杨修的回信中得到证明，如"伏惟君侯……今乃含王超陈，度越数子矣。非夫体通性达，受之自然，其孰能至于此乎？"① 他对曹植之高度赞美，尤其是"含王超陈、度越数子"之论，正是对曹丕关于七子"一时之隽"的否定。曹植在建安二十一年这样特殊的背景下送赋作给杨修，绝非仅出于文学爱好，在当时敏感的政治氛围中，这封信的政治意义远远超出了它所表达的文学观念。

又如《三国志》裴注引曹植《责躬诗》及表与《应诏诗》，分别引《魏略》与《魏氏春秋》，《魏略》所记是曹植往京都之事，而《魏氏春秋》所载《赠白马王彪》乃曹植回封国之事，如此，注与《三国志》所记就完整地展现了曹植于黄初四年朝京都的整个过程。不仅如此，《赠白马王彪》到南朝宋已经是众人普知的名篇了，裴注《文帝纪》"十二月，初营洛阳宫，戊午幸洛阳"句时，言"臣松之案诸书记，是时帝居北宫，以建始殿朝群臣，门曰承明，陈思王植诗曰'谒帝承明庐'是也"。② 可见裴松之对曹植《赠白马王彪》是相当熟悉的。但裴注依然从东晋人的史书中转引，关键就在于诗作的写作背景。《魏氏春秋》曰："是时待遇诸国法峻。任城王暴薨，诸王既怀友于之痛。植及白马王彪还国，欲同路东归，以叙隔阔之思，而监国使者不听。植发愤告离而作诗曰。"③ 这一背景介绍所暗含的恐怖信息是多重的。曹植《责躬诗》及表与《应诏诗》充分表白了自己的悔过之心与尽忠曹丕感恩戴德的企慕之情，但《魏略》所记与孙盛《魏氏春秋》所引则表现了曹丕对诸王的冷酷无情，此与《三国志》所引曹植诗表中的诚恳态度构成了强烈反差，裴松之不置一词之评，但其态度则通过这种作注方式表现出来了。

最有意味的是他对《魏略》所载曹植《谏止土息表》一文的引

---

① 《全后汉文》（卷五十一），第528页。
② 《三国志·魏书·文帝纪》（卷二），第76页。
③ 《三国志·魏书·任城陈萧王传》（卷十九），第564—565页。

用，此引用是对《三国志》全文所引曹植《陈审举表》的注。《陈审举表》中言"被鸿胪所下发士息书，期会甚急"①，只此一句提及"士息"一词，全文重在表达自己愿为国尽忠，希望得到任用机会，并指出曹魏疏公族亲异姓政策之危险后果，希望能起用宗族人士。裴注之引用此文，实在是以曹植自道之切身情况来注曹魏疏公族之根源与具体表现。曹植以"君臣相信"不惧"构会之徒"入笔，从"君之信臣""臣之信君"两个角度举例论证古之明君贤臣之和谐关系，下文则写自己虽"名为魏东藩，使屏翰王室"，但国内兵士且少，已有士息被多次征发，只剩下老弱病残，其实际在说曹魏统治者对宗室不信任，这是曹魏防范公族的深层原因，而防范、压制宗族的力量，其实也就从根本上消除了公族保卫王室的能力。曹植《谏止士息表》中的苦笑、无奈、悲愤与忧虑与其《陈审举表》中的心情、思想、认识等相映衬，这也说明，对曹植这几个表应联系起来看，而不能孤立分析。

而在《三国志》引曹植《求自试表》后，裴松之为此表作注三，又引《魏略》所载补充，如引《魏略》曰：

> 植虽上此表，犹疑不见用，故曰："夫人贵生者，非贵其养体好服，终竟年寿也，贵在其代天而理物也。夫爵禄者非虚张者也，有功德然后应之，当矣。无功而爵厚，无德而禄重，或人以为荣，而壮夫以为耻。故太上立德，其次立功，盖功德者所以垂名也。名者不灭，士之所利，故孔子有夕死之论，孟轲有弃生之义。彼一圣一贤，岂不原久生哉？志或有不展也。是用喟然求试，必立功也。呜呼！言之未用，欲使后之君子知吾意者也。"②

此补充文字不见于今存《求自试表》原文，裴注这一注引更充分展现了曹植建功立业的人生之志、无缘立功的忧虑痛苦与只有寄言来世、以待君子的孤独寂寞。

---

① 《三国志·魏书·任城陈萧王传》（卷十九），第573页。
② 《三国志·魏书·任城陈萧王传》（卷十九裴松之注），第569页。

又，裴松之在《文帝纪》末注文帝殡葬，注引曹植《文帝诔》，也是意味深长的。刘勰批评《文帝诔》曰：“《文王诔》末，旨言自陈，其乖甚矣。”（《文心雕龙·诔碑》）但正是这种乖体，“奏斯文以写思兮，结翰墨以敷诚”，表达了曹植深具骨肉之情的真诚哀伤。曹丕一母同胞兄弟四人，至曹丕死去，存世者唯曹植一人，曹植“心孤绝而靡告兮，纷流涕而交颈”“慨抚心而自悼兮，惧施重而命轻”“独郁伊而莫告兮，追顾景而怜形”（《文帝诔》）[1]，是真实情形，亦是其真实感受。而此与曹丕对其一贯之冷酷相对比，裴注所隐含的个体感情淋然纸上。

总之，对于于何处作注，引用何文作注，裴松之显然是慎重深思的，正如他所谓作注要有发明一样，以其对曹植的作注言，在看似冷静旁观的作注里，实际上深含他对曹植其人及其作品的深入把握。

二　曹植形象的故事化、宗教化

早在西晋张华、陆机的相关著作中，曹植即已被蒙上神秘色彩。如陆机《要览》三卷自序：“陈思王有鹊尾杓，直而长，置之酒樽，凡王欲劝者呼之，尾则指其人。”[2] 便颇有神异色彩。《太平广记》卷二二五“伎巧一”亦有相关记载，如“魏陈思王有神思，为鸭头构浮于九曲酒池。王意有所劝，鸭头则回向之。又为鹊尾杓，柄长而直，王意有所到处，于樽上镞之，鹊则指之”。[3]《太平广记》言陈思自造“鸭头构”“鹊尾杓”，把它们归之为伎巧，虽不免于神奇，但较之陆书所记，其神秘色彩要逊色得多。不过，二书所记，并非空无依傍。曹植有《酒赋》，诗中很多地方都提到酒，最豪放者就是“归来宴平乐，美酒斗十千”（《名都篇》）了，南北朝文人对此句频繁化用，足见其影响广泛。而《三国志》曹植本传所载曹植“任性而行，不自雕

---

① 《三国志·魏书·文帝纪》（卷二），第88页。
② 金涛声点校：《陆机集》，中华书局1982年版，第186页。
③ （宋）李昉等撰：《太平广记》（第三册），中华书局1961年版，第253页。

励，饮酒不节"，"曹仁为关羽所围。太祖以植为南中郎将……植醉不能受命"① 等事，更应是此条敷演之所本。不过，在历史记载中，曹植几乎是因酒而败，但这则传说里，曹植形象不仅神秘化了，而且亦摆脱了苦情的调子，变得轻松诙谐起来。

而张华《博物志》卷七言："东阿王有勇士蕃丘䜣，过神渊，使饮马，马沉，䜣朝服拔剑，二日一夜，杀二蛟一龙而出，雷随击之，七日夜，眇其左目。"② 这则故事之本事可能与周处有关。《晋书·周处传》言："处乃入山射杀猛兽，因投水搏蛟，蛟或沉或浮，行数十里，而处与之俱，经三日三夜……处果杀蛟而反。"③ 张华可能据此附会曹植。但据曹植《谏取诸国士息表》言：

> 而所得兵百五十人，皆年在耳顺，或不踰矩。……
>
> 又臣士息前后三送，兼人已竭，惟尚有小儿七八岁已上、十六七已还，三十余人。今部曲皆年耆，卧在床席，非糜不食，眼不能视，气息裁属者，凡三十七人。（疲瘵风靡）〔疲癃风痹〕、疣盲聋聩者，二十三人。

魏最高统治者对藩国的防护非常严苛，曹植相比其他诸王，又事事减半，曹植藩国不可能有这样的勇士。《博物志》为何会有此种附会之说呢？一方面可能因为曹植诗文若《白马篇》《结客篇》等都刻画了少年侠客的高超武艺，曹植在诗赋中亦多次表达其浓厚的大侠情结，张华可能据此附会其手下。另一方面，张华编写这则材料，体现了他对征服恶蛟之勇士力量、勇气的赞叹，此应是处于乱朝而身居重位的张华内心对力量、智慧等欣赏、渴望的折射。而材料中杀死蛟龙之勇士却为上天不容，竟然遭受七日雷击，以致"眇其左目"，这出乎意料之结局或许有着某种暗示，在充满了力量的神奇故事背后，则

---

① 《三国志·魏书·任城陈萧王传》（卷十九），第 558 页。
② （晋）张华撰，范宁校证：《博物志校证》，中华书局 1980 年版，第 85 页。
③ 《晋书·周处传》（卷五十八），第 1569 页。

是残酷的政治斗争，此也让人从另一面理解曹植的悲剧命运。

到了两晋之交，葛洪《抱朴子·论仙》引曹植《释疑论》云：

> ……令甘始以药含生鱼，而煮之于沸脂中，其无药者，熟而可食，其衔药者，游戏终日，如在水中也。又以药粉桑以饲蚕，蚕乃到十月不老。又以往年药食鸡雏及新生犬子，皆止不复长。以还白药食白犬，百日毛尽黑。乃知天下之事，不可尽知，而以臆断之，不可任也。但恨不能绝声色，专心以学长生之道耳。①

丁晏曰："此论中述左慈、甘始事，与《辨道论》略同，然非《辨道论》之文。"② 仔细推究葛洪所引《释疑论》，有多处内容可断言是据曹植《辨道论》杜撰的。如葛文中所举曹植命令甘始喂鱼、蚕、狗药而发生的神异变化，葛文言乃曹植亲眼所见，但曹植《辨道论》中则言"余尝辟左右，独与之谈，问其所行；温颜以诱之，美辞以导之。始语余"，"余时问言：'率可试不?'言：'是药去此逾万里，当出塞，始不自行，不能得也。'……始若遭秦始皇、汉武帝，则复为徐芾、栾大之徒也!"可见曹植《辨道论》中所载纯为甘始自道，而非曹植亲见。曹植以徐芾、栾大之徒并论之，亦见对甘始的神异之谈，不只是怀疑，而是根本否定。此与《释疑论》中曹植对甘始相信无疑，并且自责自己之无知武断完全不同。曹植《辨道论》言："本所以集之魏国者，诚恐此人之徒，接奸诡以欺众，行妖恶以惑民，故聚而禁之也。岂复欲观神仙于瀛洲，求安期于边海……自家王与太子及余兄弟，咸以为调笑，不信之矣。"曹植兄弟对曹操集此流人物于魏之政治目的是了然于心的，他们对虚妄的神仙之说亦持清醒的理性态度。

又，《释疑论》中曹植自言"但恨不能绝声色，专心以学长生之道耳"。而曹植《辨道论》云："夫人不食七日则死，而俭乃如是。然不必益寿，可以疗疾，而不惮饥馑焉!左慈善修房内之术，差可终命。

---

① 王明：《抱朴子内篇校释》（增订本），中华书局 1985 年版，第 16 页。
② （清）丁晏：《曹集铨评》，文学古籍刊行社 1957 年版，第 204 页。

然自非有志至精，莫能行也。"曹植对养生之术还是肯定的，但认为不必益寿，而且若左慈之房中术，亦非常人所能行。另外，曹植在《辨道论》中极言人间声色之美实乃虚幻神仙世界所不如，"何以甘无味之味，听无声之乐，观无采之色也"，表达了对人世声色之乐的肯定。与《释疑论》所言"恨不能绝声色，专心以学长生之道耳"有根本性不同。

通过上述比较，可见葛洪通过对曹植文章的篡改，把曹植改造成一位亲见道术之奇，从而改变怀疑态度，对长生之道心生向往的亲道人士。葛洪在文章结尾评论道："彼二曹学则无书不览，才则一代之英，然初皆谓无，而晚年乃有穷理尽性，其叹息如此。"更进一步把曹植写成"穷理尽性"的人物，大大拉近了曹植与神仙道家的距离。而东晋王氏父子、顾恺之对曹植《洛神赋》的艺术转换，因为王、顾之天师道信仰背景，曹植与道教的关系似又推进了一步。

到了东晋末年，曹植鱼山感应制梵呗的事情可能已经流传，此传说最早的完整记录见于南朝宋刘敬叔的《异苑》，陈寅恪先生认为："其为依托之传说，不俟详辨。此传说之记载，寅恪所知者有二：一出刘敬叔之异苑（在今本卷五中），一出刘义庆之宣验记。（见唐湛然法华文句记五所引，但湛然误以为刘义庆为梁人。）二人皆晋末宋初人，是此传说东晋之末必已流行无疑。"①此传说应本于《三国志》曹植本传，陈寿在写曹植逝世遗令之后，追溯道："初，植登鱼山，临东阿，喟然有终焉之心，遂营为墓"。②据史，黄初七年夏曹丕崩，太和三年曹植徙封东阿，太和六年十一月发疾薨。曹丕大曹植五岁，曹植登鱼山应在太和三年至六年之间，距离曹丕死去约三年至六年间，曹植此时在年龄上基本上接近曹丕死去的岁数，所以面对鱼山之茂林深水，曹植的喟叹里充满了对一生坎坷之无限感慨，疲惫不堪的心灵亦不免有归焉之意。陈寿的补叙有力地暗示了曹植一生流荡失意、汲汲

---

① 陈寅恪：《四声三问》，见陈美延编《陈寅恪集·金明馆丛稿初编》，生活·读书·新知三联书店2015年版，第378—379页。
② 《三国志·魏书·任城陈萧王传》，第576页。

无欢的悲剧命运，但其语言表述的空白遂为后世挖掘附会，如南朝梁《殷芸小说》卷五：

> 中华佛法，虽始于汉明帝，然经偈故是胡音。陈思王登鱼山，临东阿，闻岩岫有诵经声，清婉道亮，远谷流响，肃然有灵气，不觉敛衿祗敬，便有终焉之志。诸曹解音，以为妙唱之极，即善则之，今梵呗皆植依拟所造也。植亡，乃葬此土。①

就恰恰是敷衍"喟然"背后的空白，但却舍弃了"喟然"一词所含有的对一生万端无言之感慨。

曹植先是被道教利用，后又被佛教利用，他成为中华梵呗的创始人，并最终在初唐成为一位虔诚的佛教徒，曹植形象由西晋开始的神秘化走向宗教化。鱼山梵呗传说之真实与否至今未有定论，王小盾先生的两篇文章在前人研究基础上有很大推进，其论证角度之新颖，论证方法之灵活，论证逻辑之严密令人叹服。其《鱼山梵呗传说考辨》《鱼山梵呗传说的道教背景》分别探讨曹植与佛教、道教的关系，揭示"鱼山梵呗传说的历史内涵和发生原理"，"综合各种资料可知，鱼山梵呗传说是经过四个步骤而得以定型的：首先是史实描写，其次是在史实之上附加神异情节，再次是被赋予道教色彩，最后是被改造成佛教的灵验记或者音乐神话"。与之相应的是，鱼山梵呗传说有"刘宋系统""齐梁系统""唐宋系统"等三大系统，"这三个系统的传说其实都具有现实意义，或者说产生于某种现实需要。比如上文写道：齐梁系统的传说是为烘托'经呗新声'等南齐宗教活动而产生出来的。同样，唐宋人之所以主要继承刘宋系统，乃因为到了唐宋之时，舆论需要发生了改变，曹植制呗故事需要可信度来支撑其权威性，齐梁传说系统的虚夸部分于是被剔除"。② 王先生变对各种传说记录真伪

---

① （梁）殷芸撰：《殷芸小说》，见王根林等点校《汉魏六朝笔记小说大观》，上海古籍出版社 1999 年版，第 1035 页。

② 王小盾：《鱼山梵呗传说的道教背景》，《中国文化》2012 年第 2 期。

之考察为对这些记录成因之考察，从而在曹植制呗传说研究上取得了新的进展。

不过，曹植形象的宗教化主要存在于志异小说以及佛教的记录中，但至少在整个南北朝时期，它竟然没有折射到文学创作中，这或许说明，南北朝时期的文人们并不认可这样的形象（或者并不相信这样的传说）。就文人们的沉默看，鱼山梵呗就有相当的虚拟性。其实无论是道教还是佛教，其借助曹植以长声势，不仅是因他的王子身份、他对音乐的精通、他卓越的文学成就等，还因为他的苦难人生。曹植终生无法摆脱的痛苦，佛教徒们通过赋予他与佛教的关系，从而为其痛苦的人生寻找到了解脱之道。对于曹植这样终生汲汲无欢的王子而言，如果连他都投入佛陀的怀抱来寻求生命的解脱，那么凡夫俗子还有什么可说的呢？此或为曹植形象宗教化之另一意义。

三　曹植形象的文学化

曹植形象的文学化，指曹植形象进入文人的创作中。主要体现在以下方面。

第一，被迫害的才王形象。与裴松之注《曹植传》以揭示太子之争真相及曹植黄初后真实处境的情况相应，南朝宋刘义庆《世说新语》①中两则相关材料则把曹植彻底塑造为一位被迫害的才王形象。如：

> 文帝尝令东阿王七步中作诗，不成者行大法。应声便为诗曰："煮豆持作羹，漉菽以为汁。萁在釜下燃，豆在釜中泣。本自同根生，相煎何太急！"帝深有惭色。（《文学》第四）
>
> 魏文帝忌弟任城王骁壮，因在卞太后阁共围棋，并啖枣，文帝以毒置诸枣蒂中，自选可食者而进。王弗悟，遂杂进之。既中毒，太后索水救之，帝预敕左右毁瓶罐，太后徒跣趋井，无以汲。须臾，遂卒。复欲害东阿，太后曰："汝已杀我任城，不得复杀

---

① 本节所引《世说新语》材料，见余嘉锡《世说新语笺疏》，中华书局 1983 年版。

我东阿。"(《尤悔》第三十三)

　　清宝香山人从《世说新语》的性质角度分析道："《世说新语》亦
《齐谐》之余，小说之祖，因此诗同根相煎，似对其兄语，以七步附
会之耳。"① 宋战利考究七步诗源流，从《曹植集》的版本流传以及用
历史场景与创作场景互证的方式证明此诗乃托名之作，它的产生与刘
宋统治者的反曹之风有关。② 《世说新语》列此则于《文学》条纲下，
本意是突出曹植敏捷的诗才。此说颇有依据，如植本传言其"出言为
论，下笔成章""援笔立成""每进见难问，应声而对"③，杨修称其
"有所造作，若成诵在心，借书于手，曾不斯须，少留思虑"④ 等。不
过，此诗极为愤切，虽用象征之法，但表意过于露骨，与曹植黄初时
作品相比，风格手法上毫无相同之处。但此诗内容上或受曹植《吁嗟
篇》《杂诗六首》其二影响，曹诗"转蓬离本根""长去本根逝""糜
灭岂不痛，愿与株荄连"，这种对"本根"之痛苦眷念，或为"七步
诗"伪托者所依据，诗言"本是同根生，相煎何太急!"与上述语句
颇多相像。至于为何是七步？日本兴膳宏从曹植与佛教的关系，把
"七步"作诗与《太子瑞应本起经》中佛陀落地行七步之事相联系，
看到了"七步"背后隐藏的曹植被佛教利用而宗教化的信息。⑤
　　至于《尤悔》中所记一则其伪造更为明显，如太后言"汝已杀我
任城，不得复杀我东阿"，曹植于明帝太和三年徙封东阿，《尤悔》中
所记则是黄初四年诸侯朝京之事，时间上出入太大。但此材料并非空
穴来风，刘孝标注引《魏志·方伎传》周宣事，说明文帝杀曹植之心
是有的。这两则材料一是曹植依靠自身才华免于死，一是因太后庇护
而免于难，均见曹丕杀弟逼弟之无情残酷。再联系《贤媛》第十九：

　　① 《三曹资料汇编》，中华书局1980年版，第163页。
　　② 宋战利：《〈七步诗〉托名曹植考》，《河南大学学报》2009年第6期。
　　③ 《三国志·魏书·任城陈萧王传》（卷十九），第557页。
　　④ 《全后汉文》（卷五十一），第528页。
　　⑤ ［日］兴膳宏：《〈七步诗〉为什么是七步呢?》，见兴膳宏《中国古典文化景致》，李寅
生译，中华书局2007年版，第34—37页。

"魏武帝崩，文帝悉取武帝宫人自侍。及帝病困，卞后出看疾。太后入户，见直侍并是昔日所爱幸者。太后问：'何时来邪？'云：'正伏魄时过。'因不复前而叹曰：'狗鼠不食汝余，死故应尔。'至山陵，亦竟不临。"曹丕简直就是不忠不孝不友爱之徒。可以说，《世说新语》中的曹植形象是在丑化曹丕基础上塑造的，其与对曹操之丑化相呼应，折射出刘宋的反曹意识。

然而，七步诗之传说在之前的文学作品中没有反映，在之后齐、梁、陈及北朝的文学作品中亦很少有相关回应，以笔者所见，仅有陆厥《与沈约书》"杨修敏捷，《暑赋》弥日不献。率意寡尤，则事促乎一日，翳翳愈伏，而理赊于七步"①，任昉《齐晋陵文宣王行状》"陈思见称于七步"② 与萧统《锦带书十二月启》"敬想足下，声闻九皋，诗成七步"③ 三条而已。而且，在这三条中，七步诗所含有的悲剧性已经消除，它成为对曹植之才的称誉之辞。事实上，不仅七步之典很少见于南北朝文学作品中，就是丕、植之争也没有反映到文学作品中。其原因或在于，相比于南朝宫廷同室操戈的残酷无情，曹丕对曹植实在是温和之极。不过，相比于文学界的沉默，史书中倒是对此有所折射，如北魏孝文帝以丕、植事来映衬自己对元勰之"以道德相亲"，并有不七步而赋诗之事④，但他们是以丕、植事来衬托自我，对曹植并无明显的同情与企慕。

第二，淡泊、忧生、重友的曹植形象。谢灵运第一次以文学为媒介，深入走进曹植的灵魂世界，从而改变了先前文史论中曹植的形象。"公子不及世事，但美遨游，然颇有忧生之嗟"，灵运以代言方式，写曹植的独游与众宴之乐，塑造了一位淡泊世事、萧散遨游而乐命贵真，从而忧生重生的曹植形象。其"忧生之嗟"突出了曹植道家贵生的思想。谢庄《月赋》塑造了沉痛于友人之逝的陈思形象，深情委婉，不

---

① 《全梁文》（卷二十四），第 250 页。
② 《全梁文》（卷四十四），第 468 页。
③ 《全梁文》（卷十九），第 212 页。
④ 事见（北齐）魏收撰《魏书·彭城王勰传》（卷二十一下），中华书局 1974 年版，第 572、573 页。

仅见曹植深沉真挚之情谊，更见其孤危处境的忧伤。谢庄显然对谢灵运"忧生之嗟"之论有了进一步的延伸。庾肩吾《过建章故台诗》云："鲁国观遗殿，韩城想旧台。仲宣原隰满，子建悲风来。夏莲犹反植……知余念七哀。"① 其中"子建悲风来"化自曹植"高台多悲风，朝日照北林"（《杂诗六首》其一）一诗，曹魏以来对"高台多悲风"一句多有化用，但把"子建"与"悲风"相连，则是首次，突出了曹植的悲情。庾信出使东魏时有《经陈思王墓诗》：

> 公子独忧生，丘垄擅余名。采樵枯树尽，犁田荒隧平。宁追宴平乐，讵想谒承明。旦余来锡命，兼言事结成。飘飘河朔远，飔飔飔风鸣。雁与云俱阵，沙将蓬共惊。枯桑落古社，寒鸟归孤城。陇水哀葭曲，渔阳惨鼓声。离家来远客，安得不伤情。②

"公子独忧生"，承谢灵运"公子不及世事，但美遨游，然颇有忧生之嗟"的评语而来。"宁追宴平乐，讵想谒承明"分别化自曹诗《名都篇》"归来宴平乐"句，和《赠白马王彪》"谒帝承明庐"句。沧海桑田，哪能追忆当年平乐之宴的纵情狂欢？又何能追怀拜谒帝王于承明庐的尊崇与荣耀呢？对曹植而言，《名都篇》是虚构的，《赠白马王彪》则是无限痛苦、悲愤、恐惧等复杂情感激荡下的产物，因此，在庾信诗中，"忧生"与"宴平乐"、"谒承明"的欢乐尊崇的生活是冲突的，曹植的形象在庾信诗中尚未得到统一。诗歌由陈思墓引发感慨，既而点出自己因事而经过此地，然后把目光放远到河朔深秋的荒凉风光上，把曹植墓置于更为广阔的时空背景中，雁云、沙蓬、枯桑、古社、寒鸟、孤城、陇水、渔阳、葭曲、鼓声，河朔特有的声、物，伴随着飔风的鸣吼，一切都是那么悲凉、孤寂、凄寒，此景与曹植的悲惨人生相呼应，表现了作者对曹植的深切同情以及时光变幻、

---

① 《先秦汉魏晋南北朝诗》（梁诗卷二十三），中华书局 1983 年版，第 1991 页。

② 《先秦汉魏晋南北朝诗》（梁诗卷二十三），中华书局 1983 年版，第 1990 页。逯钦立先生录入庾肩吾诗中，但注明该诗应为庾信所作。

远客异地的伤感。不过，整体而言，《经陈思王墓诗》对于曹植的认识基本上还在前人或时人的认知观念里。

南北朝曹植忧生形象经由谢灵运开启，形成了一条接受路径。而江淹《陈思王赠友》对曹植赠友类诗歌的模拟，则开辟了另一条塑造曹植形象的路径，他塑造了重视人才、珍视友情、关心国事、心胸开阔、雍容儒雅，虽遭不遇但终不颓废的曹植形象，这一形象折射出江淹对友情的珍视以及对君臣遇合的渴望。

第三，诗赋宴饮与风流游乐的曹植形象。

诗赋宴饮的陈王形象。庾肩吾诗中多次提到曹植，如"副君德将圣，陈王才搰天。归来宴平乐，置酒对临泉"①；"陈王骖驾反，副后西园游。并命登飞阁，列坐对芳洲"；"陈王从游士，高宴入承华。并载同连璧，雕文类简沙"②；"陈王擅书府，河间富典坟。五车方累筐，七阁自连云"③；等等。庾肩吾涉及曹植的诗写于南朝梁，往往是"副君""陈王"并提。萧纲《与湘东王书》曰："文章未坠，必有英绝领袖之者，非弟而谁！每欲论之，无可与语，思吾子建，一共商榷。"④其以文坛领袖自居，欲得湘东王相助之意甚为清楚，是以自比曹丕，而以子建比湘东王。所以庾肩吾诗中，陈王自是指代湘东王，陈王与副君相和相从之谐和关系，正是称誉萧纲、萧绎的融洽关系。因此，庾肩吾的诗，消解了历史上曹植与曹丕的紧张关系，他依据曹植《公宴》《清夜游西园》和刘桢《公宴诗》等，重写了陈王与副君及文学士子间诗赋宴饮的愉悦生活，庾肩吾个人的知遇之感亦充溢于文字之间。

而卢思道的《城南隅宴》，由曹作《赠丁廙》变化而来，其诗云：

> 城南气初新，才王邀故人。轻盈云映日，流乱鸟啼春。花飞北寺道，弦散南漳滨。舞动淮南袖，歌扬齐后尘。骈镳歇夜

---

① 《先秦汉魏晋南北朝诗》（梁诗卷二十三），中华书局1983年版，第1983页。
② 《先秦汉魏晋南北朝诗》（梁诗卷二十三），中华书局1983年版，第1984、1994页。
③ 《先秦汉魏晋南北朝诗》（梁诗卷二十三），中华书局1983年版，第1991页。
④ 《全梁文》（卷十一），第116页。

马，接轸限归轮。公孙饮弥月，平原宴浃旬。即是消声地，何须远避秦。①

卢诗融入景物描写，笔调清丽，但只是突写弥月浃旬的故旧欢宴沉饮，曹作中的慷慨之气荡然无存。

风流游乐的形象。在齐梁陈及北朝文人们的诗文中，曹植更多的成了风流游乐的符号化人物。蒋寅《主题史和心态史上的曹植》言："沿着历史时代回溯，我发现对青春主题的全面书写，竟然要到曹植才开始，其标志就是他的作品中出现了最早的描绘少年游乐的作品。"②他认为《名都篇》就是曹植自我游乐宴飨生活的自画像，《酒赋》《箜篌引》《斗鸡》《送应氏》《赠丁廙》中的宴乐描写是曹植自我纵情享乐的写照。由于对作品的写作背景缺少观照，加之对作品所蕴含精神缺少分析，蒋先生的论断是失之偏颇的，但他指出是曹植作品中最先出现少年游乐的内容是不错的。梁陈及北朝的不少诗作对此都有继承，不仅是规摹曹作，而且把曹植直接写进作品中，使其成为游乐的主体，这无疑是有所本的。如张正见《置酒高殿上》，由曹植《箜篌引》首句生发而来，其诗云：

> 陈王开甲第，粉壁丽椒涂。高窗侍玉女，飞闼敞金铺。名香散绮幕，石砚雕金炉。清醪称玉馈，浮蚁擅苍梧。邹严恒接武，申白日相趋。容与升阶玉，差池曳履珠。千金一巧笑，百万两鬟姝。赵姬未鼓瑟，齐客罢吹竽。歌喧桃与李，琴挑凤将雏。魏君惭举白，晋主愧投壶。风云更代序，人事有荣枯。长卿病消渴，壁立还成都。③

该诗应有下文，非完整之作，但由"风云更代序"转，前面极

---

① 《先秦汉魏晋南北朝诗》（隋诗卷一），中华书局 1983 年版，第 2630 页。
② 蒋寅：《主题史和心态史上的曹植》，《西北大学学报》2010 年第 1 期。
③ 《先秦汉魏晋南北朝诗》（陈诗卷二），中华书局 1983 年版，第 2473 页。

力铺写宴会的奢华，下抒发人事沧桑之感，和曹作思路一致。但他前半部分以曹植为主体形象，写其甲第之豪贵、美酒之清贵、玉女之富丽、琴歌之动情等，这一形象且不说与曹植虽名为王而陋同匹夫之实际状况不符，即使同曹作《箜篌引》中的描写相比，亦有颇大差异。更何况据张玉穀看："此因见世俗谯会奢华，而晓以交道惟贵有终，勿徒磬折而为长寿之颂祷，贻笑于不知命也。……苟不识其空中运意，前后何能一线穿成。"① 所以张诗中的曹植形象颇有想象夸张的成分。

不过南北朝对曹植形象之接受更多来自曹植《斗鸡篇》、《名都篇》和《白马篇》。如徐陵《斗鸡诗》"季子聊为戏，陈王欲骋才"②，即指曹植写《斗鸡篇》以逞才。刘孝威《鸡鸣篇》："陈思助斗协狸膏"③ 则化用曹作"愿蒙狸膏助，长得擅此场"句，但曹作之"我"尚是观者，而刘诗中曹植已是斗鸡场上的助斗者，似直接参与了斗鸡的游戏。又如，庾信《斗鸡》："开轩望平子，骤马看陈王。狸膏燻斗敌，芥粉墢春场"④，写曹植纵马奔驰去看斗鸡的急切心理。而沈约《宿东园诗》言："陈王斗鸡道，安仁采樵路。东郊岂异昔，聊可闲余步"⑤，把曹植所写京都少年之行为一变为曹植自己之斗鸡玩乐，其中"东郊"因此亦成为少年子弟游乐场所之代名词。王褒的《古曲》"青楼临大道，游侠尽淹留。陈王金被马，秦女桂为钩。驰轮洛城巷，斗鸡南陌头。薄暮风尘起，聊为清夜游"⑥，更是融合了曹植《美女篇》《白马篇》《名都篇》的形象，把曹植写成一留恋青楼驰逐玩乐的豪贵游侠少年。

---

① （清）张玉穀著，许逸民点校：《古诗赏析》（卷九），上海古籍出版社 2000 年版，第 201 页。

② 许逸民校笺：《徐陵集校笺》，中华书局 2008 年版，第 120 页。

③ 《先秦汉魏晋南北朝诗》（梁诗卷十八），中华书局 1983 年版，第 1873 页。

④ （北周）庾信撰，（清）倪璠注，许逸民点校：《庾子山集注》，中华书局 1980 年版，第 365 页。

⑤ 《先秦汉魏晋南北朝诗》（梁诗卷六），中华书局 1983 年版，第 1641 页。

⑥ 《先秦汉魏晋南北朝诗》（北周诗卷一），中华书局 1983 年版，第 2333 页。

四　曹植儒家精神的初步发现

早在建安时，杨修就称赞曹植"体发、旦之资，有圣善之教……"①，丁廙亦称其"天性仁孝，发于自然"②，这当然有虚夸的成分，但此后直到梁元帝挖掘出曹植的儒者之义，中间相当长的时间，对曹植的儒家人格是缺少发现的（钟嵘所评含有对曹植思想的认可，但尚未明确提出）。不仅如此，若北朝还不免有对曹植的批评之辞。郦道元《水经注》："曹植尝行御街，犯门禁，以此见薄。"③ 此虽只是客观注释，但引此材料，可见关于曹植任性胡为之事已成后世公认之事实，并把他政治命运之转变与此联系起来。《颜氏家训·文学》："然而自古文人多陷轻薄……吴质诋忤乡里，曹植悖慢犯法"④，即认为曹植悲剧命运的根源在于他自身轻薄、不够矜重。颜之推的观点具有普遍性，此从王通言论中亦可见其一二，如王通言："人谓不密吾不信也"⑤，说明当时有不少人认为曹植政治上过于粗疏，这不仅指他悖慢犯法，亦指其于政治竞争中缺少机心与严谨。北朝对曹植其人论说虽少，但和南朝多称其才华、风流，甚至把他与其诗文中的形象混同相比，北朝更看重对曹植道德的批评。"这大约和南朝崇尚玄学，有蔑弃礼法的一面，北朝崇儒术，对礼特别重视之故"⑥ 相关，因为"玄学家们崇尚自然，强调人的个性；而礼学则强调遵守礼法的规范，对个性起着束缚作用"⑦。不过，尽管颜之推指责曹植行为轻薄，但在《颜氏家训》中他多处引用曹植诗文以训诂释义。又言"江南文制，欲人弹射，知有病累，随即改之，陈王得之于丁廙也。山东风俗，不通击难。

---

① 《全后汉文》（卷五十一），第 528 页。

② 《三国志·魏书·任城陈萧王传》（卷十九），第 559、562 页。

③ （北魏）郦道元注，陈桥驿注释：《水经注·谷水》，浙江古籍出版社 2001 年版，第 264 页。

④ 王利器：《颜氏家训集解》（增补本），中华书局 1993 年版，第 237 页。

⑤ 郑春颖：《文中子〈中说〉译注》（《魏相篇》），黑龙江人民出版社 2004 年版，第 142 页。

⑥ 曹道衡：《南朝文学与北朝文学研究》，江苏古籍出版社 1999 年版，第 228 页。

⑦ 曹道衡：《南朝文学与北朝文学研究》，江苏古籍出版社 1999 年版，第 229 页。

吾初入邺，遂尝以此忤人，至今尤悔，汝曹必无轻议也"①，他以切身经历告诫子孙不要轻议人文，而其中对陈思以王者之尊而欲人弹射其文之宽阔心胸与求知之意颇为赏叹，尤其放在南北风俗对比的背景上，更见曹植乐人弹射其文之难能可贵。

南北朝较早关注曹植诗歌思想意义的是钟嵘，但钟嵘所言太过隐晦，而首次提出曹植儒家精神的是萧绎。"曹子建、陆士衡，皆文士也。观其辞致侧密，事语坚明，意匠有序，遣言无失，虽不以儒者命家，此亦悉通其义也"②，他从语言、用典、结构、立意等方面指出曹植、陆机文符合儒家的文学观念，指出他们虽不以儒的身份传世，但却通晓儒家经义。此对曹植儒家精神的揭示在曹植接受史上是第一次，它对深化对曹植其人及其诗文的理解有重要意义。萧绎能发现曹植的儒家人格，与他同曹植的诸多相似有密切关系，如同为侯王，同样捷悟，同善诗赋；同样有"为一家之言"的理想；同样推崇光武帝，渴望驰骋疆场、尽忠报国、建立赫赫战功等；同样以儒家思想为主；等等。或正因为如此，萧绎才有"但有羡卜商，无因则削；徒怀曹植，恒愿执鞭"③ 之叹，也才对曹植本人及其诗文有着不同众人的理解。

南北朝后，陈寿、裴松之笔下的曹植形象与萧绎笔下的曹植形象汇合，又经隋代《陈思王庙碑》、王通《文中子》的阐发等，到唐代李善、五臣注《文选》曹植作品时，曹植的儒家人格方才确定，并成为之后曹植其人的主流接受方向。而曹植与梵呗的关系，则存留于佛家经典中，曹植风流游乐的形象也成为一个符号为后世所接受。

---

① 王利器：《颜氏家训集解·文章》，中华书局 1993 年版，第 279 页。

② （南朝梁）萧绎撰，许逸民笺校：《金楼子校笺·立言下》，中华书局 2001 年版，第 966 页。

③ 《全梁文》（卷十六），第 178 页。

第四章　唐代对曹植作品经典性的阐发批评

经由两晋南北朝文士反复、广泛的模拟、借鉴，曹植不少诗文的篇、句、词，甚至曹植本人，逐渐成为符号化的语典、事典。这种持续的读者创作接受其实已经隐然确立了曹植经典作家的身份及其经典作品的基本系列。其后《文选》的编选使其经典系列得以明确化、集中化，《诗品》的评论则从建安至南朝梁的历史时长里明确了曹植独冠众家的诗歌创作成就。而与钟嵘突出曹植于魏晋南北朝诗歌史的杰出地位及其独特性不同，刘勰对曹植的评价从其整部书的框架出发，主要把曹植作为建安文学整体中的一分子，这一定程度上消解了曹植的独特性。对曹植独特性的消解，从南朝人士并提曹王、曹刘，即已隐有此意，刘勰对建安文学的整体论述只是更凸显了此点。以后的时代对曹植作品的接受就始终并行或交错着这样强调曹植文学成就与消解曹植文学独特性的两条路线。

唐代也是曹作阐释的一个重要时期，它于此前的曹植批评有继承的一面，同时，又表现出不同的风貌，在深入揭示曹作经典性及促使曹植其人经典化方面对后世同样影响深远。本章主要从以下四个方面进行研究：第一，唐代类书编选曹作的隐性批评内涵；第二，李善、五臣注对曹作经典性的阐发；第三，李善注《洛神赋》引《感甄记》的批评意义；第四，王昌龄、皎然等对曹植作品诗法的揭示。

第一节　唐代类书对曹植作品的隐含阐释及其意义

　　唐人接受曹植及其作品的程度、特点等，与曹植作品传播、唐代文学创作需求、唐代文学批评等密切相关。曹植作品传播范围的广狭影响唐代文人士子对曹植作品的了解、接受与评定；受制于时代政治、文学风尚的文士的创作需求也影响他们对曹植作品的接受；隐性、显性的文学阐释、批评等对唐人的接受亦有导向作用。由于唐代教育比较发达，其中文学教育的内容与途径是影响曹植作品传播、创作接受甚至阐释批评的重要因素。而当时文学教育的主要内容是类书、《文选》。《北堂书钞》《初学记》《艺文类聚》《白氏六帖》是目前所见唐代四大类书，其中收集了不少唐前诗文、典故。由于《白氏六帖》多无引书名称，故为考察方便，仅以前三种类书为考察对象。

一　《北堂书钞》《初学记》《艺文类聚》于唐代的流传情况

　　《北堂书钞》① 成书于隋，是虞世南仕隋为秘书郎时抄经史百家之事而成，但《隋书·经籍志》并无记载，倒是新旧唐书经籍志均有记载，足见其流传主要在唐代。唐刘禹锡《嘉话录》叙其事曰："虞公之为秘书，于省后堂集群书中事可为文用者，号为《北堂书钞》。今北堂犹存，而《书钞》盛行于世。"② 可见《北堂书钞》至少至唐代中期已颇为流传。

　　《初学记》③ 乃唐玄宗为方便皇子们学诗作文时引用典故和检查事类，而命集贤院学士徐坚、张说等编辑的一部类书。《初学记》本为皇子所编，起初流传范围较窄，亦主要在皇亲贵族中，如《唐会要》

---

　　① 本节引《北堂书钞》中内容俱见（唐）虞世南辑录，（清）孔广陶校注，郭谦之校订《北堂书钞》，学苑出版社1998年版。
　　② （唐）韦绚撰，陶敏、陶红雨校注：《刘宾客嘉话录》，中华书局2019年版，第158页。
　　③ 本节所引《初学记》中内容俱见（唐）徐坚等《初学记》，中华书局1962年版。

言："十五年五月一日。集贤学士徐坚等。纂经史文章之要。以类相从。上制名曰初学记。至是上之（欲令皇太子及诸王。检事缀文）。"①《初学记》何时下流于民间，史无记载，但据《五代史补》"淮南杨行密遣使致礼币之外，仍赐《初学记》一部，淮怂然以为不可，谓沆曰：'夫《初学记》，盖训童之书尔，今敌国交聘，以此书为赐，得非相轻之甚耶！宜书责让'"②，可见晚唐时《初学记》已为"训童之书"，成为蒙学教材，说明它在民间应该已经有比较广泛的流传。

《艺文类聚》是初唐李渊下令编撰的一部类书。由于《艺文类聚》为官修类书，卷帙浩繁，受印刷技术的限制，在其初期，其受体应该主要是上层社会文士。欧阳询在《艺文类聚·序》中言："《流别》《文选》专取其文，《皇览》《遍略》直书其事。文义既殊，寻检难一。爰诏撰其事且文，弃其浮杂，删其冗长，金箱玉印，比类相从，号曰《艺文类聚》。"③汪绍楹《校艺文类聚序》言："《艺文类聚》改善了以往类书的偏重类事，不重采文，以及随意摘句，不录片段的缺点，予后人以研究上的便利。"④《艺文类聚》的这一特点，对于唐代学子而言，利于其学习揣摩应对科考，故伴随着唐代中后期雕版印刷术的普及，《艺文类聚》可能下传民间。

二　《北堂书钞》《初学记》《艺文类聚》的编辑体例、作用

《北堂书钞》大抵是供文人撰文时采录参考资料所用，其体例先立类，类下摘引字句作标题，标题之下征引古籍。不过，其立类略显芜杂，引文亦有断章取义、首尾不连贯处，征引材料或有不注明出处者。

---

① （宋）王溥撰：《唐会要》（卷三十六修撰），中华书局 2017 年版，第 658 页。

② 见（宋）薛居正等撰《旧五代史·梁书·成沆》（卷十七），中华书局 1976 年版，第 230 页。

③ （唐）欧阳询撰，王绍盈校：《艺文类聚》，上海古籍出版社 1982 年新版，第 27 页。本节所引《艺文类聚》内容俱见此本。

④ （唐）欧阳询撰，王绍盈校：《艺文类聚》，上海古籍出版社 1982 年新版，第 17 页。

《艺文类聚》部下分目，每目之下，先录记事，即摘录经、史、子等书籍中的有关资料；后录有关诗赋赞表。按目编次，故事在前，均注出处。所引诗文，也均注明时代、作者和题目，并按不同的文体，用"诗""赋""赞""箴"等字标明类别。《艺文类聚》鉴于"《流别》《文选》专取其文，《皇览》《遍略》直书其事。文义既殊，寻检难一"的问题，"稗夫览者易为功，作者资其用"，故其编撰也在于便于"寻检"。

《初学记》在编撰体例上，先是"叙事"，介绍某部类名称的详尽由来，接着是"事对"，引述各种专用术语典故，最后是"诗文"，精心列举与这些典故有密切关系的前人诗文来作示范，其作用亦如玄宗所言，"儿子等欲学缀文，须检事及看文体。《御览》之辈，部帙既大，寻讨稍难。卿与诸学士撰集要事并要文，以类相从，务取省便，令儿子等易见成就也"①。

《四库全书总目提要》类书类一《小叙》言："古籍散亡，十不存一，遗文旧事，往往托以得存。《艺文类聚》《初学记》《太平御览》诸编，残玑断璧，至捃拾不穷。"② 于今而言，这些类书的价值主要在保存古籍，有资于文献校考等文献学价值，但于其当时，若《北堂书钞》"集群书中事可为文用者"，《艺文类聚》之"寻检"，《初学记》之"检事及看文体"，大抵是供学人撰文时采录参考资料所用。尽管最初这些类书流传范围有限，但最终下传民间，对于作家作品较为广泛的传播、对时人的文学积累、文学写作、文学审美等具有积极的作用。

三 《北堂书钞》《艺文类聚》《初学记》于曹植文学的批评与意义

类书于今而言主要具有文献研究的价值，但在唐代当时却具有文学

---

① （唐）刘肃撰，许德楠、李鼎霞点校：《大唐新语》（卷九·著述），中华书局1984年版，第137页。

② 《四库全书总目提要》（卷一百三十五），商务印书馆1935年版，第26册，第17页。

学习与文学批评的意义，而从文学批评角度看，类书对曹植作品的摘取收录，对曹植及其作品的经典性阐释言，其意义在于如下五点。

（一）显现出曹植于魏晋南北朝时期的文学地位

一是从涉及曹植作品的数量言，笔者以"曹植"为检索词，就电子版搜索情况统计看，《北堂书钞》摘录曹植诗文涉及曹作约 73 篇，《艺文类聚》收入曹植诗文约 184 篇，《初学记》摘录曹植诗文约 52 篇。相较于此期其他作家言，曹植作品于类书中的摘录数量是非常多的。若《艺文类聚》，所收曹作数量仅次于萧纲、沈约，远超魏晋南北朝其他作家，曹植于魏晋南北朝的文学地位可想而知。

二是从创作成就言，类书的摘录、编选说明曹植通达诸体、取材广泛、内容丰富的文学成就。与《文选》所选基本上是已经确定为经典的曹植作品不同，类书所摘编依据的是曹植集，故所涉曹植创作体类更多，范围更广，不仅有《文选》中所选曹植的诗、乐府、赋、七体、书、表、诔文等文体之作，更包括赞、章、哀辞、颂、铭、论、说、咏、拟楚辞、文章序、文等，涉及十七八种文体。这些文体的写作，有不少并非曹植的经典之作，但在选录摘编时，它们也成了编撰者的编撰对象，显现出曹植多种文体皆擅的文学素养。

（二）提供了曹作解读的新角度

以《艺文类聚》而言，其分类与作品的归类对于认识作家作品提供了新的角度。如曹植《魏德论》，《艺文类聚》归入卷十"符命部"，该部附文分别引了汉司马相如《封禅文》、魏傅遐《皇初颂》、后汉傅干《王命叙》、汉扬雄《剧秦美新》、后汉班彪《王命论》、后汉班固《典引》、魏陈王曹植《魏德论》、魏邯郸淳《上受命述》、隋李德林《天命论》、魏邯郸淳《上受命述表》，共有文、颂、叙、论、典引、述、表等七种不同文体的同主题（"符命"主题）写作，此主题如班彪《王命论》所言："帝王之祚，必有明圣显懿之德，丰功厚利积累之业，然后精诚通于神明，流泽加于生民，故能为鬼

---

① 书中有时注陈思王、陈王等，若加上这一部分，那三部类书所涉曹植作品会更多一些。

神所福飨，天下所归往，未见运世无本，功德不纪，而得倔起在此位者也"①。在这样的文本语境中，曹植《魏德论》的政治意义彰显无遗。曹植《魏德论》服务于曹魏代汉的政治事件，为其合法性张本，故其内容先写武王之兴，再写今圣之武功文德，"于是汉氏归义，顾音孔昭，显禅天位，布唐放尧，上犹谦谦弗纳也"，于是再写群臣劝进，颂赞功德，足见人心所向所待，所谓代汉者，顺天应命，水到渠成，势不可不为。曹植《魏德论》有承班彪《王命论》之处，但魏之代汉，与三代禅让大有不同，故曹植之文言辞宏丽、思路独特，在上下参看中更为显见。

（三）示范事对词的特点、提取方法，促进曹作词汇的语典化

《初学记》对曹植诗文中词汇的摘录主要集中于"事对"部分，取自曹植诗文的对词约 43 个。其中取词较多的曹植诗文是《公宴》《洛神赋》《七启》《与杨德祖书》等篇。见表 3。

表3　　　　　　　　　　　《初学记》事对词取自曹植作品梳理

《初学记》事对词	所引曹植语句	篇目	两晋南北朝诗中出现状况	提取方法
【北堂　西园】卷一月第三	清夜游西园，飞盖相追随。明月澄清影，列宿正参差。	公宴	约31条	直取
【娱宾　敬客】卷十王第五	公子敬爱客，终宴不知疲。清夜游西园，飞盖相追随。		无	提取拼凑
【步辇　飞盖】园圃第十三			约20条	直取
【兰坂　桂山】卷十王第五	明月澄清景，列宿正参差。秋兰被长坂，朱华冒渌池。		无	提取拼凑
【明珠　藻玉】卷六洛水第七	或采明珠，或拾翠羽。	洛神赋	与《洛神赋》相关者约2条	直取
【邙阜　洛川】卷八河南道第二	容与乎阳林，流眄乎洛川。		9条	直取
【梓泽　芝田】同上	税驾乎蘅皋，秣驷乎芝田。		1条	直取

① 《艺文类聚》，上海古籍出版社1982年版，第192页。

续表

《初学记》 事对词	所引曹植语句	篇目	两晋南北朝诗中出现状况	提取方法
【钟鼓俱震　埙篪和鸣】 卷十五雅乐第一	钟鼓俱振，箫管齐鸣。	七启	无	直取
【发皓齿　动朱唇】 卷十五歌第四	动朱唇，发清商。		无	直取
【凤翔　鸿骛】 卷十五舞第五	凌跃超骧，蜿蝉挥霍。翔尔鸿骛，濈尔凫没。纵轻体以迅赴，景追形而不逮。		无	直取
【步光　飞景】 卷二十二剑第二	步光之剑，华藻繁缛。		无	直取
【错荆玉　衔越金】 同上	步光之剑，华藻繁缛。缀以骊龙之珠，错以荆山之玉。		无	提取拼凑
【芳菰　奇稌】 卷二十六饭第十二	芳菰精稗，霜蓄露葵。		无	直取
【润色　诋诃】 卷二十一文章第五	刘季绪才不能逮于作者，而诋诃文章，掎摭利病。	与杨修书	1条	直取
【雕龙　画虎】 同上	孔璋之才，不闲词赋，而多自谓能与司马长卿同风，譬画虎不成反为狗也。		无	直取
【握蛇珠　骋骥足】 同上	当此之时，人人自谓握灵蛇之珠，家家自谓抱荆山之玉。		无	提取拼凑
【笑舞鹤　握灵蛇灵珠】 卷二十七珠第三			无	提取拼凑
【灵稼　嘉谷】 卷二十七五谷第十	灵稼阿那，一禾千茎。	社颂	无	直取
【照九阿　齐万亩】 同上	秀吐穗，万亩齐，平荫盖陇，百稼不生。		无	颠倒词序

　　《洛神赋》《七启》《公宴》《与杨德祖书》在两晋南北朝已经得到广泛接受，为当时公认的经典之作。上表中有些对词，如"西园""飞盖"，已经成为语典，较多出现于当时文人的诗作中。另外，如"洛川"以指美女，见于南朝江淹《咏美人春游诗》"白雪凝琼貌，明珠点绛唇。行人咸息驾，争拟洛川神"，刘缓《敬酬刘长史咏名士悦倾城诗》"不信巫山女，不信洛川神"等句。"明珠"，亦与美女相关，江淹的"明珠点绛唇"、"褰裳摘明珠，徙倚拾蕙若"（《杂体诗三十首·陈思王曹植赠友》），亦出自《洛神赋》。而"芝田"一词，《洛神赋》后，诗中最早见于卢思道《乐平长公主挽歌》"何时洛水湄，芝田解龙驾"句。"诋诃"一词，诗中较早借用者见何逊《答丘长史

诗》"披文极诋诃，析理穷章句"。另外若"宴平乐"（《名都篇》）、"朱实"（《橘赋》）、"西子"（《扇赋》）等唐前均有接受。

《初学记》对事对词的提取对前人对曹作的接受有一定的参考，不过大多数事对词属于编者凝练提出而成，其提取方式有三种：直取法、提取拼凑法（或缩略法）、颠倒词序法。这些新提炼的事对词，多出自曹植赋作，亦有出自曹植诔、铭、论、表或诗者，有些是前代比较知名的作品，如《斗鸡》《魏德论》《吁嗟篇》《远游篇》《离友诗》、失题"双鹤俱遨游"等，但若《离缴雁赋》《谢赐柰表》《社颂》《酒赋》、《乐府诗》"墨出青松烟"、《七忿》《述行赋》《扇赋》《平原公主诔》《两仪篇》《秋思赋》《大暑赋》《古乐府·艳歌行》《射雉赋》《承露盘铭》等，在前代并没有广泛的接受传播，《初学记》从这些篇目中提取对词，或与其构织事对的严格要求有关。

《四库全书总目提要》言《初学记》："在唐人类书中，博不及《艺文类聚》，而精则胜之，若《北堂书钞》及《六帖》，则出此书下远矣。"①《初学记》的事对编辑是相当精心的。如"明珠 藻玉"事对，编者引例是《洛神赋》中的"或采明珠，或拾翠羽"句，但查《先秦汉魏晋南北朝诗》，约有 23 处诗句有"明珠"一词，若杜笃、繁钦、曹丕，甚至曹植的《美女篇》《远游篇》《赠丁廙》等诗中均有"明珠"意象，"明珠"意象并非《洛神赋》所独出。那为何引曹植《洛神赋》中句呢？"藻玉"一词，引《山海经》曰："秦冒之山，洛水出焉，东流注于河，其中有藻玉。"可知二词的关联在于"洛水"，此事对词归于卷六"地部洛水第七"。正是因为所属篇目的限制，所以编者的引文不考虑词语的源发意义。

又如乐部上歌第四事对"发皓齿，动朱唇"，分别引"傅毅《舞赋》曰：眄般鼓则腾清眸，吐哇声则发皓齿。曹植《七启》曰：动朱唇，发清音"。其实，"发皓齿"唐前最早见于曹植《杂诗六首》其四"时俗薄朱颜，谁为发皓齿"句，傅玄赋句中的"发皓齿"明显学自

<hr />

① 《四库全书总目提要》（卷一百三十五），商务印书馆 1935 年版，第 26 册，第 22 页。

曹诗。但编者把傅玄赋句中词与曹作文句中词相对，因为曹植"谁为发皓齿"并非指歌唱，而"发皓齿，动朱唇"的事对是乐部歌目下的内容，所以编者编事对，主要考虑的是不同作家作品词汇的相对，而并不考虑词语的源发性质。

有时，某对词与引证例子间缺少关联。如"凝露，飞霜"事对在卷三"岁时部上秋第三目下"，其中"凝露"，引曹植《秋思赋》"四时更王兮秋气悲，高云静兮露凝衣"句为例证。曹植赋句中是"露凝"，事对中是"凝露"，应是颠倒词序的事对提取法。但查魏晋南北朝诗，诗中直接出现"凝露"一词约 5 次，其中张华《仲秋田》"凉风清且厉，凝露结为霜"；江回《咏秋诗》"高风催食节变，凝露督物化"，题目均与秋有关，诗中又皆有"凝露"一词，似乎都比曹植赋中的"露凝"更合适。但编者颠倒词序以与"飞霜"相对，盖因曹作更为知名，或是示范颠倒词序的事对提取方法。

研究者认为《初学记》编撰远较《北堂书钞》《艺文类聚》为精，以"事对"部分言的确如此，但其引文目的并不在于溯源，所以，对于所引诗句是否具有原创性并不以为意，编者自然关注知名作家的经典之作，但主要着眼于作诗用典对仗的技能需要。他所集事对之词有两方面的示范作用：一是暗示对词的特点；一是示范如何从原作中提取所需对词。至于它对曹植诗文的引用摘录，其意义主要在于三点。

一是突出了曹植辞采华茂的特点；二是扩展了读者对曹植作品的了解，尤其在曹植别集流传不普遍，《文选》选取有限，《艺文类聚》卷帙繁多的类书又难为普通士子所拥有的情况下，《初学记》事对中的征引、诗文的摘录等对曹植作品于接受群体的拓展言应有积极意义；三是促使曹作词汇的语典化。《初学记》对曹植作品词汇的提取，把它们从原作语境中独立出来（不过，事对词相关的例句仍然规约着所提取事对词与原诗的关系），既凸显了这些词语的典型化特征，又便于写作时的调用，这对于所提取事对词的语典化具有积极意义。松浦友久言："中国诗歌中的'诗语'问题，比在其他国家的诗歌中具有更加独特的重要性"，"由中国人所撰的中国古典诗的注释，有力地证明了这一倾向。这些注释，首先重视的是对单个诗语的出处考索和用例引征，而诗句的分析和全篇的通解只是作为第二义的关心。同时，《北堂书钞》、《艺文类聚》、《初学记》等等作为（文艺用语）分类用例辞典的存在，也不只是有作为工具书的便利，更集中地表现出对关于各种题材的典型范例的强烈兴趣"。① 此论可见注释、类书等对中国古代语典形成的作用。

又，张伯伟言："摘句法从其本质上来说，是一种形式主义批评（这里的"形式主义"并不含有贬义）。这种批评的焦点，集中在文学本身的各项素质，诸如韵律、词藻、对偶以及文字的弹性、张力等等……它从作品中摘取一联，使人们可以不顾它与作者的关系，甚至不必考虑与作品的其余部分的关系，而将注意力集中于这一联句。因为摘句本身就意味着独立、突出，它必然具有疏离（estranging）；或陌生（de-familiarizing）的效果。"② 若此，摘词也是一种形式主义批评，具有疏离、陌生的效果，但张伯伟主要强调了摘句独立的意味，而没有强调它与原作的联系。

（四）体现出溯源视角下曹植作品的文学史意义

《北堂书钞》主要集作品中与其所分部类相关的语、事，尽管编者以其学力往往把零碎的多位作家相关的内容编写成一段具有一定逻辑关系的语段而归入某部某篇，但由于往往是断章而取短语或句，所以就同一作家被引入条目看，可以观作家言语的丰富性，但由于脱离了作家作品的整体语境，所以很难窥测作家创作的完整风貌。但有时，其条列多位作家的语句，会让人看到作家间语言上的渊源性。

如"岁时部四热篇二十六"列"流金铄石"（《楚辞》）、"焦金烂石"（《春秋繁露》）、"煎砂"（贾谊《旱云赋》）、"铄石"（《抱朴子》）、"海沸砾烂"（曹植《大暑赋》）、"海沸砂融"（傅玄《杂诗》）、"熙天灼地"（傅咸《羽扇赋》）、"沸海焦陵"（傅咸《感凉赋》）等。

---

① ［日］松浦友久：《中国诗的性格》，见松浦友久《唐诗语汇意象论》，陈植锷、王晓平译，中华书局1992年版，第10、11页。

② 张伯伟：《中国古代文学批评方法研究》，中华书局2002年版，第344页。

曹植的"海沸砾烂"相比于前人"流金铄石""焦金烂石""煎砂"，确实具有创造性，而"海沸砂融""沸海焦陵"显然由其化出。

"地部二穴篇十三"列曹植诗文如"洛阳赋云：狐狢穴於紫闼兮，茅羡生于禁闱，本至尊之攸居□，于今之可悲"，"曹植诗曰：游鸟翔故巢，狐死反丘穴，我信归故乡，安得惮离别"。曹植以狐狢穴于紫闼禁闱之荒凉情景来衬托洛阳在汉末动乱中遭受的破坏，有黍离之感，而以"狐死反丘穴"的物性特征表达对故乡不可更移的热爱，这里的"穴"就具有了文学的抒情特征，与编者其前所列条目强调穴之神、奇、怪等相比，曹植诗文中的"穴"意象具有开拓性意义。

由于《北堂书钞》重点在摘录词句，所以其溯源的思想表现不是特别突出。《艺文类聚》部下分目，每目之下，先录记事，即摘录经、史、子等书籍中的有关资料；后录有关诗赋赞表。由于以类相从，其所列诗文先后条列，同类主题不同时代的创作就呈现出比较的特点。如卷五"岁时下热"所附赋，见表4。

表4　　　　　　　　　《艺文类聚》卷五"岁时下热"所选赋

作家	篇名	赋作内容
繁钦	暑赋	暑景方徂，时惟六月，大火飘光，炎气酷烈，翕翕盛热，蒸我层轩，温风渨涩，动静增烦，虽托阴宫，罔所避旃，粉扇靡救，宴戏鲜欢，庶望秋节，慰我愁叹。
曹植	大暑赋	炎帝掌节，祝融司方，羲和按辔，南崔（本集雀）舞衡，蛇折鳞于灵窟，龙解角于皓苍，遂乃温风赫戏，草木垂干，山坼海沸，沙融砾烂，飞鱼跃渚，潜鼋浮岸，鸟张翼而近栖，兽交游而云散，于时黎庶徒倚，棻布叶分，机女绝综，农夫释耘，背暑者不群而齐迹，向阴者不会而成群，于是大人迁居宅幽，缓神育灵，云屋重构，闲房肃清，寒泉涌流，玄木奋荣，积素冰于幽馆，气飞结而为霜，奏白雪于琴瑟，朔风感而增凉。
刘桢	大暑赋	其为暑也，羲和总驾发扶木，太阳为舆达炎烛，灵威参垂步朱毂，赫赫炎炎，烈烈晖晖，若炽燎之附体。又温泉而沉肌，兽喘气于玄景，鸟戢翼于高危，农畯捉镈而去畴，织女释杼而下机，温风至而增热，歊悒愔而无依，披襟领而长啸，冀微风之来思。
王粲	大暑赋	惟林钟之季月，重阳积而上升，喜润土之溽暑，扇温风而至兴，兽狼望以倚喘，鸟垂翼而弗翔，远昆吾之中景，天地翕其同光，征夫瘣于原野，处者困于门堂，患衽席之焚灼，譬烘燎之在床，起屏营而东西，欲避之而无方，仰庭槐而啸风，风既至而如汤，于是帝后顺时，幸九峻之阴冈，托甘泉之清野，御华殿于林光，潜广室之邃宇，激寒流于下堂，重屋百层，垂阴千庑，九闼洞开，周帷高举，坚冰常奠，寒馔代叙。

作家	篇名	赋作内容
夏侯湛	大暑赋	若乃三伏相仍，徂暑肜肜，上无纤云，下无微风，扶桑赩其增愤，天气晔其南升，尔乃土坼地圻，谷枯川竭，寒泉潜沸，冰井腾沫，洪液蒸于单簟兮，珠汗沾乎绵葛，温风翕其至兮，若洒汤于玉质，沃新水以达夕，振轻箑以终日。
卞伯玉	大暑赋	惟祝融之司运，赫溽暑之方隆，日贞跃于鹑首，律迁度于林锺，温风翕以辰至，星火烂以昏中，气滔滔而方盛，暑永路而难终，流风兮莫继，朱烟兮四缠，郁邑兮中房，展转兮长筵，体沸灼兮如燎，汗流烂兮珠连。
傅咸	感凉赋	践朱明之中月，暑郁隆以肇兴，赫融融以弥炽，乃沸海而焦陵，兽窜伏于幽林兮，鸟垂翼而弗升，汗珠陨于玉体兮，粉附身以沾凝，于是景云晨敷，曜灵潜光，阴气聿升，凯风载扬，忽轻箑于坐隅兮，思暖服于兰房。

　　建安之前两汉赋作中没有以"大暑"为题的创作，曹植、刘桢、王粲的《大暑赋》，为建安时期的同体共作，在赋创作史上有开创性意义。夏侯湛、卞伯玉作亦为《大暑赋》，应是对建安作家此题的继承；傅咸所写虽为《感凉赋》，但由写暑入，故而仍归入"热"目。繁钦、曹植、王粲、刘桢所写各有特点。繁钦以第一人称视角，从自我的感受来写，所涉物象具有真实性、生活性。曹作开头连用关于"热"的事典（此可见与卷五"岁时下热"前面部分的事典的关系），具有一种神秘的色彩，然后以夸张的笔法，依次写草木、山海、砂砾、海中飞鱼、潜鼋、陆上飞鸟走兽，从宏观的视角展现天地物事的状况，又进而聚焦于地上黎庶的大暑中反应，最后写大人先生的避暑取凉。行文层次丰富，视野宏阔，词丽气壮。刘桢赋亦从事典入手，与曹作以四字短语排比而出的气势相比，刘作以七字句入，比较舒缓，其后写温泉、兽、鸟、织、农的反应，一句一类，没有铺展，亦无分层，最后从个体角度写对微风的盼望，与繁钦赋作结尾类似。王粲的写作前半部分与刘桢相似，亦写兽狼、鸟、征夫、处者等，所写对象比较真实，后一部分与曹作类似，写帝后的避暑取凉。不过，看曹作"云屋重构，闲房肃清，寒泉涌流，玄木奋荣，积素冰于幽馆，气飞结而为霜，奏白雪于琴瑟，朔风感而增凉"，较王作"重屋百层，垂阴千庑，九闼洞开，周帷高举，坚冰常奠，寒馔代叙"，王作虽有夸张，但较曹作为平实，曹作比王作要奇，更富辞采，更为华美。就四人所

写看，以曹作为更优。夏侯湛"尔乃土坟地坼，谷枯川竭，寒泉潜沸，冰井腾沫，洪液蒸于单簟兮，珠汗沾乎缔葛"，傅咸"乃沸海而焦陵，兽窜伏于幽林兮，鸟垂翼而弗升"显然是受曹作"草木垂干，山坼海沸，沙融砾烂，飞鱼跃渚，潜鼋浮岸，鸟张翼而近栖，兽交游而云散"句写法的影响。据上分析来看，《艺文类聚》每部的编撰，不只是按类提供文学的资料，其分类、录入中，其实是有编者的文学批评理念在的。

又《初学记》有部分以类相从的内容也有文学史的意义。如卷十九"美妇人第二"，在条列事对后附赋体文，先后有宋玉《高唐赋并序》、司马相如《美人赋》、曹植《洛神赋》、谢灵运《江妃赋》，篇体仅曹植《美女篇》，显示以类相从的思想。其罗列赋、诗、歌、篇等不同文体相关主题的诗文，可以给读者几方面的启发：一是曹植《洛神赋》在美女写作上具有承上启下的作用；二是不同文体下同一主题写作的差异性。若此，相列的同一主题的不同内容之间就具有了直观比较的可能。《艺文类聚》每部由事典—诗体—文体排列，文体文与诗体诗、事典等之间亦构成了相互参照的关系。

（五）截取或凑取导致对原作意义呈现的扭曲

《初学记》事对部分往往征引的是作家作品中的只言片语，故多与原文脱节。而引诗文部分，全引者极少，大多摘引部分内容。以卷十九"美妇人第二"中所引曹植《洛神赋》《美女篇》内容，把它们与《文选》中选篇相比（见表5、表6）。

表5　　　　　　　　　《初学记》《文选》选入《美女篇》比较

《初学记》中的《美女篇》	《文选》中的《美女篇》	摘录变化情况
【魏曹植《美女篇》】 美女妖且闲，采桑歧路间； 柔条芬冉冉，叶落何翩翩。 攘袖见素手，皓腕约金环； 头上金雀钗，腰佩翠琅玕。 明珠交玉体，珊瑚间木难； 罗衣何飘飘，轻裾随风还。 顾盼遗光彩，长笑气若兰；	美女妖且闲，采桑歧路间。 柔条纷冉冉，叶落何翩翩。 攘袖见素手，皓腕约金环。 头上金爵钗，腰佩翠琅玕。 明珠交玉体，珊瑚间木难。 罗衣何飘飘，轻裾随风还。 顾眄遗光彩，长啸气若兰。 行徒用息驾，休者以忘餐。	① "借问女安居"以下内容未有摘录。

续表

《初学记》中的《美女篇》	《文选》中的《美女篇》	摘录变化情况
行徒用息驾，休者以忘餐。	借问女安居？乃在城南端。青楼临大路，高门结重关。容华耀朝日，谁不希令颜？媒氏何所营？玉帛不时安。佳人慕高义，求贤良独难。众人何嗷嗷，安知彼所观？盛年处房室，中夜起长叹。	②个别字词有不同。如"罗衣何飘飘"与"罗衣何飘飖"；"长笑气若兰"与"长啸气若兰"；"顾盼遗光彩"与"顾眄遗光彩"等。

　　《初学记》主要摘录了曹植《美女篇》第三人称视角下对美女形象刻画的内容，而删除了后半部分包含美女心里独白的内容，而这后半部分表明美女"慕高义"而孤洁自守的傲洁人格与不为人知的孤独寂寞，是曹植继承屈原香草美人手法，以美人自比的心志表白。如果说诗的前半部分重点是形，后半部分则重点在神。《初学记》的摘录删除了美女形象所承载的寄寓意义，如果读者没有读《文选》，或曹植《文集》，恐怕对曹植《美女篇》就会产生误读。另外，"长笑"与"长啸"尽管只有一字之差，但曹作原篇中所隐含的个体性格与苦闷、激愤的情绪则尽然失之矣。

　　如果说《初学记》对《美女篇》的摘录只是舍弃了写神的部分，但改动尚不大，那么它对《洛神赋》就不只是摘录，还有拼凑，并且有多处改动。为方便比较，列表如下。

表6　　　　　　　　　　《初学记》《文选》选入《洛神赋》比较

《初学记》中《洛神赋》	《文选》中《洛神赋》	变化情况
御者对曰：臣闻河洛之神，名曰宓妃，君王所见，无乃是乎？其状若何？臣愿闻之。余告之曰："其形也翩若惊鸿，婉若游龙；荣曜秋菊，华茂春松；仿佛兮若轻云之蔽月，飘飘兮若流风之回雪。远而望之，皎若太阳升朝霞；迫而察之，灼若芙蕖出绿波。	黄初三年，余朝京师，还济洛川。古人有言，斯水之神，名曰宓妃。感宋玉对楚王神女之事，遂作斯赋。其辞曰： 　　余从京域言归东藩。背伊阙，越轘辕。经通谷，陵景山。日既西倾，车殆马烦。尔乃税驾乎蘅皋，秣驷乎芝田。容与乎阳林，流眄乎洛川。 　　于是精移神骇，忽焉思散。俯则未察，仰以殊观。睹一丽人，于岩之畔。乃援御者而告之曰："尔有觌于彼者乎？彼何人斯？若此之艳也？"御者对曰："臣闻河洛之神，名曰宓妃。然则君王所见，无乃是乎？其状若何？臣愿闻之。"	①左侧楷体文字《初学记》中缺。②《初学记》省去了序、正文背景。

续表

《初学记》中《洛神赋》	《文选》中《洛神赋》	变化情况
浓纤得所，修短合度；肩若削成，腰若约素。延颈秀项，皓齿呈露；芳泽无加，铅华不御。云髻峨峨，修眉连娟；丹唇外朗，皓齿内鲜。明眸善睐，靥辅承欢；瑰姿艳逸，仪静体闲。柔情绰态，媚于语言；奇服旷代，骨象应图。被罗衣之璀璨（少"兮"），珥瑶碧之华琚；戴金翠之首饰，缀明珠以耀躯。践远游之文履，曳雾绡之轻裾；微幽兰之芳蔼兮，步踟蹰于山隅。于是忽焉纵体，以遨以嬉，左倚彩旄，右荫桂旗。攘皓腕于神浒兮，采湍濑之玄芝。余情悦其淑美（少"兮"），心振荡而不怡，收和颜以静志兮，申礼防以自持。于是洛灵感焉，徙倚彷徨；神光离合，乍阴乍阳。竦轻躯以鹤立，若将飞而未翔。践椒涂之郁烈，步衡薄以流芳。超长吟以永慕兮，声哀厉而弥长。叹匏瓜之无匹（少"兮"），咏牵牛之独处；扬轻袿之绮靡（少"兮"），翳修袖以延伫。体迅飞凫，飘忽若神；凌波微步，罗袜生尘。动无常则，若危若安。又曰：越北沚，过南冈，纡素岭，回清阳。动丹唇以徐言，陈交接之大纲；恨人神之道殊兮，怨盛年之莫当。于是背下陵高，足往心留；遗情想像，顾望怀愁。	余告之曰："其形也，翩若惊鸿，婉若游龙。荣曜秋菊，华茂春松。仿佛兮若轻云之蔽月，飘飖兮若流风之回雪。远而望之，皎若太阳升朝霞。迫而察之，灼若芙蕖出绿波。秾纤得衷，修短合度。肩若削成，腰如（约）〔束〕素。延颈秀项，皓质呈露。芳泽无加，铅华弗御。云髻峨峨，修眉联娟。丹唇外朗，皓齿内鲜，明眸善睐，靥辅承权。瑰姿艳逸，仪静体闲。柔情绰态，媚于语言。奇服旷（世）〔代〕，骨像应图。披罗衣之璀粲兮，珥瑶碧之华琚。戴金翠之首饰，缀明珠以耀躯。践远游之文履，曳雾绡之轻裾。微幽兰之芳蔼兮，步踟蹰于山隅。 于是忽焉纵体，以遨以嬉。左倚采旄，右荫桂旗。攘皓腕于神浒兮，采湍濑之玄芝。余情悦其淑美兮，心振荡而不怡。无良媒以接欢兮，托微波而通辞。愿诚素之先达兮，解玉佩以要之。嗟佳人之信修，羌习礼而明诗。抗琼珶以和予兮，指潜渊而为期。执眷眷之款实兮，惧斯灵之我欺。感交甫之弃言兮，怅犹豫而狐疑。收和颜而静志兮，申礼防以自持。 于是洛灵感焉，徙倚彷徨。神光离合，乍阴乍阳。竦轻躯以鹤立，若将飞而未翔。践椒涂之郁烈，步蘅薄而流芳。超长吟以永慕兮，声哀厉而弥长。 尔乃众灵杂沓，命俦啸侣。或戏清流，或翔神渚。或采明珠，或拾翠羽。从南湘之二妃，携汉滨之游女。叹匏瓜之无匹兮，咏牵牛之独处。扬轻袿之猗靡兮，翳修袖以延伫。体迅飞凫，飘忽若神，凌波微步，罗袜生尘。动无常则，若危若安。进止难期，若往若还。转眄流精，光润玉颜。含辞未吐，气若幽兰。华容婀娜，令我忘（湌）〔餐〕。 于是屏翳收风，川后静波。冯夷鸣鼓，女娲清歌。腾文鱼以警乘，鸣玉鸾以偕逝。六龙俨其齐首，载云车之容裔，鲸鲵踊而夹毂，水禽翔而为卫。 于是越北沚，过南冈。纡素领，回清阳，动朱唇以徐言，陈交接之大纲。恨人神之道殊兮，怨盛年之莫当。抗罗袂以掩涕兮，泪流襟之浪浪。悼良会之永绝兮，哀一逝而异乡。无微情以效爱兮，献江南之明珰。虽潜处于太阴，长寄心于君王。忽不悟其所舍，怅神宵而蔽光。 于是背下陵高，足往神留，遗情想像，顾望怀愁。冀灵体之复形，御轻舟而上溯。浮长川而忘反，思绵绵而增慕。夜耿耿而不寐，沾繁霜而至曙。命仆夫而就驾，吾将归乎东路。揽骓辔以抗策，怅盘桓而不能去。	③省去"余"的行为与内心活动及"余"与洛神的互动。 ④省去众灵的活动。 ⑤省去"余"之感受，略去对洛神的几句刻画。省去众神的行为、车乘的神奇等。 ⑥省去了关于洛神心理叙述的内容及"余"之怅然。 ⑦省去"余"上下求索的活动及归去。 ⑧《文选》中"于是"，《初学记》中改为"又曰"

　　就表6看，《初学记》中的《洛神赋》所舍去的是序、正文背景、"余"之活动、众神的活动，以及表现洛神心理活动的内容。原文1000多字，而截取后的仅540多字，篇幅缩减了一半。除有几个字有所改动外，还去掉了原文中4处"兮"字；原文"于是越北沚，过南冈"，《初学记》中对应的则是"又曰：越北沚，过南冈"。这些变动对于《洛神赋》原作的理解有很大影响。

　　第一，影响对原赋寄寓性质、人物形象等的理解。由于删除了目击者"余"的思想、情绪，节选《洛神赋》中情感互动的因素大大降低，洛神形象由原文的形神俱备，而更多只剩下形的刻画，其丰富的心灵世界、其习礼明诗的素养、盛年莫当的哀婉等因删除了关键的内容而遗落了，这就意味着洛神形象的丰满立体性遭到了削弱。而小序、背景等内容的删除，消解了赋作的寄寓性质。其间实词的变动于文意理解尚无大碍，但虚词的删除，对于语气情感的表现则大有影响。原作中"兮"字的使用，使得语句表达比较舒缓，表现了"余"在描述洛神形象时对洛神的欣赏、爱慕与沉醉，删去后这个意味就淡化多了。

　　第二，破坏了原赋整体结构的表现。尽管《初学记》所节选《洛神赋》整体上尚能首尾连贯，但其结构的完整性无法与原作相比。比如开头即言"御者对曰"，非常突兀，"对"是应"问"而答的，没有"问"，"对"就显得没头没脑。"余情悦其淑美兮，心振荡而不怡"后的内容省去了"余"与洛神的互动及"余"之忧虑，有了这个内容，下文"洛灵感焉"才有着落，也就是说此后直到洛灵光消声散，这其中所有关于洛神行为、心理等的叙述均由此处生发，没有了这些内容，后文洛神的言行心理等叙述就失去了依据。而"又曰"的插入，明显是编撰者的语言，它的出现，把此前与此后的文脉联系一下截断了，更使赋作结构的完整性遭到了破坏。

　　为何出现这种情况？第一，应是受限于本卷的编撰目的。本篇归属于"人部下美妇人"目，重点在写女性的美丽，所以截取内容主要突出女性形象刻画。第二，受限于《初学记》的编撰目的。它是为王子们初学作文而编撰的，节选内容凸显相关主题的用语及写作手法；而"务取省便，令儿子等易见成就也"（《大唐新语·著述》），"务取省便"不只是以类相从，便于检事看体，同时，也意味着对长文的缩减精简，突出重点，但整体上仍尽量保持节选内容的连贯性。至于删除虚字，可能体现了编者对对句的重视，因为这些虚字删除后，上下句即是比较工整的对句，如"被罗衣之璀璨，珥瑶碧之华琚"显然要更为紧凑。

《艺文类聚》七十九"灵异部下神目"对曹植《洛神赋》亦有节选。见表7情况比较。

表7　　　　　　　《艺文类聚》《文选》选入《洛神赋》比较

《艺文类聚》中《洛神赋》	《文选》中《洛神赋》	变化情况
黄初三年，余朝京师，还济洛川，古人有言，斯水之神，名曰宓妃，感宋玉对楚王说神女之事，其辞曰：余从京域，言归东藩，背伊阙，越镮辕，经通谷，凌景山，税驾乎蘅皋，秣驷乎芝田，容与乎杨林，流盼乎洛川，于是精移神骇，忽焉思散，俯则未察，仰以殊观，睹一丽人，于岩之畔，其形也翩若惊鸿，婉若游龙，荣曜秋菊，华茂春松，仿佛兮若轻云之蔽月，飘飘兮若流风之回雪，远而望之，皎若太阳升朝霞，迫而察之，灼若芙蕖出绿波，秾纤得衷，脩短合度。	黄初三年，余朝京师，还济洛川。古人有言，斯水之神，名曰宓妃。感宋玉对楚王神女之事，遂作斯赋。其辞曰： 余从京域，言归东藩。背伊阙，越镮辕。经通谷，陵景山。日既西倾，车殆马烦。尔乃税驾乎蘅皋，秣驷乎芝田，容与乎阳林，流眄乎洛川。于是精移神骇，忽焉思散。俯则未察，仰以殊观。睹一丽人，于岩之畔。乃援御者而告之曰："尔有觌于彼者乎？彼何人斯？若此之艳也！"御者对曰："臣闻河洛之神，名曰宓妃。然则君王所见，无乃是乎？其状若何？臣愿闻之。" 余告之曰："其形也，翩若惊鸿，婉若游龙。荣曜秋菊，华茂春松。仿佛兮若轻云之蔽月，飘飘兮若流风之回雪。远而望之，皎若太阳升朝霞；迫而察之，灼若芙蕖出绿波。秾纤得衷，修短合度。	右侧楷体文字为《艺文类聚》中《洛神赋》缺

《艺文类聚》言："爰诏撰其事且文，弃其浮杂，删其冗长，金箱玉印，比类相从。"仅就它对《洛神赋》原文的引录情况看，它删除了环境描写、对话叙述、过渡虚词等。所节选仅200余字，缩减了约五成内容。而且，与《初学记》中对《洛神赋》的摘录仍追求篇章的完整性、连贯性不同，它仅仅节选了赋作小序与开头一部分内容，因此它首先是非常不完整的，距离《洛神赋》原貌较远。其次，就节选

部分言，也是摘录拼凑，略去不少内容。其对原作的改变主要在于变对话体为叙事体，把作为见证者的次要人物"御者"删除了。另外，原作"遂作斯赋"一语，不仅承上句而来，且点明作品的赋体性质，删除后，原作的赋体性质似乎有所淡化。当然，就节选部分言，节选内容的确是比较连贯紧凑的，但其所谓的"浮杂""冗长"仅是限于其编撰目的所做的判断，于原作言则未必如是。因此，以"浮杂""冗长"为由的删选，很大程度上可能是对原作的曲解。且此节选从属于本部灵异话题，对曹作的寄寓性质完全忽略了。若读者没有读过原作，而仅见《初学记》《艺文类聚》中之《洛神赋》，读者所接受的《洛神赋》与《洛神赋》原文则相差千里，此对曹植原作的接受之消极意义显然可见。

林晓光指出："《艺文类聚》基于其'艺文'宗旨及类书功能、体例，而对原作进行了删节缩略甚至必要的改写，六朝文学文本因此发生了构造性的变异，文体遭到了破坏弱化，其中的历时性内容及与类书条目无关的部分则往往被隐灭舍弃。"① 其实，《初学记》中的情况也是如此。以曹植作品言，若有《文选》或曹植集所载相比对尚可知其取舍，若一些仅存于《艺文类聚》或《初学记》中的曹植诗文，因为缺少比对材料，则很难知晓其原本面貌。不过，节选虽然难免其消极影响，但它对原作的摘取、转化等某种程度上也示范了规摹前人作品的创作方式，而且从其他角度凸显了原作的性质，使原作具有更多角度阐释、阅读的可能。

综上，唐代类书对曹植文、句的编选，对于曹植作品的传播，对于唐人对曹植作品的广泛学习等都具有重要意义。而类书编选也隐含编者的批评理念，只是它不同于一般形诸文字的批评，它以作品承载观念，是一种隐性的批评，但学者在对作品的学习模仿中自然而然地会接受编者的编选标准乃至文学好尚，因而它对于写作的实际指导意义远较抽象的议论为大。

---

① 林晓光：《论〈艺文类聚〉存录方式造成的六朝文学变貌》，《文学遗产》2014 年第 3 期。

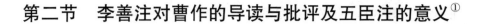

第二节　李善注对曹作的导读与批评及五臣注的意义①

隋唐时代的《文选》学专著至少有十余种，伴随着唐代《文选》的普遍性传播，《文选》学对《文选》中作家作品的经典化具有重要意义。"然而，这些在隋唐时期相继出现的为数颇多的《文选》注解书，和中国古代典籍流传所常见的现象一样，它们后来大都散佚失传了。失传的原因在于当时出现了《李善注》与《五臣注》。前者的特点是着重说明典故，可谓成就卓著，前所未有；后者的特点是对文本的解释明白易懂。这两大注解书出现后便使其他同类书黯然失色，逐渐淘汰"②。

岗村繁认为："李善继承并超越了以往对《文选》作语言学注解的传统方法，进而从文学的角度深入《文选》的内面。他致力于凸显汉魏六朝文学的本质特点，由此而把重点放在《文选》作品中用语所依据的出典，对之逐一探幽溯源，精心施注。"③ 岗村繁着眼于李善注对汉魏六朝文学本质特点的凸显，尽管其旨主要指《文选》作品的用典，但他所提李善注"从文学的角度深入《文选》的内面"的观点，对于我们思考李善注的文学批评意蕴等极具启发意义，而从此角度讲，李善注对于曹植经典大家地位的确立，及其经典作品的接受有着至关重要的影响。

李善注班固《两都赋》序中言"诸引文证，皆举先以明后，以示作者必有所祖述也。他皆类此"。一般认为李善注是一种探源式的注释，其成就主要是文献学的成就，这一认识忽略了李善注的主体性。刘勰把注释归于论体，"若夫注释为词，解散论体，杂文虽异，总会是同"（《文心雕龙·论说》），因此，尽管李善在广征博引中努力体现

---

① 本节所引《文选》李善、五臣注，见（南朝梁）萧统编，（唐）李善注《文选》，岳麓书社 2002 年版；（南朝梁）萧统编，（唐）李善、吕延济、刘良、张铣、吕向、李周翰注《六臣注文选》，中华书局 2013 年版。

② ［日］冈村繁：《〈文选〉之研究》，陆晓光译，上海古籍出版社 2002 年版，第 21 页。

③ ［日］冈村繁：《〈文选〉之研究》，陆晓光译，上海古籍出版社 2002 年版，第 319 页。

其客观性，但他对作品的理解、对文学的一些看法则隐含其间。李善注不仅注事，亦注意义。陈延嘉言："李善注是释事为主，释义为辅；换一个提法是征引为主，少有释义。"① 但李善注的不少释事，本身即是释义。陈复兴言："李善的注释学成就，本身也是一种文学批评。"② 赵福海言："李善留下的东西不多，但一部《文选注》就足以确立其文学家和文学批评家的地位。"③

他们都注意到李善注的主体性。只是由于注释体的限制，李善的文学认知大多隐含其间，但这并不意味着李善注缺失其主体性，不意味着注者与原作间没有对话。邬国平言："李善在注重客观注释的同时，也表现出明显的自由释义倾向，而且这种自由释义具有他的一部分自觉意识。即使他是作单纯的词义训诂，也只表示为理解划出底线，而将进一步理解、鉴赏作品或更多的释义权利留给读者，并非阻止对作品作进一步释义的可能。"④ 这种自由释义，较多地体现了李善注的文学意识。

正因为李善注具有文学导读意义，李善注蕴含着注者对作品内容的理解与文学批评等，故李善注对曹植及其作品的接受深度、广度及系统性是前所未有的，它对于曹植及其作品的经典性之揭示作用至大。

一 李善注对曹作的导读与批评

李善有关曹植及其作品的注主要有几种方式：一是举先以明后（个别举后以明先）；二是举曹作以证他者（把曹作作为他者的源头）；三是举曹作以证曹作；四是李善别无依傍的自释（包括释词、句意，或诗作意）。李善注《文选》曹植作品最能体现他对曹植及其作品理解的主要体现在注曹诗与《洛神赋》中。

---

① 陈延嘉：《〈文选〉李善注之"释义"问题》，《广西师范大学学报》2008 年第 2 期。

② 陈复兴：《李善的文论及其选注表微》，见徐中玉、郭豫适主编《中国文论的常与变（古代文学理论研究）》，华东师范大学出版社 2006 年版，第 20 页。

③ 赵福海：《从〈文选〉注看李善的美学思想》，《长春师范大学学报》2000 年第 3 期。

④ 邬国平：《文学训诂与自由释义——以李善注〈文选〉作为考察对象》，《中山大学学报》2012 年第 3 期。

由于曹植是一位承前启后的作家，所以"举先以明后"，既明示曹作之祖述，亦揭示曹作之于后来者的渊源关系。就曹植作品注而言，征引作注是对曹植原文的训、释，二者是阐释与被阐释的关系，这有其文献学意义，同时曹作原文与李善注引之文间又构成了对照关系。因此，举先不仅指明曹作与前人的渊源关系，而且引导读者揣摩曹作之于前作的师心变化，从而发现曹作的独创之处。而这种独创性往往成为后世规摹的对象，成为后学者的创作渊源。此点并非臆测，《李善注《两都赋序》"以兴废继绝，润色鸿业"句，言"《论语》：子曰：兴灭国，继绝世。然文虽出彼而意微殊，不可以文害意。他皆类此"。这就指出了作者化用前人语句为己用的自主性。可见，李善不仅注意到后作与前作的渊源关系，而且注意后作对前作并非亦步亦趋，而是会有作者的妙心变化。"不可以文害意"表明他对后学者对前作创造性学习的关注与肯定。

当然，举先不只是探求曹作的创作渊源，对照其师心独创，而且部分注引暗含着注者对原作的理解与批评（包括句意，甚至文意），引导读者对原作隐含内容、意义与情感的探求。

李善注引他著以注曹作的具体表现有三种情况：一是注曹植作品词语（如涉时间、地点、物象的词语以及部分动词、形容词等）的基本意思，这种引注重在帮助读者扫除文字障碍，其价值在于给读者提供文献学的参考；二是注曹植作品语句的出处，这种注释往往牵涉对曹植作品渊源的判断；三是引证史料，注释与曹植作品内容相关的背景资料，为读者深入解读作品提供参考。本书以为，二、三条颇能体现李善对曹植与其作品的理解、批评。

（一）征引前作，彰显曹作的师心变化

此尤以《洛神赋》注为著。《洛神赋》注引有两个最明显的地方，一是引用《记》所载曹植与甄妃的故事（关于此注是否为李善注及其文学批评意义之论述见本章第三节）；一是引用诸多曹植之前的相关作品注曹植《洛神赋》描写洛神的相关语句。具体见表8。

表8　　　　　　　　　　李善注《洛神赋》注引前人作品统计

《洛神赋》	李善注引前人作品
其形也，翩若惊鸿，婉若游龙。	《神女赋》：婉若游龙承云翔。翩翩然若鸿雁之惊，婉婉然如游龙之升；《章华台赋》：体迅轻鸿，荣曜春华。
荣曜秋菊，华茂春松。	朱穆《郁金香赋》：比光荣于秋菊，齐英茂于春松。
秾纤得中，修短合度。	《神女赋》：秾不短，纤不长。
肩若削成，腰如（约）〔束〕素。	削成见《魏都赋》。《登徒子好色赋》：腰如束素。
延颈秀项，皓质呈露。	《楚辞》：小腰秀项若鲜卑。《美人赋》：皓质呈露。
芳泽无加，铅华弗御。	《楚辞》：粉白黛黑施芳泽。《定情赋》：思在面而为铅华兮，患离尘而无光。
云髻峨峨，修眉联娟。	《毛诗》：鬒发如云。《神女赋》：眉联娟以蛾扬。
丹唇外朗，皓齿内鲜。	《神女赋》：眸子炯其精朗。《离骚》：靥辅奇牙宜笑焉。
瑰姿艳逸，仪静体闲。	《神女赋》：瑰姿玮态。又曰：志解泰而体闲。
柔情绰态，媚于语言。奇服旷（世）〔代〕，骨像应图。	《神女赋》：骨法多奇，应君之相。
披罗衣之璀璨兮，珥瑶碧之华琚。	《毛诗》：投我以木瓜，报之以琼瑶。
左倚采旄，右荫桂旗。	《楚辞》：建雄虹之采旄。又曰：辛夷车兮结桂旗。
无良媒以接欢兮，托微波而通辞。	《毛诗》：子无良媒。
竦轻躯以鹤立，若将飞而未翔。	《章华台赋》：纵轻躯以迅赴，若孤鹄之失群。言如鹤鸟之立望。
转眄流精，光润玉颜。	《神女赋》：苞温润之玉颜。
含辞未吐，气若幽兰。	《神女赋》：吐芬芳其若兰。
恨人神之道殊，怨盛年之莫当。抗罗袂以掩涕兮，泪流襟之浪浪。	《楚辞》：揽茹蕙以掩涕兮，沾予襟之浪浪。

　　李善注《洛神赋》有关洛神形神举止词句时分别注引《神女赋》8次、《章华台赋》2次、《楚辞》4次、《离骚》1次、《登徒子好色赋》1次、《美人赋》1次、《郁金香赋》1次、《诗》3次、《魏都赋》1次、《定情赋》1次。所注引作品，从诗骚而至辞赋，由西周而至东汉，牵涉《诗·鄘风·君子偕老》与屈原、宋玉、司马相如、边让、张衡等诸多作品中有关女性形象的描写，注引内容比较集中，显示出曹植《洛神赋》在洛神形神的刻画上与这些作品间的继承与变化关系。

　　李注《洛神赋》对前作的征引，有以下特点。

第一，历时性征引的文学史启发。李注所引前作，除《神女赋》、屈原作品外，他作均未收入《文选》，这种征引把读者的阅读视野从《文选》作品扩展到《文选》之外，从美女形象的塑造史启发读者领会洛神形象塑造的来源与突破，而这些突破，显示曹植的独创性。

第二，断点注释激发整体观照。李注就具体词句的断点式注释，仅显示美女刻画的一点一面，这种碎片式注释，极易激起读者对曹作对洛神整体动态刻画的关注。在断点式阐释的比照中，读者放眼全篇，可以看到曹植对洛神从整体的远处观感到近处的静态工笔的刻画到动态的婀娜变化，由人物中心的刻画到神奇背景的烘托，由人物的形神到人物的语言表露等，在叙事的框架中细腻而传神地刻画了一个女神栩栩如在目前的形象。

第三，启发读者关注曹植的语言。注与原文对照，可以发现曹作语句有的直接采自前人作品，如"皓质呈露""腰如束素"；有的是对前人作品语句的浓缩，如"翩若惊鸿，婉若游龙"；有的采用前人用词与结构，进行部分替换，如"荣耀春菊""瑰姿艳逸"；有的采用前人用词用意，进行创造，如"骨像应图"；有的采用前人用词或意象再造新句，如"左倚采旄，右荫桂旗"；有的用新的语句来再现前人的表达，如"含辞未吐，其气若兰"；等等。在两相对照中，让读者感受到曹植超人的语言迁移转换的变化能力，这些足以启发读者如何借用前人作品而创造出属于自己的语言模式。

第四，启发读者对《洛神赋》寄寓特征的思考。通过征引他作，沟通他作与《洛神赋》的对话关系，借助李注对他作的注释以理解《洛神赋》。如李注宋玉《登徒子好色赋》言："此赋假以为辞，讽于淫也。"再联系李注《高唐赋》言"此赋盖假设其事，风谏淫惑也"，《洛神赋》未必是讽谏淫惑，但假其事而寄言之手法则一也。

综上，李注对读者而言不只是帮助他们更好地阅读这篇佳作，而且对于创作型读者言，对其创作学习具有重要的启发借鉴意义。

（二）征引前作，揭示曹作深意

征引前作不只是指出其与后作的渊源关系，还可以对照出二者的区别与联系，显现后学者的继承与变化，有时李善亦通过征引前作来暗示所注文本的深层意义或情感。如其注《责躬诗》"济济俊乂，我弼我辅"句引《毛诗》"济济多士"句，这既显示曹植对原诗的化用，同时也有隐含之意。《大雅·文王》言"济济多士，文王以宁"，而曹植就国则为监国使者所诬陷而遭致祸殃，原文隐含的反讽、叹惋之意在引文的映衬下得以彰显。又，李善注"伊予小子，恃宠骄盈"句引《毛诗》"闵予小子"句。《周颂·闵予小子》是成王遭武王之丧，告于祖庙，思慕父亲、祖父，警诫自己的诗篇，联系到《责躬诗》是以"於穆显考，时惟武皇"开篇的，此处"伊余小子"的化用，就不是简单的句法变化，而是隐含着曹植对曹操的思念、对目前处境的伤怀等情绪，如若不知原文与此引文的关系，就很难体悟原文中蕴含的情绪，所以李善的注引对读者而言就有点化的作用。

叶维廉说："我提出阅读（创作亦然）时的'秘响旁通'的活动经验，文意在字、句间的交相派生与回响，是说明中国文学理论与批评间所重视的文、句外的整体活动。我们读的不是一首诗，而是许多诗或声音的合奏与交响。中国书中的'笺注'所提供的正是笺注者所听到的许多声音的交响，是他认为诗人在创作该诗时整个心灵空间里曾经进进出出的声音、意象、和诗式。"[1] 李善所注语典的出处，一定程度上帮助我们聆听原文中复叠的声音，有时由语典的注释，我们可更进一步体会整首诗的特点。

如李善注"南国有佳人"引《楚辞》"受命不迁生南国"句，此本屈原《橘颂》"后皇嘉树，橘徕服兮。受命不迁，生南国兮。深固难徙，更壹志兮"句。李善的注引暗示曹诗中的"佳人"具有南国之橘的不迁、难徙、壹志的特性。李善注"时俗薄朱颜，谁为发皓齿"引《楚辞》"容则秀雅稚朱颜""美人皓齿嫭以姱"句，既指出曹诗用词的出处，又借引文引发读者对"佳人"之美的联想，同时，又显示了曹诗对《楚辞》语句的创造性化用，"嫭以姱"是形容美人的美好，

---

① 叶维廉：《中国诗学》，生活·读书·新知三联书店1992年版，第70页。

但曹诗则写时俗对"佳人"的冷漠，显示"佳人"的孤独处境。李善注"仆夫早严驾"引《楚辞》"仆夫怀兮心悲"，又曰"严车驾兮出戏游"，又曰"愿轻举兮远游"；注"江介多悲风"引楚辞"哀江介之悲风"，等等，足见曹诗在用词、表情、造境等方面与屈原之作的联系。这也启发明清诗评家对曹植诗文与屈原创作渊源关系的探讨。

再比如《应诏诗》一首共注 23 处，其中十一处注引《毛诗》（见表1，此处略）。由表1可以看到曹植诗句对《诗经》语句的变化，有的直接出自《诗经》原句，有的仅变化一字，有的是《诗经》中词语的组合，有的只取《诗经》中某词，有的则对《诗经》语句进行变化。我们可以从语言形式的角度把握曹作之于《诗经》语句的关系，但更重要者，接近一半的注释条目出自《诗经》，再加之，《应诏诗》通篇为四言雅体，这极易让人感到《应诏诗》与《诗经》的气息相通。钱穆言："《诗经》是一部伦理的歌咏集"，其中自有君臣之伦理的殷殷歌颂。《应诏诗》"芒芒原隰，祁祁士女。经彼公田，乐我稷黍"所显示的对帝王之业的欢喜、赞叹，"骖骖倦路，再寝再兴。将朝圣皇，匪敢晏宁"所含有对朝见的期盼、急切，"长怀永慕，忧心如酲"所隐含的思慕焦虑等，把臣之于君的伦理之情之分展现得淋漓尽致。

当然，李注征引作品以注曹作还有一类特别的情况，即征引曹作以解曹作。如注"愿蒙矢石，建旗东岳"，引注子建诗曰："'我心常怫郁，思欲赴太山'与此义同。"注曹植《杂诗六首》其六"抚剑西南望，思欲赴太山"，引《责躬诗》曰："'愿蒙矢石，建旗东岳'，意与之同。"这种以曹作解曹作的方式意义在于：第一，见出曹植作品间的互文关系；第二，见出曹植建功报国之心的一以贯之；第三，与《求自试表》等相呼应，表明李善对曹植作品的整体性把握。李善以作家作品释作家其他作品的方式对理解作家的情感、思想具有重要作用，此法为明清时代诗评家所普遍使用。

（三）引用史料，背景与意义揭示相融合

李善注《责躬诗》《应诏诗》《洛神赋》《赠白马王彪》《求自试

表》《求通亲亲表》等，皆有引征史料，其中用力最多者是注《上责躬应诏诗表》《应诏诗》《责躬诗》。具体见表9。

表9　李善注《文选》曹植诗文所引史料

诗篇	原文	李善注引
《责躬诗》	帝曰尔侯，君兹青土。	《魏志》曰：建安十九年，植封临淄侯。临淄属齐郡，旧青州之境。
	傲我皇使，犯我朝仪。	《魏（志）【书】》曰：黄初二年，植就国。使者灌均希旨，奏植醉酒勃逆，劫胁使者。有司请治罪，帝以太后故，贬爵安乡侯。
	国有典刑，我削我黜。	《植集》曰：博士等议，可削爵土，免为庶人。
	将置于理，元凶是率。	《魏志》曰：有司请罚植罪。
	明明天子，时惟笃类。	《魏志》：诏云：植，朕之同母弟，骨肉之亲，舛而不殊，其改封植。
	改封兖邑，于河之滨。	《魏志》曰：帝以太后故，贬爵安乡侯。又曰：黄初二年，改封鄄城，属东郡，旧兖州之地。植表曰：行至延津，受安乡侯印绶。
	荧荧仆夫，于彼冀方。	《植集》曰：诏云：知到延津，遂复来。《求出猎表》曰：臣自招罪受，徙居京师，待罪南宫。然植虽封安乡侯，犹住冀州也。
	赫赫天子，恩不遗物。	《求习业表》曰：虽免大诛，得归本国。
	剖符受土，王爵是加。	《魏志》曰：黄初三年，立为鄄城王。四年，封雍丘王。
《上责躬应诏诗表》	标题	《魏志》曰：黄初四年，植朝京都，上疏并献诗二首。
	臣植言：臣自抱衅归藩	《植集》曰：植抱罪，徙居京师，后归本国。而《魏志》不载，盖《魏志》略也。
《洛神赋》	"黄初三年，余朝京师，还济洛川"	注引《魏志》：黄初三年，立植为甄城王。四年，徙居雍丘，其年朝京师。又《文纪》：黄初三年，行幸许。又曰：四年三月，还洛阳宫。然城谓洛阳，东藩即甄城。《魏志》及诸诗序并云四年朝，此云三年，误（一云《魏志》三年不言朝，盖《魏志》略也）。
《赠白马王彪》	标题	《魏志》曰：楚王彪，字朱虎，武帝子也。初封白马，后徙楚。集曰：于圈城作。又曰：黄初四年五月，白马王、任城王与余俱朝京师，会节气，（日不）【到洛】阳，任城王薨。至七月，与白马王还国。后有司以二王归藩，道路宜异宿止，意毒恨之。盖以大别在数日，是用自剖，与王辞焉，愤而成篇。
《求自试表》	标题	《魏志》曰：太和二年，植还雍丘。植常自愤怨，抱利器而无所施，上疏求自试。
《求通亲亲表》	标题	《魏志》曰：太和五年，植上疏求存问亲戚，（自）因致其意也。

以上，共引《魏志》十一条，引《植集》三条，引曹植表作二条。其中《责躬诗》注，李善注引史料与曹植作品共计9处。在《上

责躬应诏诗表》中分别引《魏志》《曹植集》各一条。

一般认为李善注引史料多为注释作者的写作背景，为理解作品提供历史资料的支撑。但就李善注曹植作品言，由于曹植作品的特殊性，所以其注引史料的意义更为丰富。其特点在于以下四点。

第一，多重史料使曹植人生具象化。李善征引的史料为《魏志》《曹植集》与曹植表作等内容。这些条目相互补充、佐证曹植诗文中所含有的曹植人生经历，使得其诗文中隐含的或笼统的经历具象化，有助于读者深入解读作品。

第二，强化曹植其人其文的统一性。尤其是引注曹植表中内容来补充或证实史料，强化了曹植作品的真实性，包括人生经历的真实性与情感抒发的真实性。曹作内容、情感与曹植其人高度统一。

第三，凸显曹作文本的互文关系。上表中曹植作品均为黄初后作品，作品相对集中，故李善对各篇的注，多有呼应关系。如黄初四年《上责躬应诏诗表》及诗与黄初三年的《洛神赋》、黄初四年的《赠白马王彪》时间相近，呼应关系非常明显，即便写于太和年间的《求自试表》《求通亲亲表》，与黄初期间的作品一样息脉相通。这种呼应关系，会引导读者运用互文的视角去阅读、理解曹作。《文选》中曹作由此获得了一种整体性、系统性。

第四，引导读者对曹作情感、意义的理解。注实际上亦引导读者对曹作诗意与曹植本人的理解，当然，注本身就体现了注者本人对曹植诗及其人的理解。下以李善注《责躬诗》所引史料为例，阐释如下。

如"帝曰尔侯，君兹青土""济济俊义，我弼我辅"句，诗中是写黄初二年诸侯就国之事。李善则注引《魏志》言建安十九年，曹植被曹操封为临淄侯事。临淄，在春秋以至西汉之际，皆为富庶之地。主父偃曾言："齐临淄十万户，市租千金，人众殷富，巨于长安。非天子亲弟爱子，不得王此。"① 至东汉末年，临淄虽比不上许昌、洛阳

---

① 《汉书·高五王传》（卷三十八），第 2000 页。

等地，但仍属经济发达之地。曹植于建安十九年即封临淄，可见曹操对其爱重。曹彰建安二十一年才封鄢陵侯，黄初元年以鄢陵薄瘠，而改封中牟王。

李善此注引导读者思考"济济俊义，我弼我辅"的真相。这绝非黄初二年之事，而应是曹植于曹操时代被封为侯时的情况。《邢颙传》言："是时，太祖诸子高选官属。令曰：'侯家史，宜得渊深法度如邢颙辈。'遂以为平原侯植家丞。"① 其时，刘桢为平原侯庶子。《晋书·安平献王孚传》言司马孚"为魏陈思王植文学掾"②。而建安二十二年冬大疫，"徐、陈、应、刘，一时俱逝"（曹丕《又与吴质书》）。邢颙后转参丞相军事，转东曹掾。曹丕立为太子后，为太子少傅，后迁为太子太傅。曹丕登帝，邢颙为侍中尚书仆射。又，曹植《求通亲亲表》言："每四节之会，块然独处！左右惟仆隶，所对惟妻子。高谈无所与陈，发义无所与展。"其《谏取诸国士息表》言："臣初受封策书曰：'植受兹青社，封于东土，以屏翰皇家，为魏藩辅。'而所得兵百五十人，顾有不虞，检校乘城，顾不足以自救，况皆复耄耋罢曳乎！而名为魏东藩，使屏翰王室，臣窃自羞矣！就之诸国，国有士子合不过五百人。"这是曹植黄初二年就国时的真实写照。是以曹植黄初二年就国，并没有诗中所写的辉煌，亦无所谓俊义之士的辅助，相反，则有监国使者的严密监伺。是以"帝曰尔侯，君兹青土""济济俊义，我弼我辅"等应是建安曹植被封为平原侯、临淄侯事，而非黄初二年事。故李善的注释，暗示了曹植就国的真相，无形中对比了曹植在建安与黄初时期的遭遇变化。

"傲我皇使，犯我朝仪"，李善注引《魏志》"使者灌均希旨，奏植醉酒勃逆，劫胁使者"。"希旨"，迎合在上者的意旨。《汉书·孔光传》言："上有所问，据经法，以心所安而对，不希旨苟合。"③ 所以，曹植此次事件，是被小人陷害。这样引征事实，与曹植的忏悔之语形

---

① 《三国志·魏书·邢颙传》（卷十二），第384页。
② 《晋书·安平献王孚传》（卷三十七），第1081页。
③ 《汉书·匡张孔马传》（卷八十一），第3353页。

成对照，可以让人看到曹植在强权压顶下的隐忍。

而针对这次诬告的处理，李善在注"傲我皇使，犯我朝仪"句中已经指明"有司请治罪，帝以太后故，贬爵安乡侯"，但在注其下两句"国有典刑，我削我黜。将置于理，元凶是率"时，李善又连引《植集》"博士等议，可削爵土，免为庶人"，《魏志》"有司请罚植罪"来注当局对这件事的反应与处理。"博士"议论，"有司"请治罪，无人去查清事情的原委，质疑灌均奏告的真相。从学官到司法部门，对于这次莫须有之罪似皆欲加之罪而后快。其与灌均之"希旨"手段不同，实质则一。

"明明天子，时惟笃类"，李善注引《魏志》曹丕诏书"植，朕之同母弟，骨肉之亲，舛而不殊，其改封植"。曹植原文与注中呈现的历史真相构成强烈的反差。在作者冷静的文献注释中，我们依然可以感受到他对政治残酷之感慨，对曹植遭遇之同情，对其不忘为国建功立心之赏叹。尽管论者对曹植抱罪自省、卑辞恭颂等表述多有异议，但曹植的敦厚恳切与慷慨壮志则让人印象深刻。

（四）自由释义，李善别无依傍的注解

李善注曹作，还有一些独立的注释，或释字词，或解语句，或明主旨等，其注又往往与征引他著或史料相结合，显示李善对曹植作品的深入理解。

第一，释字词意。如注《责躬诗》"不忍我刑，暴之朝肆"句，李善曰"杀人陈其尸曰肆"。这一注释，可谓画龙点睛，以见有司请欲治植之罪，判罪竟然如此严重，严重到欲杀之而陈尸的地步。曹植原文本是对曹丕的感恩之语，在李善注释映照下，我们看到了曹植反躬自省、感恩戴德背后朝廷兴师动众欲治其罪的残酷真相。另外，李善对曹植诗文中的比词比句等多有解释（具体见表11）。

第二，释语句意。如注《情诗一首》"游鱼潜绿水，翔鸟薄天飞"句，言"言得所也"。注"眇眇客行士，徭役不得归"句，言"言不如鱼鸟也"。注释上下形成对照，不如鸟，即非得所。其下注"游子叹黍离，处者歌式微"引《毛诗》"彼黍离离，彼稷之苗；行迈靡靡，中心摇摇""式微式微,胡不归"句;注"慷慨对嘉宾,凄怆内伤悲"引《毛诗》"我有嘉宾""我心伤悲"句。李善的注引让人感受到曹植本诗中不断强化的得无所的伤感,而"得所"与"非得所"两句注抓住了诗的核心,引导我们理解《情诗》所表达的曹植个人命运的慨叹,领悟诗中欲抑先扬的写法及比兴艺术的运用。

第三,释篇意。由于《文选》所选曹植作品多为其黄初后作品,加之曹植一以贯之的情感,所以曹植作品本身就构成了互为呼应的有机体,李善注也体现了这一方面。李善注《责躬诗》"愿蒙矢石,建旗东岳"句,引注言"子建诗曰:我心常怫郁,思欲赴太山。与此义同"。注曹植《杂诗六首》其六"拊剑西南望,思欲赴太山"句,又言"《责躬诗》曰:愿蒙矢石,建旗东岳。意与之同",表明李善对曹植作品的整体性把握。正是在这一基础上,李善注《杂诗六首》方言:"此六篇并托喻伤政急,朋友道绝,贤人为人窃势。别京已后,在鄄城思乡而作。"此乃释篇意。此注有几点需要注意。

(1)从编撰角度视《杂诗六首》为组诗。李善关注到《文选》的编撰次序问题,比如注曹植《公宴》言"赠答杂诗,之间在仲宣之后,而此在前,误";注曹植《七哀》言"赠答,子建在仲宣之后,而此在前,误也"。李善注《古诗十九首》时言:"此则辞兼东都,非尽是乘明矣。昭明以失其姓氏,故编在李陵之上。"认为《古诗十九首》为两汉作品,非一人一时一地之作。而此则言"别京已后,在鄄城思乡而作",显然视其为特定时间地点下的组诗,与逯钦立、黄节、徐公持等均认为非作于一时一地,编辑亦无次第可言之论不同。

(2)从文意角度视《杂诗六首》为组诗。李注言六篇"并托喻伤政急,朋友道绝,贤人为人窃势",指出怀人、蓬草、思妇、佳人、远游、述志等内容不同的六首诗的内在联系。

(3)揭示《杂诗六首》的创作手法。其一,指出其托喻的性质,暗示曹植诗作对诗骚比兴手法的继承,也意味着《杂诗六首》重在情绪的抒发,而非具体事件的实指。如注其四"明晨秉机杼,日昃不成文"句,言"言忧甚而志乱",指出外在行为后的主体情绪。其二,暗示以组诗方式结构诗篇，充分表达情思的创作手法。其三，彰显曹植驱使各种题材而为我所用的创作天赋。

（4）从政治伦理角度言诗。李善上承汉儒说《诗》之法，下启五臣释义之肇端。如注《杂诗六首》其一"高台多悲风，朝日照北林""江湖迥且深"句，言"《新语》曰：高台，喻京师。悲风，言教令。朝日，喻君之明。照北林，言狭。比喻小人""江湖，喻小人隔蔽"。对比意的揭示显示了对曹植此诗政治视角的解读。

第四，赏文句。李善注曹植的某些文句有时完全是赏鉴的手法。如《七哀》"明月照高楼，流光正徘徊"句，李善注言："夫皎月流辉，轮无辍照，以其余光未没，似若徘徊，前觉以为文外傍情，斯言当矣"。又如《赠徐干》"惊风飘白日，忽然归西山"句，李善注："夫日丽于天，风生乎地，而言飘者，夫浮景骏奔，倏焉西迈，余光杳杳，似若飘然"。这两处注颇值得注意。

（1）它们体现了李善注的主观审美性。李善一改客观阐释的语气，以极优美的散文笔法来再现曹植诗句的意境，表现出强烈的主观审美意识。李善注"明月照高楼，流光正徘徊"言"前觉以为文外傍情，斯言当矣"，实充满一种与前觉的对话意识。杨明指出："'文外傍情'之语尤其值得注意，它表明人们已比较明确地意识到气韵生动的物象描绘能给读者以情致悠渺之感。既称'前觉'，当是南北朝后期的评语，可与萧梁时人们称赞王籍'蝉噪林逾静，鸟鸣山更幽'为'文外断绝'之事并观。"[①]赵福海联系刘勰《文心雕龙·隐秀篇》所论，认为："'文外傍情'就是'义生文外'，就是'复意'，就是'隐'。隐指含蓄，秀指精策。隐秀皆美。李善注此二句，亦是从鉴赏美学着眼的。"[②]

（2）它们体现了对曹植发端、炼字的注意。李善注此二句，正是

---

① 杨明：《〈文选〉注的文学批评》，见赵昌智、顾农主编《李善文选学研究》，广陵书社2009年版，第153页。

② 赵福海：《从〈文选〉注看李善的美学思想》，见赵昌智、顾农主编《李善文选学研究》，广陵书社2009年版，第145页。

《七哀》《赠徐干》的首句，启发人对曹植诗歌开端奇警的注意。关于曹植诗歌起句的特点，在注《三良诗》中李善已有指向。如针对"功名不可为，忠义我所安"句，李善注言："言功立不由己，故不可为也。《吕氏春秋》：功名之立，天也。郑玄《礼记注》：名，令闻也。《孝经注》：死君之难为尽忠也。《谥法》：能制命曰义。我，谓三良也。""我，谓三良也"，注释虽简单，但能引导读者思考该诗的写法与起句的特点。从班固《咏史》到王粲《咏史诗》、阮瑀《咏史诗》，无不是第三者的叙述视角，而曹植则是第一人称的代写法。此句放在开端，破空而来，慷慨苍凉之感顿时笼罩全篇。李善能注"我，谓三良也"，意味着他对曹诗开篇写法的敏锐感觉。另外，李善注"明月照高楼，流光正徘徊""惊风飘白日，忽然归西山"特别突出了"徘徊""飘"的妙处，亦表明他对曹植炼字的注意。

综上，我们从四个方面谈李善注《文选》曹植作品的特点，概而言之，李善注不仅注字词，帮助读者疏通阅读的障碍，且以引注前文、引征史料与自由释义等方式暗示或揭示曹植作品的隐含内容、情感与意义。不只如此，李善还通过前人之文与曹文的对照，启发读者注意曹植对前人的继承与变化，并通过注释引导读者对曹植语言、结构、开端、炼字、意境等创作手法的体味。李善在解释曹植作品时，首次从政治伦理角度，运用汉儒说《诗》的方式，把曹植作品与其儒家情怀、政治遭遇等结合起来。李善对曹植作品的注，体现了注者与原文的对话，表现了李善对曹植作品的理解，对曹植其人的赞赏。

而在注曹植之后作家作品时，李善广泛引注曹植作品。据统计，李善注引曹植诗、乐府、赋、书、诔、哀辞、问、论、颂、表等各体诗文约 83 篇（不包括逸文），牵涉到魏晋南北朝约 44 位作家的作品，其中各篇被引注 5 次以上者，如《应诏诗》（7 次）、《责躬诗》（5次）、《责躬表》（5 次）、《赠白马王彪》（9 次）、《杂诗》类（共计 8次）、《公宴》（5 次）、《洛神赋》（5 次）、《七启》（5 次）、《与杨德祖书》（7 次）、《魏德论》（7 次）、《陈审举表》（5 次）等，其余引注 4 次、3 次、2 次、1 次者不一。李善以曹作注其他作家作品，所涉作家作品数量及引注频率，可见曹植作品在两晋南北朝时期的广泛影响，此亦足以说明，其时曹作的经典系列已经形成，曹植此期文学史地位已经确立。

二　五臣、李善注曹作比较及五臣注曹作的特点、意义

开元时吕延济、刘良、张铣、吕向、李周翰等又注《文选》，是为五臣注《文选》。吕延祚《进集注文选表》言："往有李善，时谓宿儒，推而传之，成六十卷。忽发章句，是徵载籍，述作之由，何尝措翰？使复精核注引，则陷于末学；质访指趣，则岿然旧文：祇谓搅心，胡为析理？臣惩其若是，志为训释，乃求得衢州常山县尉臣吕延济、都水使者刘承祖男臣良、处士臣张铣、臣吕向、臣李周翰等，或艺术精远，尘游不杂；或词论颖曜，岩居自修：相与三复乃词，周知秘旨，一贯於理，杳测澄怀。目无全文，心无留义，作者为志，森乎可观，记其所善，名曰《集注》，并具字音，复三十卷。"① 五臣注在唐末李匡乂那里受到了批评，其《资暇集》言："……乃知李氏绝笔之本，悬诸日月焉。方之五臣，犹虎狗凤鸡耳。"② 不过，《四库全书总目提要》评曰："其疏通文意，亦间有可采。唐人著述，传世已稀，不必竟废之也。"③ 事实上，"由于唐人读《文选》，主要是注意词章之学，因此'五臣注'出现以后，李善注就不大受人重视"，曹道衡在《论〈文选〉的李善注和五臣注》一文中具体指出了五臣注优于李善注的一些地方，但仍认为"总的说来，'五臣注'只是使李善注通俗化，并无多少新的发展。因此对它作过高的评价，是不适合的；然而既有一些可取之处，也不应全盘否定"。④ 由于五臣注适于初学，唐代又有较多的接受群体，所以它对作家作品的注释，一定程度上会影响读者对作家作品的理解。下比较李善、五臣注曹作题目，探讨五臣注曹作

---

① 董诰等编：《全唐文》（卷三百），中华书局 1983 年版，第 3042 页。

② 李匡乂撰：《资暇集》（卷上），王云五主编：《丛书集成初编·资暇集　苏氏演义　中华古今注》，商务印书馆 1939 年版，第 5 页。

③ 《四库全书总目提要》（卷一百八十六），商务印书馆 1935 年版，第 37 册，第 82 页。

④ 曹道衡：《论〈文选〉的李善注和五臣注》，《江海学刊》1996 年第 2 期。

特点及其与李善注的关系，见表10。

表10　　　　　　李善、五臣注曹植作品题目比较

《文选》曹作题目	李善释、注题或题旨意	五臣释、注题或题旨意
《洛神赋》	无	翰曰：……植有所感托而赋焉。
《上责躬应诏诗表》	《魏志》曰：黄初四年，植朝京都，上疏并献诗二首。	翰曰：植尝与杨修、应玚等饮酒醉走马于司马禁门。文帝即位，念其旧事，徙封鄄城侯，后求见帝，帝责之，置西馆未许朝，故子建献此诗也。 翰曰：（应诏诗）言应诏命而来于道路所见，对诏而作也。
《公宴诗》	赠答杂诗，子建在仲宣后，而此在前，疑误。	济曰：公宴者，臣下在公家侍宴也，此宴在邺宫与兄丕宴饮。
《送应氏诗二首》	无	良曰：送应璩、玚兄弟。时董卓迁献帝于西京，洛阳被烧，故多言荒芜之事。
《三良诗》	无	良曰：亦咏史也，义与前诗同。植被文帝责黜，意者是悔不随武帝死而托是诗。
《七哀诗》	赠答，子建在仲宣后，而此在前，误也。	向曰：七哀，谓痛而哀，义而哀，感而哀，怨而哀，耳目闻见而哀口叹而哀，鼻酸而哀也。子建为汉末征役别离人哀叹故赋此诗。
《赠徐干》	无	良曰：子建与徐干俱不见用有怨刺之意，故为此诗。
《赠丁仪》	集云与都亭侯丁廙，今云仪，误也。《魏略》曰：丁仪，字正礼；太祖辟仪为掾。	向曰：魏志云仪有文才，子建赠以此诗有怨刺之意也。
《赠王粲》	无	无
《又赠丁仪王粲》	集云：答丁敬礼、王仲宣。廙字敬礼，今云仪，误也。	无
《赠白马王彪》	《魏志》曰：楚王彪，字朱虎，武帝子也。初封白马王，后徙封楚。集曰：于圈城作。又曰：黄初四年五月，白马王、任城王与余俱朝京师、会节气。〔日不〕〔到洛〕阳，任城王薨。至七月，与白马王还国。后有司以二王归藩，道路宜异宿止，意毒恨之。盖以大别在数日，是用自剖，与王辞焉，愤而成篇。	济同善注，植发愤遂赋此诗以赠之。

续表

《文选》曹作题目	李善释、注题或题旨意	五臣释、注题或题旨意
《赠丁廙》	无	翰曰：廙少有才姿博学，植赠此诗以勖励之为大度之意。
《箜篌引》	《汉书》曰：塞南越，祷祠太一、后土，作《坎侯》。坎，声也。应劭曰：使乐人侯调作之，取其坎坎应节也。因以其姓号曰《坎侯》。苏林曰：作箜篌。	济曰：此词亦欲使知友存交情为善事及时行乐以保其天年。
《美女篇》	《歌录》曰：《美女篇》，齐瑟行也。	铣曰：以美女喻君子，言君子既有美行，上愿明君而事之，若不得其人，虽见征求，终不能屈。
《白马篇》	《歌录》曰：《白马篇》，齐瑟行也。	良曰：言人当立功立事，尽力为国，不可念私。
《名都篇》	《歌录》曰：《名都篇》，齐瑟行也。	刺时人骑射之妙，游骋之乐，而忘忧国之心。
《朔风诗》	无	翰曰：时为东阿王在藩，感北风思归故有此诗。朔，北也。
《杂诗六首》	此六篇并托喻伤政急，朋友道绝，贤人为人窃势。别京已后，在郓城思乡而作。	
《情诗》	无	无
《七启》	无	良曰：启，开也，欲开发天下令归正道，故托言仙人在山林待明君而后出，益明君崇贤也。
《求自试表》	《魏志》曰：太和二年，植还雍丘。植常自愤怨，抱利器而无所施，上疏求自试。	翰曰：试用也，植以抱利器无所施，上疏求自己为君用也。
《求通亲亲表》	《魏志》曰：太和五年，植上疏存问亲戚，（自）因致其意也。	铣曰：植以文帝不听诸王入朝故上表求存问亲戚也。
《与杨德祖书》	《典略》曰：临淄侯以才捷爱幸，秉意投修，数与修书论诸人才优劣。	无
《与吴季重书》	《典略》曰：质出为朝歌长，临淄侯与质书。	无
《王仲宣诔》	无	济曰：诔者，累也，言人死后累其德行也。

据表 10，李善、五臣共注曹作题目 24 条，李善注题 15 条，多数属于引用史书指出诗文写作背景（6 条）；或勘误（如《公宴诗》《七哀诗》《赠丁仪》《赠丁仪王粲》注）；或指题名之所出（针对《白马篇》等乐府诗）。李善引史书注题，有时候相关写作背景的介绍本身

即含有对诗文情感主旨的理解，如《赠白马王彪》《求自试表》《求通亲亲表》；有些则题注所引史书与文中注所引史书相呼应，来揭示曹作的情感意旨，如《上责躬应诏诗表》。李善注曹植作品题目最特别的是注《杂诗六首》，这处题注，没有引用史书，而纯为李善自注，其注有两方面的独特性：一是把《杂诗六首》当作一个整体，这一整体性不仅指其意旨，且指其创作时间地点，它可能不是作于一时，但是作于一地的相对集中的时间段；二是把它们当作寄寓诗，而且从政治伦理的角度去思考，同时暗示这组诗的比兴手法的普遍应用。

五臣注题 20 条（《上责躬应诏诗表》李善、五臣都有注题，《赠白马王彪》题注五臣与李善同）。比较李善注题与五臣注题，李善注题勘误、注乐府题名之所出，对于题意理解帮助不大，而五臣注题释义则较李注为多，对于读者把握诗文意更有助力。

当然，相比李善往往引史书以解题，五臣注较少引史书，偶尔引用或涉史者，往往不够严谨，让人对曹诗文可能产生误解。如注《上责躬应诏诗表》，"翰曰：植尝与杨修，应场等饮酒醉走马于司马禁门。文帝即位，念其旧事，徙封鄄城侯，后求见帝，帝责之，置西馆未许朝，故子建献此诗也"。李周翰注曹植献诗是因文帝念及建安时曹植与杨修等醉走金马门之事而责备曹植，故不许朝。此注固然可见文帝之狭隘，曹植之冤屈，处境之危难，但此注不合人情事理，亦经不起历史事实的推敲。相较而言，李善注题与文中注引史书相呼应，把曹植得罪献诗的背景勾勒得相对清晰合理，它同样让人知道曹植实乃被诬陷得罪，但合乎逻辑，让人信服。另外，五臣注《三良诗》《求通亲亲表》，其指向比较狭隘，主要突出丕植之兄弟矛盾，如言（曹植）"悔不随武帝死而托是诗"，显得文帝非常苛刻狠毒，若此，那文帝年间诸侯科禁严厉，曹植又何敢求存问亲戚呢？逻辑上颇说不通。而李善注《求通亲亲表》则指出是太和五年，曹植去世头一年，此年他已经提醒明帝注意疏公族而重异姓的潜在危机。因此，若按五臣注题看，《求通亲亲表》的创作目的及其社会意义就削弱了。总之，就这几篇的题注言，五臣更关注的是兄弟矛盾，而对曹诗更深沉的情与意则缺乏挖掘。另外，五臣注《赠徐干》《赠丁仪》均言有"怨刺之义"，其注与诗的内容并不相应。五臣个别注题其实又浅化了作品的深度，如注《箜篌引》，仅言"此词亦欲使知友存交情为善事及时行乐以保其天年"。要知道"生存华屋下，零落归山丘"，曾让晋人为之涕下。谢安死后，羊昙"辍乐弥年，行不由西州路。尝因石头大醉，扶路唱乐，不觉至州门。左右白曰：'此西州门。'昙悲感不已，以马策扣扉，诵曹子建诗曰：'生存华屋处，零落归山丘，'恸哭而去"。[①] 曹诗所蕴藏的生命感慨是极具共情的力量的。

不过，五臣注曹植诗文题也有较好的发明，这主要体现以下三点。

第一，含有对诗体写法的提示。如《应诏诗》言"应诏命而来于道路所见，对诏而作也"，这其实隐有对应诏类诗体写作思路的提示，即应诏而来—道路所见—对诏而作。如《王仲宣诔》"诔者，累也，言人死后累其德行也"，就提示读者"诔"要"累"写死者德行，"累"，堆积，聚集，多意。

第二，指出曹植诗文的寄托手法，或者指出其寄寓之意。如注《洛神赋》指出其有感而托；注《美女篇》"以美女喻君子，言君子既有美行，上愿明君而事之，若不得其人，虽见征求，终不能屈"等。

第三，指出曹诗关怀社会的功用性。如注《七哀》，言七种可哀叹者，指明"为汉末征役别离妇人哀叹故赋此诗"；注《白马篇》"言人当立功立事，尽力为国，不可念私"；注《名都篇》"刺时人骑射之妙，游骋之乐而忘忧国之心"。这些题注引导读者体味曹植心忧国家社稷的大我思想。

这些不仅对于读者学习曹植作品，而且对读者接受曹植其人都具有重要意义。也就是说，五臣注赋予了曹诗深刻的政治道德伦理意义。当然，五臣注曹作的这一特点，未尝不是受李善注的影响。下比较李善、五臣注曹植作品喻意，见表11。

---

① 《晋书·谢安传》（卷七十九），第 2077 页。

表 11　　　　　　　　　　李善、五臣注曹植作品喻意比较

曹作词句		李善注	五臣注
《公宴》：好鸟鸣高枝			翰曰：鱼鸟，自喻也，清波高枝，喻公子也。谓得跃于公子侧也。
《赠徐干》	惊风飘白日		铣曰：白日喻君也，惊风飘之忽归西山喻时去不可逐也。
	圆景光未满，众星粲以繁。		铣曰：圆景，月也，喻道不不明也。众星，喻群小，邪人也，繁多也，谓文帝不明群小在位不用贤良。
	志士营世业，小人亦不闲。聊且夜行游，游彼双阙间。		翰曰：志士，君子。言小人各有所为，我亦聊且于此暗代行游朝阙之间。夜行，喻君于暗朝也。
	春鸠鸣飞栋，流飙激棂轩。		济曰：鸠鸣飞栋喻小人得志处栋梁之地，飙，风也，风主教令也，棂轩，阶畔钩栏也，喻教令从下起而犯于上也。
	顾念蓬室士，贫贱诚足怜。	蓬室士，谓徐干也	向曰：小人得志处栋梁之地，蓬室贫贱之士诚可怜惜，谓徐干也。
	宝弃怨何人，和氏有其愆。	宝，以喻干。和氏，喻知己也。	翰曰：宝弃谓徐干也……贤才不见用乃君之过也。
	良田无晚岁，膏泽多丰年。	良田、膏泽，喻有德也。无晚岁、多丰年，喻必荣也。	良曰：良田虽晚，无不获者；膏泽屡降，必有丰年。言干有美德必当见用，无以晚岁为意。
《赠丁仪》	初秋凉气发，庭树微销落。		铣曰：喻小人道长从微起也。
	凝霜依玉除，清风飘飞阁。		翰曰：凝霜至于坚冰谓阴谋渐长也，清风飘飞阁喻教令而自下而上也。
	狐白足御冬，焉念无衣客。	言服狐白者不念无衣，以喻处尊贵者多忘贫贱也。	翰曰：……此意谓文帝衣裘自足而不念下人之无衣也。
《赠王粲》	中有孤鸳鸯，哀鸣求匹俦。	鸳鸯，喻粲也。	向曰：求匹俦谓思王粲，无轻舟言与王粲阻越如川广无舟，叹惜不可济也。
	我愿执此鸟，惜哉无轻舟。	言愿执鸟而无轻舟，以喻己之思粲而无良会也。	
	重阴润万物	重阴，以喻太祖。	济曰：重阴谓雨露，以喻天子也。
《赠白马王彪》	鸱枭鸣衡轭，豺狼当路衢。	鸱枭、豺狼，以喻小人也。	铣曰：鸟兽喻小人谗佞志在相害，若鸣于车上，当于路衢，谓在道不许同其宿止之处。
	苍蝇间白黑，谗巧令亲疏。	喻佞人变乱善恶也	翰曰：谓文帝信谗遂疏兄弟如此。
	年在桑榆间，影响不能追。	日在桑榆，以喻人之将老。	
《美女篇》	佳人慕高义，求贤良独难。		济曰：佳人慕义求贤，志实难拔，以喻君子非礼不苟合。

曹作词句			李善注	五臣注
《朔风诗》		凯风永至，思彼蛮方。		济曰：东阿在魏南，故自比于蛮方。
		俯降千仞，仰登天阻。		济曰：并言向东阿路险也。天阻，谓山高若登天也，喻时谗谤。身在危险亦如此也。
		风飘蓬飞，载离寒暑。		翰曰：植自云如风飘蓬飞，常不定止也。
		子好芳草，岂忘尔贻？繁华将茂，秋霜悴之。		向曰：子，谓诸兄弟。芳草，喻道德也。言子好道德岂忘遗汝也，而道德已茂，为谗邪所毁，以致离别，故云繁华将茂，秋霜悴之。
		君不垂眷，岂云其诚？		良曰：谓文帝信谗不垂眷兄弟岂可申其诚信？
		秋兰可喻，桂树冬荣。	兰以秋馥，可以喻言。桂以冬荣，可以喻性。	翰曰：秋兰香草可喻德馨不歇也，桂树冬荣志不移也。
		谁忘泛舟，愧无榜人。	榜人，喻良朋也。	
《杂诗六首》	其一	高台多悲风，朝日照北林。	《新语》曰：高台，喻京师。悲风，言教令。朝日，喻君之明。照北林，言狭。比喻小人。	
		江湖迥且深	江湖，喻小人隔蔽。	
	其二	转蓬离本根		济曰：此诗自喻遭邪谮（谮）逐出帝都也。
		类此游客子，捐躯远从戎。		良曰：蓬似客游远从戎事，心之惊乱不定也。
		毛褐不掩形，薇藿常不充。		翰曰：如此也非植真然，盖以刺时。
	其四	南国有佳人		翰曰：以佳人喻贤人不见重于时也。
		时俗薄朱颜，谁为发皓齿。		铣曰：朱颜皓齿皆喻贤人美才也。时俗既薄之，谁为相起发而用也。
		俯仰岁将暮，荣耀难久恃。		翰曰：国不理多时，故云将暮。君之荣耀在于用贤，今既薄贤而不用难久恃。
	其五	闲居非吾志，甘心赴国忧。		济曰：若济此水，惜无行舟，喻心虽愿为而不见所以志不闲居者音常忧国而君不知。
情诗		微阴翳阳景，清风飘我衣。		翰曰：按臣蔽君明而教令逼促于下，以夺征役。风为教令也。衣者，近人之体，谓教令逼人也。
		游鱼潜绿水，翔鸟薄天飞。	言得所也。	向曰：此各得其志。
		眇眇客行士，徭役不得归。	言不如鱼鸟也。	良曰：言不如鱼鸟之得志。

据表 11 可见，五臣注曹诗显然受到李善注的影响。五臣注总体而言或承善注（语言稍有变化而已），如注"游鱼潜绿水，翔鸟薄天飞""眇眇客行士，徭役不得归"；或是对善注的通俗化，如注"秋兰可喻，桂树冬荣""良田无晚岁，膏泽多丰年"等；或是对李善注曹作伦理道德化思路的延伸，如李善较少注写景句中的喻意，但五臣模仿李善注"高台多悲风，朝日照北林""江湖迥且深""游鱼潜绿水，翔鸟薄天飞"等句，把相关写景句都注有喻意，如"好鸟鸣高枝""微阴翳阳景，清风飘我衣"等。而且，五臣注时往往把喻意具体化，一般指向曹丕、曹植的兄弟、君臣关系，以及贤人与小人的关系，或者曹植自身的品操等，所以在其揭示中，可见曹植的忧国之情、为小人所谗害的忧虑、不为君知的郁郁、不重用于时的悲哀等，对曹作的情感、旨意之揭示比较李善注而言更为深刻、全面。也许与李善、五臣注有关，所以唐代科举考试有用曹植诗句出题者，如"好鸟鸣高枝""良田无晚岁""膏泽多丰年"三题，这三句在李善或五臣注中都有对其喻意的揭示。

李善、五臣对曹植诗文寄寓内涵的揭示，一方面提示唐人学习借鉴曹植作品时，要注意其作品的比兴手法，初唐四杰之后，唐人模仿曹植作品多有学习其寄寓手法者，未尝不与李善、五臣注有一定的影响；另一方面由对曹植作品中精神内涵的挖掘，反过来会引导唐人对曹植其人的接受。唐人对曹植作品与其人的接受基本上是统一的，此与六朝重在对曹植其文华藻丽辞的接受而相对忽略了其精神内涵大有不同。李善、五臣注对曹作寄托手法的揭示，对曹作精神意旨的挖掘，对后世读者阐释批评曹作影响深远。

第三节　李善注《洛神赋》引《感甄记》之可能与其文学批评意义

由于南宋尤刻李善注《文选·洛神赋》引有《感甄记》，这则关于曹植与甄妃恋情的志怪故事从唐末始至宋，颇为人所接受，至于好事者多当为真，这种才子佳人的志怪故事由于伦理的问题，一定程度上给曹植其人的后世接受带来了某种遮蔽，所以对《感甄记》之于《洛神赋》的注解意义，不能不辨。但首先是，《感甄记》是否有可能为李善所注引？如果是李善注引，那其注引的目的何在？而此注引对唐人接受《洛神赋》是否产生负面影响？

李善注《洛神赋》引《记》内容见于南宋尤刻李善注《文选》，这则关于曹植与甄妃情恋的志怪故事，在内容上与南宋姚宽《西溪丛语》中所录标明李善注引的《感甄记》仅有个别字句出入。对于曹甄故事的真伪，南宋刘克庄曾批其乃好事者所为，"使果有之，当见诛于黄初之朝矣"①。后来者多承其说。清代何焯结合史料、人情、语词雅俗、《记》与《洛神赋》语句关系、曹植诗文等对之进行的批驳，在古人中最为详尽有力。20 世纪 30 年代，沈达才又有专书论述。曹甄故事之荒谬基本已为共识。但一个荒谬的故事，何以为李善所采纳？或者说，它是否为李善所注？这个故事又是如何生成的？20 世纪 90年代以来，对李善注引《记》之曹甄故事，学者们由对事情真伪的辨析，进一步深化为对李善注引真伪与故事生成问题的思考。

对曹甄故事生成、李善注引等问题的探讨可以追溯到清代。何焯曰："自好事者造为感甄无稽之说，萧统遂类分入于情赋，于是植几为名教罪人。"② 他认为此故事在萧统前即已生成，对李善注引并无否定、批评。朱乾曰："小说家附会'感甄'，李善不知而误采之。"③ 丁晏曰："感甄妄说，本于李善"，"善本书簏无识，而妄引之耳"④。二人皆批评李善"误采""妄引"，否定了《记》对原文注释的意义，但没有否定李善的注者身份。胡克家则说《记》乃尤袤"误取""实非善注"⑤。胡克家的判断，消解了注者身份与故事生成时间的确定性，

---

① 刘克庄：《后村诗话》，吴文治：《宋诗话全编》（第八册），凤凰出版社 2006 年版，第8361 页。

② 何焯著，崔高维点校：《义门读书记》，中华书局 1987 年版，第 883 页。

③ 朱乾：《乐府正义》，见《三曹资料汇编》，中华书局 1980 年版，第 203 页。

④ 丁晏：《曹集铨评》，文学古籍刊行社 1957 年版，第 16、17 页。

⑤ （清）胡克家：《文选考异》，湖北崇文书局刻本，清同治八年（1869）。

为我们今天所争论的两个问题——注者与生成时间埋下了伏笔。

20 世纪 90 年代，刘跃进从版本学角度否定了胡克家关于尤袤"误取"的观点，指出"尤本当别有所据"，"应当是唐代以来流传的另一版本系统"①，而《记》所言曹甄故事之生成时间与注者身份，则现在难以确考。对于尤刻所本，王立群认为"是以北宋监本残卷与赣州本为主要底本，监本残卷有问题处则主要旁参六臣注本的赣州本而来，监本不存者则主要以赣州本为依据"②。但《记》之感甄故事不见于北宋监本残卷、南宋六臣注赣州本，依王立群的观点，似无法解释何以《记》仅见于尤刻《文选》。又，余才林据姚宽《西溪丛语》所录《感甄记》及现存各版《文选》注本俱有的关于"怨盛年之莫当"句的注语，认为《记》是李善注中本有，初唐以前即有感甄之说，感甄故事是比附巫山神女故事而虚构的赋本事。③ 傅刚认为尤刻本所附李善注为后人阐入，曹甄传说在中唐已经流传。④ 范子烨比较《记》与《洛神赋》语句，分析了二者的渊源关系，指出《记》后出于《洛神赋》，认为此故事产生于唐代传奇作家，李善注曹甄事为后人妄加。⑤

综上，尽管 20 世纪 90 年代以来，学界对李善注引《记》的研究较之前有了进一步拓展，但对于其是否为李善所注、故事生成于何时等依然存有争议。而且，令人诧异的是，由于研究者目光集中

---

① 刘跃进：《从〈洛神赋〉李善注看尤刻〈文选〉的版本系统》，《文学遗产》1994 年第 3 期。

② 王立群：《〈文选〉李善注变迁综述》，《河南大学学报》2013 年第 3 期。

③ 余才林：《〈感甄记〉探源》，《文学遗产》2009 年第 1 期。余文重点在追溯感甄故事源头及影响，认为它是巫山神女故事、唐代感妓故事的关联点，大致判定感甄故事生成于中唐以前。余文论证充实，但之后据姚宽《西溪丛语》早于尤刻而推出此故事生成于初唐前，推论似过于直接。

④ 傅刚：《曹植与甄妃的学术公案：〈文选·洛神赋〉李善注辨析》，《中国典籍与文化》2010 年第 1 期。傅文亦认定尤袤别有底本，但以为注释材料乃后人所加。其证据有三：一是今见李善注有不少后人阐入的内容；二是元稹"班女恩移赵，陈王赋感甄"诗句及李商隐的相关诗歌及裴铏《传奇》中《萧旷》一文，三是魏晋以来的诗文、南北朝小说对此均无记载。傅文推论似有武断之嫌。

⑤ 范子烨：《惊鸿瞥过游龙去，虚恼陈王一事无："感甄故事"与"感甄说"证伪》，《文艺研究》2012 年第 3 期。范文文本分析细致，但据此推论故事生成于唐中期传奇作家之手，立论似还不够扎实。

于故事真伪、注者身份与故事生成等问题，《记》之于《洛神赋》原文的解读意义则被忽略了。事实上，从互文性角度看，注释与原文构成了互文本关系，其对原文的意义释放具有一定的导引与制约作用。从注释角度看《记》，对于深化李善注的研究亦颇有意义。鉴于此，本节拟在学界已有研究基础上，采用文本互证的方式，通过梳理魏晋六朝隋唐的相关诗、赋、文、史、志怪、传奇等文本资料，从故事生成时间、注《记》的合理性与文学批评意义、隋唐文士对待《洛神赋》与曹甄故事的态度等方面，进一步探讨《记》为李善注引的可能性。

一　《感甄记》故事生成时间推断

本书对《记》生成时间的推测主要基于如下思考。据《记》言，《洛神赋》由《感甄赋》更名而来，故在这则故事中，甄妃与洛神的形象合而为一。但《记》言甄妃"遂用荐枕席，欢情交集，岂常辞能具"，此句颇带情色，实际上叠合了高唐神女、洛神与甄妃等多重形象。"荐枕"一语出自《高唐赋》，"妾巫山之女也，为高唐之客。闻君游高唐，愿荐枕席"，其中包含的两性欢合成分不言而喻。而《洛神赋》则表现了洛神的习礼明诗和陈思王的礼防自持，二者纯为灵魂的相通。《洛神赋·序》虽言"感宋玉对楚王神女之事，遂作斯赋"，但洛神之于陈思与巫山神女之于楚王则有很大不同。洛神形象演变为《记》中甄妃（洛神）"用荐枕席"的形象，文学史上应该存有巫山神女形象与洛神形象叠合的一个过程，洛神形象的接受也应经历一个从精神情爱到世俗情爱的演变过程。文学史中是否存有这样的过程？如果有，其发生于何时？对此问题的探讨，有助于对《记》生成时间的推断。

（一）关于"荐枕"语典、《洛神赋》事典的接受

"荐枕"虽始自《高唐赋》，但直至南朝梁的宫体诗中，其在表达两性关系时方得以广泛运用。如范云曰："枕席竟谁荐，相望空依依。"①

①《先秦汉魏晋南北朝诗》（梁诗卷二），中华书局1983年版，第1543页。

沈约曰："既荐巫山枕，又奉齐眉食。立望复横陈，忽觉非在侧。"①等。此用典由诗而及赋，如南朝梁元帝《玄览赋》有"想兰香之荐枕，怀娥媓之夜游"②句。经过南朝文士的广泛运用后，"荐枕"才成为语典，频繁出现在诗人有关两性题材的诗篇中。不过，就"荐枕"语典的运用而言，其一般出现于两性主题的诗歌中，赋文中出现的情况，唐前仅见于梁元帝《玄览赋》。唐代亦如此，初盛唐诗歌中多有用典而文、赋中难见，直到中唐传奇故事中突然又有出现，但并不多。如《李娃传》记载："女子固陋，曷足以荐君子之枕席?"③《柳氏传》记载："柳夫人容色非常，韩秀才文章特异。欲以柳荐枕于韩君，可乎?"④

南北朝诗文对《洛神赋》的化用，主要着眼于洛神的形象，从两性情爱关系化用《洛神赋》的很少（见表12）。

表12　　　　　　　　　南朝化用《洛神赋》的诗文语句

时代	作者	语句
南朝宋	谢惠连	汉女倏忽，洛神飘扬。空勤交甫，徒劳陈王。⑤
南朝齐	谢朓	赋幽灵以去惑，排视听而玄往。哂阳云于荆梦，赋洛篇于陈想。⑥
南朝梁	江淹	却交甫之玉质，笑陈王之妙颜。⑦
	刘孝绰	巫山荐枕日，洛浦献珠时。一遇便如此，宁关先有期。⑧
南朝陈	徐陵	洛川神女，尚复不惑东阿；世上班姬，何关君事?⑨
	江总	阳台通梦太非真，洛浦凌波复不新。曲中唯闻张女调，定有同姓可怜人。⑩

谢惠连的诗写的是一段美丽的邂逅，尽管情思不移，但良愿难谐，

①　《先秦汉魏晋南北朝诗》（梁诗卷六），中华书局1983年版，第1640页。
②　《全梁文》（卷十五），第163页。
③　袁闾琨、薛洪勣：《唐宋传奇总集》，河南人民出版社2001年版，第185页。
④　袁闾琨、薛洪勣：《唐宋传奇总集》，河南人民出版社2001年版，第216页。
⑤　《先秦汉魏晋南北朝诗》（宋诗卷二），中华书局1983年版，第1168页。
⑥　《全齐文》（卷二十三），第234页。
⑦　《全梁文》（卷三十四），第364页。
⑧　《先秦汉魏晋南北朝诗》（梁诗卷十六），中华书局1983年版，第1837页。
⑨　《全陈文》（卷十），第375页。
⑩　《先秦汉魏晋南北朝诗》（陈诗卷七），中华书局1983年版，第2574页。

一切若系风捕影，如交甫之于汉女、陈王之于洛神。这是诗中较早肯定《洛神赋》爱情主题的用典。之后，谢朓、江淹、徐陵的诗视洛神为不惑于女色之道心的衬托物，江总则否定了这样的神话，唯有刘孝绰肯定了其间的真情。唐代诗文中关于《洛神赋》的用典，亦多着眼于洛神形象，关注洛神、陈思之情爱的较少。

根据上述对"荐枕"、陈思洛神事用典的梳理，可见从南朝至盛唐文人对二者的引用基本上是分离的（有并举现象出现，见下文分析），对陈王、洛神情感的接受亦少，相关接受也主要着眼于洛神的明礼，或从道心角度否定洛神的多情，完全从人神纯真爱情角度着眼的更少。但既然对巫山神女与洛神形象的接受基本上是分离的，洛神形象接受又如何出现了世俗化的一面呢？她与巫山神女的形象是如何结合在一起的呢？

（二）洛神形象的世俗化倾向

六朝至唐，洛神形象的接受经历了一个世俗化的过程。西晋张敏《神女赋》刻画了一个无伦理道德负累、追求男欢女爱的神女形象，洪顺隆认为其在"原始主题、结构形态、赋中主人翁习性、出现的陪角人物形象、部分语言"等方面与《洛神赋》非常相像。[①] 若此，张敏的《神女赋》已经隐约有了对《洛神赋》的世俗化倾向。不过，张敏《神女赋》还是承继了宋玉高唐神女所开辟的"女性诱惑—男性被惑—战胜诱惑"[②] 的思路，只不过把"战胜诱惑"改成了"男女欢合"，与《洛神赋》中的"申礼防以自持"有很大差异。

真正把洛神形象从神坛拉向人间的是沈约。沈约《丽人赋》借鉴了《洛神赋》中的人物刻画手法以写铜街丽人，改变了《洛神赋》的寄寓主题，着眼于对两性声色欢愉的描写。由于其笔下的"丽人"与"洛神"之间有诸多相似之处，其化用无疑使圣洁的洛神形象遭到世俗化的扭曲。之后，梁陈文人对《洛神赋》的化用主要着眼于洛神的

---

① 洪顺隆：《辞赋论丛》，文津出版社 2000 年版，第 157 页。
② 郭建勋：《论汉魏六朝"神女——美女"系列辞赋的象征性》，《湖南大学学报》2002 年第 5 期。

美貌，"洛神"成为凡间美女甚至妓女的代名词，此与沈约的影响颇有关系。沈约的《丽人赋》实开洛神世俗化、声色化之风。当然，洛神形象的世俗化可能与六朝志怪小说中的凡男遇仙类小说的影响也有一定的关系，此类小说中的仙女多有世俗化的一面。

初唐《游仙窟》上承六朝志怪小说中的洞窟小说、人神恋小说模式，开中国情色小说之先河。《游仙窟》不仅以洛神作十娘丽色的陪衬，而且其结束部分明显模仿了《洛神赋》的结尾。《游仙窟》乃唐代士妓风流故事之肇端，其以洛神比十娘，以洛神光消不见、陈思耿耿难寐来自比，以及其中对两性声色的描写，使得洛神形象进一步世俗化了，与《记》"遂用荐枕席"的叙述有呼应之感。

（三）巫山、洛神形象化用的并举、叠合

也许受洛神形象接受世俗化的影响，南朝文人诗中出现了洛神与巫山神女故事并举的现象。这种情况很少，笔者据逯钦立《先秦汉魏晋南北朝诗》梳理出六条（见表13）。这六条多以巫山神女、洛神来写人间佳人的美貌，其中，刘孝绰诗中的"洛浦献珠"，相比于《洛神赋》"献江南之明珰"句，与《记》"遣人献珠于王"联系更为密切。由于从南朝梁始，表示两性关系的往往用"巫山神女荐枕"的典故，而对《洛神赋》的化用，多借洛神美貌以比附现实的人和物，所以刘孝绰把巫山神女与洛神并举，肯定其中的人神之情爱，可以说是《高唐赋》《洛神赋》演变为《记》故事的一个重要连接点。

表13 南朝巫山、洛神形象并举诗句

时代	作者	语句
南朝梁	何思澄	洛浦疑回雪，巫山似旦云。①
南朝梁	刘孝绰	巫山荐枕日，洛浦献珠时。②
南朝梁	刘缓	不信巫山女，不信洛川神。③

---

① 《先秦汉魏晋南北朝诗》（梁诗卷十五），中华书局1983年版，第1807页。
② 《先秦汉魏晋南北朝诗》（梁诗卷十六），中华书局1983年版，第1837页。
③ 《先秦汉魏晋南北朝诗》（梁诗卷十七），中华书局1983年版，第1847页。

续表

时代	作者	语句
南朝陈	阴铿	楼似阳台上，池如洛水边。①
南朝陈	江总	阳台通梦太非真，洛浦凌波复不新。② 洛浦流风漾淇水，秦楼初日度阳台。③

　　这种巫山神女与洛神并举以写男女之情爱的写法，经过初唐、盛唐的沉寂后，到中唐权德舆诗中再次出现，如其《杂兴五首》（其五）言："巫山云雨洛川神，珠襜香腰稳称身。惆怅妆成君不见，含情起立问傍人。"④权德舆诗中巫山、洛水的用典由之前诗人的两句并举变为一句并举，极易让人产生二者形象的叠合之感。而在中唐传奇中，如《霍小玉传》中有"低帏昵枕，极其欢爱。生自以为巫山、洛浦不过也"⑤的叙述。此处的洛浦，已经超越了《洛神赋》中的精神之恋，与巫山神女一样，有不少世俗化的成分了。尽管就表面看，还看不到洛神与甄妃之间的关系，但情与欲的叠合，意味着巫山、洛神形象的叠合。《霍小玉传》是有关士妓之恋的故事，余才林认为感甄故事是巫山神女故事演变为唐代感妓故事的中间环节，《霍小玉传》的此句叙述明显有《记》的影子。

　　综上所述，南朝至盛唐之间，文人诗赋中关于巫山荐枕与陈思洛神故事的用典多是分离的。洛神与巫山神女形象走向融合的关键是洛神形象接受的世俗化。自南朝梁沈约开始，洛神形象接受出现世俗化倾向，但这种世俗化主要着眼于借赋中有关洛神形象描写语句来比附或衬托现实中的美女甚或妓女，尚未凸显其两性欢合的一面。初唐的《游仙窟》对《洛神赋》的模仿使得洛神形象与十娘形象产生一定的重合，其间关于两性灵与肉的描写凸显了洛神世俗的一面。《游仙窟》可能已经含有《记》所言曹甄故事的影子了。同时，也许受此世俗化

---

①　《先秦汉魏晋南北朝诗》（陈诗卷一），中华书局1983年版，第2457页。
②　《先秦汉魏晋南北朝诗》（陈诗卷七），中华书局1983年版，第2574页。
③　《先秦汉魏晋南北朝诗》（陈诗卷八），中华书局1983年版，第2595页。
④　（唐）权德舆撰，郭广伟校点：《权德舆诗文集》，上海古籍出版社2008年版，第163页。
⑤　袁闾琨、薛洪勣：《唐宋传奇总集》，河南人民出版社2001年版，第318页。

接受倾向的影响，南朝文人诗中开始出现了巫山、洛神形象并举的现象，其中刘孝绰的诗是洛神形象演变为巫山、甄妃的一个重要连接点，不过，刘孝绰诗中还是分句并举，此后直到中唐权德舆诗中于一句中并举二者，让人有二者形象的叠合之感，而《霍小玉传》中则明确出现了巫山、洛浦形象的叠合。洛神形象在逐渐世俗化中走向了与巫山神女的融合。

中唐巫山洛神形象的叠合事出有因。如果没有洛神形象的世俗化，没有巫山、洛神用典由分离到并举的一个发展过程，很难想象中唐会突然有这样的叠合。《记》所言曹甄故事虽是一个志怪故事，但却是洛神接受世俗化的重要表现。在这个故事中，洛神、甄妃与巫山神女合而为一。如果元稹"班女恩移赵，思王赋感甄"[①] 所言《感甄赋》的确是《记》所言《感甄赋》的话，那么中唐巫山、洛神形象的叠合一定有感甄故事的影子。再从典故形成需要时间性、普及性与权威性等条件来说，元稹所用典不会来自同代作家。《记》所载故事很难于中唐产生。总之，根据上文分析，本书认为《记》的生成时间应为南朝梁陈至初唐之间。

另外，《记》含有六朝志怪异类恋的成分，但在叙述形态上多异于六朝志怪而近于初唐传奇。例如，就《记》"遂用荐枕席，欢情交集，岂常辞能具"的叙述而言，现存六朝志怪小说，很少有两性交合的笔墨，牵涉两性关系的叙述均非常简单质朴，成夫妇之礼的，一般言"成礼"或"为室家"；一夕欢情的仅言"共展好情"[②]；等等。《续齐谐记》为南朝梁吴均所撰，言及清溪女神与赵文韶，亦只言"相仵燕寝"[③]，与《记》的叙述明显有异。《续齐谐记》是目前所见六朝最晚的一部志怪小说。依此可推《记》故事应生成于南朝梁陈后。又，六朝异类恋故事中人与异类分别时的相赠物均为信物，有的

① （唐）元稹撰，冀勤点校：《元稹集》，中华书局1982年版，第110页。

② （南朝宋）刘义庆撰，王根林点校：《幽明录》，见《汉魏六朝笔记小说大观》，上海古籍出版社1999年版，第735页。

③ （南朝梁）吴均：《续齐谐记》，见《汉魏六朝笔记小说大观》，上海古籍出版社1999年版，第1009页。

还具有给予男方经济保障的性质。而《记》故事中的"枕"尚有两性情爱的比附。不仅如此，故事主体尚以（丕）示枕—（丕）赍枕—（甄）赠枕—（甄）荐枕为线索编织。"玉镂金带枕"勾连与推动情节发展，具有重要的叙事功能，是故事由实转虚的关键。而正是甄的赠枕、荐枕，故事叙述结构方得以完整。目前所见的六朝志怪小说尚未见到以某物为线索构织多个故事成篇的内容，而这一点，唐初传奇就有比较成熟的运用，如《古镜记》以古镜为线索串起十几个故事。从故事叙述形态来说，隋唐之间是可以产生《记》这样极具张力的故事的。

二　李善注引《感甄记》的合理性及其文学批评意义

由于不管是朱乾、丁晏言李善"误采""妄引"，还是胡克家称是尤袤"误取"，其结论之基点均在于对此故事真实性的否定，即因故事荒谬，故而认定注的荒谬，进而怀疑注者的身份，所以对李善注引《记》的合理性与《记》的文学批评意义的论证，或许亦可为证《记》为李善所注引提供一种可能的证明。

（一）李善注引《感甄记》的合理性

1. 举后以明先

李善注班固《两都赋·序》中曰："诸引文证，皆举先以明后，以示作者必有所祖述也。他皆类此。"但李善也有举后以明先的情况，如李善注曹植《上责躬应诏诗表》"忍垢苟全，则犯诗人胡颜之讥"句，引殷仲文《表》曰"亦胡颜之厚。义出于此"。他在注晋代作家作品时，亦多引初唐所编《晋书》。故从引书时代来说，李善注后出的《记》符合其注释体例，其目的应该也有"义出于此"的指向所在。关于《记》与《洛神赋》的语源关系，学者们的分析已很详尽，此处不再赘言。

2. 引志怪以解题或注作者的例子

李善注的通例是先注文题，再注作者。如无文题可注，那就先注作者。在注作者时，通常引用史书正文，简明扼要，不涉杂诗小说之论，但也有如下例外的情况。

扬子云《甘泉赋》，李善注扬雄引《汉书》曰："扬雄，字子云，蜀郡成都人也。雄少好学，年四十余，自蜀来游京师，大司马王音召为门下史，荐雄待诏。岁余，为郎中，给事黄门，卒。桓谭《新论》曰："雄作《甘泉赋》一首，始成，梦肠出，收而内之，明日遂（卒）[病]。"

江文通《恨赋》，李善注引刘璠《梁典》曰："江淹，字文通，济阳考城人。祖，丹阳令。父康之，南沙令。淹少而沉敏，六岁能属诗。及长，爱奇尚异，（自以孤贱，厉志笃学。泊于强仕，渐得声誉。尝梦郭璞谓之曰：君借我五色笔，今可见还。淹即探怀，以笔付璞，自此以后，材思稍减。前后二集，并行于世。卒赠醴泉侯，谥宪子）。"

郭璞《江赋》，李善注引臧荣绪《晋书》曰："郭璞，字景纯，河东人。璞性放散，不修威仪。为佐著作，后转王敦记室参军。敦谋逆，为敦所害。又云：有人见其睡形变鼍，云是鼍精也。"

这几则材料均有志怪性质，与《记》的体例相似。根据其注释位置，本书推断《记》应置于曹植生平简介之后。但更为关键的是，李善为什么要引注这些内容呢？是好怪乐奇吗？显然不是，我们可从李善注的文学导读意义上理解这些引注。陈复兴指出："李善的注释学成就，本身也是一种文学批评。"① 的确如此，如李善注《甘泉赋》引桓谭所论，让人看到了扬雄写作《甘泉赋》时的认真和殚精竭虑，也可见大赋创作对文人学养积累、才思的要求。注《恨赋》引《梁典》所记江淹梦，既表明了江淹与郭璞的承继关系，又暗示了江淹创作的前后不同，前期为其创作的繁盛期，"五色笔"暗示其文笔的锦绣灿烂，若有神助，让人惊叹。注《江赋》引臧荣绪所记，则形象地说明

---

① 陈复兴：《李善的文论及其选注表微》，见徐中玉、郭豫适主编《中国文论的常与变（古代文学理论研究）》，华东师范大学出版社 2006 年版，第 20 页。

了人们对郭璞《江赋》的惊异、赞叹之情。郭璞本河东闻喜（今属山西）人，却对长江之地理、风候、物产、水禽等如此熟稔，且文笔挥洒，写得汪洋恣肆，此志怪内容的引入，表现了李善对郭璞非凡创作的高度评价。所以，从李善注释角度来说，其注引灵怪之事不是好奇乐怪，而是这样的志怪故事隐含着作者创作过程、创作特点与时人的批评等内容，它们对于解读作品具有一定的导向意义。以此来观李善注《洛神赋》引《记》，也应有其导读意义。

3. 注《文选·情赋》的思想观念

从李善注《文选·情赋》来看，《文选·情赋》共四篇，前三篇分别是宋玉的《高唐赋》《神女赋》《登徒子好色赋》。李善注"情"曰："《易》曰：利贞者，性情也。性者，本质也。情者，外染也。色之别名，事于最末，故居于癸。""利贞者，性情也"引自《易经·乾卦》，孔颖达《周易正义》疏曰："利贞者，性情也者，所以能利益于物而得正者，由性制于情也"，"性者，天生之质正而不邪，情者，性之欲也，言若不能以性制情使其情如性则不能久行其正"。① 李善言"情者，外染也。色之别名"，认为这几篇赋主要内容是写"色"的，但其注显然受制于"以性制情"的认识。例如，其注《高唐赋》曰："此赋盖假设其事，风谏淫惑也。注《登徒子好色赋》曰："此赋假以为辞，讽于淫也。"《神女赋》居《高唐赋》《登徒子好色赋》之间，李善虽未注其旨，但结合上下篇语境，可想其旨亦在于讽淫、谏淫而已。李善注体现了其使情如性而归于正的思想观念。曹植《洛神赋·序》曰："感宋玉对楚王神女之事，遂作斯赋。"在李善"情赋"注的整体思路中，《洛神赋》之旨虽不在讽谏，但亦绝非写陈思与洛神之间的爱情故事。

《登徒子好色赋》以宋玉第一人称口吻来写，李善注此赋"假以为辞，讽于淫"，但注"于是楚王称善，宋玉遂不退"句时，则言"宋玉虽不逮大夫之顾义，而不同登徒之好色，故不退"，把作者宋玉

---

① （唐）孔颖达疏：《周易正义》，见（清）阮元校刻《十三经注疏·周易正义》，中华书局 1980 年影印版，第 17 页。

与文中"宋玉"相混淆。《洛神赋》也是第一人称写法，李善注也混同了作者曹植与赋中"曹植"，所以注"收和颜而静志兮，申礼防以自持"言"子建自防持也"。由李善注《登徒子好色赋》观之，其一样认为《洛神赋》也是"假以为辞"，故不能因注言子建，即以为此"子建"乃实际之子建。

由上可见，李善注中有举后以明先的情况，有引志怪以凸显作家创作过程或作品批评的例子，尤其是其对《文选·情赋》的注，显现出其对这几篇赋作"假以为辞"创作特点的理解。故李善注《洛神赋》引《记》是有其合理性的。

（二）注引《记》的文学批评意义

将《记》与《洛神赋》相对照，可发现其与《洛神赋》中的语句存有渊源关系，今天的学者对此多有论证。但注引《记》对《洛神赋》的解读来说，具有更深的文学批评意义，即通过将《记》与《洛神赋》相对照，可引发读者（尤其是创作型读者）对原型与创作关系的思考。

1. 注引《记》所隐含的原型批评意义

甄妃与洛神在形象上的确有重合之处。甄妃是洛神形象创作的一个重要原型。甄妃的贤惠美丽、知书达礼与盛年失意而死的悲惨命运对曹植之于洛神形象的塑造具有重要的启发意义。下面从三个方面具体言之，以见二者之间的关联性。

一是姿貌绝伦。曹植对洛神形象的塑造，其用墨之浓、用笔之灵、挥洒之多等，在美女形象刻画史上可以说是前所未有的。这也是后世对洛神形象不断化用的一个重要原因。不过，尽管李善注《洛神赋》引用了《离骚》《神女赋》《登徒子好色赋》《美人赋》《定情赋》《章华台赋》等叙写美女姿态的文句，以表明曹植创作与前人创作的关系。但对曹植的创作而言，那些都只是一言半句的化用，对于曹植之于洛神整体形象的勾勒作用不大。创作来源于生活，甄妃的美貌应该是洛神形象塑造的一个重要参考。《世说新语·惑溺》曰："魏甄后惠而有色，先为袁熙妻，甚获宠。曹公之屠邺也，令疾召甄，左右白：'五官中郎已将去。'公曰：'今年破贼正为奴。'"① 裴松之注《三国志》引《魏略》《世语》中类似材料，其中有"见其色非凡，称叹之""使令揽发，以袖拭面，姿貌绝伦"② 等语。可见，甄妃是当时公认的美人。

二是知书达礼。《洛神赋》言洛神"嗟佳人之信修，羌习礼而明诗"。甄妃亦如此。《三国志·魏书·后妃传》曰："今世乱而多买宝物，匹夫无罪，怀璧为罪。又左右皆饥乏，不如以谷振给亲族邻里，广为恩惠也。"裴松之引《魏书》《魏略》中所记甄妃聪慧贤能之事，认为"其称卞、甄诸后言行之善，皆难以实论。陈氏删落，良有以也"③。不过，就陈寿《三国志》中所记甄氏谏言赈济亲族邻里之事，的确可见其识见不凡，非知书达礼者难以有此见地。又，甄妃又颇能作诗。徐陵《玉台新咏》录有甄皇后《乐府塘上行一首》，诗前"序言"中又引甄后临终诗"蒲生我池中"。诗作哀婉而不失敦厚温柔，"众口铄黄金，使君生别离。念君去我时，独愁常苦悲"④，颇见其文学素养。

三是悲惨命运。关于甄妃被赐死，《三国志》提及："（帝）践阼之后，山阳公奉二女以嫔于魏，郭后、李、阴贵人并爱幸，后愈失意，有怨言。帝大怒，二年六月，遣使赐死，葬于邺。"⑤ 裴松之注《郭后传》引《魏略》曰："甄后临没，以帝属李夫人。及太后崩，夫人乃说甄后见譖之祸，不获大敛。"⑥ 可见甄妃的失意与宫中的谗言有极大关系。郭茂倩《乐府诗集》解《塘上行》引《邺都故事》言"后为郭皇后所譖，文帝赐死后宫"⑦。甄妃之死，让人同情。洛神虽为神，超越死亡，但"盛年之莫当"同样让人生哀婉之叹。

综上所述，甄妃与洛神在外貌、习礼、明诗、命运等诸多方面具有相似性。据前论述李善引志怪故事以注作家作品的情况而言，此类

① 余嘉锡：《世说新语笺疏》，中华书局1983年版，第917页。
② 《三国志·魏书·后妃》（卷五），第159页。
③ 《三国志·魏书·后妃》（卷五），第159、161页。
④ （陈）徐陵编，（清）吴兆宜注，程琰删补，穆克宏点校：《玉台新咏笺注》，中华书局1985年版，第57页。
⑤ 《三国志·魏书·后妃》（卷五），第160页。
⑥ 《三国志·魏书·后妃》（卷五），第166—167页。
⑦ （北宋）郭茂倩：《乐府诗集》（卷三十五），中华书局1979年版，第521页。

注引往往隐含着李善对作家创作过程、创作特点与时人评论等方面的理解、批评，具有文学导读的意义，因此，洛神形象与甄妃形象之间的关系，即曹植笔下的洛神是以甄妃为原型而进行的创作。艺术形象来源于现实，曹植的洛神形象丰满、立体、灵动，在文学史上具有首创性，这一形象的塑造不可能是凭空想象的，一定有其创作的原型。故李善注《洛神赋》引《记》的可能在于暗示曹植创作洛神形象的素材来源，而这对于读者解读作品，尤其是对创作型读者来说，对其如何处理原型与艺术形象之间的关系，具有重要的启发作用。后来沈约《美人赋》就极力学习曹植《洛神赋》的美女刻画手法，可见一斑。

2. 注引《记》所隐含的作品独创性批评

其一，甄妃与洛神虽有重叠但不相等。无疑，曹植对甄妃的命运是深为同情的。清代王世祯、朱乾、宋长白等都认为曹植《浮萍篇》是模拟《塘上行》而作的。范子烨曾对这两个文本进行了细致的比较，其结论是"《浮萍篇》所刻画的女性主人公就是《塘上行》的抒情主人公——甄氏本人，换言之，《浮萍篇》乃是对甄氏人生命运的暗写"。宋长白曰："甄逸女将终，作《塘上行》曰：'蒲生我池中……'子建伤之，作《蒲生行·浮萍篇》曰：'浮萍寄清水……'即用其语以命题，不待遗枕之赉而始赋洛神也。"① 这种解读是正确的。

但曹植的同情不是一种旁观的同情，而是基于自身痛彻心扉的人生遭际而产生的同体之情。在甄妃的命运里他的确想到、体味到自己的命运。以遭受谗言而讲，甄妃言"众口铄黄金，使君生别离"。曹植亦再三言之，如《赠白马王彪》言"鸱枭鸣衡轭，豺狼当路衢。苍蝇间白黑，谗巧令亲疏。欲还绝无蹊，揽辔止踟蹰"。《黄初五年令》颇多人心难测之感慨，《黄初六年令》尚言"吾昔以信人之心无忌于左右，深为东郡太守王机、防辅吏仓辑等任所诬白，获罪圣朝。身轻于鸿毛，而谤重于太山"。尽管因太子之争，曹植在文帝践祚后陷入困境，但小人的谗言更使他雪上加霜，几乎性命不保。也正是鉴于自

---

① （清）宋长白：《柳亭诗话》（卷五），见张寅彭选辑，吴忱、杨焄点校《清诗话三编》（第一册），上海古籍出版社 2014 年版，第 252—253 页。

己的经历，曹植对甄妃的命运有更深切的体认，也自然产生更为深切的同情。这正如阮籍之哭素不相识的兵家子，寄寓着他对美、青春之易逝的哀伤，在同情他者的时候，何尝不是在同情自我？从这个角度来说，洛神、甄妃、曹植其实具有共通性。李善注"怨盛年之莫当"曰，"盛年，谓少壮之时，不能得当君王之意。此言微感甄后之情"。这句话可理解为"此言隐约透露出感慨甄后命运的情感"，而并非通常所说的"此言略微透出甄后对曹植的情感"，后者往往把此句理解为曹甄的男女两性关系，这正是歧义的关键所在。

因此，洛神虽有甄妃的影子，但洛神并不等同于甄妃，因为在她身上还有曹植命运的迭现。"恨人神之道殊，怨盛年之莫当。抗罗袂以掩涕兮，泪流襟之浪浪"，注言"此言微感甄后之情"，紧随其后注"抗罗袂以掩涕兮，泪流襟之浪浪"句，注引《楚辞》"揽茹蕙以掩涕兮，沾予襟之浪浪"。如果说从"恨人神之道殊，怨盛年之莫当"可见甄妃与洛神形象的融合，那么后两句因为《楚辞》香草美人象征手法的联想作用，这句注引就把洛神形象从甄妃的影子里拉了出来，暗示了洛神形象所具有的象征意蕴。

其二，李善注《洛神赋》与《美女篇》的互参。李善注《美女篇》两次引用《神女赋》，一是注"长啸气若兰"，引《神女赋》曰"吐芬芳其若兰"；二是注"荣华耀朝日"，引《神女赋》曰"耀乎若白日初出照屋梁"。而李善在注《洛神赋》"含辞未吐，气若幽兰"和"远而望之，皎若太阳升朝霞"两句时同样引了《神女赋》中的这两句话。参看这两篇引注，可让我们发现《美女篇》与《洛神赋》之间的关系。

首先，两篇均以美女为写作对象，都运用了丰富的描写手法来刻画美女的形象，如远近结合、整体局部结合、形神结合、动静结合等，可以说，《美女篇》中对"美女"的刻画，尽管有借用汉乐府《陌上桑》的成分，但其近乎是洛神形象的缩影。

其次，叙事富有情节感，都极力描写美女的美与世俗的距离。例如，美女是"高门结重关"，洛神是"人神之道殊""潜处于太阴"。

又极力描写二者盛年不遇的孤独，如《洛神赋》言洛神"叹匏瓜之无匹兮，咏牵牛之独处""怨盛年之莫当"，《美女篇》则言"美女""众人徒嗷嗷，安知彼所观。盛年处房室，中夜起长叹"。

自古以来，一般认为《美女篇》是曹植的自我寄寓。从两篇互参来看，《洛神赋》一样是曹植的自我书写。所以，尽管洛神身上有甄妃的影子，但洛神并不等于甄妃，她同样叠合了曹植的影子，她是一个凝聚了曹植复杂人生体验与思想情感的独特的创造性的人物形象。

赵福海曾指出："李善留下的东西不多，但一部《文选注》就足以确立其文学家和文学批评家的地位。"[①] 与李善所注引的其他志怪材料一样，《记》合乎李善注释的体例，具有文学批评与导读的意义，对读者的解读与创作有引导与制约作用。由此观之，李善注引《记》的可能性亦是极大的。

三　唐人对《洛神赋》、曹甄故事的态度

上文基于对《记》故事生成时间的推测，结合李善注的体例，论证了《记》故事于原文的批评意义，由此论证了《记》为李善注引的可能性。由于一般否定《记》为李善注引者往往以此故事荒谬为由，否认李善注引的可能性，因此有必要进一步探讨唐人对《记》故事的态度，看注引《记》是否影响了唐人对《洛神赋》的接受，以此推测《记》为李善注引之可能。

（一）李善不信曹甄故事

从李善注曹植作品看，李善注《上责躬应诏诗表》引《魏志》"黄初四年，植朝京都，上疏并献诗二首"。注《赠白马王彪》引《植集》"黄初四年五月，白马王、任城王与余俱朝京师……至七月，与白马王还国。后有司以二王归藩，道路宜异宿止，意毒恨之。盖以大别在数日，是用自剖，与王辞焉，愤而成篇"。注《洛神赋》引"《魏志》曰：黄初三年，立植为鄄城王。四年，徙封雍丘，其年朝京师。

---

① 赵福海：《从〈文选〉注看李善的美学思想》，见赵昌志、顾农主编《李善文选学研究》，广陵书社 2009 年版，第 137 页。

又《文纪》曰：黄初三年，行幸许。又曰：四年三月，还洛阳宫。然京城谓洛阳，东蕃即鄄城。《魏志》及诸诗序并云四年朝，此云三年，误。（一云《魏志》三年不言植朝，盖《魏志》略也）"。根据李善这几条引注，可以看出，他认为《洛神赋》写于曹植与白马王彪分别之后的归藩途中。

再看李善注《责躬诗》。他引用了《魏志》11 条、《曹植集》4 条、曹植表 3 条，文、史互证，来揭示曹植《责躬诗》温柔敦厚笔法下隐藏的历史事实。如"傲我皇使，犯我朝仪"，李善注引《魏志》"使者灌均希旨，奏植醉酒勃逆，劫胁使者"。可见曹植此次获罪实因灌均陷害。史实与曹植诗中的忏悔之语形成对照，引注提示真相，让人看到曹植诗中所表现的在强权压制下的苟且隐忍。而针对此次诬告的处理，李善在注"傲我皇使，犯我朝仪"句中已经指明"有司请治罪，帝以太后故，贬爵安乡侯"，但在注其下"国有典刑，我削我黜。将置于理，元凶是率"时，李善又连引《植集》"博士等议，可削爵土，免为庶人"，《魏志》"有司请罚植罪"等，来阐明当局对这件事的反应与处理。"博士"议论，"有司"请治罪，无人质疑灌均奏告的真相，从官员到司法部门，对于这次莫须有似皆欲加之罪而后快。这些引证揭示了曹植黄初二年艰难的政治处境，以至于直到黄初四年朝京师，仍要上《责躬诗》来表示忏悔。曹植黄初四年入京，又发生了曹彰暴死事件，与兄弟同行，却被有司强行分离。综观李善对曹植这几篇诗文写作背景的注释，谁能相信曹植在愤怒、悲伤、恐惧等多种情绪困扰下会去写一篇思念甄妃的赋作？后世辩驳曹甄故事为伪的思路也基本上是综合这几篇诗作的写作背景而来的。

又，李善注《杂诗六首》时言："此六篇并托喻伤政急，朋友道绝，贤人为人窃势。别京已后，在郓（应为鄄）城思乡而作。"在曹植作品阐释史上，李善首次揭示曹作与政治伦理的关系，对后世曹作阐释方向具有导向作用。李善注《洛神赋》引《魏志》"黄初三年，立为鄄城王"。又引《文纪》"又曰：四年三月，还洛阳宫"。李善释云："然京城谓洛阳，东蕃即鄄城。"也就是说，他认为《杂诗六首》

是黄初四年朝京归藩后所作。若此，在李善看来，《上责躬应诏诗表》《赠白马王彪》《洛神赋》《杂诗六首》在创作时间上是先后相继的关系。从对曹作的理解、阐释的互证性角度看，李善是不会相信《记》所言曹甄故事的。而且，由他对《文选·情赋》的注亦可见他视《洛神赋》为寄寓性作品（见前文），注引《记》是出于文学批评的目的。

（二）唐人亦多不信曹甄故事

对于曹甄故事，不只是李善不信，唐人亦多不信。此可从唐人对《洛神赋》的化用来看。唐代诗文运用洛神典故，上承南北朝，主要以洛神为美女的代名词，从情感角度化用洛神与陈思爱情的并不多。例如，初唐路敬淳曰："汉皋游女，持珠对南国之宾；洛浦神妃，鸣玉俟东藩之后。"[①] 中唐蒋防曰："岂伊异人，学道全真。湘波之妃、洛浦之神，曾不足继其芳尘。"[②] 晚唐麻不欺曰："于是垂为臣，倚为主，式标上下，动合规矩。亦非独洛妃解赠于陈思，汉女见投于交甫。"[③] 其中路敬淳、麻不欺主要强调洛妃的明礼，蒋防则以洛神之多情反衬嫦娥之忘情。总体而言，唐代诗人承继南北朝诗文中用陈王、洛神事者较少，相关用典亦主要着眼于洛神的明礼，或从道心角度否定洛神的多情。

中唐权德舆《杂兴五首》（其五）隐约可见曹甄故事的影响。其《杂诗五首》（其二）言："阳台巫山上，风雨忽清旷。朝云与游龙，变化千万状。魂交复目断，缥缈难比况。兰泽不可亲，凝情坐惆怅。"[④] 诗歌写得含蓄婉约，对《洛神赋》的化用极其巧妙，"朝云与游龙"具有某种象征意义。胡大雷认为《文选》"杂诗"体类，超脱于具体事件而重在抒发情感，是"咏怀"的先声。[⑤] 权德舆《杂兴五首》《杂诗五首》的寄托意味非常浓厚，而组诗中关于《高唐赋》《洛神赋》的相关化用显示了他对二作寄寓性质的理解。

---

① 《全唐文》（卷二五九），第 2630 页。
② 《全唐文》（卷七一九），第 7395 页。
③ 《全唐文》（卷九五零），第 9868 页。
④ （唐）权德舆撰，郭广伟校点：《权德舆诗文集》，上海古籍出书社 2008 年版，第 152 页。
⑤ 胡大雷：《文选诗研究》，广西师范大学出版社 2004 年版，第 386、388 页。

即便是元稹《代曲江老人百韵》中的"班女恩移赵，思王赋感甄"句，学界虽然常用其佐证《记》在中唐的流行，但事实上，在整个诗篇环境的制约下，其着眼点并不是对曹甄故事的用典。元稹《代曲江老人百韵》以曲江老人之口，借其人生回忆，揭示盛唐由盛转衰的历史及其原因，其中不少篇幅写盛世中人从下至上的奢侈浮华的生活。如"沃土心逾炽，豪家礼渐湮。老农羞荷锸，贪贾学垂绅。……玉馔薪燃蜡，椒房烛用银。铜山供横赐，金屋贮宜颦。班女恩移赵，思王赋感甄。辉光随顾步，生死属摇唇……"①。这里的"班女"，是指汉代的班婕妤，乃班固祖姑，古代才女，本为皇帝所重，但"其后赵飞燕姊弟亦从自微贱兴，逾越礼制，浸盛于前。班婕妤及许皇后皆失宠"②。元稹《苦乐相倚曲》中的"汉成眼瞥飞燕时，可怜班女恩已衰"句，可以说是对"班女恩移赵"的注解。在《代曲江老人百韵》中，"班女恩移赵"借班女被弃故事批判富贵之人沉湎女色、醉生梦死的病态生活。"思王赋感甄"与"班女恩移赵"对偶并举，在这样的语境限制下，该句并非指陈思与甄后的恋情，而是陈思对甄后被弃命运的同情，借此来指当时社会富贵人家沉迷女色的可恶。如果此处用典受《记》的影响，那么他绝没有志怪猎奇的心理，而是体现了曹植对一个悲剧女性的同情。元稹的用典其实透露出唐人对《记》所讲故事的态度。

由上可知，唐人关于陈思、洛神爱情的用典并不多，《记》所言曹甄故事于唐代文士笔下的投映更少。不过，这个故事因晚唐李商隐的诗又得到了强化。例如："来时西馆阻佳期，去后漳河隔梦思。知有宓妃无限意，春松秋菊可同时。""通谷阳林不见人，我来遗恨古时春。宓妃漫结无穷恨，不为君王杀灌均。""国事分明属灌均，西陵魂断夜来人。君王不得为天子，半为当时赋洛神。""贾氏窥帘韩掾少，宓妃留枕魏王才。春心莫共花争发，一寸相思一寸灰。"③

① （唐）元稹撰，冀勤点校：《元稹集》，中华书局 1982 年版，第 110 页。
② 《汉书》（卷九十七下），中华书局 1962 年版，第 3984 页。
③ 冯浩笺注：《玉溪生诗集笺注》，上海古籍出版社 1979 年版，第 626、630、629、386 页。

但李商隐的用典,多与史实不符,有的则是他的个人想象。《魏志》言"使者灌均希旨,奏植醉酒勃逆,劫胁使者,有司请治罪",灌均并没有以甄妃诬陷曹植;"君王不得为天子"更与曹植写作《洛神赋》时间相错太远;而"宓妃留枕魏王才",即使《记》中亦无相关内容。李商隐汲取了《记》所凸显的曹甄"情",通过扭曲、拼凑、移接、补充历史,使得《记》中曹甄故事得以充实完备,突出了宓妃对陈思之才的倾慕、灌均对二者恋情的阻碍破坏等。从用典角度来看,李商隐的这些诗多非正用,亦非反用。王光汉认为,对语典的界定,除需要"引用""有来历出处"的条件限制外,还要有"离开源出语言环境即无法理解"的条件限制。① 据此,李商隐的诗已经不是简单的用典,而是对语源故事的一个再创造。故注者分析云:"盖义山自有艳情诬恨,而重叠托意之作,代赠代答,如《代卢家人》之类。宓妃取洛中之地,曰'来时',曰'去后',明有往来之迹,而两情不得相合也。曰'已隔存殁','何必同时',指谓一死一生,情不灭而境永隔也。曰'我来遗恨古时春',是重经洛中,追恨旧事也。'灌均'必指府中用事之人而被其指摘者。陈思王则以才华自比,可叹篇云'宓妃愁坐芝田馆,用尽陈王八斗才',可以取证也。此解方得其情。"

与之前人们对《洛神赋》的用典着眼于洛神或陈思洛神之情不同,李商隐突出了陈思之才与宓妃对陈王之才的倾慕,突出了陈思、宓妃爱情遭遇的障碍,这显然是他内心"自有诬情艳恨"的折射。李商隐融合个人的体验,赋予这个故事更多的矛盾冲突。李商隐诗对《记》故事的改写对晚唐裴铏《传奇》中《萧旷》的创作有启发,如"女曰:'妾即甄后也,为慕陈思王之才调,文帝怒而幽死'"②。但《萧旷》中的洛神(甄妃)在故事中仅是一个功能人物,除了印证前代志怪传言满足人们的好奇心外,其作用主要是引出龙女论道。此处的洛神,充满了一种呆板的道学气,完全没有《洛神赋》中的旖旎风情与美好,而且"文帝怒而幽死",同样是违背历史事实的再创作。

---

① 王光汉:《词典问题研究》,安徽大学出版社 2010 年版,第 55 页。
② 袁闾琨、薛洪勣:《唐宋传奇总集》,河南人民出版社 2001 年版,第 895 页。

　　总之，对于《记》所谓曹甄故事，唐代除李商隐诗、裴铏《传奇》之《萧旷》中有明显接受外，其他只是在个别诗篇、传奇中显示一鳞半爪。唐人对《洛神赋》的接受主要在洛神形象刻画方面，对赋所表现的曹植与洛神的爱情关注亦不多。也就是说，唐人基本上没有把《洛神赋》当成一个实在的故事，也基本上不相信《记》所言的曹甄故事。即便是李善注《文选》引了这个故事，其对唐人对《洛神赋》的解读亦无太大困扰。李周翰释《洛神赋》言，"植有所感托而赋焉"，可见一斑。

　　唐人不信曹甄故事是有其原因的。其一，从比兴创作传统言，唐人更容易从寄寓性角度去解读《洛神赋》，此解读角度于南朝谢灵运的《江妃赋》、江淹的《水上神女赋》等模拟作品中早初见端倪。其二，自隋代王通盛赞陈思的德行仁义以来，唐代经李善，尤其是五臣，注《文选》对曹植诗文的道德阐释，加之唐人对曹植才华的推崇，曹植在唐人心中自有极高的地位。其三，李善对曹植作品的注解，各篇间可以互参互证，制约着读者对作品的解读。其四，李善注开辟了以政治伦理阐释曹植诗文的方向（如李善注曹植《杂诗六首》），五臣注基本沿袭李善注开辟的方向，随着李善注、五臣注《文选》于唐代的先后流行，他们的阐释方向亦影响着唐人的接受态度。

　　后人认为《记》荒谬，是因为这一故事与历史事实、曹植作品等多不相符，它牵涉到对曹植人格精神及其文本内涵的理解，但因此断定它非李善所注引，则缺少严谨的逻辑论证。包括李善在内的唐人虽认为它是荒谬的，但这并不影响他们对《洛神赋》寄寓性的接受，因为李善、五臣对曹植作品政治伦理的阐释和中国比兴寄寓的传统等制约着他们的接受。李善注引《记》，正如他注引其他的志怪故事一样，也只是从文学批评的角度引导唐人对《洛神赋》洛神形象塑造来源的理解，而并非以这一香艳悲凄的故事迷惑读者接受。故上文对唐人对《洛神赋》、曹甄故事的态度的论述，亦可侧证李善注引《记》之可能。

第四节　唐代王昌龄、皎然对曹植诗法的批评

唐代有不少"主要讲述诗的规则、范式","为了适应初学者或应举者的需要"① 而写的诗格类书,其中王昌龄、皎然书中对曹植诗文风格、创作手法、声韵、对偶等方面的具体批评,既从艺术角度奠定曹植诗歌的经典地位,亦对唐后文人对曹植诗文的阐释有指引之功。

一　王昌龄对曹植诗法的批评

王昌龄《诗格》中涉及对曹诗评论或者引用曹诗以佐证自己诗学理念者约有十条(其中"论文意"2 条,"起首入兴体十四"2 条,"常用体十四"1 条,"诗有五趣向"1 条,"势对例五"2 条,"诗有六贵例"1 条,"诗有九格"1 条)。这十条评论多有开创性。

(一)格高。如"诗有五趣向"条言:"一曰高格。二曰古雅。三曰闲逸。四曰幽深。五曰神仙。高格一。曹子建诗:'从军度函谷,驰马过西京'。"②"景物入兴十二"条又言:"曹子建诗:'明月照高楼,流光正徘徊。'此诗格高,不极辞于怨旷,而意自彰。"③

那么曹诗"格高"指什么呢?"诗有二格"条言:"诗意高谓之格高,意下谓之格下。"④"论文意"条言:"凡作诗之体,意是格,声是律,意高则格高,声辨则律清,格律全,然后始有调。"⑤ 而何谓"意高"呢?"论文意"条言:"是知一生名,名生教,然后名教生焉。以名教为宗,则文章起于皇道,兴乎《国风》耳。自古文章,起于无作,兴于自然,感激而成,都无饰练,发言以当,应物便是。"⑥ 又言:"意须出万人之境,望古人于格下,攒天海于方寸。诗人用心,

---

① 张伯伟:《全唐五代诗格校考·引言》,陕西人民教育出版社 1996 年版,第 3 页。
② 张伯伟:《全唐五代诗格校考》,陕西人民教育出版社 1996 年版,第 159 页。
③ 张伯伟:《全唐五代诗格校考》,陕西人民教育出版社 1996 年版,第 153 页。
④ 张伯伟:《全唐五代诗格校考》,陕西人民教育出版社 1996 年版,第 169 页。
⑤ 张伯伟:《全唐五代诗格校考》,陕西人民教育出版社 1996 年版,第 138 页。
⑥ 张伯伟:《全唐五代诗格校考》,陕西人民教育出版社 1996 年版,第 137 页。

当于此也。"①

再看"从军度函谷，驰马过西京"，此引曹诗出自曹作《又赠丁
廙王粲》。皎然《诗式》言："又《赠丁仪王粲》：'山岑高无极，泾
渭扬浊清。'贞也。"② 又，"明月照高楼，流光正徘徊"句，王昌龄
《诗格》"诗有九格"条又言："上句立兴，下句是意格二。诗曰：'明
月照高楼，流光正徘徊'是也。"③ 即"流光正徘徊"是写"意"，
而此句用拟人手法，借写月光之徘徊，来写高楼思妇的哀怀，确实
是"不极辞于怨旷，而意自彰"（"景物入兴"条十二），在写法上
以月写人，景中融情，写法上确实前无古人，后启来者，具有开
创性。

故王昌龄所谓曹植诗的"格高"，即"意高"。"意"，即情思、情
志，"意高"，盖情思自然兴发，写"意"手法有开创性，立意贞正，
不离名宗；表"意"之语言则自然无饰，不费力而若天成。《诗格》
"论文意"条又言："汉魏有曹植、刘桢，皆气高出于天纵，不傍经
史，卓然为文。从此之后，递相祖述，经纶百代，识人虚薄，属文于
花草，失其古焉。中有鲍照、谢康乐，纵逸相继，成败兼行。至晋、
宋、齐、梁，皆悉颓毁。"④ 何谓"气高"？"夫文章兴作，先动气，气
生乎心，心发乎言，闻于耳，见于目，录于纸。意须出万人之境，望
古人于格下，攒天海于方寸。诗人用心，当于此也。"（"论文意"）
"诗本志也，在心为志，发言为诗，情动于中而形于言，然后书之于
纸也。"（"论文意"）所以，这里的"气"主要指"志"，"气高"即
"志高"，即"意高"。"气高出于天纵，不傍经史，卓然为文"，即指
曹刘无有依傍超越古人发于自然的情思、情志。王昌龄对曹诗"格
高"的评价可能受钟嵘所谓"骨气奇高"的启发，但二者之间还是有
差别的。

①　张伯伟：《全唐五代诗格校考》，陕西人民教育出版社1996年版，第140页。
②　（唐）皎然著，李壮鹰校注：《诗式》（卷二），人民文学出版社2003年版，第139页。
③　张伯伟：《全唐五代诗格校考》，陕西人民教育出版社1996年版，第172页。
④　张伯伟：《全唐五代诗格校考》，陕西人民教育出版社1996年版，第138页。

（二）声律对偶。"论文意"条言："夫文章，第一字与第五字须轻清，声即稳也。其中三字纵重浊，亦无妨。如'高台多悲风，朝日照北林'。若五字并轻，则脱略无所止泊处；若五字并重，则文章暗浊。"①　王昌龄所引"高台多悲风，朝日照北林"两句，只有"朝日照北林"是第一字与第五字皆平声，中间三字"日"为入声，"照"是去声，"北"是入声，即三字重浊。而"高台多悲风"全是平声，属于五字并轻的情况，这个王昌龄并无评论。而其后言："事须轻重相间，仍须以声律之。如'明月照积雪'，则'月'、'雪'相拨，及'罗衣何飘飖'，则'罗'、'何'相拨，亦不可不觉也。"

"明月照积雪"，"明"为平声，"月照积雪"四字均为入声，"罗衣何飘飖"则五字均为平声，但"'月'、'雪'相拨""'罗'、'何'相拨"。"相拨"是什么意思呢？在上古音中"罗"属"歌·来·平"，"何"属"歌·匣·平"；"月"属"月·疑·入"，"雪"属"月·心·入"；中古音中，"罗""何"属歌部平声，"月""雪"属月部与雪部。②

据此，王昌龄以"明月照积雪""罗衣何飘飖"为例说明即便是都为浊音或均为清音，但句中第二与第五字，或第一字与第三字属于同韵部同声调，所以"相拨"，拨，治理意（或碰撞意），即句中有同韵同声的字音相碰撞呼应，可以拨正五字并轻或并重的问题。故"事须轻重相间，仍须以声律之"，此句结合后句来看，应该不是指既要讲究轻重相间，又要协律③，而是指如果句中轻重不均（如全轻或四字重等），那就要同句中出现前后两个同韵部或同声部的字进行调解均衡，若此，整句的声律节奏也是和谐、稳定的。王昌龄在音韵上主张辨析清浊，力求音节铿锵，声韵悦耳。他对曹诗个别诗句声律的运用是肯定的，相关批评是较早关于曹植诗句中声律使用的具体探讨。

早在南朝时期，沈约言："以《洛神》比陈思他赋，有似异手之

①　张伯伟：《全唐五代诗格校考》，陕西人民教育出版社1996年版，第140页。
②　丁声树编录，李荣参订：《古今字音对照手册》，中华书局1981年版。
③　见杨贵环《曹植文学的批评史略》，博士学位论文，扬州大学，2010年，第45页。

作，故知天机启，则律吕自调；六情滞，则音律顿舛也。"① 刘勰《文心雕龙·声律》曰："陈思、潘岳，吹籥之调也。"钟嵘《诗品》"陈思王植条"言："陈思之于文章也，譬人伦之有周、孔，鳞羽之有龙凤，音乐之有琴笙。"其"音乐之有琴笙"之比，隐隐有对曹植诗作声韵的推崇。从沈约至王昌龄对曹植诗文音韵的评论为其后批评者论曹植诗文风格等奠定了基础，亦让人反观钟嵘所谓"骨气奇高，辞采华茂"所蕴含的声气内涵。

再看对偶。《诗格》："势对例五。一曰势对。二曰疏对。三曰意对。四曰句对。五曰偏对。势对一。陆士衡诗：'四座咸同志，羽觞不可算。'曹子建诗：'谁令君多念，遂使怀百忧。'以'多念'对'百忧'，以'咸同志'对'不可算'是也。……句对四。曹子建诗：'浮沉各异势，会合何时谐。'"② 以曹诗句为例，阐释两种具体的对句方法。

（三）发端。后世多言及曹植诗歌的发端问题，此探讨可追溯至李善注"明月照高楼，流光正徘徊"句，李善注已隐含对曹植发端的注意。王昌龄在探讨诗歌的起首时对此有进一步的探讨。如《诗格》"起首入兴体十四"：

> 景物入兴十二。曹子建诗："明月照高楼，流光正徘徊。"此诗格高，不极辞于怨旷，而意自彰。
>
> 怨调入兴十四。阮籍诗："独坐空堂上，谁可与欢者。"曹植诗："端坐苦愁思，揽衣起西游。"此体哀而不伤也。

如《诗格》"论文意"：

> 诗有"高台多悲风，朝日照北林"，则曹子建之兴也。阮公《咏怀诗》曰："中夜不能寐（谓时暗也），起坐弹鸣琴（忧来弹琴以自娱也）。薄帷鉴明月（言小人在位，君子在野，蔽君犹如

---

① 《南齐书·陆厥传》（卷五十二），第900页。
② 张伯伟：《全唐五代诗格校考》，陕西人民教育出版社1996年版，第161页。

薄帷中映明月之光也），清风吹我襟（独有其日月以清怀也）。孤鸿号外野，翔鸟鸣北林（近小人也）。"

如《诗格》"诗有六贵例"：

> 诗有六贵例。一曰贵杰起。二曰贵直意。三曰贵穿穴。四曰贵挽打。五曰贵出意。六曰贵心意。……挽打四。曹子建《赠友人》："端坐苦愁思，揽衣起西游。"

由于这几例所引诗句均为每首诗的开头两句，所以，事实上已经涉及对曹植诗歌发端的探讨。"起首入兴"，此"兴"非"六义"条所言"兴"（四曰兴。兴者，指物及比其身说之为兴，盖托喻谓之兴也），应为"兴味、情趣"。"景物入兴"体，即开头写景，由景物引入；"怨调入兴"体，即开头直言怨情，由写心情而引入；而对于"端坐苦愁思，揽衣起西游"句，"诗有六贵例"条又指其"贵挽打"，"挽打"，盖编结、安排意，结合《赠王粲》一诗看，其后"树木发春华，清池激长流。中有孤鸳鸯，哀鸣求匹俦。我愿执此鸟，惜哉无轻舟！欲归忘故道，顾望但怀愁。悲风鸣我侧，羲和逝不留"等数句一是扣"起西游"写，均为"西游"所见，一是扣"苦愁思"写，均不离愁情。也就是说，"端坐苦愁思，揽衣起西游"二句具有内容、情感的总领作用。而"高台多悲风，朝日照北林"，据其下引阮籍"夜中不能寐"，阐释句句不离比意，"高台多悲风"句亦为比入兴体。

不过，王昌龄对所引曹植诗歌发端句的阐发还较少细致分析，这个只有待明清读者来完成了。

王昌龄还归纳了常用的诗句写作体式，即"常用体十四"条，其中有"褒贬体"，言"曹子建诗：'大国多良材，譬海出明珠。'此褒体也。刘越石诗：'何意百炼钢，化为绕指柔。'此贬体也"。① 此褒

---

① 张伯伟：《全唐五代诗格校考》，陕西人民教育出版社 1996 年版，第 155 页。

体，不只是指文意的赞美内涵，更指其恰当的比喻手法。"大国"之于"海"；"良材"之于"明珠"，"大国多良材"之于"海出明珠"，比喻非常精当，足以彰显大国气象。

二 皎然对曹植诗法的批评

其后，皎然《诗议》《诗式》中涉及曹植诗文的评论有几点值得注意。

（一）承袭前人评论

1. 关于曹植文学史地位的言论。如"邺中集"条："邺中七子，陈王最高。"

2. 关于曹植兼体的评论。"古人云：'具体唯子建、仲宣，偏善则太冲、公干，平子得其雅，叔夜含其润，茂先凝其清，景阳振其丽，鲜能兼通。'"① 实承刘勰《明诗》篇，如"若夫四言正体，则雅润为本；五言流调，则清丽居宗；华实异用，惟才所安。故平子得其雅，叔夜含其润，茂先凝其清，景阳振其丽；兼善则子建、仲宣，偏美则太冲、公干"。

3. 关于曹植用语失误的例子。"轻重错谬之例。陈王之诔武帝，遂称'尊灵永蛰'；孙楚之哀人臣，乃云'奄忽登遐'。子荆《王骠骑诔》。此错谬一例也，见《颜氏传》。"② 虽承《颜氏家训》，但首倡者为刘勰《指瑕篇》："陈思之文，群才之俊也，而《武帝诔》云'尊灵永蛰'，《明帝颂》云'圣体浮轻'。浮轻有似于蝴蝶，永蛰颇疑于昆虫；施之尊极，岂其当乎？"

4. 关于曹植诗篇情感主旨的评论。

> 曹子建《杂诗》："西北有织妇，绮缟何缤纷。凌晨秉机杼，日昃不成文。"怨也（补入）。③

---

① （唐）皎然：《诗议》，《全唐五代诗格校考》，陕西人民教育出版社 1996 年版，第 186 页。
② 张伯伟：《全唐五代诗格校考》，陕西人民教育出版社 1996 年版，第 194 页。
③ 张伯伟：《全唐五代诗格校考》，陕西人民教育出版社 1996 年版，第 226 页。

又《赠徐干》："惊风飘白日，忽然归西山。圆景光未满，众星粲以繁。"意也（补入）。①

曹子建《三良诗》："'功名不可为，忠义我所安。秦穆先下世，三臣皆自残。'悲也。"又《赠丁仪王粲》："'山岑高无极，泾渭扬浊清。'贞也。"②

三良诗。评曰："陈王诗云：'秦穆先下世，三臣皆自残。'王粲云：'秦穆杀三良，惜哉空尔为。'盖以陈王徙国，任城被害已后，当有忧生之虑。故其词婉娩，存讥谏也。"③

其阐释基本上承李善、五臣注，或指其情，或明其意，有时借助于史实分析其词意。

这些承袭前人的评论或评论方式，对于经典"次生层"（阐释层）的生成具有重要作用，在唐以后的诗话里，经常会有诗论家针对其前代诗评或肯定或否定地批判，这是经典传播中阐释接受的一个特点。

（二）对曹植作意、诗势、音韵等的评价

1. 对有失自然的批评。皎然《诗议》言："建安三祖、七子，五言始盛，风裁爽朗，莫之与京。然终伤用气使才，违于天意，虽忌松容，而露造迹。"④ 批评建安五言过于"用气使才"，而有造作失于自然之迹。这是批评史上首次言建安诗歌造作的言论，后代关于建安，包括曹植诗歌自然与否的争论基本上承此生发。

2. 对曹作诗势的批评。《诗式》"池塘生春草""明月照积雪"条："评曰：……夫诗人作用，势有通塞，意有盘礴。势有通塞者，谓一篇之中，后势特起，前势似断，如惊鸿背飞，却顾俦侣。即曹植诗云：

---

① 张伯伟：《全唐五代诗格校考》，陕西人民教育出版社 1996 年版，第 227 页。
② 张伯伟：《全唐五代诗格校考》，陕西人民教育出版社 1996 年版，第 233 页。
③ （唐）皎然著，李壮鹰校注：《诗式校注》（卷二），人民文学出版社 2003 年版，第 137 页。
④ （唐）皎然：《诗议》，见张伯伟《全唐五代诗格校考》，陕西人民教育出版社 1996 年版，第 179 页。

'浮沉各异势，会合何时谐。愿因西南风，长逝入君怀'是也。……"①

皎然所谓"势"为何？《诗式》开卷即言"明势"，"高手述作，如登荆、巫，觌三湘、鄢、郢之盛，萦回盘礴，千变万态。文体开阖作用之势。或极天高峙，崒焉不群，气胜势飞，合杳相属；奇势在工。或修江耿耿，万里无波，欻出高深重复之状。奇势雅发。古今逸格，皆造其极矣"②。"势"，指"文体开阖作用之势"，据其比象所言，起伏不定，变化万态，此"势"应为行文脉络之变化，与"意"相关，但由"意"具体铺展变化而成，故"势"一定要有动态的不同角度的变化，文势起伏重叠，方为高手。

"诗有四深"条言："气象氤氲，由深于体势。"③ "三不同语意势"条言："偷语最为钝贼。……其次偷意，事虽可罔，情不可原……其次偷势，才巧意精，若无朕迹，盖诗人偷狐白裘于阃域中之手。"④ 偷势的诗例，皎然举王昌龄的诗，言"'手携双鲤鱼，目送千里雁。悟彼飞有适，嗟此罹忧患。'取嵇康《送秀才入军诗》：'目送归鸿，手挥五弦。俯仰自得，游心泰玄'"⑤。比较"手携双鲤鱼，目送千里雁"与"目送归鸿，手挥五弦"，可以看出二者语意不同，王昌龄诗句表达的是思念的焦虑；而嵇康诗表现的是遗落尘俗的潇洒飘逸；王诗吸取了嵇康诗的结构方式，如"目""手"相对，上下句皆为主谓结构，表达了目中景象的远去过程，暗含了目送者当下的心境。故所谓"偷势"，即化用原作思路结构，以表达另外的情思。

由此观皎然引曹植"浮沉各异势，会合何时谐。愿因西南风，长逝入君怀"句来说明势有通塞的情况。"浮沉各异势，会合何时谐。愿因西南风，长逝入君怀"是基于前面"君行踰十年，孤妾常独栖。君若清路尘，妾若浊水泥？"数句而来，悬殊的境遇，身份的差异，君妾之间遥远的距离，"浮沉各异势，会合何时谐？"透露出的卑微、

---

① （唐）皎然著，李壮鹰校注：《诗式校注》，人民文学出版社 2003 年版，第 153 页。

② （唐）皎然著，李壮鹰校注：《诗式校注》，人民文学出版社 2003 年版，第 11 页。

③ （唐）皎然著，李壮鹰校注：《诗式校注》，人民文学出版社 2003 年版，第 18 页。

④ （唐）皎然著，李壮鹰校注：《诗式校注》，人民文学出版社 2003 年版，第 59 页。

⑤ （唐）皎然著，李壮鹰校注：《诗式校注》，人民文学出版社 2003 年版，第 60 页。

绝望、哀伤是如此的幽婉、低沉，文势一下子到了最低处，但后句"愿因西南风，长逝入君怀"则突然振起，面对被弃的命运，没有怨恨，反而愿意化风而入君之胸怀，其爱之宽容、爱之无我、爱之执着让人心颤感动。且不讲此诗的比体写法，即以文脉而言，"浮沉各异势，会合何时谐？愿因西南风，长逝入君怀"前后两句确实属于"后势特起，前势似断"的情况。皎然是曹植接受史上第一个结合曹植具体作品指出其文势大起大落者，这对明清诗评家分析曹作艺术手法、艺术风格有重要启发。其实，李峤指出"曹植动文雄"（《萱》）；杜甫指出"曹植文章波澜阔"（《追酬故高蜀州人日见寄》）等，已隐含有对曹植文势的体味，但李、杜的评论均过于模糊。《诗式》言："苏、李之制，意深体闲，词多怨思。音韵激切，其象瑟也。曹、王之制，思逸义婉，词多顿挫，音韵低昂，其象鼓也。"① "词多顿挫"与文势的起落变化有很大关系。黄节言："余观子建诗，其结语独高，往往出人意表。大有'山穷水尽疑无路，柳暗花明又一村'之奇胜。盖其诗多用进一步写法，层出不穷，愈转愈高，至结意遂登峰造极矣。"②黄节所评与皎然此论是一脉相承的。这一评论对于对曹植诗歌风格的挖掘同样深具启发。

3. 对曹作音韵、用事的批评。"音韵低昂"与"词多顿挫"是相呼应的。"苏、李之制，意深体闲，词多怨思。音韵激切，其象瑟也。曹、王之制，思逸义婉，词多顿挫，音韵低昂，其象鼓也。嗣宗、孟阳、太冲之制，兴殊增丽，风骨雅淡，音韵闲畅，其象篪也。宋、齐、吴、楚之制，务精尚巧，气质华美，音韵铿锵，其象筝也。唯古诗之制，丽而不华，直而不野。如讽刺之作，雅得和平之资，深远精密，音律和缓，其象琴也。"③皎然这段评论把思、词、音韵连在一起，指出它们之间相互渗透呼应的关系，这是非常具有创造性的评论。此处"音韵"，不是平仄声律之音韵，是基于文脉、语词等表现出的包括停

① （唐）皎然著，李壮鹰校注：《诗式校注》，人民文学出版社2003年版，第394页。
② 萧涤非：《乐府诗词论数》，齐鲁书社1985年版，第350页。
③ （唐）皎然著，李壮鹰校注：《诗式校注》，人民文学出版社2003年版，第394页。

顿、节奏、轻重、声响、语调等综合的具有乐感的音律。罗根泽《中国文学批评史》言：“文气是最自然的音律，音律是最具体的文气，所以曹丕论文气，而斤斤于‘气之清浊’。稍具体的音律，是‘体势’，所以‘刘桢奏书，大明体势之致’。不过，文气与体势，虽然暗示文学上的音律，但那是最自然的，不可捉摸的音律，不是有规矩可循的音律。有矩可循的音律说的创始者是沈约。”① 罗根泽的论说有助于理解皎然此段评论，但相比于罗根泽主要强调文气体势（相当于文脉），皎然说得更为全面，还包括言辞与音律，而且强调了三者不可分解的蕴含关系。这对唐以后诗评家也有极大的启发。

4. 对曹作开端、用事的批评。如“立兴以意成之例”条：“诗曰：‘营营青蝇，止于樊。恺悌君子，无信谗言。’又诗曰：‘明月照高楼，流光正徘徊。上有愁思妇，悲叹有余哀。’”② 此具体诗法之所言，与王昌龄把“明月照高楼，流光正徘徊”归为“景物入兴”不同，他把“明月照高楼，流光正徘徊”即看作兴句，而“上有愁思妇，悲叹有余哀”正是兴句的归结，即表现思妇的哀叹，所以言“立兴以意成”。其言“兴”，是“赋比兴”之“兴”，“兴”是表现手法之一，此与王昌龄所言“兴”乃“兴味”不同。

“语似用事义非用事”条言：“……如《古诗》：‘仙人王子乔，难可与等期。’曹植《赠白马王彪》：‘虚无求列仙，松子久吾欺。’又《古诗》：‘师涓久不奏，谁能宣我心？’上句言仙道不可阶，次句让求之无效。下句略似指人，如魏武呼‘杜康’为酒。盖作者存其毛粉，不欲委曲伤乎天真，并非用事也。”③ 此段尽管引用了三首诗中文句，但主要是针对曹诗用事，阐释辨析诗歌用事的问题。

皎然针对卢藏用“道丧五百年而有陈君乎”之论，批评道：“若但论诗，则魏有曹、刘、三傅，晋有潘岳、陆机、阮籍、卢谌，宋有

---

① 罗根泽：《中国文学批评史》，上海书店出版社 2003 年版，第 169 页。
② （唐）皎然：《诗议》，张伯伟：《全唐五代诗格校考》，陕西人民教育出版社 1996 年版，第 192 页。
③ （唐）皎然：《诗式》，张伯伟：《全唐五代诗格校考》，陕西人民教育出版社 1996 年版，第 209 页。

谢康乐、陶渊明、鲍明远，齐有谢吏部，梁有柳文畅、吴叔庠，作者
纷纭，继在青史，如何五百之数独归于陈君乎？藏用欲为子昂张一尺
之罗，盖弥天之宇，上掩曹、刘，下遗康乐，安可得耶？"① 他从文学
史发展的角度，肯定曹、刘的文学史地位与成就。

　　总之，有唐一代关于曹植诗文的阐发上承前人，下启宋元明清，
引发后人对曹植文学史地位、创作源头、思想情感、艺术风格、具体
诗法等方面的深入探讨，可谓影响深远。

---

① （唐）皎然著，李壮鹰校注：《诗式校注》，人民文学出版社 2003 年版，第 221 页。

第五章　唐代曹作经典接受及隋唐曹植其人的经典化

　　由于曹作经典系列基本确立于两晋宋齐，而唐代对曹作的学习借鉴与唐前文士的模拟化用多有重合，故唐代曹植文学的接受基本已属于经典的接受了，而且就曹植文学的接受史言，唐代也是曹植文学创作接受的又一个高潮。相比于前人对曹作的学习，唐人的借鉴更细致、灵活，更师心自用，而曹植文学的经典性在唐人的学习中显示了更丰富的内蕴。

　　另外，在曹植其人的接受上，从隋《陈思王庙碑》、王通到唐代李善、五臣及王勃、唐玄宗等延续了陈寿、裴松之、江淹、萧绎等对曹植人格精神的发现并广大之，曹植其文、其人的接受趋向统一，其中国文学史经典大家的地位由此确立。有鉴于此，本章继上一章文学批评视角的研究，进一步探讨唐代曹植文学的创作接受状况及其特点、原因，并论述隋唐曹植其人的经典化。

第一节　唐代对曹植作品的学习化用

　　唐代文士是在学习魏晋南北朝文学的基础上求发展的，其学习的主要对象是《文选》及各类类书的编撰内容（不排除一些文士对作家别集的学习）。唐人学习前人作品的方式，党银平《唐人化用〈选〉诗范式举要》一文归纳了几种方式：借句（直引原句、略改字数）；

借意（整体化用、局部化用、反用句意）；借词；等等。① 借句、借意、借词的方式，南北朝文士在学习魏晋作家作品时已经多有运用，唐人对这种方式的运用更为频繁，更为细密，更富变化。尤其是"借词"的方式，唐人诗中可谓遍目皆有前代文士作品语词的身影，此与《文选》的盛行、类书编撰摘词录句、条列事对的影响应有密切关系。唐人对曹植作品的学习基本上可纳入这些方式。

由于唐人对曹植作品的学习是在他们学习唐前文学的整体背景下进行的，故而曹植只是他们学习规摹的对象之一。相比于晋宋文士对前代的学习言，唐人有更多的作家作品、文体样式等可以作为选择学习的对象，尤其是当山水描写大量进入诗文写作，格律诗写作业已成熟以后，曹植之于唐人的影响，似不如曹植之于晋宋时期文士的影响。尽管《艺文类聚》中曹植作品录入数量位居第三，但其实际影响并不与其作品录入数量成必然的正比。不过，从曹植接受史言，唐代仍是其诗文接受的又一高潮期。

本节重点探讨唐人对曹植诗文的学习借鉴情况，兼论唐代文士对曹植创作的评价。

一 唐人对曹作词句的借用

唐人对曹植作品（主要是诗，尤其是经典的五言诗、乐府诗）词句的借用，其灵活度、采取度，充分学习变化的能力与创造力，让人叹为观止。

以《公宴》的接受为例，见表 14。

> 公子（爱敬）〔敬爱客〕，终宴不知疲。清夜游西园，飞盖相追随。明月澄清影，列宿正参差。秋兰被长坂，朱华冒绿池。潜鱼跃清波，好鸟鸣高枝。神飙接丹毂，轻辇随风移。飘飘放志意，千秋长若斯。

---

① 党银平：《唐人化用〈选〉诗范式举要》，《古籍整理研究学刊》1997 年第 5 期。

表 14　　　　　　　　　　《全唐诗》借用曹植《公宴》梳理

借词句	《全唐诗》① 中借用统计	唐前借用
清夜	约 134 处。如吴融《古别离》：蟾蜍正向清夜流。（卷 26）	约 23 条
西园	约 30 处。如褚亮《奉和望月应魏王教》：层轩登皎月，流照满中天……所欣东馆里，预奉西园篇。（卷 32）	约 31 条
飞盖	约 33 处。如李世民《帝京篇》：飞盖去芳园，兰桡游翠渚。（卷 1）	约 20 条
好鸟	约 53 处。如张九龄《冬中至玉泉山寺》：松间鸣好鸟。（卷 47）	约 6 条
敬爱客 爱客	"爱客"，约 25 处。如陈子昂《晦日重宴高氏林亭》：公子好追随，爱客不知疲。（卷 84） 刘行敏《又嘲杨文瓘》：武陵敬爱客，终宴不知疲。（卷 869）	1 条
西园盖	1 条。李峤《和同府李祭酒休沐田居》：暂弭西园盖，言事东皋粟。（卷 57）	无
西园飞盖	1 条。白居易《题故曹王宅》：西园飞盖处，依旧月徘徊。（卷 436）	无
冠盖西园	1 条。许浑《赠王处士》：冠盖西园夜，笙歌北里春。（卷 531）	无
西园月	约 3 条。如祖咏《宴吴王宅》：更待西园月，金尊乐未终。（卷 131）	无
西园明月	约 3 条。如王维《送熊九赴任安阳》：相去千余里，西园明月同。（卷 127）	无
明月照西园	1 条。张说《惠文太子挽歌二首》：明月照西园。（卷 87）	无
西园有明月	2 条。卢僎《让帝挽歌词二首》：西园有明月。（卷 99）武元衡《摩诃池宴》：昼短欲将清夜继，西园自有月徘徊。（卷 317）	无
西园宴公子	1 条。郑愔《夜游曲》：西园宴公子，北里召王侯。（卷 106）	无
西园才子	约 3 条。李世民《赋房玄龄》：太液仙舟迥，西园隐上才。（卷 1）李百药《赋得魏都》：南馆招奇士，西园引上才。（卷 43）贯休《归东阳临歧上杜使君七首》：犹期明月清风夜，来作西园第八人。（卷 835）	约 3 条
西园宾客	1 条。姚合《咏贵游》：日暮垂鞭共归去，西园宾客附龙鳞。（卷 502）	无
西园诗侣	1 条。许浑《宿松江驿却寄苏州一二同志》：西园诗侣应多思，莫醉笙歌掩画堂。（卷 535）	无
西园公子	1 条。胡曾《咏史诗·西园》：月满西园夜未央，金风不动邺天凉。高情公子多秋兴，更领诗人入醉乡。（卷 647）	无
	1 条。韦庄《忆昔》：西园公子名无忌，南国佳人号莫愁。（卷 696）	无
西园会	1 条。李中《喜春雨有寄》：青春终日雨，公子莫思晴。任阻西园会，且观南亩耕。（卷 747）	无

---

①　本章所引唐诗，除特别标注外，俱依《全唐诗》，中华书局 1960 年版。由于条目过多，列表中的唐人诗句出处仅标注卷数。相关卷数对应册数，参看附表 5。

续表

借词句	《全唐诗》① 中借用统计	唐前借用
西园长宵	1 条。李存勖《歌头》：且且须呼宾友，西园长宵。宴云谣，歌皓齿，且行乐。（卷 889）	无
不知疲	约 16 条。如陈子昂《晦日重宴高氏林亭》：公子好追随，爱客不知疲。（卷 84）李白《秋猎孟诸夜归，置酒单父东楼观妓》：留欢不知疲，清晓方来旋。（卷 179）韩愈《东都遇春》：荒骋不知疲，醉死岂辞病。（卷 339）	无
兰坂	约 3 条。如褚亮《和御史韦大夫喜霁之作》：息驾游兰坂。（卷 32）李敬玄《奉和别越王》：飞盖回兰坂。（卷 44）骆宾王《在江南赠宋五之问》：风佩摇兰坂。（卷 77）	无
冒	约 33 条。如刘宪《兴庆池侍宴应制》：冒水新荷卷复披。（卷 71）陈子昂《感遇诗三十八首》其二：幽独空林色，朱蕤冒紫茎。（卷 71）	约 13 条
澄	与曹作类似的约 14 条。如李世民《帝京篇十首》：长烟散初碧，皎月澄轻素。（卷 1）王勃《秋夜长》：月明白露澄清光。（卷 26）	20 多条
澄影、澄景	约 4 条。如独孤及《陪王员外北楼宴待月》：伫看晴月澄澄影，来照江楼酌酊时。（卷 247）孙逖《宴越府陈法曹西亭》：水木涵澄景。（卷 118）朱景玄《水阁》：楼居半池上，澄影共相空。（卷 547）	1 条
清影	约 17 条。如杜甫《江月》：江月光于水，高楼思杀人……玉露团清影，银河没半轮。（卷 230）	1 条
潜鱼跃潜鱼	约 13 条。如李商隐《赋得月照冰池》：潜鱼跃未期。（卷 540）	1 条

就《公宴》言，唐前已经普遍有对其中"清夜""西园""飞盖""冒""澄"等词语的借用情况，唐代承袭前代，对这些词语亦有不少借用。如"好鸟"一词在唐前诗中约有 6 处借用，唐代对此的借用则有 50 次之多。借用方式多为：（修饰或限制语）＋"好鸟"（作主语或兼语）＋动词＋（补语），如李白诗句"好鸟集珍木"②；"上有好鸟相和鸣"③；"落日好鸟归"④；等等。或者是：修饰、限制成分＋动

---

① 本章所引唐诗，除特别标注外，俱依《全唐诗》，中华书局 1960 年版。由于条目过多，列表中的唐人诗句出处仅标注卷数。相关卷数对应册数，参看附表 5。

② 《叙旧赠江阳宰陆调》，《全唐诗》（卷 169），第 5 册，第 1744 页。

③ 《侍从宜春苑奉诏赋龙池柳色初青听新莺百啭歌》，《全唐诗》（卷 166），第 5 册，第 1716 页。

④ 《咏邻女东窗海石榴》，《全唐诗》（卷 183），第 6 册，第 1868 页。

词 + "好鸟"的句式结构，如"园林鸣好鸟"①"据梧听好鸟"②"坐来闻好鸟"③ 等。"好鸟"于诗中多有寄寓之意。又，"爱客""清影""潜鱼"等唐前均仅有 1 条化用，而唐诗中则有较多运用。"不知疲"，唐前无借用诗例，唐诗中则约有 16 处借用，往往是动词性语词 + "不知疲"的结构。

这些词都是从原诗中直接摘取词、短语入诗，属于直取法，而"兰坂"一词则是缩减原句提取关键字词凑成的。唐人不仅运用直取法、凑取法借用，若"西园"与"飞盖"组合为"西园盖""西园飞盖""冠盖西园"，"西园"与"月""明月"组合成"西园月""西园明月"，再变名词性的组合为主谓结构句，如"明月照西园""西园有明月"，"西园"与"人"（意取或摘词）组合而成"西园宾客""西园诗侣""西园公子""西园第八人"，或"西园" + 动词 + "人"（才人），如"西园引上才"等，往往围绕一个核心词进行生发变化，则是凑取法及其变形运用。这些借用，大多数与原词语境义有一定的关联，如与类似"西园"宴会活动相关的内容。但曹诗以"公宴"为名，重点写公宴之乐，唐人的具体借用，则凸显了《公宴》所包含的三种意思：一是上下之间的欢会谐和之乐；二是才人的集会之乐；三是上下或才人之间的友谊之乐。

唐人不仅借此实写宴会之乐，而且虚写或反写，如卢僎《让帝挽歌词二首》"西园有明月"，白居易《题故曹王宅》"西园飞盖处，依旧月徘徊"，则是以回忆的笔调写当年的宴游，表达对过往的深情。而李峤《和同府李祭酒休沐田居》"暂弭西园盖，言事东皋粟"，则以"西园盖"与"东皋粟"相对，表达归隐田园之意。

又，"好鸟鸣高枝"，在曹诗语境中是写景，主要营造一种欢乐和谐的气氛，但唐人借用中多脱离写景场景，通过对比或类比方式来表

---

① 韦应物：《园林晏起，寄昭应韩明府、卢主簿》，《全唐诗》（卷 188），第 6 册，第 1916 页。

② 李嘉佑：《奉和杜相公长兴新宅即事呈元相公》，《全唐诗》（卷 207），第 6 册，第 2162 页。

③ 李商隐：《裴明府居止》，《全唐诗》（卷 540），第 16 册，第 6210 页。

达寄寓之意，如"嘈嘈鸱枭动，好鸟徒绵蛮"[1]；"好鸟集珍木，高才列华堂"（李白《叙旧赠江阳宰陆调》）；"西来有好鸟，为我下青冥"[2]；等等。此或受五臣注影响，但唐人的化用亦促使我们对曹诗丰富意蕴的领会。

再以《七哀》的借用为例，见表15。

明月照高楼，流光正徘徊。上有愁思妇，悲叹有余哀。借问叹者谁？言是宕子妻。君行踰十年，孤妾常独栖。君若清路尘，妾若浊水泥。浮沉各异势，会合何时谐？愿为西南风，长逝入君怀。君怀良不开，贱妾当何依！

表15　　　　　　　　　《全唐诗》借用曹植《七哀》梳理

借用词句	《全唐诗》中借用统计	唐前借用
流光	约17条。如董思恭《相和歌辞·三妇艳诗》：丈人且安坐，初日渐流光。（卷20）张子容《春江花月夜二首》：此夜江中月，流光花上春。（卷21）张九龄《秋夕望月》：清迥江城月，流光万里同。（卷48）王昌龄《宿灞上寄侍御弟》：孤城海门月，万里流光带。（卷140）李白《望月有怀》：寒月摇清波，流光入窗户。（卷182）"流光"多指月光；亦有指日光者。	指月光者6条，日光者3条（流光耀八极）
流影	约6条。如李白《王昭君二首》其一：汉家秦地月，流影照明妃。（卷163）韦应物《拟古诗十二首》：可嗟青楼月，流影君帷中。（卷186）	约4条
流照	约3条。如张若虚《春江花月夜》：愿逐月华流照君（卷21）褚亮《奉和望月应魏王教》：曾轩登皎月，流照满中天。（卷32）	1条
流明	1条。如杨睿：高楼一何绮，素月复流明。（卷33）	无
月徘徊	约15条。如王勃《相和歌辞·采莲归》：正逢浩荡江上风，又值徘徊江上月。（卷21）沈佺期《杂歌谣辞·古歌》：绣户徘徊秋月光。（卷29）	约20条
明月照结构	约25条。如高适《别韦五》：夏云满郊甸，明月照河州。（卷214）杜甫《写怀二首》：夜深坐南轩，明月照我膝。（卷222）	约11条
高楼明月	约3条。如崔颢《长门怨》：高楼明月空。（卷130）	无
高楼思妇	约4条。卢照邻《琴曲歌辞·明月引》：高楼思妇，飞盖君王。（卷23）	1条

---

① 李华：《杂诗六首》其一，《全唐诗》（卷153）。

② 杜甫：《奉酬薛十二丈判官见赠》，《全唐诗》（卷222），第7册，第2366页。

续表

借用词句	《全唐诗》中借用统计	唐前借用
高楼	200 多处。李白《关山月》：高楼当此夜，叹息未应闲。（卷 163）	约 3 处
有余哀	约 8 处。如《杂曲歌辞·相府莲》：夜闻邻妇泣，切切有余哀。（卷 27）杜甫《冬到金华山观》：霜鸿有余哀。（卷 220）	1 条
叹者谁	1 条。白居易《和答诗十首·和阳城驿》：商山阳城驿，中有叹者谁。云是元监察，江陵谪去时。（卷 425）	无
清路尘	约 4 条。如李白《单父东楼秋夜送族弟沈之秦》：明日斗酒别，惆怅清路尘。（卷 175）	无
浊水泥	约 6 条。如李白《赠范金卿二首》：我有结绿珍，久藏浊水泥。（卷 168）赵氏《杂言寄杜羔》：临邛滞游地，肯顾浊水泥。（卷 799）	无
浮沉	约 3 条。如高适《答侯少府》：君意定何适，我怀知所遵。浮沉各异宜，老大贵全真。（卷 211）	约 1 条
会合	约 25 条。如白居易《喜与杨六侍御同宿》：浊水清尘难会合。（卷 456）	1 条
入君怀	约 2 条。如窦群《雨后月下寄怀羊二十七资州》：殷勤寄双鲤，梦想入君怀。（卷 271）齐浣《相和歌辞·长门怨》：流影入君怀。（卷 563）	1 条

　　《七哀》"流光正徘徊"句在六朝即深得文士喜爱，化用条数有二十之多，唐人承此亦多有化用，不过，唐人不只借此写月徘徊，还写云徘徊等。"徘徊"可作动词，如"孤云永日自徘徊"①，此主谓结构；"绿野徘徊月，晴天断续云"②，则是倒装结构。唐人亦承前人对"明月照高楼"句式的变化运用，广泛借用"明月照××"的句式，如"明月照帷秋"③"明月照高阁"④"明月照（一作在）澄湾"⑤等。

　　"流光"，唐前基于曹作的化用，多指月光，或日光，唐人以"流光"指"月光"或"日光"是承唐前而来，但又有变化，如称"光

---

①　武元衡：《韦常侍以宾客致仕，同诸公题壁》，《全唐诗》（卷 317），第 10 册，第 3576 页。
②　徐铉：《春分日》，《全唐诗》（卷 751），第 22 册，第 8554 页。
③　苏颋：《夜闻故梓州韦使君明当引绋感而成章》，《全唐诗》（卷 74），第 3 册，第 813 页。
④　常建：《古意三首》，《全唐诗》（卷 144），第 4 册，第 1459 页。
⑤　孟浩然：《赠萧少府》，《全唐诗》（卷 160），第 5 册，第 1659 页。

影"或"光景"，这应是汲取了曹植《赠徐干》"圆景光未满"、《箜篌引》"光景驰西流"中关于"景"的用词，进而变化出"流影"，又进而与"照"组合成"流照"，与"明"组合成"流明"。

而以"高楼"指思妇，唐前起于沈约的"高楼切思妇"，他把曹植高楼与思妇隐约的联系明确化、词汇化，至唐代进一步用"高楼"指代思妇，或者直言"高楼思妇""思妇高楼""高楼妇"等，甚至"高楼思妇"与"飞盖君王"构成事对。另外，若"清路尘""浊水泥""有余哀""浮沉""会合"等唐前极少或没有用过的借用，唐人都有所尝试。

需要注意的是，就对《七哀》的借用言，唐人对原作的意境有不少变化，如以"流光"言，曹诗中的背景是月下高楼，其空间对象主要集中于楼，进而集中于思妇身上。李白"寒月摇清波，流光入窗户"（《望月有怀》），空间有所拓展，加入了"清波"意象，但与曹作距离不远。而若"清迥江城月，流光万里同"（张九龄《秋夕望月》），"孤城海门月，万里流光带"（王昌龄《宿灞上寄侍御玙弟》）则视通万里，大气融入清丽之中，则纯然唐人气象，颇具创造性。李白的"汉家秦地月，流影照明妃"（《王昭君二首》其一）则充满了历史的时空感。像"清路尘""浊水泥""浮沉"，唐人有与曹作意一致者，但更多以此表达不同人生的境遇。

由上两例可见，第一，唐人对曹作的学习化用非常细致，几乎达到了句句皆规模的地步，而且这种学习借用往往具有广泛的参与性，从而使这些借用词语逐渐普遍化，由此逐渐获得了经典的地位，成为曹作中亮眼的星子；第二，唐人往往通过借用来表达自我情怀思想，能够突破原作的束缚，活学活用，创造出具有唐调的词句。

再以知名诗人的化用看。如以杜甫言，仇兆鳌注杜甫诗时，以曹植诗文作注者二百余处，大多指出杜诗之于曹植诗文词语、句式结构的借用或化用，此借用多非杜甫独创，杜甫对曹作的借用有不少也同样为其他唐人所借用。表16聊举数例观之。

表 16　　　　　　　　　　　　　　　　杜甫借用曹植诗文情况

借词、句	杜诗	曹诗	唐代其他借用情况
走马	走马脱辔头《前出塞九首》	走马长楸间《名都篇》	卢照邻《结客少年场行》：走马向关东。（卷24）韦应物《相和歌辞·相逢行》：走马东西去。（卷194）唐人使用非常普遍。
发皓齿	佳人绝代歌，独立发皓齿。《听杨氏歌》	谁为发皓齿"南国有佳人"	武平一《妾薄命》：瓠犀发皓齿。（卷24）李白《赠裴司马》：向君发皓齿。（卷169）元稹《青云驿》：双双发皓齿。（卷397）
丈夫志、丈夫四方志	丈夫四方志《前出塞九首》	丈夫志四海《赠白马王彪》	李峤《鹿》：方怀丈夫志，抗首别心期。（卷60）戴叔伦《从军行》：丈夫四方志，结发事远游。（卷273）孟郊《杂曲歌辞·车遥遥》：丈夫四方志，女子安可留。（卷372）
"名在"+宾语	名在飞骑籍《遭田父泥饮美严中丞》	名在壮士籍《白马篇》	约15条。李白《东海有勇妇（代关中有贤女）》：名在列女籍。（卷164）韦应物《送冯著受李广州署为录事》：名在翰墨场。（卷189）
葵藿太阳	葵藿倾太阳《自京赴奉先县咏怀五百字》	若葵藿之倾叶太阳，虽不为之回光，终向之者，诚也。《求通亲亲表》	张九龄《酬周判官巡至始兴会改秘书少监见贻之作兼呈耿广州》：葵藿是倾心，豺狼何反噬。（卷47）李峤《日》：倾心比葵藿，朝夕奉光曦。（卷59）李贺《日出行·白日下昆仑》：白日下昆仑，发光如舒丝。徒照葵藿心，不照游子悲。（卷393）
"主称"+宾语	主称会面难《赠卫八处士》主称寿尊客《同李太守登历下古城员外新亭，亭对鹊湖》	主称千金寿《箜篌引》	白居易《小庭亦有月》：主称日未斜。（卷452）
散马蹄	归马散霜蹄《奉赠太常张卿二十韵》清晨散马蹄。《白露》	俯身散马蹄《白马篇》	无
参与商	动如参与商《赠卫八处士》又如参与商《送高三十五书记》	今为商与参《七哀》	柳宗元《行路难三首》：死灰弃置参与商。（卷25）元稹《酬乐天赴江州路上见寄三首》：天上参与商。（卷403）施肩吾《杂曲歌辞·古曲五首》：怨罢商与参。（卷494）
多警急	照秦多警急	边城多警急《白马篇》	王贞白《度关山》：云州多警急。（卷701）

　　就表 16 看，杜诗对曹诗的借用方式（杜甫实际对曹作的借用远多于此），与唐人学习前人诗句基本一致。"走马""发皓齿""丈夫志""名在""葵藿"等词或句式，杜甫之前或同时诗人即有借用，有些还

比较普遍。"主称""散马蹄""参与商""多警急"等则在杜甫之前似未见，或由杜甫开始借用，中晚唐诗人的借用则又似承自杜诗。但不管哪种情况，其借用方式主要为：直取、凑取、替换（意取的方式见下文分析）。从语意关系上讲，就上所条列诗句言，杜诗中大多数借词与原词之原有语境有一定的联系，不过若"走马"虽然保有曹植诗中意气风发、快马加鞭的畅快豪爽之感，但与大多数唐人借用此词类似，消除了曹诗中的贵游之气，显得更为清健。而若杜诗对"俯身散马蹄"的化用，则仅借曹诗语，与曹诗语意则风马牛不相及了。曹诗"散马蹄"，余冠英注曰："'散'，碎裂、摧毁。'马蹄'，也是射提帖名。"① 曹诗原词意是写游侠儿的高超射术，而杜诗则是放马行走意。此亦见杜诗不为原诗所束缚，为我所用的创作精神。

需要强调的是，由杜诗开始借用的方式对其后诗人有一定的影响，这个情况应该放而观之，即前人仿作形式会对后人的学习借鉴产生影响，杜甫借用方式会影响后来者，而杜甫也会受前人借用方式的影响，此应为一种普遍的学习方式。就此问题，我们可以进一步探讨唐人对仿作的学习。

南朝文士学习借用曹作，到了唐代，其仿作有时也会成为唐人规摹的对象，虽然这并不是对曹作的直接模仿，但与曹作间仍然有内在的联系。如《结客少年场行》，唐代虞世南、虞羽客、卢照邻、李白、沈彬、孔绍安等均有同题之作。此题起于曹植《结客篇》，南朝鲍照有《代结客少年行》，吴均有《结客少年场》，刘孝威、庾信有《结客少年场行》；等等。曹植诗仅存逸句："结客少年场，报怨洛北芒""利剑鸣手中，一击而尸僵"，似写游侠少年武艺高强、快意恩仇之事。鲍照则写贵游少年因杯酒失意而杀人，不得不负剑远行，归来已是岁月蹉跎，颇有悔恨意。吴均诗写报恩杀仇得到赏赐，荣华尊贵，而"草玄者"淡泊自守难获功名，似有愤激之意。刘孝威诗融合了曹植《名都篇》之贵游少年与《白马篇》之游侠少年形象，写其由贵游

---

① 余冠英：《汉魏六朝诗选》，人民文学出版社1978年版，第118页。

玩乐一变而成为捍卫国家边防安全的侠少。庾信诗则与侠不相干，写贵游子的春风得意。若此，则虞世南、卢照邻、孔绍安、虞羽客的作品与刘孝威思路一致；沈彬诗与鲍照诗相关；李白诗重在写少年的重然诺、杀人都市的豪侠之气，与曹植原作更为接近。

再如李世民、骆宾王的《帝京篇》。李世民诗开篇言："秦川雄帝宅，函谷壮皇居。绮殿千寻起，离宫百雉余。连甍遥接汉，飞观迥凌虚。"这几句其实规摹南朝陈张正见的《帝王所居篇》"崤函惟帝宅，宛洛壮皇居。紫微临复道，丹水亘通渠。沈沈飞雨殿，蔼蔼承明卢。两宫分概日，双阙并凌虚"① 等句。而张正见的诗则是学习曹植《赠丁廙王粲》中"山岑高无极，泾渭扬浊清。壮哉帝王居，佳丽殊百城。员阙出浮云，承露概泰清"数句。曹植所写这几句，开诗中写帝都之先，此后阴铿"新宫实壮哉，云里望楼台"②、刘孝绰"壮哉宛洛地，佳丽实皇居"③ 等都出自曹诗，到了张正见，则由之发展成独立的《帝王所居篇》。太宗《帝京篇》应承张诗而来，开篇写帝京之雄壮，由远而近、由整体而局部，把帝京置于秦川、函谷这样壮观的山川背景下，然后整体写帝京的殿、宫，再写其甍、观等，着眼点是一个"高"字。太宗诗与张诗关系更为密切，尤其是开头的"秦川雄帝宅，函谷壮皇居"，山川背景与帝京整合到了两句之中，更为凝练，与张诗"崤函惟帝宅，宛洛壮皇居"极为类似。"飞观"一词，本出自曹植"飞观百余尺"（《杂诗六首》其六），不过南朝对此词多有化用。所以，整体来看，太宗诗主要学习张作，并进一步综合了曹诗思路与刘诗中词语，融会而成己句。

由上可见，虞世南、太宗不是仅以曹作为模仿对象，而且以模仿曹作的作品为模仿对象，这种双重模仿让我们看到了由曹作经南北朝仿作而至唐人仿作的一个发展变化。詹福瑞先生曾提出经典的"次生

---

① 《先秦汉魏晋南北朝诗》（陈诗卷二），中华书局 1983 年版，第 2475 页。
② 《新成安乐宫》，《先秦汉魏晋南北朝诗》（陈诗卷一），中华书局 1983 年版，第 2450 页。
③ 《归沐呈任中丞昉诗》，《先秦汉魏晋南北朝诗》（梁诗卷十六），中华书局 1983 年版，第 1835 页。

层"问题，但他主要针对的是阐释层面，而据上论述，经典的"次生层"还应该包括读者的规摹仿作，仿作成为经典的"次生层"，与原作一起对后世读者创作或解读产生影响，有时仿作超越了原作，加之原作传播局限等问题，后世读者有时可能就只知仿作而不知原作了。

二　唐人对曹诗诗意的化用

唐人诗中有一种情况，即以曹植诗中某一句为题进行诗歌创作。《全唐诗》以曹植诗句为题的有：刘孝孙《送刘散员同赋陈思王诗游人久不归》，杨濮《送刘散员赋得陈思王诗明月照高楼》，许敬宗《送刘散员同赋得陈思王诗山树郁苍苍》，刘斌《送刘散员赋得陈思王诗好鸟鸣高枝》，郑袞《好鸟鸣高枝》，雍陶《明月照高楼》，丁泽《良田无晚岁》，薛存诚《膏泽多丰年》，吕牧《泾渭扬清浊》，等等。如表 17。

表 17　　　　　　　　　唐人借用曹植某句为题进行的创作

唐人诗题	曹植作品	唐人作品
明月照高楼	明月照高楼，流光正徘徊。上有愁思妇，悲叹有余哀。借问叹者谁？言是宕子妻。君行踰十年，孤妾常独栖。君若清路尘，妾若浊水泥；浮沉各异势，会合何时谐？愿为西南风，长逝入君怀。君怀良不开，贱妾当何依？选自《七哀》	高楼一何绮，素月复流明。重轩望不极，余晖揽讵盈。镜华当牖照，钩影隔帘生。逆愁异尊酒，对此难为情。杨濮《送刘散员赋得陈思王诗明月照高楼》（卷 33）
		朗月何高高，楼中帘影寒。一妇独含叹，四坐谁成欢。时节屡已移，游旅杳不还。沧溟倘未涸，妾泪终不干。君若无定云，妾若不动山。云行出山易，山逐云去难。愿为边塞尘，因风委君颜。君颜良洗多，荡妾浊水间。雍陶《明月照高楼》（卷 518）
		月满长空朗，楼侵碧落横。波文流藻井，桂魄拂雕楹。深鉴罗纨薄，寒搜户牖清。冰铺梁燕噤，霜覆瓦松倾。卓午收全影，斜悬转半明。佳人当此夕，多少别离情。黄滔《明月照高楼》（卷 706）
良田无晚岁	良田无晚岁，膏泽多丰年。亮怀玙璠美，积久德愈宣。节选自《赠徐干》	人功虽未及，地力信非常。不任耕耘早，偏宜黍稷良。无年皆有获，后种亦先芳。膴膴盈千亩，青青保万箱。何须祭田祖，讵要察农祥。况是春三月，和风日又长。丁泽《良田无晚岁》（卷 281）
膏泽多丰年		帝德方多泽，每每井径同。八方甘雨布，四远报年丰。廒庾千厢布，幽流万壑通。候时勤稼穑，击壤乐农功。畎亩人无惰，田庐岁不空。何须忧伏腊，千载贺尧风。薛存诚《膏泽多丰年》（卷 466）

续表

唐人诗题	曹植作品	唐人作品
泾渭扬清浊	从军度函谷。驱马过西京。山岑高无极。泾渭扬浊清。壮哉帝王居。佳丽殊百城。员阙（浮出）〔出浮〕云，承露概泰清。皇佐扬天惠，四海无交兵。 节选自《赠丁（仪）〔廙〕王粲》	泾渭横秦野，逶迤近帝城。二渠通作润，万户映皆清。明晦看殊色，潺湲听一声。岸虚深草掩，波动晓烟轻。御猎思投钓，渔歌好濯缨。合流知禹力，同共到沧瀛。 吕牧《泾渭扬清浊》（卷272）
好鸟鸣高枝	公子（爱敬）〔敬爱〕客，终宴不知疲。清夜游西园，飞盖相追随。明月澄清景，列宿正参差。秋兰被长坂，朱华冒绿池。潜鱼跃清波，好鸟鸣高枝。 节自《公宴》	春林已自好，时鸟复和鸣。枝交难奋翼，谷静易流声。间关才得性，缯（缴）缴遽相惊。安知背飞远，拂雾独晨征。 刘斌《送刘散员赋得陈思王诗好鸟鸣高枝》（卷733）
		养翮非无待，迁乔信自卑。影高迟日度，声远动风随。云拂千寻直，花催百啭奇。惊人时向晚，求友听应知。委质经三岁，先鸣在一枝。上林如可托，弱羽愿差池。 郑衮《好鸟鸣高枝》（卷782）

　　这些以曹植诗句为主题句的铺陈写作，上承南朝陈"赋得"类诗歌的写法，如陈江总《赋得置酒高殿上》《赋得谒帝承明庐诗》等，主要是以曹作中的某句诗为话题进行铺展，其铺展内容与曹作本来之情感、题旨、写法或有关或无关。如"明月照高楼"，雍陶诗对曹诗亦步亦趋，唯变问答体为独白，但依然保持了原诗由第三人称转为第一人称的人称转换方式，并变曹作"清路尘""浊水泥""西南风"之喻为"不动山""无定云""边塞尘"，思路、句式基本一致，较曹作之淳朴稍涉整丽。而杨濬的一变为月下高楼友人的离别之悲情，多处扣"月"，如"素月""余晖""镜华""钩影"等皆为"月"的不同写法；黄滔的则几为写景诗，唯于结尾挽结点出佳人离别之情。

　　又，"良田无晚岁，膏泽多丰年"，曹诗本是比徐干之德业修为，表达对其《中论》著述及持守道德的赞赏，但丁泽、薛存诚则依题铺写出一首歌功颂德之作。吕牧的《泾渭扬清浊》亦由写泾渭之景象来歌颂天下皆清的美好。"好鸟鸣高枝"，曹作本写宴饮游玩的快乐，刘斌则写成送别之诗，而郑衮则以鸟自比，表达自己的求仕之愿。而据《文苑英华》，其中的"良田无晚岁""好鸟鸣高枝""膏泽多丰年"

"泾渭扬清浊"等皆曾为唐代科举考试试题。① 唐前人们多注意"明月照高楼""好鸟鸣高枝"句，唐代科举试题则通过考试的方式，扩充了曹诗的名句系列。同时，出题者别具慧心，使曹作名句脱离原诗语境，获得了更丰富的内涵与独立的生命。

唐人对曹作的学习，也有一些整体或局部包括立意、用语、意境等方面的学习化用。

以对《赠白马王彪》的学习言，松浦友久曾指出王勃的《送杜少府之任蜀川》的整体构思受曹植《赠白马王彪》后半部分的影响，"王勃诗的素材、立意，几乎全都可以在这里找到。与'海内存知己，天涯若比邻'相对应的'丈夫志四海，万里犹比邻'，'恩爱苟不亏，在远分日亲'，或者与'无为在歧路，儿女共沾巾'相对应的'忧思成疾疢，无乃儿女仁'，'收泪即长路，援笔从此辞'等等。《赠白马王彪》是收进《文选》的曹植的代表作，从这来看，它成为直接的出典是确凿的。王勃把曹植诗里的兄弟骨肉的爱情，换成了唐诗里与友人之间的爱情，构成了表现依依惜别的深情厚谊的场面"。② 松浦先生不仅指出了其语源关系，而且指出王勃对原作情感的转换，分析很有眼力。

以对《杂诗六首》之"南国有佳人"的化用言，初唐武平一《妾薄命》在学习借用曹作方面，颇值得注意。如：

> 有女妖且丽，裴回湘水湄。水湄兰杜芳，采之将寄谁。瓠犀发皓齿，双蛾颦翠眉。红脸如开莲，素肤若凝脂。绰约多逸态，轻盈不自持。尝矜绝代色，复恃倾城姿。子夫前入侍，飞燕复当时。正悦掌中舞，宁哀团扇诗。洛川昔云遇，高唐今尚违。幽阁禽雀噪，闲阶草露滋。流景一何速，年华不可追。解佩安所赠，怨咽空自悲。③

---

① （宋）李昉等编：《文苑英华》，第2册，中华书局1982年版，第918、908、883、896页。
② ［日］松浦友久：《唐诗语汇意象论》，陈植锷、王晓平译，中华书局1992年版，第189—190页。
③ 《全唐诗》（卷24），第2册，第314页。

　　这首诗在主题表达上融合了《洛神赋》《美女篇》与《杂诗六首》之"南国有佳人"等曹作，以"南国有佳人"为主体模仿结构，间有对《名都篇》《洛神赋》等语句的借用。诗分三层，第一层从首句至"轻盈不自持"，写其美，正是"南国有佳人，容华若桃李。朝游江北岸，夕宿潇湘沚"意。"有女妖且丽"化自"名都多妖女"句，"徘徊湘水湄"与"朝游江北岸，夕宿潇湘沚"相应；第二层从"尝矜绝代色"至"高唐今尚违"写其不遇，实乃"时俗薄朱颜，谁为发皓齿"意；第三层写其感慨悲怨，有"俯仰岁将暮，荣耀难久恃"之年华易去、青春难留意，又兼有《美女篇》"佳人慕高义，求贤良独难。盛年处房室，中夜起长叹"、《洛神赋》"怨盛年之莫当"意。"解佩安所赠""洛川昔云遇"则与《洛神赋》相关。

　　武平一此诗的整体寄寓性是不言而喻的，由美而写盛年不遇，写盛年不遇融合了《美女篇》《洛神赋》、"南国有佳人"三篇的精神。此于唐初曹植诗歌学习的整体背景下，显得比较独特。唐朝约有 11 人有《妾薄命》的同题创作，多以长门旧事为对象，写被弃置女性的悲切之情。武平一此诗与其他唐人同题比，意蕴更为丰厚，叙写更为婉约多姿，此与其对曹作的融会性学习有很大关系。

　　再看李白《古风》："美人出南国，灼灼芙蓉姿。皓齿终不发，芳心空自持。由来紫宫女，共妒青蛾眉。归去潇湘沚，沉吟何足悲。"①

　　这首诗模仿曹植"南国有佳人"篇，但又有反写之意。前四句写美人之美及其不为时赏的落寞伤感，但后四句突然振起，"由来紫宫女，共妒青蛾眉"，把导致个体困境的原因置于历史的普遍背景中，有左思"七叶珥汉貂，由来非一朝"（《咏史》其二）意，既是愤激，亦是豁达。结尾"归去潇湘沚"显然针对曹诗"朝游江北岸，夕宿潇湘沚"而言，但与曹作写美人朝游夕宿以求遇合不同，此所谓"世与我而相违"，不如归去，故言"沉吟何足悲"！足见其警醒决绝之态。相比于曹诗的温婉悲叹，李白诗则有昂然之气。不过李诗后两句的振

————————————

　　① 《全唐诗》（卷 161），第 5 册，第 1678 页。

起，因前面诗句无呼应词语，故此振起则无根，有失于突兀。古人或以为"此太白遭谗摈逐之诗也。去就之际，曾无留难。然自后人而观之，其志亦可悲也"，但也未必，注者按，"曹植诗云：'南国有佳人，容华若桃李。朝游江北岸，暮宿潇湘沚。'乃此诗格调所从出。白晚年虽尝至零陵，潇湘恐非实指"①，似更得李诗之旨。不过，此诗固有佳句与创新，但相比于曹诗之浑融深婉，气太盛，势有所断折，或为李白学习模拟之作，亦未可知。李白《赠裴司马》之"犹是可怜人，容华世中稀。向君发皓齿，顾我莫相违"句亦化自"南国有佳人"诗，不过断章取义，为我所用，非化意者。

以对《白马篇》的学习言，李白又有《白马篇》：

> 龙马花雪毛，金鞍五陵豪。秋霜切玉剑，落日明珠袍。斗鸡事万乘，轩盖一何高。弓摧宜〔南〕山虎，手接太行猱。酒后竞风采，三杯弄宝刀。杀人如剪草，剧孟同游遨。发愤去函谷，从军向临洮。叱咤万战场〔经百战〕，匈奴尽波涛〔奔逃〕。归来使酒气，未肯拜萧曹。羞入原宪室，荒径〔淫〕隐蓬蒿。②

李白此诗写一贵族侠少，开篇写其华贵俊爽的装扮配置，次写其高强武艺，再叙其酒后杀人之气势，再陈其从军百战叱咤疆场，最后写其功成归来而身退。把贵族身份、侠少义气、爱国杀敌、功成弗居等元素融为一体，其对侠少的刻画亦融合了曹作《名都篇》《结客少年场》，及左思《咏史八首》其一"功成不受爵，长揖归田庐"的思想。不过，李白仿作的确不如曹植原作。曹植原作结构腾挪跳跃而又处处呼应，相互生发，而又详略有序。曹诗写白马少年的贵族身份，仅于开头"白马饰金羁"点之，而白诗则用六句铺陈；曹诗写白马少年的武艺高强，有"少小去乡邑，扬声沙漠垂"作背景，且从多个角度描写其勇悍强壮武艺高强，与下文其闻"羽檄"而长驱匈奴相呼

① 瞿蜕园、朱金城校注：《李白集校注》，上海古籍出版社1980年版，第176页。
② 《全唐诗》（卷24），第2册，第317页。

应，诗势顺承自如，而白诗则凸显的是其酒后杀人的侠气，然后没有任何过渡，突然言其"发愤去函谷"，前后诗意衔接不能做到绵密自然。萧云："此诗寓贬于褒，寄扬于抑，深得《国风》之旨，读者宜细味之。"① 未免强解。段成式《酉阳杂俎》："白前后三拟词选，不如意，悉纷之。唯留《恨、别赋》。"② 以此观上面二首仿作，似为学习模拟之作。不过李白模仿曹作，虽未必超越原作，但其不为原作所拘束，融入自我不羁的个性，亦具有李白特色，非萧规曹随，亦步亦趋，而有自己的变化创造在内。

以《七哀》的学习言，唐人亦多有学习曹植《七哀》者，或整体学习，或局部学习而融入新的语境中，从而别创天地。雍陶《明月照高楼》即是如此，前已分析。

下面看张若虚《春江花月夜》中写思妇的一段："谁家今夜扁舟子？何处相思明月楼？可怜楼上月徘徊，应照离人妆镜台。玉户帘中卷不去，捣衣砧上拂还来。此时相望不相闻，愿逐月华流照君。"此段从曹诗"明月照高楼，流光正徘徊。上有愁思妇，悲叹有余哀""愿为西南风，长逝入君怀"等句化出。"应照离人妆镜台。玉户帘中卷不去，捣衣砧上拂还来"则丰实对月光的多角度描写，正是"徘徊"意的形象化。"愿逐月华流照君"既应"月徘徊"，又融会"愿为西南风，长逝入君怀"意，更以"何处"一词使得高楼思妇的形象模糊化，使其成为一具有象征意蕴的普遍性的人间情思的符号，从而使得此段获取了一种哲理的观照。张诗语言流丽，声韵华美，较原诗而言，是青出于蓝的创造。

杜甫《月夜》："今夜鄜州月，闺中只独看。遥怜小儿女，未解忆长安。香雾云鬟湿，清辉玉臂寒。何时倚虚幌，双照泪痕干。"亦化出于曹植《七哀》。"何时倚虚幌，双照泪痕干"，正是对曹诗"会合何时谐"句的变化。"何时"一词的借用，颇为含蓄，写尽了寄望未来的缥缈。杜诗虽承曹诗而来，但曹作痕迹于杜诗中可谓隐约淡然，

---

① 瞿蜕园、朱金城校注：《李白集校注》，上海古籍出版社 1980 年版，第 359 页。
② （唐）段成式：《酉阳杂俎》（卷十二），中华书局 1981 年版，第 116 页。

杜诗以悬想对方的构思来变化高楼思妇的构思，虽受《周南·卷耳》悬想对方写法的影响，但就对曹诗的学习言，则化意于无形，纯然一派独创气象。清代浦起龙《读杜心解》言："心已驰神到彼，诗从对面飞来，悲婉微至，精丽绝伦，又妙在无一字不从月色照出也。"①

以《送应氏》的学习言，曹植《送应氏》：

> 步登北邙阪，遥望洛阳山。洛阳何寂寞！宫室尽烧焚。垣墙皆顿擗，荆棘上参天。不见旧耆老，但睹新少年。侧足无行径，荒畴不复田。游子久不归，不识陌与阡。中野何萧条，千里无人烟。念我平生亲，气结不能言。

此诗背景是初平元年，董卓为了逃避关东各州郡联军的讨伐，挟持汉献帝迁都长安，临行前悉"烧宫庙、官府、居家，二百里内，室屋荡尽，无复鸡犬"②，给人民带来了无穷的灾难。曹诗以北邙为立脚点，综观洛阳，写其宫室、垣墙毁坏之颓败，以游子视角写人事变化、乡里变化，来表现今夕之变，以见战争带来的伤痛，诗人与时代共命运的同体之情亦淋然诗间。曹植此诗远承《王风·黍离》，近接汉乐府《十五从军征》，来写王朝的衰败、痛苦，以游子归乡所见写故都败象惨景，实具有开创之功。

杜甫《无家别》写于公元 759 年（唐肃宗乾元二年），其背景是安史之乱，本年唐朝六十万大军败于邺城，国家局势十分危急。为了迅速补充兵力，统治者实行了无限制、无章法、惨无人道的拉夫政策。杜甫亲眼目睹了这些现象，怀着矛盾、痛苦的心情，写成"三吏三别"六首诗作。本诗前半部分"寂寞天宝后，园庐但蒿藜。我里百余家，世乱各东西。存者无消息，死者为尘泥。贱子因阵败，归来寻旧蹊。久行见空巷，日瘦气惨凄，但对狐与狸，竖毛怒我啼"，其思路、

---

① （清）浦起龙：《读杜心解》，中华书局 1961 年版，第 360 页。
② 司马光编著，胡三省音注：《资治通鉴》（卷五十九献帝初平元年），中华书局 1956 年版，第 1912 页。

语句、意象由曹植《送应氏》化出。"寂寞天宝后，园庐但蒿藜"，"寂寞"借自曹诗"洛阳何寂寞"；"园庐但蒿藜"，是对曹诗"宫室尽烧焚。垣墙皆顿擗，荆棘上参天"的凝练；"但"，即"尽""皆"的别一面表达；"不见旧耆老"，暗言因战乱而流离失所或死亡，曹诗是隐言，杜诗"我里百余家，世乱各东西。存者无消息，死者为尘泥"则为显言；"贱子因阵败，归来寻旧蹊。久行见空巷"，正是对曹诗"游子久不归，不识陌与阡"的扩展变化；而"日瘦气惨凄，但对狐与狸，竖毛怒我啼"则变曹诗"中野何萧条，千里无人烟"的笼统写法，以具体景、物来写萧条无人烟的悲惨景象。杜诗出于曹诗，但又有自己的创新变化，一样动人心魄。尤其是杜诗后半部分写老兵回家后的生活，以及再次被召令去服役，其间老兵心理的曲折变化，"可以泣鬼神矣！"较曹诗言，更为厚重顿挫。

上面主要从借意的方式分析了李白、杜甫等对曹作诗意、思路、意象、语句等的学习，像这样整体性或局部性的学习化用，在唐诗中还有不少，本节管中窥豹，以见一斑。不过，相比于借意的学习方式言，唐人借用曹作词句的学习方式更为普遍。

第二节 唐人学习曹植诗作特点及其原因分析

整体而言，尽管唐人高推曹植于唐前文学的地位，但唐人在学习前代作品上抱持的是开放心态，并不固足于某家某派。唐人对曹作的学习主要是借词、借句与化用其意、势，这一学习在唐初并不突出，但四杰起至盛中唐时期唐人对曹作的学习则开阔起来。本节论述唐人学习曹植诗作的特点及其原因。

一 唐人对曹作的学习从属于对唐前作品的学习

这一学习特点与以下因素密切相关。

（一）唐初文学观以及《文选》的影响

初唐三十年间，"唐太宗和他的重臣们为唐代文学思想的发展奠定了一个很好的基础。他们从政权的得失着眼时，坚决反对绮艳文风，重政教之用；但他们又重视文学的艺术特征，没有否定魏晋南北朝文学的艺术成就。他们提出了一种文质并重，合南北文学之两长的理想的文学主张"。①

《隋书·文学传序》言："江左宫商发越，贵于清绮，河朔词义贞刚，重乎气质。气质则理胜其词，清绮则文过其意，理深者便于时用，文华者宜于咏歌，此其南北词人得失之大较也。若能掇彼清音，简兹累句，各去所短，合其两长，则文质斌斌，尽善尽美矣。"② 该传认识到南北文风各有所长，对汉魏晋宋的作家持肯定态度，对江淹、谢灵运等宋齐及梁初文人亦高度评价。"唐初君臣对梁代前后的文学评价颇有不同。大体上说，他们以梁武帝大同元年（535）作为分界线，对前此文风评价甚高；而对此后作家，基本取批判态度。这样就对现存的两部产生于梁代的总集——《文选》和《玉台新咏》有着完全不同的态度"③。

前文指出，《文选》对唐人的文学创作影响甚深，而《文选》之所以能在唐代流行，固然与科举诗赋取士的政策相关，但亦如曹道衡先生所指出的那样，《文选》所代表的文学观与唐代统治者的观念是一致的。"萧统说的'典'相当于史传所谓的'贞刚'、'气质'，'丽'则相当于'清绮'，所谓'丽而不浮，典而不野'，其结果就是'各去所短，合其两长'，因此萧统和史传作家对文学的要求都是'文质彬彬'。这样看来，《隋书·文学传》的基本观点，很可能即来自萧统"。④《文选》选录了魏晋宋齐梁的名篇佳作，体现了对南北作品兼收并蓄的态度，此与唐初统治者汇融南北文风的理想相呼应，所以《文选》的盛行，与唐初君臣的文学趣味与文学观亦有密切关系。因此，伴随着《文选》在唐代的盛行普及，唐人以《文选》为创作圭

---

① 罗宗强：《隋唐五代文学思想史》，中华书局1984年版，第7页。
② 魏征等撰：《隋书·文学传序》（卷七十六），中华书局1973年版，第1730页。
③ 曹道衡：《南北文风之融合和唐代〈文选〉学之兴盛》，《文学遗产》1999年第1期。
④ 曹道衡：《南北文风之融合和唐代〈文选〉学之兴盛》，《文学遗产》1999年第1期。

臬，自然广泛学习《文选》中作家作品，曹植亦只是他们学习效法的其中一人。

（二）齐梁以来建安作家并称、整体称的影响

钟嵘言："故知陈思为建安之杰，公干仲宣为辅；陆机为太康之英，安仁景阳为辅；谢客为元嘉之雄，颜延年为辅。斯皆五言之冠冕，文词之命世也。"① 他把陆机、谢灵运诗歌创作源头归结到曹植那里，充分肯定了曹植于晋宋齐梁的文学史地位。但齐梁时，又"曹、王""曹、刘""曹、潘""曹、陆"等并举。如刘峻《广绝交论》："近世有乐安任昉，海内髦杰，早绾银黄，夙昭民誉，遒文丽藻，方驾曹、王。"② 再如，《宋书·谢灵运传》："至于建安，曹氏基命，二祖陈王，咸蓄盛藻，甫乃以情纬文，以文被质"③，并举三曹，以见文学史发展变化；又曰"子建、仲宣以气质为体，并标能擅美，独映当时"，言曹植、王粲风格相近，于建安艺术成就独高。又如，《文心雕龙》偶尔亦言"陈思，群才之英"（《事类》），但更多时候则把曹植与其他作家进行并举类比，且并举时，多针对某一文体创作或某一诗法写作而言。如《诗》言："兼善则子建、仲宣，偏美则太冲、公干。"《乐府》言："子建、士衡，咸有佳篇。"《声律》言："陈思、潘岳，吹龠之调也。"《比兴》言："至于扬、班之伦，曹、刘以下，图状山川，影写云物，莫不纤综比义，以敷其华，惊听回视，资此效绩。"等等。

至唐，唐人亦承前代。一方面，认为曹植是建安文学成就最高者，如皎然《诗式》评曰："邺中七子，陈王最高"④；一方面，则又常"曹、王""曹、刘""曹、谢"等并称，如殷璠："至如曹、刘多直语，少切对"⑤；韦庄："似逢曹与谢，烟雨思何穷"（《和人岁宴旅舍见寄》）；《诗式》："曹、王之制，思逸义婉，词多顿挫"⑥。另一方

---

① 吕德申：《钟嵘〈诗品〉校释》，北京大学出版社1986年版，第38页。
② 《全梁文》（卷五十七），第426页。
③ 《宋书·谢灵运传论》（卷六十七），第1778页。
④ （唐）皎然著，李壮鹰校注：《诗式校注》，人民文学出版社2003年版，第20页。
⑤ 殷璠著，王克让注：《河岳英灵集注》，巴蜀书社2006年版，第1页。
⑥ （唐）皎然著，李壮鹰校注：《诗式校注》，人民文学出版社2003年版，第394页。

面，唐人又上承刘勰，把曹作视为建安文学整体的一部分。刘勰《文心雕龙·时序》言："自献帝播迁，文学蓬转，建安之末，区宇方辑。魏武以相王之尊，雅爱诗章；文帝以副君之重，妙善辞赋；陈思以公子之豪，下笔琳琅；并体貌英逸，故俊才云蒸。……观其时文，雅好慷慨，良由世积乱离，风衰俗怨，并志深而笔长，故梗概而多气也。"较早从整体上归纳建安文学的时代特色。陈子昂言："汉、魏风骨，晋、宋莫传。"① 殷璠曰："言气骨则建安为传。"② 皆从建安文学整体着眼谈建安文学特点。在此整体观念下，曹植的创作特点从属于建安文学的整体特点，故并称或总体称论，某种程度上亦削弱了曹植文学的独特个性。在此种并称与整体观中，曹植当然仅是唐人学习模仿的一个对象了。

二　唐人的学习主要是借词、借句与化用其意、势

皎然《诗式》言："三不同：语、意、势"，"偷语最为钝贼……其次偷意……其次偷势。才巧意精，若无朕迹。盖诗人阃域之中偷狐白裘之手，吾亦赏俊，从其漏网。"③ 他对"偷势"最为肯定。以其"偷语诗例"看，"偷语"即借用词句或替换词句；就"偷意诗例"看，"偷意"即对原句稍作变化，但语意出于原句，且借用原句中词语，所以规摹之迹依然可见；以"偷势诗例"看，虽有规摹之迹，比如个别词句与原作具有语源关系，但与原作语意了不相关，已是别开境象。若此，皎然并不反对模仿，只是不主张亦步亦趋，而是强调以他山之石以攻玉，要以前人之作，开创自我之境。皎然的评论，事实上也正是对唐人模仿创作方式的归纳。而唐人仿作，洋洋大观，其模仿方式竟可以归纳为三，足见唐人在学习前人作品时已经形成了固定的思维模式。此思维模式之形成，固然与唐人对前人之作多采用广泛学习的态度有关，但与模拟创作传统、唐代类书编撰模式、诗格撰写书籍等的影响亦有关联。

---

① 陈子昂撰，徐鹏校点：《陈子昂集》，上海古籍出版社 2013 年版，第 16 页。
② 殷璠著，王克让注：《河岳英灵集注·集论》，巴蜀书社 2006 年版，第 4 页。
③ （唐）皎然著，李壮鹰校注：《诗式校注》，人民文学出版社 2003 年版，第 59 页。

（一）唐前诗人的模拟创作影响

两晋南北朝模拟之风盛行，以《文选》所收此期作品言，《文选》文体分类中专门有《杂拟上》《杂拟下》，除独立的拟作外，尚有成组的拟诗被大量收入，如陆机《拟古诗十二首》、陶渊明《拟古诗》、谢灵运《拟魏太子邺中集诗八首》、江文通《杂体三十首》等。即便是其他体类的作品，后作之于前作的模拟亦显而易见，比如乐府类中曹植《美女篇》之于汉乐府《陌上桑》；情赋中曹植《洛神赋》之于宋玉《神女赋》；等等。模拟借鉴前人之作是学习创作的一个重要方式。前人在模仿借鉴方面积累了很多经验，这些经验很多都体现在他们的学习创作中，给后来者以创作的启发。王昌龄《诗格》言："凡作文，必须看古人及当时高手用意处，有新奇调学之。"① 此论即强调了对前人与时之高手学习、模拟的重要性。

（二）类书、诗格书的影响

"隋唐时期大规模编撰类书，主要出于帝王夸耀文治之心，亦有借编撰类书达到安抚人心、缓和统治阶层内部矛盾的目的，同时隋唐类书汇聚各种资料，其临事取用方便检索、储材备用为文章之助的本体功用得到了充分发展。隋唐类书'事文一体'新体例的构建，集儒家经典、典故旧事、诗赋杂文于一体，进一步拓展了类书的新功能，也使类书应试备考和蒙学教材的新功用逐渐凸显。"② 这个主要针对的是官修类书的编撰，不过，唐代还出现了大量的私人类书，私人类书编撰之盛行与官修类书编撰的影响，尤其是科举诗赋考试的驱动有重要关系。如张涤华《类书流别》言："迫乎科举之盛，士子据以为射策之资。射策则记览之博，翰墨之华，咸所重视，故事文兼采之体，终乃应运以起。"③ 不过，不管是官修类书还是私人类书，皆有其功利的目的与实用的功能。

当然，对于唐人文学创作而言，类书不仅是方便检索、储材备用，

---

① （唐）王昌龄：《诗格》，见张伯伟《全唐五代诗格校考》，陕西人民教育出版社1996年版，第146页。

② 王燕华：《中国古代类书史视域下的隋唐类书研究》，博士学位论文，上海师范大学，2016年，第2页。

③ 张涤华：《类书流别》，商务印书馆1985年版，第22页。

类书对文、句、事对等的编入，对于唐人的创作思维亦有一定影响。比如《北堂书钞》对诗文句的摘录，《艺文类聚》对文的裁剪录入，《初学记》从前人诗文中提取事对等，凸显了一种摘录、剪裁的思想，而相关的例句则示范了摘录或提炼词的方式。另外，这些摘录亦有启发写作思维的作用。比如《诗格》言："凡作诗之人，皆自抄古今诗语精妙之处，名为随身卷子，以防苦思。作文兴若不来，即须看随身卷子，以发兴也。"① 唐代有不少讨论诗的法度、规则的书，多名之为"式""格"等，"从写作缘起看，一般说来，诗格是为了适应初学者或应举者的需要而写……主要讲述诗的规则、范式"。② 其撰写一般具有总结性质，有引导目的。以王昌龄《诗格》、皎然《诗式》言，多以魏晋南北朝诗人作品为例进行分析或例证说明，足见其对前人作品创作进行归纳以期指导现实创作的目的。

但事情也有另外一面。闻一多言："我们由《书钞》看到《初学记》，便看出了一部类书的进化史，而在这类书的进化中，一首初唐诗的构成程序也就完全暴露出来了。你想，一首诗做到有了"事对"的程度，岂不是已经成功了一半吗？余剩的工作，无非是将'事对'装潢成五个字一幅的更完整的对联，拼上韵脚，再安上一头一尾罢了。"③"事对"既是类书中的重要内容，也是诗格类书中的重要内容。大量的"事对"词来自前人作品，可以直接套用或变化而用，由于大家掌握的资源相近，故而在创作借用时就会出现雷同现象。一定程度的雷同，可以促进前人作品语句、词汇、意象等的经典化，但长时间持续、普遍的雷同，则显示了思维的固化，同时这种雷同化的借用对于原作意义的再释放也是一种阻碍。皎然《诗议》言："凡诗者，惟以敌古为上，不以写古为能。……或引全章，或插一句，以古人相粘二字、三字为力，厕丽玉于瓦石，殖芳芷于败兰，纵善，亦他人之眉目，非己之功也，况不善乎？"④ 皎然对

---

① （唐）王昌龄：《诗格》，见张伯伟《全唐五代诗格校考》，陕西人民教育出版社 1996 年版，第 141 页。

② 张伯伟：《全唐五代诗格校考·引言》，陕西人民教育出版社 1996 年版，第 3 页。

③ 闻一多：《唐诗杂论·类书与诗》，中华书局 2003 年版，第 5 页。

④ （唐）皎然：《诗议》，见张伯伟《全唐五代诗格校考》，陕西人民教育出版社 1996 年版，第 183 页。

固化模仿的批评，也意味着他对唐人创作时囿于原作而缺少创新的批评。

三　四杰起至盛中唐对曹作的学习更为开阔

唐初借用曹植诗作的情况并不多，且多集中于《公宴》《洛神赋》《名都篇》等篇目，亦基本不涉及对曹作寄寓性的学习。以唐初虞世南为例，他对曹作的化用较少，且主要是词语的借用。如其"轻裙染回雪""摛藻握灵蛇"（《门有车马客行》）句，"回雪"出自《洛神赋》，南朝已有几例化用，其《北堂书钞》"天部二风篇十六"摘有曹植"流风回雪"语；"握灵蛇"出自曹植《与杨德祖书》，这是文人诗中较早化用者。其"少年一顾重"（《结客少年场行》），出自曹植"一顾千斤重，何必珠玉钱"句，曹植此句南北朝亦有化用者，如庾信"一顾重尺璧，千金轻一言"（《拟咏怀诗二十七首》其六）句。而南朝鲍照的《代结客少年场》、刘孝威、庾信的《结客少年场行》等，亦承曹植《结客篇》《白马篇》《名都篇》而来，虞世南的仿作与曹作仍然有内在的联系。虞世南明显学自曹作的仅上数例，但这一情况从初唐四杰时期开始有了很大变化，具体表现在：一方面是对曹作的学习更为普遍，化用了他更多的作品，也有了更广泛的模仿；另一方面是相关学习更为深入，既有对曹作寄寓性作品的学习，又有对曹作风格特点的发现与学习等。

以骆宾王为例，见表 18。

表 18　　　　　　　　　　骆宾王学习化用曹植作品情况

骆宾王诗句	曹植诗句
时命欲何言，抚膺长叹息。……去去访林泉，空谷有遗贤。《夏日游德州赠高四》（卷 77）	拊心长叹息，无子当归宁。《弃妇诗》去去莫复道《杂诗六首》之"转蓬生本根"（"去去"一词晋南北朝多有化用）
一顾重风云，三冬足文史。《在江南赠宋五之问》（卷 77）重义轻生怀一顾《从军中行路难二首》（卷 77）平生一顾重，意气溢三军。《从军行》（卷 78）	一顾千斤重，何必珠玉钱。《诗》

骆宾王诗句	曹植诗句
转蓬劳远役，披薜下田家。《晚憩田家》（卷77）	
蓬转俱行役，瓜时独未还。魂断金阙路，望断玉门关。《在军中赠先还知己》（卷79） 转蓬惊别渚，徙橘怆离忧。《晚泊江镇》 昔负千寻质，高临九仞峰。真心凌晚桂，劲节掩寒松。忽值风飘折，坐为波浪冲。摧残空有恨，拥肿遂无庸。渤海三千里，泥沙几万重。似舟飘不定，如梗泛何从。仙客终难托，良工岂易逢。徒怀万乘器，谁为一先容。《浮槎》（卷79） 恓惶劳梗泛，凄断倦蓬飘。仙槎不可托，河上独长谣。《晚泊河曲》（卷79）	转蓬离本根，飘飘随长风……类此游客子，捐躯远从戎。《杂诗六首》其六 吁嗟此转蓬，居世何独然。长去本根逝，宿夜无休闲。东西经七陌，南北越九阡。卒遇回风起，吹我入云间。自谓终天路，忽然下沉渊。惊飙接我出，故归彼中田。当南而更北，谓东而反西。宕（若）〔宕〕当何依，忽亡而复存。飘飘周八泽，连翩历五山。流转无恒处，谁知吾苦艰！愿为中林草，秋随野火燔。糜灭岂不痛，愿与株荄连。《吁嗟篇》
可叹高楼妇，悲思杳难终。《月夜有怀简诸同病》（卷77）	明月照高楼《七哀》
为国坚诚款，捐躯忘贱贫。《咏怀古意上裴侍郎》（卷77）	捐躯赴国难，视死忽如归。《白马篇》
不睹皇居壮，安知天子尊。《帝京篇》（卷77）	壮哉帝王居《赠丁廙王粲》
流风回雪傥便娟……也知京洛多佳丽。《艳情代郭氏答卢照邻》（卷77）	飘飘兮若流风之回雪《洛神赋》 京都多妖女《名都篇》
莫言无皓齿，时俗薄朱颜。《途中有怀》（卷78）	时俗薄朱颜，谁为发皓齿？《杂诗六首》其四
美女出东邻，容与上天津。整衣香满路，移步袜生尘。水下看妆影，眉头画月新。寄言曹子建，个是洛川神。《咏美人在天津桥》（卷78）	
洛川流雅韵，秦道擅苛威。听歌梁上动，应律管中飞。光飘神女袜，影落羽人衣。愿言心未翳，终冀效轻微。《尘灰》（卷78）	《洛神赋》
凌波起罗袜，含风染素衣。别有知音调，闻歌应自飞。《咏尘》（卷79）	
凌波拾翠通。《相和歌辞·棹歌行》（卷20）	
九秋凉风肃，千里月华开。圆光随露湛，碎影逐波来。似霜明玉砌，如镜写珠胎。晚色依关近，边声杂吹哀。离居分照耀，怨绪共裴徊。《望月有所思》（卷79）	圆景光未满，众星灿以繁。《赠徐干》 明月照高楼，流光正徘徊。《七哀》

就表 18 来看，骆宾王诗中有不少明显借用、化用曹作处。骆宾王长诗中又好多用顶针手法，如《在江南赠宋之问五》一共使用了八处顶针手法，造成文势的流动。其他如《夏日游德州赠高四》《从军中行路难二首》等均有顶针手法使用。这明显是借自曹植的《赠白马王彪》。

骆宾王诗中多有源自曹植的转蓬意象，如"转蓬劳远役""蓬转俱行役"等均化自曹植《杂诗六首》其二，在那首诗里，曹植把转蓬类比行役的游客子，是一种开拓性的类比表述。而骆宾王的《浮槎》置换"转蓬"为"浮槎"，写漂浮不定，不能自主的命运，充满了志士失志的感伤。该诗笔法基本出自曹植《吁嗟篇》。若"忽值风飙折"与"忽然下沉渊""忽亡而复存"，若"渤海三千里，泥沙几万重"与"飘飘周八泽，连翩历五山"等，更是比较明显的化用。

骆宾王的化用中融合了自己的身世之感。《旧唐书·骆宾王传》言其"高宗末，为长安主簿。坐赃，左迁临海丞，怏怏失志，弃官而去"[1]。《唐才子传·骆宾王传》："武后时，数上疏言事，得罪贬临海丞，怏怏不得志，弃官去。"[2] 所以，他对曹作的内在情感应深有体会。又如其"恓惶劳梗泛，凄断倦蓬飘""莫言无皓齿，时俗薄朱颜"等都充满了身世之感。他的《咏尘》《尘灰》皆由曹作"凌波微步，罗袜生尘"引发，但与普遍借曹植句写美女不同，他借此来书写自我怀抱。而他对曹植《白马篇》《诗》等句的化用，则与曹作的慷慨豪情相照应，以抒发其雄心壮志。这些化用里隐含了骆宾王对曹作的理解，这较之初唐时期的化用言，显然暗示了曹作寄寓性、沉郁顿挫类作品对作家的影响。

这种情况并非骆宾王所独有。再如王勃《忽梦游仙》："仆本江上客，牵迹在方内。……流俗非我乡，何当释尘昧。"[3] "仆本江上客"化自曹植"我本太山人，何为客淮东"，"流俗非我乡"化自曹植"中

---

① （后晋）刘昫等撰：《旧唐书》（卷一百九十上），中华书局 1975 年版，第 5006 页。
② 辛文房撰：《唐才子传》（卷一），中华书局 1991 年版，第 5 页。
③ 《全唐诗》（卷 55），第 3 册，第 671 页。

州非我家"句。该诗借鉴曹植《远游篇》，而纳之于入梦出梦的框架中，表达自己不能容身于俗的苦闷失落。《杜少府之任蜀州》"海内存知己，天涯若比邻"出自曹诗"丈夫志四海，万里犹比邻"，而该诗于篇后的振起，与曹作的突然振起亦颇类似。王勃、骆宾王对曹植都有极高评价。如王勃《感兴奉送王少府序》："一谈经史，亚比孔先生；再读词章，何如曹子建？"《山亭思友人序》："虽陆平原、曹子建，足可以车载斗量；谢灵运、潘安仁足可以膝行肘步。"①

四杰之后，盛唐如李白、杜甫等都对曹作有深入学习。李白诗作对曹植《杂诗六首》《白马篇》《名都篇》《七哀》《美女篇》《洛神赋》《浮萍篇》《吁嗟篇》《赠丁廙》《怨歌行》等均有明显化用。需指出的是，一般以为李白游仙诗的写作主要受郭璞游仙诗影响，而忽略了曹植游仙诗对李白的影响。本节认为，曹植夸张的仙境（或异境）的取象、写法、气势等均对李白的仙境幻想写作有影响。

曹植的游仙诗有两类：一是得遇得道真人，教授要道，如《桂之树行》《苦息行》《飞龙篇》；一是远游仙山仙境，与仙人相携侣，如《升天行》《五游篇》《远游篇》《仙人篇》《驱车篇》《盘石篇》② 等。李白诗歌中牵涉游仙内容的亦可分成此二类。下条列曹植、郭璞、李白相关诗作，以见其渊源关系。见表19。

表 19　　　　　　　李白、郭璞游仙诗③与曹植游仙诗关联比较

李白	郭璞《游仙诗》	曹植
《古风》五十九其五（卷161）：太白何苍苍，星辰上森列。去天三百里，邈尔与世绝。中有绿发翁，披云卧松雪。不笑亦不语，冥栖在岩穴。	其二：青溪千余仞，中有一道士。云生梁栋间，风出窗户里。借问此何谁，云是鬼谷子。翘迹企颖阳，临河思洗耳。阊阖西南来，潜波涣鳞起。灵妃顾我笑，粲然启玉齿。蹇修时不存，要之将谁使。	《苦思行》：绿萝缘玉树，光耀粲相晖。下有两真人，举翅翻高飞。我心何踊跃！思欲攀云追。郁郁西岳巅，石室青葱与天连，中有耆年一隐士，须发皆皓然，策杖从吾游，教我要忘言。

---

① 王勃著，蒋清翊注：《王子安集注》，上海古籍出版社1995年版，第245、274页。

② 不过《驱车篇》较少宏伟绮丽的仙境描写，《盘石篇》对淮东恶劣自然环境的描写则以写仙境的手法归之，有学者把它归为游仙之作。

③ 《先秦汉魏晋南北朝诗》（晋诗卷十一），中华书局1983年版，第865、866页。

续表

李白	郭璞《游仙诗》	曹植
我来逢真人，长跪问宝诀。粲然启玉齿，授以炼药说。铭骨传其语，竦身已电灭。仰望不可及，苍然五情热。吾将营丹砂，永与世人别。	其三：翡翠戏兰苕，容色更相鲜。绿萝结高林，蒙笼盖一山。中有冥寂士，静啸抚清弦。放情凌霄外，嚼蕊挹飞泉。赤松临上游，驾鸿乘紫烟。左挹浮丘袖，右拍洪崖肩。借问蜉蝣辈，宁知龟鹤年。	《飞龙篇》：晨游泰山，云雾窈窕。忽逢二童，颜色鲜好。乘彼白鹿，手翳芝草。我知真人，长跪问道。西登玉堂，金楼复道。授我仙药，神皇所造。教我服食，还精补脑。寿同金石，永世难老。
《古风》五十九其三：连弩射海鱼，长鲸正崔嵬。额鼻象五岳，扬波喷云雷。鬐鬣蔽青天，何由睹蓬莱。《梦游天姥吟留别》：列缺霹雳，丘峦崩摧，洞天石扉，訇然中开。青冥浩荡不见底，日月照耀金银台。霓为衣兮风为马，云之君兮纷纷而来下。虎鼓瑟兮鸾回车，仙之人兮列如麻。	其六：杂县寓鲁门，风暖将为灾。吞舟涌海底，高浪驾蓬莱。神仙排云出，但见金银台。陵阳挹丹溜，容成挥玉杯。姮娥扬妙音，洪崖颔其颐。升降随长烟，飘飖戏九垓。奇龄迈五龙，千岁方婴孩。燕昭无灵气，汉武非仙才。	《远游篇》：远游临四海，俯仰观洪波，大鱼若曲陵，承浪相经过。灵鳌戴方丈，神岳俨嵯峨！仙人翔其隅，玉女戏其阿。琼蕊可疗饥，仰首（吸）〔漱〕朝霞。……《盘石篇》：……高波陵云霄，浮气象螭龙。鲸脊若丘陵，须若山上松。呼吸吞船𣹟，澎濞戏中鸿。……《五游咏》：……披我丹霞衣，袭我素霓裳。华盖芳晻蔼，六龙仰天骧。曜灵未移景，倏忽造昊苍。阊阖启丹扉，双阙曜朱光。徘徊文昌殿，登陟太微堂。上帝（休）〔伏〕西棂，群后集东厢。带我琼瑶佩，漱我沆瀣浆。……《仙人篇》：仙人揽六箸，对博太山隅。湘娥拊琴瑟，秦女吹笙竽。玉樽盈桂酒，河伯献神鱼。……

据表 19，就第一类游仙诗言，郭璞诗上承曹诗，而李白诗则兼有对郭诗与曹诗的化用。第二类诗中郭诗"吞舟涌海底，高浪驾蓬莱"由曹诗"大鱼若曲陵，承浪相经过"化出，而李诗中巨大神异的物象与曹植《盘石篇》中的描写更为接近。那种巨大无比、震撼人心的大到神异的夸张手法，在诗中唐前也主要是肇端于曹植诗中的相关描写，李诗的写法与曹作应有一定的关系。再联系曹作，如"万里不足步""九州不足步""美酒斗十千""八方各异气，千里殊风雨""扶桑之所出，乃在朝阳溪。中心陵苍昊，布叶盖天涯"等，笔力雄阔，多取庞大意象，李白诗亦多喜此类表达，或与受曹植创作的启发有一定关系。

这种化用，其实意味着对曹植诗歌特点的新感悟。不过李白尚未有明确的言语评论，李白之前的李峤有"曹植动文雄"之语，到了杜甫，则言"文章曹植波澜阔"（《追酬故高蜀州人日见寄》），杜甫此语在曹植文学接受史上具有重要作用。

杜甫此诗乃追酬已故高适的《人日相忆》见寄诗，"因寄王及敬弟"。"王"指汉中王瑀，"文章曹植波澜阔，服食刘安德业尊"，"曹植、刘安，皆借帝胄以比之"，亦赞其文章若曹植一样"波澜阔"。结合整首诗序及诗内容，"王及敬弟"乃昔日故交，海内故人，唯其独存。"东西南北更谁论，白首扁舟病独存。遥拱北辰缠寇盗，欲倾东海洗乾坤。边塞西蕃最充斥，衣冠南渡多崩奔"，追酬高诗兼慨身世。在这样的感慨后，言"鼓瑟至今悲帝子，曳裾何处觅王门。文章曹植波澜阔，服食刘安德业尊"，他们有相似的乱离经历，深味国破之苦。若此，"波澜阔"既有"壮士多慷慨"意，亦有深沉的乱世流离的沧桑之感。又，"波澜"一词，比喻诗文的跌宕起伏，这是常解。杜甫《敬赠郑谏议十韵》言："毫发无遗恨，波澜独老成。"[1] 王安石《赠彭器资》诗："文章浩渺足波澜，行义迢迢有归处。"[2] 据此，"波澜"之喻诗文的跌宕起伏，亦隐约指向诗文深沉的社会内容意识、丰富的情感层次结构、蔓延铺展以成浩瀚之势的叙述手段，及相应的时空人称叙述或抒怀方式的腾挪变化等。因此"文章曹植波澜阔"既指向曹植创作的风格特点，亦指出曹植行文的艺术特点，也指曹植诗文涵澹深沉的情感。杜甫："读书破万卷，下笔如有神。赋料扬雄敌，诗看子建亲。"[3] "下笔如有神"化自《三国志》曹植本传："发言可咏，下笔成篇"句，足见杜甫的自负。此化用，唐诗中也多见，如李峤"铜台初下笔，乐观正飞缨"[4]；岑参："学富赡清词，下笔不能休"[5]；

---

① 《全唐诗》（卷224），第7册，第2389页。

② （宋）王安石：《临川先生文集》（一），见王水照编《王安石全集》，第5册，复旦大学出版社2016年版，第167页。

③ 《奉赠韦左丞丈二十二韵》，《全唐诗》（卷216），第7册，第2251—2252页。

④ 《赋》，《全唐诗》（卷59），第3册，第706页。

⑤ 《冀州客舍酒酣贻王绮寄题南楼》，《全唐诗》（卷198），第6册，第2030页。

等等。"诗看子建亲"，既有与子建相比意，又表明对曹植诗的欣赏、喜爱。对于杜甫之于曹植的相似性，吴明贤已有深论①，这里指出杜甫对曹植诗歌"波澜"特点的发现与学习。

四杰起至盛中唐时期对曹作的学习更为开阔，此一方面与《文选》及李善、五臣《文选》注的流行有很大关系。如以"四杰"为例，卢照邻、王勃都有直接的文献可见其受《文选》学的浸染。② 另一方面，与陈子昂诗歌理论的影响关系密切。陈子昂对兴寄、风骨的呼唤，对唐初绮丽文风的批判对之后唐代诗人影响深远，这不只是一种诗歌理论，亦是诗歌审美、诗歌解读理论，对于唐人解读学习曹植作品具有重要的启发作用。另外，唐人主要学习化用曹植的诗歌作品，对曹植散文作品进行转换的情况较少，《北堂诗钞》中所摘录文句词多无转换。像出自《求通亲亲表》之"葵藿"，出自《与杨德祖书》之"执戟""画虎"等，若卢照邻"何必疲执戟，区区在封侯"（《咏史四首》）、杜甫"谬知终画虎"（《奉赠太常张卿垍二十韵》）等，还是比较少的，这也说明散文体转向诗体语句的不易。

总之，唐人对前人的学习，是基于一种为我所用的有辨别、有取舍的理性精神。韦庄《又元集序》言："谢元晖文集盈编，止诵'澄江'之句。曹子建诗名冠古，惟吟'清夜'之篇。是知美稼千箱，两歧綦少。……左太冲十年三赋，未必无瑕。刘穆之一日百函，焉能尽丽。是知班、张、屈、宋，亦有芜辞。沈、谢、应、刘，犹多累句。虽遗妍可惜，而备载斯难。亦由执斧伐山，止求嘉木。挈瓶赴海，但汲甘泉。"③ 此足见唐人学习前人的理性精神。

第三节　隋唐曹植人格精神揭示与其大家地位的确立

曹植其人的经典化应该包含两个指向：一是他作为文学经典大家

---

① 吴明贤：《诗看子建亲——论杜甫与曹植》，《杜甫研究学刊》2011 年第 2 期。

② 见徐尚定《四杰诗歌艺术渊源考辨——兼析〈昭明文选〉与初唐诗风》，《文献》1993 年第 2 期。

③ 董诰等编：《全唐文》（卷八百八十九），第 9288 页。

的经典化，这与其作品的经典化密切相关；一是他作为政治人物的政治才华与其伦理精神（政治伦理、宗族伦理等）的经典化。

对于前者言，经魏晋、南朝宋齐等文士的广泛学习，曹植经典序列于南朝即已基本形成。唐代儒家思想的建构、科举诗赋取士制度的引导、《文选》及《文选》注的流行、类书编撰的私人化与普及、学校教育的发达、文人群体数量的增加、文学创作的繁荣、文学革新理论的落实、诗格著作的经验总结等诸多因素的影响，最终使唐代在南朝曹植作品经典化的基础上，在广泛学习曹作的同时，挖掘出了曹作的伦理意义，发现了曹作雄浑深沉的风格与内蕴，进一步扩充了曹植经典作品的序列，曹植作品的经典化之路于此已经完成。

对于后者言，对曹植道德人格的发现由曹植当代具有政治性色彩的评论，到陈寿、裴松之通过史料的选择、书写以寄寓的隐含的政治性评论，到谢灵运指出其"忧生之嗟"，江淹以拟曹植友情类诗以见其王子的仁者情怀，到钟嵘以周公比之的隐隐约约的道德评说，到梁元帝萧绎以之为悉通儒家之意，中间虽断续涉及，但若大河发源，未为大观，不足以确定其为人之经典性。曹植及其作品中的儒家之意尚待隋唐人士的发掘方能充分显现。

一 隋代对曹植道德精神的揭示

隋文帝开皇十三年的《曹植庙碑》，对曹植颇多赞美之词，这来自官方的认定在曹植接受史上是前所未有的，它或许影响到文中子对曹植的评价。庙碑中言：

> 至十一世孙曹永洛等，去齐朝皇建二年，蒙前尊孝照皇帝恢弘古典，敬立二王，崇奉三恪。永洛等于时赍符表贡，面奉照皇，亲酬圣诏。比经穷讨，皆存实录。蒙敕报允，兴复灵庙。[1]

---

① 《全隋文》（卷三十），第 345 页。

据《北齐书·孝昭帝纪》言：

> 甲午，诏曰："昔武王克殷，先封两代，汉、魏二晋，无废兹典。及元氏统历，不率旧章。朕纂承大业，思弘古典，但二王三恪，旧说不同，可议定是非，列名条奏。其礼仪体式亦仰议之。"①

陈思王庙的兴复正是在当时"思弘古典"的国策背景下产生的，这来自官方的复庙行为极能说明陈思的影响。北周灭北齐，隋代北周，从皇建二年至隋开皇十三年，间隔约三十二年，始有陈思王庙碑文。隋文帝不喜儒学，但重视礼乐，"隋文帝以恢复华夏正统为号召，当然要废弃周礼，依照梁礼及齐礼来修定隋礼"。② 隋文帝在制度建设上，又首先取消北周官制，恢复汉、魏官制，曹植庙碑文之写作或许与此文化背景有关。事实上，当时的统治者对曹植还是颇感兴趣的，如杨广言："陈思王，魏宗室子也。世传文章典丽，而不言其书。仁寿二年，族孙伟持以遗余。余观夫字画沉快，而词旨华致。想象其凤仪，玩阅不已。因书以冠于襟首。"③ 由此可见一斑。

《陈思王庙碑》行文骈散结合，文采飞扬，颇为大气华贵，似非一般文士之作。碑文追源溯流，写其祖其父其兄，极见陈思血统之高贵、身份之尊荣。碑文盛赞了陈思的才华，此处不论，现摘录关于其人的一些语句如下：

> 王乃黄内通理，愠淑啥英。睿哲禀于自然，博愍由于天纵。佩金华以迈四气，抱玉操如忽风霜。
>
> 建安十六年，封平原侯。十九年，改封临淄侯。都不以贵任为怀，直置清雅自得。常闲步文籍，偃仰琴书，朝览百篇，夕存

---

① （唐）李百药撰：《北齐书》（卷六），中华书局 1972 年版，第 82 页。
② 范文澜：《中国通史》（第三册），人民出版社 1994 年版，第 11—12 页。
③ 杨广：《叙曹子建墨迹》，见《全隋文》（卷六），第 71 页。

吐握。使高据擅名之士，侍宴于西园；振藻独步之才，陪游于东阁。黄初二年，奸臣谤奏，遂贬爵为安乡侯。三年，进立为王。□京师，面陈滥谤之罪，诏令复国。自以怀正信如见疑，抱利器而无用。每怀怨慨，频启频奏。四年，改封东阿王。五年，以陈前四县封，复封为陈王。以谗言数构，奸臣内兴，十一年里，频三徙都，汲汲无欢，遂发愤而薨。①

碑文对曹植人生之叙述基本本于《三国志》曹植本传，但其对曹植人生的叙评实际上重塑了曹植形象，这体现在以下三个方面。

一是抹杀曹植被压制、迫害的事实，认为曹植的悲剧命运乃奸臣诽谤所致，这实际上淡化了曹植人生的悲剧色彩，不过碑文对《三国志》中如"抱利器而无所施""汲汲无欢"等语句的引用，亦表明作者对曹植遭遇的同情。

二是隐去太子之争的史实，把曹植塑造为优游典籍、琴书宴乐、无争无欲，及以其高才而聚当世名士于周围之清雅才士。此恐承谢灵运"公子不及世事，但美遨游"之论而来。

三是突出曹植的内德修养，如"王乃黄内通理"，《周易·坤》："君子黄中通理，正位居体，美在其中，而畅于四支，发于事业，美之至也。"②"黄内通理"，即"黄中通理"，"中"改为"内"，应避当时皇家之讳，因隋文帝杨坚之父名"忠"。"黄内通理"即说曹植内德中和，通晓物理。

此碑文事实上已含有曹植无争、忍让的内容，它对隋代王通之评曹植应有直接影响。王通曰："子曰：'陈思王可谓达理者也，以天下让，时人莫之知也'"③，"谓陈思王善让也，能污其迹，可谓远刑名矣。人谓不密吾不信也。"④ 王通对陈思其人的评论一反之前若颜之推等对其任

---

① 《全隋文》（卷三十），第 345 页。
② （唐）孔颖达疏：《周易正义》，见（清）阮元校刻《十三经注疏·周易正义》，中华书局1980 年影印版，第 5 页。
③ 郑春颖：《文中子〈中说〉译注》（《事君篇》），黑龙江人民出版社 2004 年版，第 54 页。
④ 郑春颖：《文中子〈中说〉译注》（《魏相篇》），黑龙江人民出版社 2004 年版，第 142 页。

性、悖慢的评价，而且对曹植的"不自雕利，饮酒不节"提出了崭新角度的理解。

其以天下让之评语或出自《论语·泰伯》，如"子曰：'泰伯，其可谓至德也已矣！三以天下让，民无得而称焉'"。杨树达按："《论语》称至德者二，一赞泰伯，一赞文王，皆以其能让天下也。此孔子赞和平，非武力之义也。"① 以此来看，王通对陈思的善让之评，即包含对其以自污退避来保全兄弟伦理、维持统治阶层内部和睦之行为的赞赏。隋以前，即从西晋八王之乱开始，南北朝以至于隋，王位继承权之争夺所导致的兄弟间相互残杀以致最终给王朝统治带来严重影响者可谓史不乏书，触目惊心，与其血腥无情相比，曹丕只是压制诸弟，虽然这种压制最终也一样自折其翼，使曹魏江山最终因他的亲异姓疏公族政策而移柄司马氏，但曹丕对诸弟的手段相比于其后的皇室争戈相比，还是柔和得多、仁义得多。而曹丕之所以能如此，或许并不是因为他有多么仁慈友爱，而是因为没有人与他兵戈相见。唯一可以与他相抗衡的曹植面对曹彰之支持，为曹魏统治之稳定，以"不见袁氏兄弟乎"② 拒绝了为权力继承而兄弟相残。可以说，正是曹植的忍让，才保证了曹魏政权在曹操死后的安稳过渡。如果曹植接受了曹彰的意见，那么袁氏相争的历史会重演，三国鼎立的稳定格局可能会被打破，天下有可能会复归于乱。

王通对曹植"无争"的理解，一方面是基于对历史的审视而作出的论断，他所谓陈思为达理者，也正是从保身齐家治国的大局角度言之；另一方面是基于他对伦理道德建设的重视。他融会儒佛道思想，强调道德修养方法，如明理尽性、诚、静、敬慎戒惧、思过改过、寡言、无争、无辩等。"王通认为，寡言、无争可以少过，可以息谤，可以止怨，可以免祸，可以远谋，可以与人久处"。③ 王通"三教可一"的思想"希望儒家认识自己的'弊'，应吸取佛、道二教

---

① 杨树达：《论语疏证》，上海古籍出版社 1986 年版，第 179 页。
② 《三国志·魏书·任城陈萧王传》，第 557 页。
③ 尹协理、魏明：《王通论》，中国社会科学出版社 1984 年版，第 211 页。

之长而补儒学所短，因而实际上是要通过对儒学的改造来进一步提高儒学的地位"①，所以，他对曹植"无争"的评价，结合曹植的处境与曹魏的政治言，其实质则揭示了他儒家的厚德精神与政治视野、心胸。

文中子曰："君子哉，思王也！其文深以典。"② 文中子对曹植文"深以典"的评价是紧跟在对其"达理""以天下让""君子"的评价之后，这是典型的知人论世论文的思路。所谓"深"，指其情感的深婉曲折；所谓"典"，即"思无邪"之意，所以"深以典"，正是《诗》比兴风雅、温柔敦厚的风格表现。曹植《前录自序》中曾提出"君子之文"的理论，曹植之文即是"君子之文"。

文中子对曹植德行的高度评价对后世对曹植及其作品的接受影响深远，一方面它进一步引发后世对丕、植之争的讨论，另一方面又引发了后世对曹植道德人格精神的挖掘，这直接影响到对曹植诗文的解读。文中子之论也成为曹作"次生层"中的经典之论。

二 唐代对曹植为人与为文的认定

唐代对曹植其人的经典化主要来自以下几个方面：一是李善、五臣注对其道德伦理的揭示；二是唐代文化政策影响下对曹作的编选、创作学习及相关诗格、诗法对曹植作品的形式分析等，强化了他的才王形象；三是来自政界上层或最高统治者以及文人士子政论之文对曹植的评论。下面主要针对第三方面进行阐述。

（一）对太子之争事件的认识

唐太宗时马周上《陈时政疏》，其中他为唐王朝的长治久安考虑，从制度保证角度提及诸王的管理问题时指出：

> 自汉晋以来，乱天下者，何尝不是诸王。皆为树置失宜，不预为节制，以至于灭亡，人主岂不知其然，但溺于私爱，故使前车既覆，而后车不改辙也。

---

① 尹协理、魏明：《王通论》，中国社会科学出版社1984年版，第145页。
② 郑春颖：《文中子〈中说〉译注》（《事君篇》），黑龙江人民出版社2004年版，第54页。

又言：

> 今天下百姓极少，诸王甚多，宠遇之恩，有过厚者。臣之愚虑，不唯虑其恃恩骄矜也。昔魏武帝宠树陈思王，及文帝即位，防守禁闭，有同狱囚。以先帝加恩太多，故嗣主疑而畏之也。此则武帝宠陈思，适所以苦之也。且帝子何患不富贵，身食大国，封户不少，好衣美食。衣食之外，更何所须？而每年另加优赐，曾无纪极。俚语曰："贫不学俭，富不学奢。"言自然也。今陛下以大圣创业，岂惟处置见在子弟而已。当须制长久之法，使万世遵行之。①

这段以曹植事为历史教训的论述也反映出马周对曹魏太子之争事件的认识，即因"魏武帝宠树陈思王"，"故嗣主疑而畏之"，从而引起嗣主的防范之心。若此，关键在"宠树"，不仅宠爱，厚其封土，而且着意培养其能，对其寄予厚望，树立其威信。所谓"加恩太多"，将以侧枝而威胁主干。

马周所论，其实上承鱼豢所言，如"谚言'贫不学俭，卑不学恭'，非人性分也，势使然耳。此实然之势，信不虚矣。假令太祖防遏植等，在于畴昔，此贤之心，何缘有窥望乎？彰之挟恨，尚无所至。至于植者，岂能兴难？"②鱼豢认为正是曹操没有及时防遏才激起了曹植的非分之心，而马周并不是从曹植角度着眼，他强调的是曹操对曹植的着意培养破坏了嫡长子继承制，对嗣子的威信会产生动摇，从而引起嗣子与诸王的矛盾。因此，他建议李世民，"且帝子何患不富贵，身食大国，封户不少，好衣美食。衣食之外，更何所须？"也就是说，满足诸王的衣食富贵，不用让他们建功立业，掌权握势，以免以势相挟，威胁到嗣主的地位，甚或国家安全。马周对魏武帝宠树曹植的影响看得很清楚，一般认为曹丕继位后对曹植等诸王的防守禁闭，是因

---

① （清）董诰等编：《全唐文》（卷一百五十五），第1587—1588页。

② 《三国志·魏书·任城陈萧王传》，第577—578页。

为太子之争事件的阴影，曹丕心胸狭窄，故以过往而泄愤。这种理解是缺乏政治视角的，政治角度的"宠树"，不只是财力的支持，而且是机会、人脉资源等的支持。在曹魏集团有不少曹植的支持者，曹丕打压的不只是曹植，而且是所有支持曹植的政治力量。鉴于曹植的政治影响，即便曹植尽心竭力表明自己对曹魏二帝的忠诚，也很难消除其疑虑，这正是马周所言"此则武帝宠陈思，适所以苦之也"。

（二）对曹植能力德行的认识

1. 对曹植政治能力的认识

唐玄宗《与宁王宪等书》言：

> 昔魏文帝诗云："西山一何峻，高高殊无极，上有两仙童，不饮亦不食。赐我一丸药，光耀有五色。服药四五日，身轻生羽翼。"朕每思服药而求羽翼，何如骨肉兄弟天生之羽翼乎？陈思有超代之才，堪佐经国之务，绝其朝谒，卒令忧死。魏祚未终，遭司马宣王之夺，岂神丸之效也。虞舜至圣，舍傲象之愆以亲九族，九族既睦，平章百姓，此为帝王之轨则，于今数千载，天下归善焉，朕未尝不废寝忘食钦叹者也。顷因余暇，妙选仙经，得此神效方，古老云：服之必验。今分此药，愿与兄弟等同享长龄，永无限极。①

玄宗论及曹植兄弟的内容，批评曹丕有服药求仙之心，而不能友于兄弟，卒令曹植忧愤而亡。他指出"陈思有超代之才，堪佐经国之务"，这是一个政治家皇帝的言论，他肯定了曹植超越其时众人的才华，认为他有经国之能，这与今天仅视曹植为一文人有根本的不同。而"魏祚未终，遭司马宣王之夺，岂神丸之效也？"这不无讽刺的评论更是揭示曹丕科禁诸侯与曹魏的国祚不终，移柄于人的覆国结局间的关系。当然，丕、植与玄宗、宁王宪之间的关系尚有不同。如宁王

---

① 《全唐文》（卷四十），第443—444页。

宪拒绝为太子时言："储副者，天下之公器，时平则先嫡长，国难则归有功。若失其宜，海内失望，非社稷之福。"① 宁王宪深知自己在功业威望、政治能力上是远不如玄宗的，而且"宪尤恭谨畏慎，未曾干议时政及与人交接，玄宗尤加信重之"②。唐玄宗《追谥宁王宪为让皇帝制》曰："能以位让，为吴太伯，存则用成其节，殁则当表其贤。"③ 宁王宪是唯一一位死后被封为帝的诸侯王。丕、植则不同，以当时人评论言，如杨俊"虽并论文帝、临淄才分所长，不适有所据当，然称临淄犹美"，足见从才的角度言，曹植是曹丕无法驾驭的；再加之曹操的宠树，即使曹丕代汉为帝，他对于曹植的打压，并不全然出于私怨，而是基于曹植的实力而进行的提防。

　　2. 对曹植道德情怀的认识

　　王勃《平台秘略论十首》，十论中有四论都是以曹植为例的论证。如"忠武四"论曰：

　　　　阴阳代兴，刚柔合运。威恩参用以成化，文武相资以定业。况乎康侯自我，宗子维城者乎？城阳之权略明决，卒摧吕氏之变；任城之志意刚断，实启有魏之业，盖有助焉。陈思雅怀忠勇，义形家国表奏。永昌洞晓兵数，绩著疆场。长沙武陵，亦足云也。④

　　"义形家国表奏"，"家国"，蒋清翊认为可能是衍文，他释此句时，只引用了曹植《求自试表》"西有违命之蜀，东有不臣之吴。窃不自量，志在效命，庶立毛发之功，以报所受之恩"句。其实，"义形家国表奏"，"家国"是有所指的，"表奏"至少还应该包括《求通亲亲表》《陈审举表》等，因为《求自试表》主要针对外患言，而《求通亲亲表》《陈审举表》主要针对疏公族而亲异姓的内忧言。具备

----

① （后晋）刘昫等撰：《旧唐书》（卷九十五），中华书局1975年版，第3010页。
② 《旧唐书》（卷九十五），中华书局1975年版，第3011页。
③ 《旧唐书》（卷九十五），中华书局1975年版，第3009页。
④ 王勃著，蒋清翊注：《王子安集注》，上海古籍出版社1995年版，第303—304页。

二者，方可言"家国"，方可见曹植之忠勇。曹植之"忠"可见，曹植之"勇"何以体现？不只是其《求自试表》中的"捐躯济难"之勇，且其《求通亲亲表》不顾"不为福始，不为祸先"之箴言，"独唱言"通亲之意；《陈审举表》更是慷慨陈词，直言"今反公族疏而异姓亲，臣窃惑焉"，甚至言"不胜愤懑，拜表陈请。若有不合，乞且藏之书府，不便灭弃，臣死之后，事或可思"。这种言人不敢言，若没有绝对的忠诚与大勇，又有谁敢于上言？王勃言"文武相资以定业"，就曹魏言，即指曹彰、曹植兄弟。陈寿《三国志》："任城武艺壮猛，有将领之气。陈思文才富艳，足以自通后叶"①，亦含有文武之意。

"规讽九"论曰："谚曰：'祸不入慎家之门。'前代有以之兴矣。至若中山激难，重存亲礼；武陵变色，复延情爱。子建之陈辞贡愤，长沙之发对因机。虽亦各达其心，未若洪庆之希声也。"② 王勃从明哲保身的角度批评曹植"陈辞贡愤"，不如"洪庆希声"。但结合其前所论，曹植不顾身家安危，正可见其忠勇精神。

"慎终十"论曰："《诗》云：'靡不有初，鲜克有终。'若夫东平之奉宪遵约，耿介原陵之奏；中山之见贤思齐，濮阳之托。庶几乎可谓慎终矣！至子尘之奉行文处（疑）中尉之远述河间，陈思克已，并未易诬也。"③ 肯定了陈思在丕、叡二朝中的"克己"忍让，亦可谓"慎终"，此评与前评陈思"忠勇""远大"等精神相呼应，相比于之前对陈思其人的评价言，更为深入。

另，在"幼俊第八"赞中，又言："年妙识远，理丰词约。宠照玉旗，文先铜爵。勿疏小善，方恢大略"。④ "年妙"，出自《求自试表》"终军以妙年识远"句；"文先铜爵"，指曹操带领诸子登铜雀台，命诸子写赋，曹植"援笔立成，可观"。王勃援用曹植事，可见视其

---

① 《三国志·魏书·任城陈萧王传》，第 577 页。
② 王勃著，蒋清翊注：《王子安集注》，上海古籍出版社 1995 年版，第 308—309 页。
③ 王勃著，蒋清翊注：《王子安集注》，上海古籍出版社 1995 年版，第 309 页。
④ 王勃著，蒋清翊注：《王子安集注》，上海古籍出版社 1995 年版，第 307 页。

为幼俊的一个典型代表。

王勃乃隋代大儒王通之孙，他对曹植其人的评价与王通的评价相呼应。其《平台秘略论十首》及赞十首，正是他对修身、文艺、用事等的思考，此与王通的思想亦有呼应之处。

徐铉《谢诏撰元宗实录表》：“伏惟元宗皇帝绍中兴之统，承累洽之基，大孝迈于有虞，仁恕逾于汉祖。爱人节用，得孝文之风。重学崇儒，有建元之烈。东京则光武章明以忧勤立政，魏室则太祖陈王以文藻化人。综是全功，允昭圣德。” 这段用魏太祖、陈王例来写玄宗皇帝的文治之功，亦见对曹植其文的社会功用的认识。“以文藻化人”，强调了曹植文学的政治性及其教化的特点。徐铉对曹植文的认识，本身即含有对曹植其人的认识，即曹植其文正是其人之政治角色社会功用目的实现的载体，此与王勃所言是一致的。而早在后魏孝明帝《改封东平王略诏》中即言：“昔刘苍好善，利建东平，曹植能文，大启陈国，是用声彪磐石，义郁维城。”② 已经强调了曹植文于其封国的作用。

另，杨炯《大唐益州大都督府新都县学先圣庙堂碑文（并序）》言：“姬公以明德之重，行宝化于周南。曹植以懿亲之贤，发金声于鲁北。”③ 这是上承曹魏时若二丁、邯郸淳、杨修等对曹植仁孝的评论，历两晋南北朝隋，首次提及曹植敦于亲情伦理的道德品质。

而李善、五臣注《文选》曹植作品时，对其作品政治伦理视角的解读，亦让人从政治伦理视角来看曹植其人，深味其忠君爱国之忧情（具体见本章第二节）。

总而言之，曹植其人的道德化肇端于唐前，显化于隋代，而终完成于唐代。

此后对曹植伦理道德、政治素养等方面的阐释基本不脱离此期批评者的意见。而需要注意的是，曹植文学经典地位的确立与其人经典地位

---

① 《全唐文》（卷八八一），第9206页。
② 《全后魏文》（卷十一），第118页。
③ 《全唐文》（卷一九二），第1942页。

的确立并不同步，但作为经典大家言，其文学地位与其人格精神内涵是密不可分的。文学史上的经典大家均是如此：李白、杜甫、陶渊明等，除了其文的典范性外，其思想无论儒道，都代表着某种"为人"的典型范式，如陶渊明的任真、李白的洒落、杜甫的心忧天下等。

另外，后世对曹植其人的接受还有更复杂的一面。若晚唐李商隐、裴度等对《洛神赋》尤其是《感甄记》的接受，则埋下了唐以后关于曹甄不伦之恋的争议，一定程度上，凸显了曹植风流才王的形象，但亦削弱了其深切的政治伦理情怀，对《洛神赋》的接受也产生了扭曲的一面。

当然，有唐一代，就士人整体而言，李善、五臣对曹植道德的高推导引着他们对曹作的理解，《感甄记》并没有干扰唐代士人对《洛神赋》的接受（具体见第四章第三节）。唐代刘知几《史通》言："自战国以下，词人属文，皆伪立客主，假相酬答。至于屈原《离骚》辞，称遇渔父于江渚；宋玉《高唐赋》，云梦神女于阳台。夫言并文章，句结音韵。以兹叙事，足验凭虚。而司马迁、习凿齿之徒，皆采为逸事，编诸史籍，疑误后学，不其甚邪！必如是，则马卿游梁，枚乘赞其好色；曹植至洛，宓妃睹于岩畔。撰汉魏史者，亦宜编为实录矣。"① 他明确指出，曹植《洛神赋》创作隶属于战国以下"伪立客主，假相酬答"的写作模式，非为实况。刘知几的观点在唐代士人中具有普遍性。

---

① （唐）刘知几撰，赵吕甫校注：《史通·外篇·杂说下》，重庆出版社1990年版，第987页。

结　语

　　本书在反思作家作品经典化理论基础上，在充分梳理曹植与其作品的读者接受材料基础上，对曹植与其作品经典化所进行的探讨，概而言之，主要集中于以下五个方面。

　　第一，作家作品经典化的起点是作品的经典性。作品的经典性是一个相对于作家其前传统与其后创作的概念，其内涵关键在于作家与传统的渊源及其开创性或典范性。故而，关于曹植与其作品的经典化，本书从其与传统的关系入手进行探讨，重点探讨曹作与《诗经》的联系（当然，曹作与传统的关系是一个可以专著论之的课题，本书限于篇幅，仅是蜻蜓点水的探究）。

　　第二，作家作品经典化的过程并非无有止境。尽管作家作品的经典化研究与作家作品的接受史研究密切相关，但二者仍然是基于不同理论视角的探讨。笔者认为作家作品经典化的起点是作品的经典性，作家作品的经典化并非一无休止的接受过程，作家作品经典地位一旦确立，其经典化过程即已完成，之后读者的接受即是经典的接受。由于曹植文学史经典大家地位的确立完成于唐代，所以本书亦结笔于唐。而在论述曹植与其作品的经典化时，因为认识到曹植其人的经典化与批评者对其作品精神内涵的挖掘密不可分，而对其作品精神内涵的挖掘又基于他们对曹植身份、人生、思想等的认识，故而在进行曹植作品经典化探究前，书中探讨了曹植的政治身份与其文学思想，指出曹植首先是一个政治人物，其次才是一个诗人，他的文学思想受制于他的政治身份，具有很强的功用目的。

第三，创作型读者的模仿是作家作品经典化的重要因素。中国古代尚古模拟的写作传统对于作家作品的经典化具有重要影响，两晋宋齐对曹植女性诗、游侠诗、人物诗、游仙诗、友情诗、杂诗、赋（《洛神赋》）等题材、体裁的学习，促成了曹植经典题材、体裁、意象、句式、词汇、写作思路等的形成，从而促成了曹植经典篇目的确立。这些篇目成为后世公认的经典，不断进入各类文学选集中，且不断获得后世诗评家的阐发与创作者的化用。本书对曹魏至唐创作型读者对曹作经典性的发现、学习、化用进行了比较细致的探讨。

第四，作家其人的经典化与其文的经典化存在相互制约或促进的关系。一个经典大家是其文的经典与其人的经典的统一。文的经典在其经典性，而人的经典则在于作家本人的精神品格。不过，文学史上，作家其人其文的经典化往往并不同步。两晋宋齐梁陈的文士主要学习曹植其文，对曹植其人的关注主要是其文采风流或传奇志怪，对曹植诗文所蕴含的深厚的精神品质则较为忽略。从陈寿、裴松之、谢灵运、江淹、钟嵘、萧绎、《陈思王庙碑》、王通，直到唐代李善、五臣、王勃等，经过漫长的接受过程，曹植作为政治人物的宏阔心志、抑郁情怀、家国之任等方面与其文统一起来，从而奠定了其文学史大家的地位，对曹作的解读也更为深入。本书勾连不同时代的接受材料，呈现这一经典化过程的发展演变形态。

第五，史书选入、文集编选、注释等亦作用于作家作品的经典化。本书这一角度的阐述不在于权威选本、注本、史书的传播影响，而主要着眼于这些经典化途径于作家作品经典内涵的发现及其于作家作品经典化的作用，这一视角学界关注不多，甚或缺乏关注，但它们于作家作品的经典化探讨具有重要意义。陈寿《三国志》所选曹植作品以及裴松之注《三国志》时所引曹植作品；《文选》所编选曹作；唐代类书所编选或节选曹作；李善、五臣注《文选》；等等，均具有隐含的批评视角，暗示选者、编者、注者对曹植其人其文的某种认识或批评，并暗示、引导读者对曹植其人、其文的深层内涵进行思考，在曹植其人其文的经典化过程中具有导向甚至奠基作用。

而曹植经典化的关键阶段,一是两晋南北朝,一是唐代。曹植文学史经典大家地位是在两晋南北朝经典化其作品、唐代普遍接受其为人为文的基础上确立的。唐以后读者的接受就是曹植作为经典大家的接受,其接受基本上沿着两晋、南朝、隋唐奠定的方向而来。唐以后曹植及其作品的接受主要朝如下方向发展:一是曹植作品的文学史评价与具体作品的阐释、赏析等,以后者为主;二是曹植其人的接受(主要体现在史书中的史家言论与文学批评家对其作品中伦理情感的评价方面);三是曹植文集的注释、曹植年谱的编撰等;四是曹植及其作品经由教育、多元媒介等进行的批评、传播及其跨界接受与传播等。

宋元明清读者基本上承继了前代对曹植作品的批评阐释方向,站在更长的文学史发展的时间链条上,对曹植的文学史地位、创作源头、作品思想情感、艺术风格、具体诗法等进行了更为广泛的探讨。而明清诗评家对曹作的阐释批评尤为深入,尤其是在曹植诗歌的开创性(包含文学史视角下曹作对前代诗文的变化及曹植诗歌的影响等)、曹诗诗法及其艺术效果、曹诗风格的多样性与兼备众体的特征等方面,在承前代基础上,有不少富有开创性的见解,对近现代曹植作品研究颇具启发之功。

唐后读者对曹植作品的多角度阐释,充分证明了经典的开放性、长久性、典范性特质。作为经典大家,曹植在宋辽金元时期被相对边缘化,但这并不意味着他退出了中国文学史经典大家的行列;而明清读者众多不同角度的发现,充分说明曹作本身所具备的丰富内涵,这些内涵在特定的时代风潮激发下得以被发现、挖掘,有不少亦成为经典的"次生层",影响到后人对曹植作品的阐释。

就曹植其人的接受言,唐以后亦上承前人,大致有三个接受方向,如下。

一是从政治角度否定曹植。这主要体现在北宋时期,如司马光《资治通鉴》在三国历史编写上,基本上依据《三国志》及裴注,就涉及曹植的内容看,他把裴注《三国志》曹植本传所引有关曹植事的材料以及分散于《魏书》其他人物传记中的有关材料有选择地依据历史纪年而编入相应的年代。其好处是可以比较集中地看到太子之争中双方的活动，对整个事件可以作比较全面的观察。但有选择的编入，固然与编年史书的宏大规模有关，但也显现出编写者的主观性。比较《三国志》与《资治通鉴》中关于曹植的内容，可以发现，《三国志》本传基于对曹魏科禁诸侯国策的反思，对以曹彰、曹植为代表的诸侯的悲剧命运及曹魏最终因此国策而移柄他人的悲剧是充满感慨的，尽管他对曹植的任性而行、不自雕励有批判之意，但他并不否定其"自通后世"的才华，并不否定其政治眼光、忠义情怀。裴松之注亦如此。而《资治通鉴》从立嫡以长的传统出发，否定曹植争立太子的行为，否定曹操因宠爱曹植而破坏传统规则的行为。所以《资治通鉴》在编写曹植之事时，略去了史料中体现其才其德的材料，把裴注中往往多视角的史料通过择取而变成一维视角。《资治通鉴》乃奉敕编集，其"鉴于往事，有资于治道"，本为人主而著，"都是为君主打算盘，讲道理，阶级立场是显然的"①。

二是对曹植与甄妃爱情故事的接受。此上承晚唐，对之后文人对曹植其人的接受颇有影响。较早对此表明态度的是南宋王铚。王铚《默记》卷下言："裴铏《传奇》曰：'陈思王《洛神赋》乃思甄后作也。'然无可疑。"② 其《雪溪集·题洛神赋图诗并序》③ 认为，屈原、宋玉、贾谊之文兼有正变，其变在于"系恨千古""极死生忧伤怨怼之变"，又言，"文章必能尽羁旅风霜山行水宿，极其忧患离别悲伤则真情乃见，与夫男女之际，鬼神之情状，死生之变态，使幽显表里内外洞达，然后为至焉"，故其所谓"变"指极尽人生忧患而产生震撼人心的真情，此真情之呈现往往通过男女、鬼神、死生等事件来书写。他认为曹植的《洛神赋》异于建安风格，是祖于屈宋的创作，是托寓妇人神仙才能成就的佳作。而其所言托寓，与唐代李周翰所言"植有

---

① 张煦侯：《通鉴学》，北京联合出版公司 2019 年版，第 12 页。
② 吴文治主编：《宋诗话全编》（第三册），凤凰出版社 2006 年版，第 2255—2256 页。
③ 吴文治主编：《宋诗话全编》（第三册），凤凰出版社 2006 年版，第 2252—2253 页。

所托焉"并不相同，他所指的是曹植借助男女、鬼神、死生之荒忽奇怪之事来抒发自己对甄妃的一往情深。王铚对曹植的看法应该不是个别现象，所以到了刘克庄，言："《洛神赋》，子建寓言也。好事者乃造甄后事以实之，使果有之，当见诛于黄初之朝矣。"① 不过，关于曹甄之恋，因为牵涉爱情这一永恒话题，且含有多种故事元素，所以直到今天，这一题材仍活跃于戏剧舞台。

三是对曹植德、能的充分肯定。此为南宋刘克庄后曹植其人接受的主流观点。刘克庄上承文中子之论，对曹植之才之人之智极其赞叹，认为曹植并无夺嫡之念。他分析曹植《赠白马王彪》："……于时诸王凛凛不自保，子建此诗忧伤慷慨，有不可胜言之悲。诗中所谓'苍蝇间白黑，谗巧令亲疏'。盖为灌均辈发，终无一毫怨兄之意。处人伦之变者，当以为法。"② 既深味诗中之情，亦叹赏曹植的弟恭之意。作为晚宋文坛的宗主，刘克庄深赞曹植之才、仁、智，对曹植深受压迫而不废人伦之情颇为赞叹。刘克庄"自幼聪颖，强记，早能文"，《行状》言："公生有异质，少小日诵万言，为文不属稿，援笔立就"。③其少年的天赋、勤奋与曹植颇为相像。在晚宋黑暗、动荡的政局中，刘克庄历经江湖游士、地方精英、州府长官、朝廷重臣多重身份的转换，政治上屡受打压，对社会各层之实相体会深切。这种负间世之才，又频陷政争，屡次落职，而坚持政治追求，心忧河山，志怀国难的坎坷人生，自然让他能对曹植有更深切的理解与同情，他也才能延续唐人对曹植人格精神的正面发现。

其后，元末明初，刘履上承五臣注、刘克庄诗话等对曹植其人其文的解读，结合史实、赋比兴手法等深入阐释了曹植《朔风诗》《杂诗六首》《七哀》《赠白马王彪》《赠徐干》《赠丁廙》《赠丁廙王粲》《送应氏》《三良诗》《箜篌引》《美女篇》《名都篇》《怨歌行》等诗篇，揭示曹植深切的政治、伦理情怀。

---

① 吴文治主编：《宋诗话全编》（第八册），凤凰出版社2006年版，第8361页。
② 吴文治主编：《宋诗话全编》（第八册），凤凰出版社2006年版，第8354页。
③ 程章灿：《刘克庄年谱》，贵州人民出版社1993年版，第8页。

明清二代，多有论及曹植为人者，赞赏曹植为人的论调成为曹植其人接受的主流。明人能深入曹植的诗文情感中，对曹植有同体之情，如张溥《陈思王集题辞》言："余读陈思王责躬应诏诗，泫然悲之"①。此种深情于前代诗论中未尝有见。再者，明人不仅认为曹植无争天下之心，更认为他心归汉室。如张溥言："论者又云，禅代事起，子建发愤怨泣，使其嗣爵，必终身臣汉，则王之心其周文王乎。"② 此亦言前代所未言。又，明人亦肯定曹植的政治影响。如李梦阳言："悲夫！而或以为扶苏杀而秦灭，季扎悲而吴乱，天之意非为扶苏、季扎将以灭秦而乱吴也？若是，则魏之不能用植，固亦天弃之矣。"③ 另，明人亦肯定曹植的个体道德。如毛一公比较淮南王与曹植这两位汉魏间以文著名的诸侯王，指出淮南王"意在觊觎"，而曹植"虽遭困顿废辱，亦安之而不悔"，其品格远超淮南王之上④。张溥批世之以《洛神赋》为《感甄记》，言："黄初二令，省愆悔过，诗文怫郁，音成于心，当此时而犹泣金枕，赋《感甄》，必非人情。"⑤

清代上承明人，对曹植其人的道德推崇亦是曹植接受的主流。如清初顾炎武《日知录》言："陈思王植，初封临淄侯，闻魏氏代汉，发服悲哭，文帝恨之。司马顺……滕王瓒……夫天人革命，而中心弗愿者，乃在于兴代之懿亲，其贤于裸将之士、劝进之臣，远矣。"⑥ 丁晏曰："观其酒赋、乃以为荒淫之源、先王所禁、君子所斥、是岂沉湎于酒者哉"，"夫陈王固未尝忘汉也"，"使其嗣位，岂有篡汉之事哉"⑦。

---

① （明）张溥著，殷孟伦注：《汉魏六朝百三家集题辞注》，人民文学出版社 1960 年版，第 71 页。

② （明）张溥著，殷孟伦注：《汉魏六朝百三家集题辞注》，人民文学出版社 1960 年版，第 71 页。

③ 《三曹资料汇编》，中华书局 1980 年版，第 127 页。

④ 《三曹资料汇编》，中华书局 1980 年版，第 140 页。

⑤ （明）张溥著，殷孟伦注：《汉魏六朝百三家集题辞注》，人民文学出版社 1960 年版，第 71 页。

⑥ 顾炎武著，陈垣校注：《日知录校注》（曹植条，中册），安徽大学出版社 2007 年版，第 784—785 页。

⑦ 丁晏：《魏陈思王年谱》（序），见丁晏《曹集铨评》，文学古籍刊行社 1957 年版，第 215 页。

其论与明人大致相同。不过在曹植道德阐释上，与明人强调其真、其安于困境善处忧患有异，清人更强调其仁义、忠诚。明人已经充分肯定曹植的仁人之心，而到了清人那里，曹植几乎成了屈原一样的人物。清人充分挖掘曹植诗文的人格内涵，对其赞美到了无以复加的地步。

　　总之，唐后读者在评论、阐释曹作时，多以知人论世、同体共情的视角对曹作进行分析，在他们那里，曹植其文、其人的接受基本统一。从建安直到清末，文学史上的曹植很少远离古代文人的视线，在其经典序列形成、经典地位确立后，其经典性得到了传统文士的代代传承、发掘。在弘扬中华民族精神、复兴民族大业、重建中华传统的时代背景下，曹植其人、其文的道德精神、理想追求于今天言，仍有积极的意义。

参考文献

一 中文典籍、著作

安徽亳县《曹操集》译注小组：《曹操集译注》，中华书局 1979 年版。

（汉）班固撰，颜师古注：《汉书》，中华书局 1962 年版。

曹道衡：《南朝文学与北朝文学研究》，江苏古籍出版社 1999 年版。

陈鼓应：《老子今注今译》（二十三章），商务印书馆 2003 年版。

陈美延编：《陈寅恪集·金明馆丛稿初编》，生活·读书·新知三联书店 2015 年版。

（清）陈世熙：《唐人说荟》（卷二），扫叶山房 1913 年版。

（晋）陈寿著，裴松之注：《三国志》，中华书局 1982 年版。

陈延杰：《诗品注》，人民文学出版社 1961 年版。

陈子昂撰，徐鹏校点：《陈子昂集》，上海古籍出版社 2013 年版。

（清）陈祚明评选，李金松点校：《采菽堂古诗选》，上海古籍出版社 2008 年版。

程俊英、蒋见元：《诗经注析》，中华书局 2017 年版。

程章灿：《刘克庄年谱》，贵州人民出版社 1993 年版。

杜伯峻注：《春秋左传注》，中华书局 1990 年版。

丁福保辑：《历代诗话续编》，中华书局 2002 年版。

丁福保辑：《清诗话》，上海古籍出版社 2015 年版。

丁声树编录，李荣参订：《古今字音对照手册》，中华书局 1981 年版。

（清）丁晏：《曹集诠评》，文学古籍刊行社 1957 年版。

（唐）段成式：《酉阳杂俎》，中华书局 1981 年版。

（清）董诰等编：《全唐文》，中华书局 1983 年版。

范文澜：《中国通史》，人民出版社 1994 年版。

（宋）范晔撰，（唐）李贤等注：《后汉书》，中华书局 1965 年版。

（清）方东树：《昭昧詹言》，人民文学出版社 1961 年版。

（唐）房玄龄等撰：《晋书》，中华书局 1974 年版。

冯浩笺注：《玉溪生诗集笺注》，上海古籍出版社 1979 年版。

无名氏撰，（晋）葛洪撰：《燕丹子　西京杂记》，中华书局 1985 年版。

（晋）葛洪撰，王明校释：《抱朴子内篇校释》（增订本），中华书局
　　1985 年版。

龚克昌等评注：《全汉赋评注》，华山文艺出版社 2003 年版。

（清）顾炎武著，陈垣校注：《日知录校注》，安徽大学出版社 2007
　　年版。

（宋）郭茂倩：《乐府诗集》，中华书局 1979 年版。

郭绍虞编选，富寿荪校点：《清诗话续编》，上海古籍出版社 2016 年版。

河北师范学院中文系古典文学教研组编：《三曹资料汇编》，中华书局
　　1980 年版。

（魏）何晏注，（宋）刑昺疏，朱汉民整理，张岂之审定：《论语注疏》，
　　北京大学出版社 2000 年版。

（清）何焯撰，崔高维点校：《义门读书记》，中华书局 1987 年版。

（魏）何晏：《论语集解》（元盱郡覆宋本），故宫博物院 1931 年影印。

洪顺隆：《辞赋论丛》，文津出版社有限公司 2000 年版。

（宋）洪兴祖撰，白化文等点校：《楚辞补注》，中华书局 1983 年版。

弘学：《佛学概论》，四川人民出版社 2012 年版。

胡大雷：《文选诗研究》，广西师范大学出版社 2004 年版。

（清）胡克家：《文选考异》，湖北崇文局刻本，清同治八年（1869）。

（明）胡应麟：《诗薮》，上海古籍出版社 1979 年版。

（明）胡之冀注，李长路、赵威点校：《江文通集汇注》，中华书局 1984

年版。

黄节:《曹子建诗注》,人民文学出版社 1957 年版。

黄节:《谢康乐诗注》,人民文学出版社 1958 年版。

(唐) 皎然著,李壮鹰校注:《诗式》,人民文学出版社 2003 年版。

金涛声点校:《陆机集》,中华书局 1982 年版。

鸠摩罗什等:《佛教十三经》,中华书局 2010 年版。

(唐) 孔颖达:《毛诗正义》,李学勤主编《十三经注疏·毛诗正义》,
北京大学出版社 1980 年标点本。

(唐) 孔颖达疏:《周易正义》,见 (清) 阮元校刻《十三经注疏·周
易正义》,中华书局 1980 年影印版。

(唐) 李百药撰:《北齐书》,中华书局 1972 年版。

(宋) 李伯勋:《诸葛亮集笺论》,陕西人民出版社 1997 年版。

(宋) 李昉等撰:《太平御览》,中华书局 1995 年版。

(宋) 李昉等撰:《太平广记》,中华书局 1961 年版。

李剑锋:《元前陶渊明接受史》,齐鲁书社 2002 年版。

李匡乂撰:《资暇集》,王云五主编:《丛书集成初编·资暇集　苏氏
演义　中华古今注》,商务印书馆 1939 年版。

李士彪:《魏晋南北朝文体学》,上海古籍出版社 2004 年版。

(北魏) 郦道元注,陈桥驿注释:《水经注》,浙江古籍出版社 2001
年版。

梁启超:《论中国学术思想变迁之大势》,上海世纪出版集团 2006 年版。

林庚:《中国文学简史》,北京大学出版社 1995 年版。

(清) 刘宝楠:《论语正义》,中华书局 1990 年版。

刘大杰:《中国文学发展史》,复旦大学出版社 2006 年版。

(唐) 刘肃撰,许德楠、李鼎霞点校:《大唐新语》,中华书局 1984
年版。

(后晋) 刘昫等撰:《旧唐书》,中华书局 1975 年版。

(唐) 刘知几撰,赵吕甫校注:《史通》,重庆出版社 1990 年版。

鲁洪生:《赋比兴研究史》,人民文学出版社 2017 年版。

陆侃如、冯沅君：《中国诗史》，山东大学出版社 2000 年版。

鲁迅：《而已集》，人民文学出版社 1983 年版。

逯钦立辑校：《先秦汉魏晋南北朝诗》，中华书局 1983 年版。

（晋）陆云撰，黄葵点校：《陆云集》，中华书局 1988 年版。

吕德申：《钟嵘〈诗品〉校释》，北京大学出版社 1986 年版。

吕晴飞、李观鼎、刘方成等主编：《汉魏六朝诗歌鉴赏辞典》，中国和
    平出版社 1990 年版。

罗根泽：《文学批评史》，上海书店出版社 2003 年版。

罗宗强：《隋唐五代文学思想史》，中华书局 1984 年版。

南怀瑾：《禅宗与道家》，复旦大学出版社 1991 年版。

（唐）欧阳询撰，汪绍盈校：《艺文类聚》，上海古籍出版社 1982 年版。

（清）彭定求等编：《全唐诗》，中华书局 1960 年版。

（清）浦起龙：《读杜心解》，中华书局 1961 年版。

钱杭：《周代宗法制度史研究》，学林出版社 1991 年版。

钱穆：《中国文化史导论》，上海三联书店 1988 年版。

钱穆：《论语新解》，生活·读书·新知三联书店 2002 年版。

钱穆：《中国文学论丛》，生活·读书·新知三联书店 2002 年版。

钱志熙：《魏晋南北朝诗歌史述》，北京大学出版社 2005 年版。

钱志熙：《魏晋诗歌艺术原论》，北京大学出版社 2005 年版。

钱锺书：《管锥编》，中华书局 1979 年版。

钱钟书：《宋诗选注》，人民文学出版社 1989 年版。

瞿蜕园、朱金城校注：《李白集校注》，上海古籍出版社 1980 年版。

（唐）权德舆撰，郭广伟校点：《权德舆诗文集》，上海古籍出版社 2008
    年版。

（宋）司马光编著，胡三省音注：《资治通鉴》，中华书局 1956 年版。

（汉）司马迁：《史记》，中华书局 1959 年标点本。

（元）汤垕著，马采标点注译，邓以蛰校阅：《画鉴》，人民美术出版
    社 1959 年版。

（明）陶宗仪纂：《说郛》，中国书店 1986 年据涵芬楼 1927 年影印。

童庆炳、陶东风主编：《文学经典的建构、解构和重构》，北京大学出版社 2007 年版。

汪荣宝撰，陈仲夫点校：《法言义疏》，中华书局 1987 年版。

（唐）王勃著，蒋清翊注：《王子安集注》，上海古籍出版社 1995 年版。

（清）王夫之：《读通鉴论》，中华书局 2013 年版。

（明）王夫之评选，张国星点校：《古诗评选》，河北大学出版社 2008 年版。

王根林等点校：《汉魏六朝笔记小说大观》，上海古籍出版社 1999 年版。

王光汉：《词典问题研究》，安徽大学出版社 2010 年版。

王克让：《河岳英灵集注》，巴蜀书社 2006 年版。

王利器：《颜氏家训集解》（增补本），中华书局 1993 年版。

（宋）王溥等撰：《唐会要》，中华书局 1955 年版。

王叔岷：《钟嵘诗品笺证稿》，中华书局 2007 年版。

王水照编：《王安石全集·临川先生文集》，复旦大学出版社 2016 年版。

王运熙、顾易生：《中国文学批评史新编》，复旦大学出版社 2001 年版。

（唐）韦绚撰，陶敏、陶红雨校注：《刘宾客嘉话录》，中华书局 2019 年版。

韦政通：《中国思想史》，吉林出版集团有限公司 2009 年版。

魏宏灿校注：《曹丕集校注》，安徽大学出版社 2009 年版。

（北齐）魏收撰：《魏书》，中华书局 1974 年版。

（唐）魏征等撰：《隋书》，中华书局 1973 年版。

闻一多：《唐诗杂论》，中华书局 2003 年版。

（清）吴淇撰，汪俊、黄进德点校：《六朝选诗定论》，广陵书社有限公司 2009 年版。

吴文治主编：《宋诗话全编》，凤凰出版社 2006 年版。

萧涤非：《汉魏六朝乐府文学史》，人民文学出版社 1984 年版。

萧涤非：《乐府诗词论薮》，齐鲁书社 1985 年版。

（南朝梁）萧统：《文选》，岳麓书社 2002 年版。

（南朝梁）萧统编，（唐）李善、吕延济、刘良、张铣、吕向、李周翰

注：《六臣注文选》，中华书局 2012 年版。

（南朝梁）萧绎撰，许逸民校笺：《金楼子校笺》，中华书局 2011 年版。

（梁）萧子显：《南齐书》，中华书局 1972 年版。

辛文房撰：《唐才子传》，中华书局 1991 年版。

徐达：《诗品译注》，贵州人民出版社 1992 年版。

徐复观：《中国人性史论》，上海三联书店 2001 年版。

徐复观：《中国文学精神》，上海书店出版社 1984 年版。

徐公持编著：《魏晋文学史》，人民文学出版社 1999 年版。

徐公持：《曹植年谱考证》，社会科学文献出版社 2016 年版。

（唐）徐坚等：《初学记》，中华书局 1962 年版。

（陈）徐陵编，（清）吴兆宜注，程琰删补，穆克宏点校：《玉台新咏笺注》，中华书局 1985 年版。

徐元诰撰，王树民、沈长云点校：《国语集解》，中华书局 2002 年版。

（明）许学夷著，杜维沫校点：《诗源辩体》，人民文学出版社 1987 年版。

许逸民：《徐陵集校笺》，中华书局 2008 年版。

徐中玉、郭豫适主编：《中国文论的常与变（古代文学理论研究)》，华东师范大学出版社 2006 年版。

（宋）薛居正等撰：《旧五代史》，中华书局 1976 年版。

（清）严可均校辑：《全上古三代秦汉三国六朝文》，商务印书馆 1999 年版。

杨伯峻：《孟子译注》，中华书局 1960 年版。

杨华：《先秦礼乐文化》，湖北教育出版社 1997 年版。

杨树达：《论语疏证》，上海古籍出版社 1986 年版。

扬之水：《诗经名物新证》，北京古籍出版社 2000 年版。

（清）姚际恒：《诗经通论》，中华书局 1958 年版。

叶嘉莹：《叶嘉莹说初盛唐诗》，中华书局 2008 年版。

叶维廉：《中国诗学》，生活·读书·新知三联书店 1992 年版。

尹协理、魏明：《王通论》，中国社会科学出版社 1984 年版。

余冠英：《汉魏六朝诗选》，人民文学出版社 1978 年版。

余嘉锡：《世说新语笺疏》，中华书局 1983 年版。

俞绍初辑较：《建安七子集》，中华书局 1989 年版。

（唐）虞世南辑录，（清）孔广陶校注，郭谦之校订：《北堂书钞》，学苑出版社 1998 年版。

（北周）庾信撰，（清）倪璠注，许逸民点校：《庾子山集注》，中华书局 1980 年版。

余英时：《中国知识分子论》，河南人民出版社 1997 年版。

袁闾琨、薛洪勣：《唐宋传奇总集》，河南人民出版社 2001 年版。

（唐）元稹撰，冀勤点校：《元稹集》，中华书局 1982 年版。

（清）永瑢等撰，王云五主编：《四库全书总目提要》，商务印书馆 1935 年版。

（宋）曾慥编纂，王汝涛等校注：《类说校注》，福建人民出版社 1996 年版。

詹福瑞：《论经典》，人民文学出版社 2016 年版。

张伯伟：《全唐五代诗格校考》，陕西人民教育出版社 1996 年版。

张伯伟：《中国古代文学批评方法研究》，中华书局 2002 年版。

张涤华：《类书流别》，商务印书馆 1985 年版。

（晋）张华撰，范宁校证：《博物志校证》，中华书局 1980 年版。

张怀瑾：《钟嵘诗品评注》，天津古籍出版社 1997 年版。

张可礼：《三曹年谱》，齐鲁书社 1983 年版。

张可礼：《建安文学论稿》，山东教育出版社 1986 年版。

（明）张溥著，殷孟伦注：《汉魏六朝百三家集题辞注》，人民文学出版社 1960 年版。

张煦侯：《通鉴学》，北京联合出版公司 2019 年版。

章学诚著，叶瑛校注：《文史通义》，中华书局 1985 年版。

（唐）张彦远著，俞剑华注：《历代名画记》，上海人民美术出版社 1964 年版。

（清）张玉縠著，许逸民点校：《古诗赏析》，上海古籍出版社 2000

年版。

张寅彭选辑，吴忱、杨焄点校：《清诗话三编》，上海古籍出版社 2014
　　年版。

赵昌智、顾农主编：《李善文选学研究》，广陵书社 2009 年版。

赵幼文校注：《曹植集校注》，中华书局 2016 年版。

郑春颖：《文中子〈中说〉译注》，黑龙江人民出版社 2004 年版。

（汉）郑玄注，（唐）孔颖达正义：《礼记正义》，上海古籍出版社 2008
　　年版。

周振甫：《文心雕龙今译》，中华书局 1986 年版。

周振甫：《诗词例话》，西北大学出版社 2019 年版。

（清）朱彬撰，饶钦农校点：《礼记训纂》，中华书局 1996 年版。

朱光潜：《诗论》，北京出版社 2016 年版。

朱立元主编：《当代西方文艺理论》，华东师范大学出版社 2005 年版。

朱立元：《接受美学》，上海人民出版社 1989 年版。

（宋）朱熹集撰，赵长征点校：《诗集传》，中华书局 2018 年版。

二　论文

王燕华：《中国古代类书史视域下的隋唐类书研究》，博士学位论文，
　　上海师范大学，2016 年。

杨贵环：《曹植文学的批评史略》，博士学位论文，扬州大学，2010 年。

三　期刊

曹道衡：《论〈文选〉的李善注和五臣注》，《江海学刊》1996 年第
　　2 期。

曹道衡：《南北文风之融合和唐代〈文选〉学之兴盛》，《文学遗产》
　　1999 年第 1 期。

陈定家：《市场与网络语境中的文学经典问题》，《文学评论》2008 年
　　第 2 期。

陈恩维：《傅玄拟作与魏晋之际文学变迁》，《宁夏大学学报》2005 年

第 4 期。

陈恩维：《论曹植的拟赋及其创作历程》，《苏州大学学报》2004 年第 6 期。

陈文忠：《走出接受史的困境——经典作家接受史研究反思》，《陕西师范大学学报》2011 年第 4 期。

陈延嘉：《〈文选〉李善注之“释义”问题》，《广西师范大学学报》2008 年第 2 期。

党银平：《唐人化用〈选〉诗范式举要》，《古籍整理研究学刊》1997 年第 5 期。

范子烨：《惊鸿瞥过游龙去，虚恼陈王一事无：“感甄故事” 与 “感甄说” 证伪》，《文艺研究》2012 年第 3 期。

傅刚：《曹植与甄妃的学术公案：〈文选·洛神赋〉李善注辨析》，《中国典籍与文化》2010 年第 1 期。

顾农：《曹植生前若干事迹考辨》，《郑州大学学报》1983 年第 3 期。

郭建勋：《论汉魏六朝 “神女—美女” 系列辞赋的象征性》，《湖南大学学报》2002 年第 5 期。

季广茂：《经典的由来与命运》，《励耘学刊》（文学卷）2005 年第 1 期。

蒋寅：《主题史和心态史上的曹植》，《西北大学学报》2010 年第 1 期。

林晓光：《论〈艺文类聚〉存录方式造成的六朝文学变貌》，《文学遗产》2014 年第 3 期。

刘象愚：《经典、经典性与关于“经典”的论争》，《中国比较文学》2006 年第 2 期。

刘毓庆、张晨妍：《百年来〈诗经〉研究的偏失》，《名作欣赏》2015 年第 1 期。

刘跃进：《从〈洛神赋〉李善注看尤刻〈文选〉的版本系统》，《文学遗产》1994 年第 3 期。

柳春新：《“魏讽谋反案” 析论》，《江汉论坛》1997 年第 5 期。

逯钦立遗著，李思清、刘孝严整理：《〈诗品〉考实》，《古籍整理研究学刊》2010 年第 5 期。

马银琴：《齐桓公时代〈诗〉的结集》，《文学遗产》2004 年第 3 期。

孟繁治：《曹氏政权两大政治集团之比较》，《平顶山学院学报》2005
年第 4 期。

彭书雄：《文学经典问题研究在中国》，《中州学刊》2010 年第 3 期。

阮忠勇、陈晟：《为赋新愁写洛神——论王献之对〈洛神赋〉的接
受》，《浙江海洋学院学报》2013 年第 2 期。

宋战利：《〈七步诗〉托名曹植考》，《河南大学学报》2009 年第 6 期。

苏仲乐：《文学经典发生学初探》，《陕西师范大学学报》2008 年第
2 期。

孙浩宇：《经典化与萧统独撰〈文选〉论》，《长春师范大学学报》2015
年第 7 期。

陶春林、马晶：《曹植〈白马篇〉对魏晋南北朝游侠及游侠诗的导向
作用》，《江淮论坛》2007 年第 4 期。

童庆炳：《经典的解构与重建——〈红楼梦〉、"红学"和文学经典化
问题》，《中国比较文学》2005 年第 4 期。

童庆炳：《文学经典建构诸因素及其关系》，《北京大学学报》2005 年
第 5 期。

王恩科：《经典度：经典性与经典化之间的纽带》，《当代文坛》2014
年第 6 期。

王立群：《〈文选〉李善注变迁综述》，《河南大学学报》2013 年第 3 期。

王兆鹏、孙凯云：《寻找经典——唐诗百首名篇的定量分析》，《文学
遗产》2008 年第 2 期。

王小盾、金溪：《鱼山梵呗传说的道教背景》，《中国文化》2012 年第
2 期。

王永平：《世族势力之复兴与曹叡顾命大臣之变易》，《扬州大学学报》
1998 年第 2 期。

魏宏灿：《建安文人创作以赋为宗论》，《安徽大学学报》2003 年第
6 期。

邬国平：《文学训诂与自由释义——以李善注〈文选〉作为考察对象》，《中山大学学报》2012 年第 3 期。

吴明贤：《诗看子建亲——论杜甫与曹植》，《杜甫研究学刊》2011 年第 2 期。

吴义勤：《"经典化"是真命题还是伪命题》，《文艺报》2014 年 2 月 24 日第 1 版。

吴子林：《文化的参与：经典再生产——以明清之际小说的"经典化"进程为个案》，《文学评论》2003 年第 2 期。

徐尚定：《四杰诗歌艺术渊源考辨——兼析〈昭明文选〉与初唐诗风》，《文献》1993 年第 2 期。

许云和：《经典建构：〈隋书·经籍志〉总集的范式意义》，《文学遗产》2015 年第 4 期。

余才林：《〈感甄记〉探源》，《文学遗产》2009 年第 1 期。

詹福瑞：《文学经典学发凡》，《铜仁学院学报》2016 年第 1 期。

章沧授：《建安诸子辞赋创作的重新审视》，《中国文化研究》1998 年第 21 期。

张可礼：《曹植诗文蕴含的道德内容》，《齐鲁学刊》2002 年第 5 期。

赵福海：《从〈文选〉注看李善的美学思想》，《长春师范大学学报》2000 年第 3 期。

朱国华：《文学"经典化"的可能性》，《文艺理论研究》2006 年第 2 期。

朱子彦：《曹魏政权内两大政治集团的产生与竞争》，《上海大学学报》2002 年第 4 期。

庄大钧：《论〈诗经〉与中国古代诗学尚古传统》，《甘肃社会科学》2007 年第 4 期。

四 译著

［美］爱德华·希尔斯：《论传统》，傅铿、吕乐译，上海人民出版社 2018 年版。

［英］艾略特：《艾略特文学论文集》，李赋宁译，人民文学出版社 2019 年版。

［美］哈罗德·布鲁姆：《西方正典》，江宁康译，译林出版社 2011 年版。

［加拿大］斯蒂文·托托西：《文学研究的合法化》，马瑞琦译，北京大学出版社 1997 年版。

［日］清水凯夫：《六朝文学论文集》，韩基国译，重庆出版社 1989 年版。

［日］松浦友久：《唐诗语汇意象论》，陈植锷、王晓平译，中华书局 1992 年版。

［日］冈村繁：《〈文选〉之研究》，陆晓光译，上海古籍出版社 2002 年版。

［日］兴膳宏：《中国古典文化景致》，李寅生译，中华书局 2007 年版。

附　　录

附表 1　　　曹魏读者对曹植作品的学习（主要通过文本比较观察）

曹魏读者创作（多节选）	曹魏读者的学习点	曹植作品
大城育狐兔，高埤多鸟声。坏宇何寥廓，宿屋邪草生。中心感时物，抚剑下前庭。曹叡《长歌行》	大城育狐兔	狐兔翔我宇《梁甫行》
	高埤多鸟声	高台多悲风《杂诗六首》其一 高树多悲风《野田黄雀行》
	坏宇何寥廓，宿屋邪草生。	垣墙皆顿擗，荆棘上参天。《送应氏》
	抚剑下前庭。	抚剑而雷音《鰕鳝篇》 拊剑西南望《杂诗六首》其六
种瓜东井上，冉冉自踰垣。……萍藻托清流，常恐身不全。曹叡《种瓜篇》	种瓜东井上，冉冉自踰垣。	种葛南山下，葛藟自成阴。《种葛篇》
	萍藻托清流	浮萍寄清水，随风东西流。《浮萍篇》
转蓬去其根，流飘从风移。芒芒四海涂，悠悠焉可弥。愿为浮萍草，托身寄清池。何晏《言志》其二	转蓬去其根，流飘从风移。	转蓬离本根，飘飘随长风。《杂诗六首》其二
	芒芒四海涂，悠悠焉可弥。	长去本根逝，宿夜无休闲。……飘飘周八泽，连翩历五山。流转无恒处，谁知吾苦艰。《吁嗟篇》
	愿为浮萍草，托身寄清池。	浮萍寄清水，随风东西流。《浮萍篇》
鸿鹄比翼游，群飞戏太清。常恐天网罗，忧祸一旦并。何晏《言志》其一	常恐天网罗，忧祸一旦并。	双鹤俱遨游……弃我交颈欢，离别各异方。不惜万里道，但恐天网张。曹植失题"双鹤俱遨游"
何意世多艰，虞人来我维。云网塞四区，高罗正参差。奋迅势不便，六翮无所施。隐姿就长缨，卒为时所羁。单雄翩孤逝，哀吟伤生离。徘徊恋俦侣，慷慨高山陂。嵇康《五言赠秀才诗》	单雄翩孤逝，哀吟伤生离。徘徊恋俦侣，慷慨高山陂。	双鹤俱遨游……弃我交颈欢，离别各异方。不惜万里道，但恐天网张。曹植失题"双鹤俱遨游"。

328

曹魏读者创作（多节选）	曹魏读者的学习点	曹植作品
潜龙育神躯，跃〔濯〕鳞戏兰池。延颈慕大庭，寝足俟皇羲。庆云未垂景，盘桓朝阳陂。悠悠非吾匹，畴肯应俗宜。殊类难偏周，鄙议纷流离。嵇康《述志诗》其一	庆云未垂景，盘桓朝阳陂，悠悠非吾匹，畴肯应俗宜，殊类难偏周，鄙议纷流离。	庆云未时兴，云龙潜作鱼。神鸾失其俦，还从燕雀居。曹植《言志》逸文
良马既闲，丽服有晖。左揽繁弱，右接忘归。风驰电逝，蹑景追飞。凌厉中原，顾盼〔盼〕生姿。嵇康《四言赠兄秀才入军诗》其九	左揽繁弱，右接忘归。	左挽因右发……仰手接飞鸢。《名都篇》；控弦破左的，右发催月支。《白马篇》
	良马既闲，丽服有晖。	宝剑直千金，被服丽且鲜。《名都篇》
	凌厉中原，顾盼〔盼〕生姿。	顾盼遗光采，长啸气若兰。
扬和颜，攘皓腕。嵇康《琴赋》	攘皓腕	攘皓腕于神浒兮《洛神赋》
阮籍《咏怀诗》五十七	惊风振四野	惊风飘白日《赠徐干》
阮籍《咏怀诗》六十一、六十四	念我平常时念我平居时	念我平常居《送应氏》
阮籍《咏怀诗》三十	谗邪使交疏	谗巧令亲疏《赠白马王彪》
阮籍《咏怀诗》十四	繁辞将诉谁	愁心将何愬《浮萍篇》
阮籍《咏怀诗》十九	被服纤罗衣	被服纤罗《闺情诗》
阮籍《咏怀诗》三十三	谁知我心焦	谁知吾苦艰《吁嗟篇》
阮籍《咏怀诗》十	北里多奇舞	名都多妖女《名都篇》
阮籍《咏怀诗》一	徘徊将何见，忧思独伤心。	形影忽不见，翩翩伤我心。《杂诗六首》其一
阮籍《咏怀诗》三	繁华有憔悴，堂上生荆杞。	生存华屋处，零落归山丘。《箜篌引》垣墙皆顿擗，荆棘上参天。《送应氏》
阮籍《咏怀诗》三十五	愿揽羲和辔，白日不移光。	愿得纤阳辔，回日使东驰。《升天行》
阮籍《咏怀诗》三十	驱车出门去，意欲远征行。征行安所如，背弃夸与名。	仆夫早严驾，吾行将远游。远游欲何之？吴国为我仇。《杂诗六首》其五
阮籍《咏怀诗》七十二	骨肉还相雠	骨肉天性然《豫章行》
阮籍《咏怀诗》二十	谦柔愈见欺	谦谦君子德《箜篌引》
阮籍《咏怀诗》三	何况恋妻子	何言子与妻《白马篇》
阮籍《咏怀诗》二十一	岂与鹑鷃游	神鸾失其俦，还从燕雀居。《言志》
阮籍《咏怀诗》四十三	网罗孰能制	不惜万里道，但恐天网张。失题"双鹤俱遨游"

续表

曹魏读者创作（多节选）	曹魏读者的学习点	曹植作品
注：以上六条，尤其是后五条，基本上是对曹植原句的反用。阮诗与曹诗相对立之表述，至少在表面上显示阮籍对建安价值追求与审美情趣之颠覆，它是正始特定政治环境与学术思想的产物，其背后是高压统治下郁勃激愤之心理，以及对崇高幻灭之痛苦，而痛苦其实恰恰又来自对被破坏的传统儒学之坚守，在这一点上，阮籍与曹植保持着心灵的沟通。		
阮籍《咏怀诗》	上世士、蓬户士、繁华子、闲游子、闲都子、缤纷子、宾客子、王子、少年子	上路人、蓬室士、客行士、游客子、王子、松子、延陵子、少年
西方有佳人，皎若白日光。被服纤罗衣，左右佩双璜。修容耀姿美，顺风振微芳。登高眺所思，举袂当朝阳。寄颜云霄间，挥袖凌虚翔。飘飘恍惚中，流盼顾我傍。悦怿未交接，晤言用感伤。阮籍《咏怀诗》十九	西方有佳人，皎若白日光。	南国有佳人，容华若桃李。《杂诗六首》其四 远而望之，皎若太阳升朝霞。《洛神赋》
	登高眺所思，举袂当朝阳	睹一丽人，于岩之畔。《洛神赋》
	寄颜云霄间，挥袖凌虚翔。飘飘恍惚中，流盼顾我傍。	忽焉纵体，以遨以嬉。 竦轻躯以鹤立，若将飞而未翔。 体迅飞凫，飘忽若神。《洛神赋》
	悦怿未交接，晤言用感伤。	动朱唇以徐言，陈交接之大纲。恨人神之道殊兮，怨盛年之莫当。《洛神赋》
	注：阮"西方有佳人"中佳人形象的描写主要受曹植《洛神赋》洛神形象刻画的影响，兼及对"南国有佳人"象征手法的学习。	
阮籍《咏怀诗》	夭夭桃李花，灼灼有辉光。悦怿若九春，磬折似秋霜。流盼发姿媚，言笑吐芬芳（十二） 妖冶闲都子，焕耀何芬葩。玄发发朱颜，睅盼有光华。（二十七） 色容艳姿美，光华耀倾城（七十五）	容华若桃李《杂诗六首》其四 容华耀朝日 顾盼遗光彩《美女篇》 荣曜秋菊，华茂春松。 转盼流精，光润玉颜。含辞未吐，气若幽兰。《洛神赋》
阮籍《咏怀诗》	壮士何慷慨（三十九）、少年学击剑（六十一）中的壮士、少年意象	曹植《白马篇》中的游侠儿
	"闲游子""方式从狭路，茕勉趋荒淫"（十）"夸毗子""作色怀骄肠"（五十三）	曹植《名都篇》中的贵游少年形象
阮籍《咏怀诗》		《杂诗六首》
阮籍《清思赋》	会晤想象中的女子	《洛神赋》
阮籍《猕猴赋》		《蝙蝠赋》

附表2   **两晋读者对曹植作品的学习**

两晋	两晋读者的创作	曹植作品
傅玄	闲夜微风起，明月照高台。《杂诗三首》	明月照高楼，流光正徘徊。《七哀》
	旷野何萧条，顾望无生人。《放歌行》	原野何萧条《赠白马王彪》 中野何萧条《送应氏》
	齐讴楚舞纷纷，歌声上激青云。《历九秋篇》	齐歌楚舞纷纷，歌声上彻青云。《妾薄命》其二
	人生鲜能百，哀情数万端。《挽歌》	人生不满百，戚戚少欢娱。《游仙诗》
	高树来悲风，松柏垂威神。旷野何萧条，顾望无生人。但见狐狸迹，虎豹自成群。孤雏攀树鸣，禽鸟何缤纷。《放歌行》	高台多悲风，朝日照北林。《杂诗六首》其一
		原野何萧条，白日忽西匿。归鸟赴乔林，翩翩厉羽翼。孤兽走索群，衔草不遑食。《赠白马王彪》
	雄心志四海，万里望风尘。《苦相篇》	丈夫志四海，万里犹比邻。《赠白马王彪》
	携玉手兮金环，上游飞阁云间。《历九秋篇》	携玉手，喜同车，比上云阁飞除。《妾薄命》
	炎影时郁蒸，海沸沙石融。《杂诗》	山坼海沸，沙融砾烂。《大暑赋》
	浮萍本无根，非水将何依。《明月篇》 昔为春蚕丝，今为秋女衣。《明月篇》	寄松为女萝，依水如浮萍。《杂诗》 昔为同池鱼，今为商与参。《种葛篇》
	昔君视我，如掌中珠。何意一朝，弃我沟渠。《短歌行》	在昔蒙恩惠，和乐如瑟琴。何意今催颓，旷若商与参。《浮萍篇》
	秋兰映玉池，池水清且芳。芙蓉随风发，中有双鸳鸯。双鱼自踊跃，两鸟时回翔。《秋兰篇》	树木发春华，清池激长流。中有孤鸳鸯，哀鸣求匹俦。《赠王粲》
	抚剑安所趋？蛮方未顺流。蜀贼阻石城，吴寇凭龙舟。二军多壮士，闻贼如见仇。《长歌行》	远游欲何之？吴国为我仇。《杂诗六首》其五 抚剑而雷音，猛气纵横浮。《鰕鳝篇》
	置酒结此会，主人起行觞。玉樽两楹间，丝理东西厢。舞袖一何妙，变化穷万方。《前有一樽酒行》	欢坐玉殿，会诸贵客。侍者行觞，主人离席。顾视东西厢，丝竹与鞞铎。《当车以驾行》

续表

两晋	两晋读者的创作	曹植作品
傅玄	百草扬春华,攘腕采柔桑。素手寻繁枝,落叶不盈筐。罗衣翳玉体,回目流采章。《秋胡行》	"攘腕""柔桑""素手""落叶""罗衣""玉体"等全出自曹植《美女篇》前半部分。"回目流采章"即曹植"顾盼遗光采"之变形。
	《艳歌行》	以《陌上桑》为首尾框架,中间化用了曹植《精微篇》《洛神赋》《美女篇》和李延年《北方有佳人》中的诗句。
张华	蛾眉分翠羽,明目发清扬。丹唇医皓齿,秀色若圭璋。巧笑露权魇,众媚不可详。《有女篇》	《洛神赋》
	头安金步摇,耳系明月珰。珠环约素腕,翠羽垂鲜光。文袍缀藻黼,玉体映罗裳。《有女篇》	《美女篇》
	《鹰兔赋》	《鹞雀赋》
	门有车马客,问君何乡士?捷步往相讯,果是旧邻里。	门有万里客,问君何乡人?褰裳起从之,果得心所亲。《门有万里客》
	《轻薄篇》	兼《名都篇》《箜篌引》《侍太子坐》《美女篇》
	《游猎篇》	兼《孟冬篇》《名都篇》《白马篇》
	《壮士篇》	兼《白马篇》《结客篇》
	《游侠篇》	《七启》中对四公子的赞美
	素颜发红华,美目流清扬。《感婚诗》	纡素领,回清扬。《洛神赋》
	北方有佳人《情诗》其一	西北有织妇《杂诗六首》其三
陆机	感物恋堂室,离思一何深。《赴洛二首》其一 伤哉客行士,忧思一何深。《悲哉行》	离思一何深。《杂诗》逸文
	飞阁缨虹带,层台冒云冠。	朱华冒绿池《公宴》
	人生何所促,忽如朝露凝。《驾言出北阙行》	人生处一世,忽若朝露晞。《赠白马王彪》
	人寿几何,逝若朝霜。《短歌行》	天地无终极,人命若朝霜。《送应氏》
	行行将复去,长存非所营。《齐讴行》	行行将复行,去去适西秦。《门有万里客行》

两晋	两晋读者的创作	曹植作品
陆机	京洛多妖丽，玉颜侔琼蕤。（《拟东城一何高》）；高台多妖丽，濬房出清颜。《日出东南隅行》	名都多妖女，京洛出少年。《名都篇》
	昔与二三子，游息承华南。《赠冯文罴》 分索古所悲，志士多苦心。《赠冯文罴》	吾与二三子，曲宴此城隅。《赠丁廙》 烈士多悲心，小人偷自闲。《杂诗六首》其六
	辞家远行游，悠悠三千里。《为顾彦先赠妇二首》其一	悠悠远行客，去家千余里。《杂诗》 仆夫早严驾，吾将远行游。《杂诗》
	行矣怨路长，惄焉伤别促。《赠弟士龙》	泛舟越洪涛，怨彼东路长。《赠白马王彪》 山川阻且远，别促会日长。《送应氏》
	空房来悲风，中夜起叹息。《拟青青河畔草》	盛年处房室，中夜起长叹。《美女篇》
	隆想弥年月，长啸入风飙。《拟兰若生春阳》	太息终长夜，悲啸入青云。《杂诗六首》其三
	淑貌耀皎日，惠心清且闲。《日出东南隅行》	容华耀朝日，谁不希令颜。《美女篇》
	四节逝不处，繁华难久鲜。《塘上行》	俯仰岁将暮，荣耀难久恃。《杂诗》
	不惜微躯退，但惧苍蝇前。《塘上行》	苍蝇间白黑，谗巧令亲疏。《赠白马王彪》
	余固水乡士，总辔临清渊。《答张士然诗》	我本太山人，何为客海东。《盘石篇》
	东南有思妇，长叹充幽闼。借问叹何为？佳人渺天末。游宦久不归，山川修且阔。形影参商乖，音息旷不达。离合非有常，譬彼弦与筈。愿保金石躯，慰妾长饥渴。《为顾彦先赠妇二首》	此诗开头糅合曹植《西北有织妇》"西北有织妇""太息终长夜"句与《七哀》"上有愁思妇"句，整首诗思路亦化自《七哀》。
	《门有车马客行》	《门有万里客行》
	游仙聚灵族，高会曾城阿……宓妃兴洛浦，王韩起太华。北微瑶台女，南要湘川娥……《前缓声歌》	仙人揽六箸，对博太山隅。湘娥拊琴瑟，秦女吹笙竽。玉樽盈桂酒，河伯献神鱼。《仙人篇》

续表

两晋	两晋读者的创作	曹植作品
陆机	苦哉远征人，飘飘穷四遐。南陟五岭巅，北戍长城阿。深谷邈无底，崇山郁嵯峨。……《从军行》	《吁嗟篇》、《杂诗六首》其二
	乐会良自古，悼别岂独今？寄世将几何，日昃无停阴。前路既已多，后途随年侵。促促薄暮景，亹亹鲜克禁。…… 远节婴物浅，近情能不深。行矣保嘉福，景绝继以音。《豫章行》	人生处一世，去若朝露晞。年在桑榆间，景响不能追。自顾非金石，咄唶令心悲。《赠白马王彪》 仓猝骨肉情，能不怀苦辛。《赠白马王彪》 王其爱玉体，俱享黄发期。《赠白马王彪》注：陆诗后半部分规摹曹诗明显。
潘岳	望子旧车，览尔遗衣。愊抑失声，迸涕交挥。《夏侯常侍诔》	空宫寥廓，栋宇无烟。巡省阶涂，仿佛棂轩。仰瞻帷幄，俯察几筵，物不毁故，而人不存。痛莫酷斯，彼苍者天！《卞太后诔》
	曀曀虚坐，翩翩玄幕。几席生尘，空馆寥廓。《庾尚书诔》	
	望庐思其人，入室想所历。帏屏无仿佛，翰墨有余迹。流芳未及歇，遗挂犹在壁。《悼亡诗》其一	
	披览遗物，徘徊旧居。手泽未改，领腻如初。《皇女诔》	
	畴昔之游，二纪于兹。班白携手，何欢如之！居吾语汝：众实胜寡，人恶隽异，俗疵文雅。执戟疲杨，长沙投贾。无谓尔高，耻居物下。子乃洗然，变色易容，慨然叹曰：道固不同。为仁由己，匪我求蒙。谁毁谁誉？何去何从？《夏侯常侍诔》	吾与夫子，义贯丹青。好和琴瑟，分过友生。庶几遐年，携手同征。如何奄忽，弃我夙零。感昔宴会，志各高厉。予戏夫子，金石难弊，人命靡常，吉凶异制。此欢之人，孰先陨越？何痛夫子，果乃先逝！又论死生，存亡数度。子犹怀疑，求之明据。《王仲宣诔》

两晋	两晋读者的创作	曹植作品
潘岳	去华辇兮初迈，马回首兮旋旆。风泠泠兮入帷，云霏霏兮承盖。鸟俯翼兮忘林，鱼仰沫兮失濑。《哀永逝文》 夕阳失映，晴鸟忘归。《京陵公主女王氏哀辞》 归鸟颉颃，行云徘徊。《杨仲武诔》 骈骖踌躇，服马悲鸣。《南阳长公主诔》	阴云回于素盖，悲风动其扶轮。《仲雍哀辞》哀风兴感，行云徘徊。游鱼失浪，归鸟忘栖……灵辀回轨，白骥悲鸣。《王仲宣诔》 注：曹植诔文借外物以写哀情之方式亦为潘岳接受。陆机《挽歌诗》其二"悲风徽行轨，倾云结流霭"，直至陶渊明《拟挽歌辞》其三"马为仰天鸣，风为自萧条"等，皆明显可见曹作影响。
	赤子何辜，罪我之由。《伤弱子辞》	不终年而夭绝，何见罚于皇天？信吾罪之所招，悲弱子之无愆。《金瓠哀辞》
	依水类浮萍，寄松似悬萝。《河阳县作诗二首》其二	浮萍寄清水，随风东西流。《浮萍篇》
左思	左思《咏史》其一	《白马篇》
郭璞	神仙排云出，但见金银台。陵阳挹丹溜，容成挥玉杯。姮娥扬妙音，洪崖颔其颐。升降随长烟，飘飘戏九垓。《游仙诗》其六	《仙人篇》
	振发晞翠霞，解褐礼绛霄。总辔临少广，盘虬舞云轺。《游仙诗》其十	披我丹霞衣，袭我素霓裳。华盖芳晻蔼，六龙仰天骧。《五游咏》
	青溪千余仞，中有一道士。云生梁栋间，风出窗户里。《游仙诗》其二 绿萝结高林，蒙笼盖一山。中有冥寂士，静啸抚清弦。《游仙诗》其三	绿萝缘玉树，光耀粲相晖。……郁郁西岳巅，石室青葱与天连。中有耆年一隐士，须发皆皓然。策杖从吾游，教我要忘言。《苦思行》
陶渊明	人生无根蒂，飘如陌上尘。分散逐风转，此已非常身。落地为兄弟，何必骨肉亲!《杂诗十二首》其一	吁嗟此转蓬，居世何独然。长去本根逝，夙夜无休闲。……卒遇回风起，吹我入云间。……飘飘周八泽，连翩历五山。流转无恒处，谁知吾苦艰。《吁嗟篇》 转蓬离本根，飘飘长随风。何意回飙举!吹我入云中。高高上无极，天路安可穷!《杂诗六首》其二
	落地为兄弟，何必骨肉亲!《杂诗十二首》其一	仓卒骨肉情，能不怀苦辛。《赠白马王彪》 他人虽同盟，骨肉天性然。《豫章行》 路人尚酸鼻，何况骨肉情。《圣皇篇》

两晋	两晋读者的创作	曹植作品
陶渊明	人生无根蒂，飘如陌上尘。《杂诗》	人居一世间，忽若风吹尘。《薤露行》
	出门万里客，中道逢嘉友。《拟古》其一	门有万里客，问君何乡人。《门有万里客行》
	意气倾人命，离隔复何有？《拟古》其一	寻永归兮赠所思，感离隔兮会无期。《离友》
	辞家夙严驾，当往志无终。问君今何行？非商复非戎。《拟古》其二	仆夫早严驾，吾将远行游。远游欲何之？吴国为我仇。《杂诗六首》其五
	迢迢百尺楼，分明望四荒。暮作归云宅，朝为飞鸟堂。山河满目中，平原独茫茫。《拟古》其四	飞观百余尺，临牖御棂轩。远望周千里，朝夕见平原。烈士多悲心，小人偷自闲。《杂诗六首》其六
	佳人美清夜，达曙酣且歌。歌竟长叹息，持此感人多。《拟古》其七	盛年处房室，中夜起长叹。《美女篇》上有愁思妇，悲叹有余哀。《七哀》
	荣华难久居，盛衰不可量。《杂诗十二首》其三	俯仰岁将暮，荣耀难久恃。《杂诗六首》其四
	丈夫志四海，我愿不知老。《杂诗十二首》其四	丈夫志四海，万里犹比邻。《赠白马王彪》
	猛志逸四海，骞翮思远翥。《杂诗十二首》其五	雏高念皇家，远怀柔九州。抚剑而雷音，猛气纵横浮。《鰕䱏篇》
	岂无他人，念子实多。愿言不获，抱恨如何！《停云》	岂无和乐，游非我邻。谁忘泛舟，愧无榜人《朔风》
	昔我云别，仓庚载鸣。今也遇之，霰雪飘零。《答庞参军并序》	昔我初迁，朱华未希。今我旋止，素雪云飞《朔风》
	嗟予小子，禀兹固陋。徂年既流，业不增旧。志彼不舍，安此日富。我之怀矣，怛焉内疚。《荣木并序》	伊（尔）〔予〕小子，恃宠骄盈……嗟予小子，乃罹斯殃。……咨我小子，顽凶是婴。逝惭陵墓，存愧阙庭。《责躬诗》
	寒气冒山泽，游云倏无依。《于王抚军座送客》	秋兰被长坂，朱华冒绿池。《公宴》
	谈谐终日夕，觞至辄倾杯。《乞食》	肴来不虚归，觞至反无余。《赠丁廙诗》
	君其爱体素，来会在何年？《答庞参军并序》	离别永无会，执手将何时？王其爱玉体，俱享黄发期。《赠白马王彪》
	去去当奚道，世俗久相欺。《饮酒》十二	去去莫复道，沉忧令人老。《杂诗六首》其二
	攘皓袖之缤纷《闲情赋》	攘袖见素手，皓腕约金环。《美女篇》
	淡柔情于俗内《闲情赋》	柔情绰态，媚于语言。《洛神赋》

附表3　　　　　　魏晋读者对曹植作品的学习（据李善注补充）

魏晋读者	两晋读者作品		李善引曹植作品注
赵景真	今将植橘柚于玄朔，蒂华藕于修陵。《与嵇茂齐书》		背江洲之暖气，处玄朔之肃清。《橘赋》
孙子荆	协建灵符，天命既集。遂廓洪基，奄有魏域。《为石仲容与孙皓书》		大魏应灵符，天禄乃甫始。《大魏篇》武创洪基，克光厥德。《魏德论》
潘安仁	瞬悍目以旁睐《射雉赋》		悍目发朱光《斗鸡诗》
	《西征赋》	牧疲人于西夏，携老幼而入关。	恨西夏之不纲《述征赋》
		犹犬马之恋主，窃托慕于阙庭。	不胜犬马恋主之情《责躬表》
		发阌乡而警策	仆夫警策《应诏诗》
		开襟乎清暑之馆	愿寒风以开襟《闲居赋》
	《闲居赋》	襄荷依阴，时藿向阳。	葵藿之倾叶太阳《求通亲亲表》
		席长筵，列孙子。	列坐竟长筵《名都篇》
	《寡妇赋》	情长戚以永慕兮，思弥远而逾深。	长怀永慕《应诏诗》
		惧身轻而施重兮，若履冰而临谷。	怨身轻而施重，恐往惠之中亏。《鹦鹉赋》
		仰神宇之寥寥兮，瞻灵衣之披披。	葛蔓滋兮冒神宇《九咏》
		耳倾想于畴昔兮，目仿佛乎平素。	目想宫墀，心存平素。《任城王诔》
		要吾君兮同穴，之死矢兮靡佗。	愿投骨于山足，报恩养于下庭。《文帝诔》
	何以叙离思? 携手游郊畿。《金谷集作诗一首》		离思故难任《杂诗》
	《悼亡诗三首》	流芳未及歇，遗挂犹在壁。	步蘅薄而流芳《洛神赋》
		如彼翰林鸟，双栖一朝只。	如彼翰鸟，或飞戾天。《善哉行》;《种葛篇》"下有交颈兽"即双栖禽也。
		孤魂独茕茕，安知灵与无?	孤魂翔故域《赠白马王彪》
	《河阳县作二首》	微身轻蝉翼，弱冠忝嘉招。	曹植表曰: 身轻蝉翼，恩重丘山。
		川气冒山岭，惊湍激岩阿。归雁映兰畤，游鱼动圆波。倚水类浮萍，寄松似悬萝。	寄松为女萝，依水如浮萍。《杂诗》

续表

魏晋读者	两晋读者作品		李善引曹植作品注
潘安仁	子婴面榇，汉祖膺图。《为贾谧作赠陆机一首》		大魏膺符《大魏篇》
	子以妙年之秀《杨仲武诔一首》		终军以妙年使越《自试表》
	执戟疲杨，长沙投贾。《夏侯常侍诔一首》		先朝执戟之臣耳《与杨德祖书》
陆机	是以玄晏之风恒存，动神之化已灭。《演连珠五十首》		玄晏之化，丰洽之政。《魏德论》
	牵世婴时网，驾言远徂征。《于承明作与士龙一首》		举挂时网《责躬诗》
	望舒离金虎，屏翳吐重阴。《赠尚书郎顾彦先二首》		重阴润万物《赠王粲》
	东南有思妇，长叹充幽闼。《为顾彦先赠妇二首其二》		上有愁思妇，悲叹有余哀。《七哀》
	行矣怨路长，怒焉伤别促。《赠弟士龙一首》		怨彼东路长《赠白马王彪》别促会日长《送应氏诗》
	拊膺解携手，咏叹结遗音。亶亶孤兽鸣，嘤嘤思鸟吟。感物恋堂室，离思一何深。《赴洛二首》		翘思慕远人，愿欲托遗音。《杂诗六首》其一孤兽走索群《赠白马王彪》离思一何深《杂诗》
	离思固永久，窹寐莫与言。《苦寒行》		离思一何深《杂诗》
	亲友多零落，旧齿皆凋丧。《门有车马客行》		亲友从我游《箜篌引》
	伊洛有歧路，歧路交朱轮。《长安有狭邪行》		辐轵飞毂交轮《妾薄相行》
	文德熙淳懿，武功侔山河。《吴趋行》		曹植令曰：相者文德昭，将者武功烈。
	来日苦短，去日苦长。《短歌行》		苦乐有余《苦短篇》
	丹唇含九秋。……赴曲迅惊鸿，蹈节如集鸾。《日出东南隅行》		丹唇外朗《洛神赋》
	肃肃宵驾动，翩翩翠盖罗。《前缓声歌》		芝盖翩翩《飞龙篇》
	挽歌诗	重阜何崔嵬，玄庐窜其间。其二	痛玄庐之虚廓《曹嗜诔》
		振策指灵丘，驾言从此逝。其三	岂吾乡之足顾，恋祖宗之灵丘。《感节赋》
	信斯武之未丧，膺灵符而在兹。《吊魏武帝文一首》		大魏应灵符，天禄方甫始。《大魏篇》

续表

魏晋读者	两晋读者作品		李善引曹植作品注
陆士龙	行迈越长川，飘飘冒风尘。《答张士然一首》		蒙雾犯风尘《吁嗟行》
	俯觌嘉客，仰瞻玉容。《大将军宴会被命作诗一首》		觌玉容而庆荐，奉欢宴而滋润。《罢朝表》
	鸣簧发丹唇，朱弦绕素腕。《为顾彦先赠妇二首》其二		攘皓腕《洛神赋》
	悠远涂可极，别促怨会长。《答兄机一首》		别促会日长《送应氏诗》
张茂先	佳人处遐远，兰室无容光。《情诗二首》其一		人远精魂近，寤寐梦容光。《离别诗》
石季伦	《王明君词一首》	辞诀未及终，前驱已抗旌。	前驱举燧，后乘抗旌。《应诏》
		杀身良不易，默默以苟生。	杀身诚独难《三良诗》
傅休弈	纤云时仿佛，渥露沾我衣。《杂诗一首》		纤云不形，阳光赫戏。《魏德论》
枣道彦	既惧非所任，怨彼南路长。《杂诗一首》		怨彼东路长《赠白马王彪》
张景阳	养真上无为，道胜贵陆沈。《杂诗十首》		君子隐居以养真《辨问》
	《七命》		《七启》
应吉甫	玄泽滂流，仁风潜扇。《晋武帝华林园集诗一首》		玄化滂流《责躬诗》
傅长虞	携手升玉阶，并坐侍丹帷。		丹帷晔以四张《娱宾赋》
郭泰机	皎皎白丝，织为寒女衣。《答傅咸一首》		愿同衾于寒女《闲居赋》
刘越石	资忠履信，武烈文昭。何以赠子，竭心公朝。《答卢谌诗一首并书》		曹植令曰：相者文德昭，将者武功烈；执政不废于公朝也。《求通亲亲表》
	自京畿陨丧，九服崩离。《劝进表》		得会京畿《责躬诗》
卢子谅	《赠崔温一首》	逍遥步城隅，暇日聊游豫。	始游豫乎芳林《蝉赋》
		北眺沙漠垂，南望旧京路。	扬声沙漠垂《白马篇》
		游子恒悲怀，举目增永慕。	长怀永慕《应诏诗》
李令伯	茕茕独立，形影相吊。《陈情事表》		形影相吊，五情愧赧《责躬表》

续表

魏晋读者	两晋读者作品	李善引曹植作品注
孙兴公	被毛褐之森森《游天台山赋》	予好毛褐，未暇此服也。《七启》
陶渊明	养真蘅茅下，庶以善自名。《辛丑岁七月赴假还江陵夜行涂口一首》	君子隐居以养真也。衡门，茅茨也。《辨问》
	山气日夕佳，飞鸟相与还。《杂诗二首》	归鸟赴乔林《赠白马王彪》

附表4   南朝宋齐读者对曹植作品的学习（据李善注补充）

宋齐读者	宋齐读者的模拟借鉴		曹植作品
刘休玄	《拟古二首》	堂上流尘生，庭中绿草滋。	流尘飘荡魂安归？《曹仲雍诔》
		泪容不可饰，幽镜难复治。《拟行行重行行》	膏沐谁为容？明镜闇不治。《七哀》
		玉宇来清风，罗帐延秋月。《拟明月何皎皎》	退润王宇，进文帝庭。《芙蓉赋》
谢灵运	《述祖德诗》	达人贵自我，高情属云天。	独驰思乎天云之际《七启》
		拯溺由道情，龛暴资神理。	人事既关，聪镜神理。《武帝诔》
	祗役出皇邑《邻里相送至方山诗一首》		清晨发皇邑《赠白马王彪》
	事为名教用，道以神理超。《从游京口北固应诏一首》		聪镜神理《武帝诔》
	殂谢易永久，松柏森已行。《庐陵王墓下作》		高坟郁兮巍巍，松柏森兮成行。《寡妇赋》
	孤客伤逝湍，徒旅苦奔峭。《七里濑一首》		何孤客之可悲！《九咏》
	两京愧佳丽，三都岂能似？《乐府一首》		佳丽殊百城《赠丁仪诗》
	圆景早已满，佳人犹未适。《南楼中望所迟客一首》		圆景光未满，众星粲已繁。《赠徐干诗》
	《拟魏太子邺中集诗八首》	（魏太子）天地中横溃，家王拯生民。	家王征蜀汉《行女哀辞》
		（王粲）常叹诗人言，式微何由往！	洛阳何寂寞，宫室尽烧焚。《送应氏诗》
		（陈琳）爱客不告疲，饮宴遗景刻。	公子敬爱客，终宴不知疲。《公宴诗》
		徐干	高谈虚论，问彼道原。《四言诗》

续表

宋齐读者	宋齐读者的模拟借鉴	曹植作品
鲍照	《结客少年场行》	结客少年场，抱怨洛北芒。《结客篇》
	日月有恒昏，雨露未尝晞。《代苦热行》	行游到日南，经历交趾乡。《苦热行》 惟淫雨之永降，旷三旬而未晞。《感时赋》
	冠霞登彩阁，解玉饮椒庭。《代升天行》	践椒涂之郁烈《洛神赋》
	夜移衡汉落，徘徊帷户中。《玩月城西门廨中一首》	明月照高楼，流光正徘徊。《七哀》
	东都妙姬，南国丽人。《芜城赋》	南国有佳人，华容若桃李。《杂诗六首》其四
颜延年	《赭白马赋》效足中黄，殉驱驰兮。	骥騄不常一步，应良御而效足。《与陈琳书》 今皇帝损乘车至副，竭中黄之府。《曹植令》
	《赭白马赋》竞先朝露，长委离兮。	常恐先朝露《求自试表》
	《秋胡诗》年往诚思劳，事远阔音形。	思子为劳《与杨德祖书》
	《秋胡诗》明发动愁心，闺中起长叹。	中夜起长叹《美女篇》
	吊屈汀州浦，谒帝苍山蹊。《和谢灵运一首》	谒帝承明庐《赠白马王彪》
	蓬心既已矣，飞薄殊亦然。《北使洛一首》	吁嗟此转蓬，居世何独然。《吁嗟篇》
	灵监叡文《宋郊祀歌二首》	灵鉴无私《离友诗》
王僧达	寒荣共偃曝，春酝时献斟。《答颜延年一首》	或秋藏冬发，或春酝夏成。《酒赋》
袁阳源	《效曹子建乐府白马篇一首》	
	乃知古时人，所以悲转蓬。《效古一首》	转蓬离本根，飘飖随长风。类此游客子，捐躯远从戎。《杂诗六首》其二
江文通	吊影惭魂《恨赋》	形影相吊《责躬》
	知离梦之踯躅，意别魂之飞扬。《别赋》	哀魂灵之飞扬《悲命赋》
	玉柱空掩露，金樽坐含霜。《望荆山一首》	金樽玉杯，不能使薄酒更厚。《乐府诗》

宋齐读者	宋齐读者的模拟借鉴		曹植作品
江文通	杂拟三十首	菟丝及水萍，所寄终不移。《古离别》	寄松为女萝，依水如浮萍。《杂诗》
		魏文帝 置酒坐飞阁，逍遥临华池。	曹子建诗曰：置酒高殿上。
		魏文帝 神飙自远至，左右芙蓉披。	神飙接丹毂《公宴诗》
		魏文帝 绿竹夹清水，秋兰被幽涯。	秋兰被长坂，朱华冒绿池。《公宴诗》
		魏文帝 月出照园中，冠珮相追随。	清夜游西园，飞盖相追随。《公宴诗》
		魏文帝 众宾还城邑，何以慰吾心。	云散还城邑，清晨复来还。《名都篇》
		陈思王 朝与佳人期，日夕望青阁。	青楼临大路《美女篇》
		陈思王 眷我二三子，辞义丽金镂。	吾与二三子《赠丁翼》
		微臣固受赐，鸿恩良未测。《刘文学桢感怀》	复为时所拘，羁绁作微臣。《天地篇》
		侍宴出河曲，飞盖游邺城。《王侍中粲怀德》	飞盖相追随《公宴诗》
		沉浮不相宜，羽翼各有归。《阮步兵籍咏怀》	沉浮各异世《七哀》
		佳人抚鸣琴，清夜守空帷。《张司空华离情》	妾身守空闺《杂诗》
		顾念张仲蔚，蓬蒿满中园。《左记室思咏史》	顾念蓬室士《赠徐干诗》
		高谈玩四时，索居慕畴侣。《张黄门协苦雨》	高谈无所与陈《求通亲亲表》
		寒阴笼白日，太谷晦苍苍。《鲍参军昭戎行》	太谷何寥廓，山树郁苍苍。《赠白马王彪》
		露彩方泛艳，月华始徘徊。桂水日千里，因之平生怀。《休上人怨别》	明月照高楼，流光正徘徊。《七哀》托微波而通辞《洛神赋》

宋齐读者	宋齐读者的模拟借鉴		曹植作品
谢宣远	临流怨莫从，欢心叹飞蓬。《九日从宋公戏马台集送孔令诗一首》		朝觐莫从《应诏诗》
	息肩缠民思，灵鉴集朱光。《张子房诗一首》		灵鉴无私。《离友诗》
	《于安城答灵运一首》	华宗诞吾秀，之子绍前胤。	华宗贵族，藩王之中，必有应斯举者。《陈审举表》
		行矣励令猷，写诚酬来讯。	得所来讯，文采委曲。《与吴季重书》
谢玄晖	风烟四时犯，霜雨朝夜沐。《和王著作八公山一首》		蒙雾犯风尘《矤出行》
	生平一顾重，宿昔千金贱。《和王主簿怨情一首》		曹植诗曰：一顾千金重，何必珠玉钱？
	江南佳丽地，金陵帝王州。《鼓吹曲一首》		壮哉帝王居，佳丽殊百城。《赠王粲诗》
	文奏方盈前，怀人去心赏。《京路夜发一首》		侍臣首文奏，陛下体仁慈。《圣皇篇》
	窗中列远岫，庭际俯乔林。《郡内高斋闲坐答吕法曹一首》		曹植诗：归鸟赴乔林。
王景玄	讵忆无衣苦，但知狐白温。《杂诗一首》		狐白足御冬，焉念无衣客？《赠丁仪诗》
陆韩卿	《奉答内兄希叔一》	春华与秋实，庶子及家臣。王门所以贵，自古多俊民。离宫收杞梓，华屋富徐陈。	生存华屋处《箜篌引》
		首愧此山阳宴，空此河阳别。	亲昵并集送，置酒此河阳。《送应氏》
		惜哉时不遇，日暮无轻舟。	中有孤鸳鸯，哀鸣无匹傅。我愿执此鸟，惜哉无轻舟。《赠王粲诗》
王仲宝	出江派而风翔，入京师而雷动。《褚渊碑文一首》		矫矫元戎，雷动云徂。《任城王诔》
陆佐公	陆机之赋，虚握灵珠；孙绰之铭，空擅昆玉。《新刻漏铭一首》		人人自谓握灵蛇之珠，家家自谓抱荆山之玉。《与杨德祖书》
沈休文	陈王斗鸡道，安仁采樵路。《宿东园一首》		斗鸡东郊道，走马长楸间。《名都篇》

宋齐读者	宋齐读者的模拟借鉴		曹植作品
沈休文	开衿濯寒水，解带临清风。《游沈道士馆一首》		恧寒风以开襟《闲居赋》
	月华临静夜……方晖竟户人，圆影隙中来。高楼切思妇，西园游上才。《应王中丞思远咏月一首》		明月照高楼，流光正徘徊。上有愁思妇，悲叹有余哀。《七哀》
	虚馆清阴满，神宇暧微微。《学省愁卧一首》		蔓葛滋兮冒神宇《九咏》
	《三月三日率尔成篇一首》	清晨戏伊水，薄暮宿兰池。《三月三日率尔成篇一首》	清晨复来还《名都篇》
		切当忘情去，叹息独何为？	曹子建《赠白马王彪》：太息将何为？
	子健函京之作，仲宣灞岸之篇。《宋书·谢灵运传论一首》		从军度函谷，驱马过西京。《赠丁仪王粲诗》

注：附表1、附表2所列曹植作品据赵幼文《曹植集校注》，曹植后作者作品据逯钦立《先秦两汉魏晋南北朝诗》；附表3、附表4据《文选》及李善注。

附表5   **《全唐诗》卷数及对应册数**

对应册数	包含卷数	对应册数	包含卷数	对应册数	包含卷数
第一册	卷1—卷23	第十一册	卷346—卷376	第二十一册	卷703—卷750
第二册	卷24—卷54	第十二册	卷377—卷423	第二十二册	卷751—卷795
第三册	卷55—卷95	第十三册	卷424—卷448	第二十三册	卷796—卷837
第四册	卷96—卷146	第十四册	卷449—卷479	第二十四册	卷838—卷867
第五册	卷147—卷179	第十五册	卷480—卷519	第二十五册	卷868—卷900
第六册	卷180—卷215	第十六册	卷520—卷548		
第七册	卷216—卷237	第十七册	卷549—卷585		
第八册	卷238—卷271	第十八册	卷586—卷630		
第九册	卷271—卷301	第十九册	卷631—卷667		
第十册	卷302—卷345	第二十册	卷668—卷702